SEM DEIXAR RASTROS

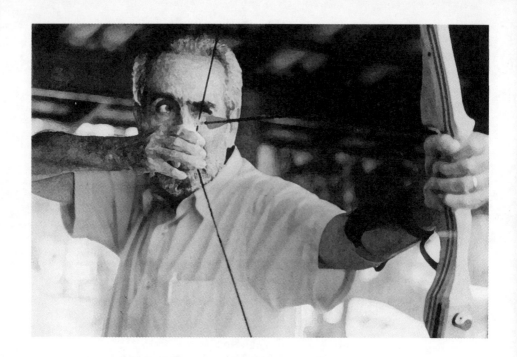

O ARQUEIRO

GERALDO JORDÃO PEREIRA (1938-2008) começou sua carreira aos 17 anos, quando foi trabalhar com seu pai, o célebre editor José Olympio, publicando obras marcantes como *O menino do dedo verde*, de Maurice Druon, e *Minha vida*, de Charles Chaplin.

Em 1976, fundou a Editora Salamandra com o propósito de formar uma nova geração de leitores e acabou criando um dos catálogos infantis mais premiados do Brasil. Em 1992, fugindo de sua linha editorial, lançou *Muitas vidas, muitos mestres*, de Brian Weiss, livro que deu origem à Editora Sextante.

Fã de histórias de suspense, Geraldo descobriu *O Código Da Vinci* antes mesmo de ele ser lançado nos Estados Unidos. A aposta em ficção, que não era o foco da Sextante, foi certeira: o título se transformou em um dos maiores fenômenos editoriais de todos os tempos.

Mas não foi só aos livros que se dedicou. Com seu desejo de ajudar o próximo, Geraldo desenvolveu diversos projetos sociais que se tornaram sua grande paixão.

Com a missão de publicar histórias empolgantes, tornar os livros cada vez mais acessíveis e despertar o amor pela leitura, a Editora Arqueiro é uma homenagem a esta figura extraordinária, capaz de enxergar mais além, mirar nas coisas verdadeiramente importantes e não perder o idealismo e a esperança diante dos desafios e contratempos da vida.

SEM DEIXAR RASTROS
HARLAN COBEN

Título original: *Fade Away*
Copyright © 1996 por Harlan Coben
Copyright da tradução © 2012 por Editora Arqueiro Ltda.

Todos os direitos reservados. Nenhuma parte deste livro pode ser utilizada ou
reproduzida sob quaisquer meios existentes sem autorização por escrito dos editores.

tradução: Marcelo Mendes

preparo de originais: Diogo Henriques

revisão: Rafaella Lemos e Rebeca Bolite

projeto gráfico e diagramação: Valéria Teixeira

capa: Elmo Rosa

impressão e acabamento: Cromosete Gráfica e Editora Ltda.

CIP-BRASIL. CATALOGAÇÃO NA PUBLICAÇÃO
SINDICATO NACIONAL DOS EDITORES DE LIVROS, RJ

C586s
    Coben, Harlan
       Sem deixar rastros / Harlan Coben ; tradução Marcelo
Mendes. - 1. ed. - São Paulo : Arqueiro, 2020.
    272 p. ; 23 cm.

    Tradução de: Fade away
    ISBN 978-85-306-0048-8

    1. Ficção americana. I. Mendes, Marcelo. II. Título.

	CDD: 813
19-59723	CDU: 82-3(73)

Vanessa Mafra Xavier Salgado - Bibliotecária - CRB-7/6644

Todos os direitos reservados, no Brasil, por
Editora Arqueiro Ltda.
Rua Funchal, 538 – conjuntos 52 e 54 – Vila Olímpia
04551-060 – São Paulo – SP
Tel.: (11) 3868-4492 – Fax: (11) 3862-5818
E-mail: atendimento@editoraarqueiro.com.br
www.editoraarqueiro.com.br

*Para Larry e Craig, os irmãos mais incríveis
que alguém poderia ter. Se você não acredita
em mim, pergunte a eles.*

capítulo 1

— POR FAVOR, PROCURE se comportar.

– Eu? – disse Myron. – Sou um amor de pessoa.

Myron Bolitar estava sendo conduzido ao longo de um dos corredores escuros do estádio de Meadowlands por Calvin Johnson, o novo diretor-geral dos Dragons de Nova Jersey. Os sapatos sociais dos dois ressoavam ruidosamente sobre o piso de cerâmica, ecoando através dos estandes vazios de sanduíches, *pretzels*, sorvete e lembrancinhas. Das paredes saía o cheirinho do cachorro-quente – meio emborrachado e artificial, porém nostalgicamente delicioso – vendido durante os jogos. O silêncio do lugar os perturbava: nada mais oco e sem vida do que um estádio vazio.

Calvin Johnson parou diante da porta de uma das tribunas de luxo.

– Você vai estranhar um pouco esta conversa – disse. – Procure dançar conforme a música.

– Tudo bem.

Calvin alcançou a maçaneta e respirou fundo.

– Clip Arnstein, o proprietário dos Dragons, está esperando por nós.

– E mesmo assim não estou tremendo – disse Myron.

Calvin Johnson balançou a cabeça.

– Comporte-se.

Myron apontou para o próprio peito.

– Vim de gravata e tudo.

Calvin enfim abriu a porta. A tribuna dava para a parte central da arena, onde vários funcionários colocavam o piso de basquete sobre o gelo do hóquei. Os Devils haviam jogado na véspera. Logo mais seria a vez dos Dragons. O lugar era aconchegante. Vinte e quatro cadeiras estofadas. Dois monitores de televisão. À direita se via o balcão de madeira sobre o qual eram servidas as comidas: em geral frango frito, cachorro-quente, bolinho de batata, coisas assim. À esquerda, um frigobar e um carrinho de metal repleto de bebidas. O lugar também contava com um banheiro privativo, de modo que os cartolas não tivessem que urinar junto à ralé.

Clip Arnstein estava de pé e olhava para eles. Vestia um terno azul-marinho com gravata vermelha. Era calvo, com tufos grisalhos sobre as orelhas. Um homem forte, ainda robusto, apesar de seus mais de 70 anos. As mãos grandes, salpicadas de manchas senis, exibiam veias azuladas que, de tão gordas, lembravam mangueiras de jardinagem. Por um bom tempo ele ficou onde estava, examinando Myron da cabeça aos pés.

– Gostou da gravata? – perguntou Myron.

Calvin Johnson o fulminou com um olhar de advertência.

O velho não se adiantou para cumprimentá-los; apenas disse:

– Com quantos anos está agora, Myron?

Um modo interessante de iniciar uma conversa.

– Trinta e dois.

– Tem jogado ultimamente?

– Pouco – respondeu Myron.

– Está em forma?

– Quer que eu faça umas flexões?

– Não será necessário.

Ninguém se sentou nem ofereceu uma cadeira aos recém-chegados. Naturalmente os únicos assentos disponíveis ali eram os fixos, que davam para a arena, mas ainda assim era estranho ficar de pé num encontro de natureza profissional. Myron aos poucos foi ficando inquieto, sem saber ao certo o que fazer com as mãos. Pescou uma caneta do paletó, mas não adiantou. Então enfiou as mãos nos bolsos e ficou naquela postura canhestra, afetando a displicência de um modelo de propaganda de moda.

– Myron, temos uma proposta interessante para lhe fazer – disse Arnstein.

– Proposta? – devolveu Myron, o incorrigível interrogador.

– Sim. Fui eu quem o recrutou, você sabe disso.

– Sei.

– Dez, 11 anos atrás. Quando eu ainda estava com os Celtics.

– Eu sei.

– Primeira bateria.

– Eu me lembro muito bem, Sr. Arnstein.

– Você era uma bela promessa, Myron. Um jogador inteligente. Um toque inacreditável. Um poço de talento.

– "Eu poderia ter sido alguém" – disse Myron.

Arnstein franziu a testa numa careta que se tornara famosa ao longo dos seus mais de 50 anos dedicados ao basquete. A tal careta surgira na década de 1940, quando o jovem Clip ainda jogava com os Rochester Royals, hoje extintos. Tornara-se ainda mais conhecida depois que, já como técnico, ele conduziu os Boston Celtics à vitória em vários campeonatos. E foi alçada à condição de lenda após as famosas contratações feitas como presidente do time. Três anos antes, Clip havia se tornado o sócio majoritário dos Dragons de Nova Jersey, e a careta agora residia na East Rutherford, na altura da saída 16 da New Jersey Turnpike.

– O que é isto, Marlon Brando? – ele cuspiu, áspero.

– Estranho, não? É como se o próprio Marlon estivesse com a gente.

Subitamente, as feições de Clip relaxaram. Ele agora meneava a cabeça lentamente, fitando Myron com uma expressão paternal.

– Você brinca para esconder a dor – falou, sério. – Eu entendo.

– Posso lhe ser útil em alguma coisa, Sr. Arnstein?

– Você não chegou a participar de nenhum jogo profissional, chegou?

– O senhor sabe muito bem que não.

Clip mais uma vez meneou a cabeça.

– Seu primeiro jogo na pré-temporada – relembrou. – Terceiro quarto. Já havia marcado 18 pontos. Nada mal para um novato em seu primeiro amistoso. Foi então que o destino lhe pregou uma peça.

A peça do destino havia sido Burt Wesson, um grandalhão dos Washington Bullets. Uma trombada violenta, uma dor lancinante, um apagão.

– Uma grande tragédia – arrematou Clip.

– Ahã.

– Nunca consegui aceitar o que aconteceu com você. Que desperdício.

Myron olhou de relance para Calvin Jonhson, que olhava para o nada de braços cruzados, um lago plácido nas feições do rosto negro.

– Ahã – disse Myron novamente.

– Por isso eu gostaria de lhe dar uma nova chance.

Myron teve certeza de que tinha ouvido mal.

– Como é que é?

– Temos uma vaga no time. Gostaria de contratá-lo.

Myron esperou um instante. Olhou para Clip, depois para Calvin. Nenhum dos dois estava rindo.

– Cadê? – perguntou ele.

– Cadê o quê?

– A câmera. É um daqueles programas de pegadinha da TV, não é?

– Não é pegadinha nenhuma, Myron.

– Só pode ser, Sr. Arnstein. Faz 10 anos que não participo de um torneio de basquete. Fraturei o joelho, lembra?

– Tudo bem. Mas, como você mesmo disse, isso foi há 10 anos. Sei que conseguiu recuperar seu joelho depois da cirurgia e de muita fisioterapia.

– Então deve saber também que tentei voltar a jogar. Sete anos atrás. Mas o joelho não aguentou.

– Ainda era muito cedo – argumentou Clip. – E você acabou de dizer que voltou a jogar.

– Partidas de fim de semana. Um pouquinho diferente da NBA...

Clip desqualificou o argumento com um gesto de mão e disse:

– Você está em plena forma. Até se ofereceu para fazer flexões.

Myron apertou as pálpebras, correndo os olhos de Clip para Calvin Johnson, e novamente para Clip. Ambos exibiam uma expressão neutra.

– Por que tenho a sensação de que vocês estão escondendo alguma coisa?

Clip finalmente sorriu e olhou para Calvin, que se viu obrigado a fabricar um sorriso também.

– Talvez eu devesse ser menos... – Clip buscou a palavra certa – vago.

– Seria ótimo.

– Quero você no meu time. Não importa se vai jogar ou não.

Myron novamente ficou esperando por alguma luz. Vendo que nenhuma viria, disse:

– Ainda um tanto vago.

Clip exalou um longo suspiro. Caminhou até o frigobar e de lá retirou uma caixinha de achocolatado. Havia um estoque na geladeira. Hum. Ele havia se preparado.

– Você ainda gosta desta porcaria?

– Gosto – disse Myron.

Clip arremessou a caixinha para ele e encheu dois copos com algo que derramou de um decantador. Depois de entregar um dos copos a Calvin, apontou para as cadeiras diante da vidraça. Perfeitas. Exatamente na linha central da arena. E com um razoável espaço para as pernas. Mesmo Calvin, que tinha mais de dois metros, podia se espichar um pouco. Os três se sentaram lado a lado, todos virados para a arena, o que ainda era estranho. Numa reunião de negócios as pessoas geralmente se sentam de frente umas para as outras, ao redor de uma mesa. Mas ali eles estavam ombro a ombro, olhando para a equipe que afixava o tablado.

– Saúde – brindou Clip, e bebeu um gole de uísque.

Calvin Johnson apenas ergueu seu copo. Myron, obedecendo às instruções do fabricante, agitou a caixinha.

– Se não estou enganado – prosseguiu Clip –, você agora é advogado.

– Sou membro da Ordem – falou Myron –, mas raramente preciso advogar.

– Agencia atletas, não é?

– É.

– Não confio em agentes – disse Clip.

– Nem eu.

– De modo geral são uns sanguessugas.

– Preferimos o termo "entidades parasitas" – disse Myron. – É mais politicamente correto.

Clip Arnstein se inclinou para a frente e cravou os olhos em Myron.

– Como vou saber se posso confiar em você?

Myron apontou para si mesmo.

– Minha testa. Está escrito nela que sou uma pessoa confiável.

– Tudo bem.

– Você me dá sua palavra de que nossa conversa não sairá desta sala?

– Dou.

Clip hesitou um instante. Olhou para Calvin Jonhson, reacomodou-se na cadeira e por fim disse:

– Você conhece Greg Downing, claro.

Claro que Myron conhecia Greg Downing. A rivalidade entre os dois se instalara logo no primeiro jogo de um campeonato municipal em que eles haviam se confrontado, ainda no ensino fundamental, a menos de 20 quilômetros de onde Myron estava agora. No ensino médio, Greg se mudara com a família para a cidade vizinha de Essex Falls, pois o pai não queria ver o filho dividindo a ribalta do basquete com Myron. Foi então que a rivalidade entre os garotos tomou novas proporções. Ao longo do ensino médio, ambos se enfrentaram oito vezes, cada um vencendo quatro jogos. Myron e Greg haviam se tornado os atletas mais cobiçados de Nova Jersey, e depois ingressaram em universidades com times fortes de basquete e um longo histórico de rivalidade: Myron na Duke e Greg na Universidade da Carolina do Norte.

Nos anos de faculdade, dividiram duas capas da *Sports Illustrated*. Suas equipes haviam vencido duas vezes o campeonato da Costa Leste, mas Myron vencera um campeonato nacional. Tanto ele quanto Greg foram incluídos pela crítica especializada na lista de melhores armadores do basquete universitário. Até a formatura, a Duke e a Universidade da Carolina do Norte se enfrentaram 12 vezes, com oito vitórias para a equipe de Myron. À época dos recrutamentos para a NBA, ambos foram escolhidos logo na primeira bateria.

A rivalidade atingiu seu ápice.

No entanto, a carreira de Myron chegou ao fim quando ele trombou com o gigante Burt Wesson. Greg Downing, por sua vez, escapou das garras do destino para se tornar um dos principais armadores da NBA. Durante a carreira de 10 anos com os Dragons de Nova Jersey, foi convocado oito vezes para a equipe "All-Star" americana. Por duas vezes foi o jogador com o maior número de cestas de três pontos; por quatro, o jogador com o maior aproveitamento de lances livres; e por uma, o jogador com o maior número de assistências. Estampou a capa de três edições da *Sports Illustrated* e venceu um campeonato da NBA.

– Sim, conheço Greg – respondeu Myron.

– Vocês se falam com frequência? – perguntou Clip Arnstein.

– Não.

– Quando foi a última vez que se falaram?

– Não lembro.

– Nos últimos dias?

– Acho que faz 10 anos que não falo com Greg.

– Ah – disse Clip, e deu mais um gole no uísque. Calvin ainda não havia tocado no seu. – Bem, você deve ter ouvido sobre a contusão dele.

– Alguma coisa no tornozelo, não é? – falou Myron. – Coisa de rotina. Pelo que sei, ele está afastado, em recuperação.

Clip fez que sim com a cabeça.

– Essa é a história que passamos para a mídia. Mas não é exatamente a verdade.

– Ah, não?

– Greg não se contundiu – revelou Clip. – Ele desapareceu.

– Desapareceu? – De novo o incorrigível interrogador.

– Sim. – Clip deu mais um gole. Myron também bebeu um pouco do achocolatado, embora sua vontade fosse sorvê-lo até o fim.

– Desde quando? – perguntou.

– Faz cinco dias.

Myron olhou para Calvin, que permanecia impassível. Mas assim era o rosto dele. Nos tempos em que jogava, tinha o apelido de Geleira, pois raramente demonstrava alguma emoção. Ainda fazia jus ao nome.

Myron fez nova tentativa:

– Quando você diz que Greg "desapareceu"...

– Sumiu do mapa sem deixar rastros – disse Clip. – Escafedeu-se. Chame como quiser...

– Vocês avisaram à polícia?

– Não.

– Por que não?

Clip novamente fez um sinal com a mão.

– Você conhece o Greg. Ele não é nada convencional.

A obviedade do milênio.

– Nunca faz o que se espera dele – prosseguiu Clip. – Detesta a fama que conquistou. Gosta de ficar sozinho. Inclusive já sumiu outras vezes no passado, mas nunca durante a fase final do campeonato.

– E daí?

– E daí que há uma grande probabilidade de que ele esteja apenas sendo o esquisitão de sempre – disse Clip. – Greg arremessa como ninguém, mas verdade seja dita: está a dois passos da demência. Sabe o que ele faz depois dos jogos?

Myron negou com um aceno de cabeça.

– Dirige um táxi na cidade. Isso mesmo que você ouviu: a porcaria de um táxi amarelo em Manhattan. Diz que é para se aproximar das pessoas comuns. Greg não comparece a nenhum evento público. Não faz publicidade nem dá entrevistas. Nem sequer contribui com alguma causa filantrópica. E o jeito que ele se veste? Parece um personagem de um daqueles seriados da década de 1970. O cara é um louco de pedra.

– O que o torna ainda mais popular entre os fãs – observou Myron. – E portanto vende mais ingressos.

– Concordo – disse Clip –, mas isso só corrobora a minha tese. Chamar a polícia traria enormes prejuízos não só para o próprio Greg, mas para a equipe inteira. Você pode muito bem imaginar o circo que a mídia faria com uma história dessas, não?

– Seria um horror – admitiu Myron.

– Exatamente. Mas e se ele estiver apenas dando um tempo em French Lick, ou em qualquer outro buraco onde costuma se enfiar durante as férias, pescando ou fazendo sei lá o quê? Meu Deus, a novela não teria mais fim. Por outro lado, suponhamos que ele tenha aprontado alguma.

– Aprontado alguma? – repetiu Myron.

– Sei lá. É apenas uma suposição. Mas não preciso de um maldito escândalo nessa altura do campeonato. Não com as finais se aproximando, entende?

Myron não entendia, mas deixou passar.

– Quem mais sabe dessa história? – perguntou.

– Só nós três.

Os funcionários do estádio já armavam as cestas. Havia um par adicional para o caso de alguém quebrar a tabela. Como a maioria dos estádios, o Meadowlands de Nova Jersey dispunha de mais assentos para o basquete que para o hóquei – no caso, mil assentos a mais. Myron deu outro gole no achocolatado e deixou que o líquido escorresse lentamente garganta abaixo. Só então fez a pergunta óbvia:

– E eu, onde entro nisso?

Clip hesitou antes de responder. Respirava com certa dificuldade, quase ofegando.

– Sei alguma coisa sobre o seu passado no FBI – disse afinal. – Nenhum detalhe, claro. Apenas coisas vagas, mas o bastante para saber que você tem alguma experiência. Queremos que você encontre o Greg. Na surdina.

Myron não disse nada. Ao que parecia, seu passado de "agente secreto" não tinha absolutamente nada de secreto. Clip deu um gole em sua bebida, olhou para o copo cheio de Calvin e depois para o próprio Calvin, que finalmente provou o uísque. Voltando a atenção para Myron, continuou:

– Greg agora é divorciado. A bem da verdade, é um solitário. Todos os amigos dele... ou melhor, todos os conhecidos, são os companheiros de equipe, que funcionam como uma espécie de grupo de apoio, por assim dizer. São a família dele. Se alguém souber onde ele está... e se alguém estiver ajudando Greg a se esconder, só pode ser um dos Dragons. Vou ser honesto com você: esses caras são um pé no saco. Um bando de mimadinhos que acham que nosso único objetivo na vida é servi-los. Mas todos têm uma coisa em comum: veem os cartolas como inimigos. "Nós contra o mundo", esse tipo de bobagem. Nunca nos dizem a verdade. Nem aos jornalistas. E se você tentar se aproximar deles como, digamos, uma "entidade parasita", também não vai ouvir a verdade. O único jeito é se tornar um deles. Um jogador. Só um jogador terá alguma chance de soltar a língua deles.

– Então você quer que eu entre na equipe para encontrar o Greg?

Myron ouviu na própria voz os ecos de sua dor, que vieram à tona contra a sua vontade. Percebendo que os outros dois tinham reparado nisso, corou de vergonha.

Clip tocou-o no ombro.

– Myron, fui sincero quando disse que você poderia ter sido um grande jogador. Um dos melhores.

Myron deu um grande gole no achocolatado; estava farto dos golinhos.

– Desculpe-me, Sr. Arnstein. Não vou poder ajudá-lo.

O cenho franzido novamente deu o ar de sua graça no rosto de Clip.

– Não?

– Tenho uma vida. Agencio atletas. Tenho clientes que precisam dos meus cuidados. Não posso abandonar tudo de uma hora para outra.

– Você vai ganhar a remuneração mínima dos jogadores, proporcional à sua participação na temporada. Ou seja, cerca de 200 mil dólares. E só faltam algumas semanas para as finais. Até lá vamos mantê-lo no time, aconteça o que acontecer.

– Não. Meus dias de jogador acabaram. Além do mais, não sou nenhum detetive particular.

– Mas precisamos encontrar o Greg. É possível que ele esteja correndo algum perigo.

– Sinto muito. Minha resposta é não.

Clip sorriu.

– E se colocarmos mais algum docinho na sua boca?

– Não.

– Um bônus de 50 mil.

– Desculpe.

– Mesmo que Greg dê as caras amanhã, você receberá seu bônus. Cinquenta mil pratas. Mais uma porcentagem da renda das finais.

– Não.

Clip se recostou na cadeira. Olhando fixamente para o uísque, afundou nele o indicador e remexeu o líquido. Displicentemente, falou:

– Você falou que agencia atletas, certo?

– Certo.

– Sou muito amigo dos pais de três garotos que vão ser recrutados na primeira bateria. Sabia disso?

– Não.

– Suponhamos – disse Clip lentamente – que eu prometa a você um contrato com um desses garotos.

Myron ficou subitamente interessado. Um contrato com um atleta recrutado logo na primeira bateria de convocações. Tentou manter a calma, dar uma de Geleira, mas seu coração retumbava no peito.

– Como pode me prometer uma coisa dessas?

– Confie em mim.

– Não me parece muito ético.

Clip deu um risinho de escárnio.

– Myron, não vá querer bancar o santo comigo agora. Você me presta esse pequeno serviço, e a MB Representações Esportivas ganha seu primeiro contrato com um atleta de primeira bateria. Dou minha palavra. Seja lá qual for o desfecho dessa história com o Greg.

MB Representações Esportivas. A agência de Myron. Myron Bolitar. Daí o MB. Uma agência de representação de atletas. Daí o Representações Esportivas. Somando uma coisa a outra: MB Representações Esportivas. O próprio Myron havia cunhado o nome, mas até então nenhuma agência de publicidade havia requisitado seus talentos criativos.

– Cem mil dólares de bônus logo na contratação – contrapôs ele.

Clip sorriu.

– Você aprendeu direitinho, Myron.

Myron deu de ombros.

– Setenta e cinco mil – ofereceu Clip. – E você vai aceitar. Sou macaco velho, não perca seu tempo tentando me passar a perna.

O acordo foi selado com um aperto de mãos.

– Tenho mais algumas perguntas quanto ao sumiço de Greg – disse Myron.

Apoiando-se nos dois braços da cadeira, Clip ficou de pé e se pôs diante dele.

– Calvin lhe dará todas as respostas – falou, apontando o queixo na direção do diretor-geral. – Agora preciso ir.

– Então, quando você quer que eu comece a treinar?

Clip pareceu surpreso com a pergunta.

– Treinar?

– É. Quando você quer que eu comece?

– Temos um jogo hoje à noite.

– Hoje à noite?

– Sim.

– Quer que eu jogue ainda hoje?

– Contra um dos nossos velhos adversários, os Celtics. Calvin providenciará seu uniforme a tempo. Coletiva com a imprensa às seis horas para anunciar a contratação. Não se atrase. – Clip foi saindo rumo à porta. – E use essa gravata. Gostei dela.

– Hoje à noite? – repetiu Myron, mas Clip já havia saído.

capítulo 2

ASSIM QUE CLIP DEIXOU a tribuna, Calvin Johnson se permitiu um discreto sorriso.

– Falei que seria estranho, não falei?

– Estranho é pouco – concordou Myron.

– Já terminou seu achocolatado?

Myron jogou a caixinha fora.

– Já.

– Então venha. Precisamos nos preparar para a grande estreia.

Calvin Johnson andava com desenvoltura, o tronco ereto. Era negro, magérrimo e muito alto (2,07m), mas não tinha um corpo desproporcional nem era desengonçado. Estava usando um terno cinza da Brooks Brothers, de corte perfeito. O nó da gravata também era perfeito, assim como o lustro dos sapatos. Os cabelos muito crespos começavam a retroceder, deixando a testa um tanto grande e brilhante demais. Quando Myron se matriculou na Duke, Calvin já cursava o último ano na Universidade da Carolina do Norte. Portanto tinha uns 35 anos, embora parecesse mais velho. Tivera uma bela trajetória no basquete profissional ao longo de 11 temporadas. Ao se aposentar, três anos antes, todos sabiam que seguiria o caminho da administração esportiva. Começara como técnico-assistente, passara a gerente de elenco e recentemente fora promovido a vice-presidente e diretor-geral dos Dragons de Nova Jersey. Apenas títulos, porém. Era Clip quem comandava o circo. Diretores-gerais, vice-presidentes, gerentes de elenco, preparadores físicos e até mesmo técnicos, todos se dobravam às vontades dele.

– Espero que você leve numa boa essa sua nova missão – disse Calvin.

– E por que não levaria?

Calvin deu de ombros:

– Já joguei contra você.

– E daí?

– E daí que você é um dos filhos da puta mais competitivos que já tive que enfrentar em campo – respondeu Calvin. – Pisaria na cabeça de alguém se isso fosse necessário para vencer. E agora vai esquentar a bunda num banco de reservas. Então, como é que vai ser?

– Não vai ser problema algum.

– Ahã.

– Amoleci ao longo dos anos.

Calvin balançou a cabeça.

– Duvido.

– Duvida?

– Pode achar que amoleceu. Talvez até achar que tirou o basquete da cabeça.

– E tirei mesmo.

Calvin parou, sorriu, espalmou as mãos.

– Claro que sim. Basta olhar para você, Myron. Você poderia muito bem estampar o pôster do que deveria ser a pós-vida de um atleta. Um belo exemplo para qualquer esportista. Sua carreira inteira desabou diante dos seus olhos, mas você enfrentou o desafio. Voltou para a faculdade... Para a faculdade de Direito de Harvard, ainda por cima. Abriu seu próprio negócio, uma agência de representação de atletas em franco crescimento... Ainda está namorando aquela escritora?

Ele estava falando de Jessica. Embora o relacionamento com ela andasse sempre na corda bamba, Myron respondeu:

– Estou.

– Então. Você conseguiu seu diploma, sua empresa e uma namorada bonita. No aspecto exterior parece um homem plenamente feliz e equilibrado.

– No aspecto interior também.

Calvin balançou a cabeça.

– Acho que não.

– Não fui eu que pedi para entrar no time – argumentou Myron.

– Mas também não resistiu muito. Apenas barganhou a grana.

– Sou agente. É isso que eu faço. Barganho grana.

Calvin parou novamente e olhou para Myron.

– Você realmente acha que precisa fazer parte da equipe para encontrar o Greg?

– Na opinião do Clip, sim.

– Clip é um sujeito formidável – disse Calvin –, mas cheio de segundas intenções.

– Tipo o quê?

Calvin não respondeu. Retomou a caminhada.

Eles alcançaram o elevador. Calvin apertou o botão e as portas imediatamente se abriram. Eles entraram e foram descendo.

– Olhe bem nos meus olhos – prosseguiu Calvin – e me diz, com toda a sinceridade, que nunca pensou em voltar a jogar.

– Quem nunca *pensa* em voltar? – rebateu Myron.

– Sim, mas diz aí se você não vai um passo além, se de vez em quando não dá asas à imaginação e sonha em voltar correndo para as quadras. Mesmo agora, quando está vendo algum jogo na TV, diz que não sente aquela fisgada no peito. Diz que, vendo o Greg jogar, você não fica pensando em toda a glória e adulação de uma carreira de sucesso. Diz que nunca pensa: "Eu era melhor do que ele." Porque é verdade, Myron. Greg é um ótimo jogador, um dos 10 melhores da liga. Mas você era melhor. Nós dois sabemos disso.

– Isso foi há muito tempo – disse Myron.

Calvin sorriu e disse:

– Tudo bem, vai.

– Aonde você quer chegar afinal?

– Você está aqui para encontrar o Greg. Mas depois que encontrá-lo, você vai embora. E toda a novela chegará ao fim. Clip vai poder dizer que lhe deu uma chance, mas que você não estava à altura do desafio. Vai posar de bonzinho e receber toda a bajulação da mídia.

– Bajulação da mídia – repetiu Myron, lembrando-se da coletiva que tinha pela frente. – Seria essa uma de suas segundas intenções?

Calvin deu de ombros.

– Não importa. O que realmente importa é que você não alimente muito as suas esperanças. Vai jogar apenas se estivermos ganhando por uma diferença muito grande, o que raramente acontece nas finais. E mesmo que aconteça, mesmo que você jogue maravilhosamente, nós dois sabemos que tudo não terá passado de uma grande colher de chá. E você não vai jogar maravilhosamente porque é um filho da puta competitivo para caramba e só joga bem quando sabe que os pontos são definitivos para a vitória do time.

– Entendo – disse Myron.

– Espero que sim, meu amigo. – Calvin ergueu os olhos para a numeração dos andares. As luzes refletiram no castanho das íris. – Os sonhos nunca morrem. Às vezes achamos que eles estão mortos, mas estão apenas hibernando como um urso velho. E quando a hibernação é muito longa, o urso acorda bravo e faminto.

– Você devia escrever música country – sugeriu Myron.

Calvin balançou a cabeça.

– Estou apenas tentando abrir os olhos de um amigo.

– Muito agradecido. Mas agora, que tal me contar tudo o que sabe sobre o sumiço de Greg?

O elevador parou e as portas se abriram. Calvin saiu primeiro para mostrar o caminho.

– Não há muito a contar – afirmou. – Jogamos contra os Sixers na Filadélfia. Depois do jogo, Greg entrou no ônibus com todo mundo e, quando chegamos aqui, saiu com todo mundo também. Foi visto pela última vez quando estava entrando no carro dele. E isso é tudo.

– Como ele estava naquela noite?

– Bem. Tinha feito um bom jogo na Filadélfia. Marcou 27 pontos.

– Mas e o estado de espírito?

Calvin refletiu um instante.

– Não notei nada de diferente – falou.

– Alguma novidade na vida pessoal?

– Novidade?

– Mudanças, esse tipo de coisa.

– Bem, teve o divórcio – observou Calvin. – Um divórcio feio. Sei que a Emily pode ser bastante difícil. – Mais uma vez ele parou e abriu um sorriso para Myron. Um sorriso de gato de Alice. Myron não o retribuiu.

– E aí, Geleira, lembrou de alguma coisa?

O sorriso se escancarou ainda mais.

– Você e Emily já não tiveram um rolo também?

– Séculos atrás.

– Namoradinhos de faculdade, se me lembro bem.

– Como eu disse, séculos atrás.

– Então – disse Calvin, voltando a caminhar –, até com as mulheres você era melhor que o Greg.

Myron ignorou o comentário.

– Clip sabe de meu suposto "passado" com Emily?

– Ele é muito meticuloso nas pesquisas que faz.

– Então foi por isso que vocês me escolheram – disse Myron.

– O fato foi levado em consideração, mas não creio que tenha sido muito importante.

– Por quê?

– Greg detesta Emily. Jamais confiaria um segredo a ela. Mas, desde o início dessa guerra pela guarda dos filhos, algo definitivamente mudou nele.

– Como assim?

– Para início de conversa, ele assinou um contrato de publicidade com a Forte, a marca de tênis.

Myron ficou surpreso.

– Greg? Um contrato de publicidade?

– Tudo foi feito assim, meio na moita – explicou Calvin. – A notícia será divulgada no fim do mês, pouco antes das finais.

Myron assobiou e falou:

– Ele deve ter recebido uma fortuna.

– Fortuna e meia, segundo ouvi dizer. Mais de 10 milhões por ano.

– Faz sentido. Um jogador popular que por mais de uma década se recusou a endossar qualquer produto. O apelo não poderia ser maior. A Forte tem uma grande presença no atletismo e no tênis, mas é praticamente desconhecida no mundo do basquete. O endosso de Greg dará a eles uma credibilidade instantânea.

– É verdade – concordou Calvin.

– Você consegue imaginar o que levou Greg a mudar de ideia depois de tantos anos?

Calvin deu de ombros.

– Talvez ele tenha se dado conta de que já não é nenhum garotão em início de carreira e resolvido encher a burra. Talvez tenha sido toda essa história do divórcio. Ou talvez ele tenha levado uma porrada na cabeça e despertado com um mínimo de juízo.

– Onde ele foi morar depois do divórcio?

– Na casa de Ridgewood. No condado de Bergen.

Myron sabia muito bem onde ficava Ridgewood. Pediu o endereço, e Calvin lhe passou.

– E a Emily? – perguntou Myron. – Onde ela está morando?

– Foi com as crianças para a casa da mãe dela. Acho que estão em Franklin Lakes, ou algum lugar naqueles lados.

– Vocês já fizeram alguma averiguação? A casa de Greg, os cartões de crédito, as contas bancárias...

Calvin fez que não com a cabeça.

– Clip achou que o assunto era grave demais para ser confiado a uma agência de detetives. Por isso chamamos você. Passei de carro pela casa de Greg algumas vezes e numa delas cheguei a bater na porta. Nenhum carro na entrada ou na garagem. Nenhuma luz acesa.

– Mas ninguém entrou na casa?

– Não.

– Então, até onde vocês sabem, é possível que ele tenha escorregado no chuveiro e batido a cabeça.

Calvin olhou para ele.

– Falei que não tinha nenhuma luz acesa. Acha que ele estaria tomando banho no escuro?

– Bem pensado – disse Myron.

– Que belo investigador você é.

– Costumo demorar para engrenar.

Eles chegaram à sala do time.

– Espere aqui – pediu Calvin.

Myron pescou seu celular.

– Você se importa se eu fizer uma ligação?

– Fique à vontade.

Assim que Calvin atravessou a porta, Myron ligou o celular e discou um número. Jessica atendeu no segundo toque.

– É melhor que você tenha uma boa desculpa – disse ela.

– Uma excelente desculpa: fui contratado para jogar basquete profissional na equipe dos Dragons de Nova Jersey.

– Ótimo. Bom jogo para você, meu amor.

– É sério. Vou jogar com os Dragons. Na verdade, "jogar" não é bem a palavra. O mais correto seria dizer que vou ralar a bunda no banco de reservas.

– Você está mesmo falando sério?

– É uma longa história, mas estou sim. A partir de hoje sou um jogador de basquete profissional.

Silêncio.

– Nunca saí com um jogador de basquete na minha vida – comentou Jessica.
– Agora vou ficar igual a Madonna.

– *Like a virgin* – disse Myron.

– Uau. A referência não poderia ser mais antiga.

– É verdade, mas... O que eu posso dizer? Sou um cara dos anos 80.

– Então, Sr. Anos 80, vai me dizer o que está acontecendo ou não?

– Agora não vai dar. Mais tarde. Depois do jogo. Vou deixar um ingresso para você na bilheteria.

Calvin espichou a cabeça pela porta.

– Que número você veste? Quarenta e dois?

– Quarenta e quatro. Talvez 46.

Calvin meneou a cabeça e voltou à sala. Myron discou o número privado de Windsor Horne Lockwood III, presidente da prestigiosa Lock-Horne Seguros e Investimentos, no centro de Manhattan. Win respondeu na terceira chamada.

– Articule.

– Articule?

– Eu disse "articular", não "repetir".

– Temos um caso – informou Myron.

– Misericórdia... – resmungou Win com sua costumeira inflexão quatrocentona. – Fico feliz com as boas-novas. Feliz, exultante, extasiado. Mas antes que eu molhe as calças de tanto júbilo, preciso fazer uma pergunta.

– Manda bala.

– Este novo caso... seria mais um daqueles seus rompantes de filantropia?

– Pode ir molhando as calças, porque a resposta é não.

– Não? Nosso heroico Myron não pensa em empreender mais uma de suas cruzadas morais?

– Dessa vez, não.

– Glória ao Pai nas alturas! Então o que é, afinal?

– Greg Downing está desaparecido. Nossa missão é encontrá-lo.

– E o que vamos receber pelos serviços prestados?

– Pelo menos 75 mil, mais um contrato com um atleta de primeira bateria.
– Myron julgou que aquele não era o momento de contar a Win sobre sua temporária mudança de carreira.

– Alvíssaras! – exclamou Win. – Por onde começamos?

Myron passou a ele o endereço da casa de Greg em Ridgewood.

– Nos encontramos lá em duas horas – falou.

– Vou pegar o Batmóvel – disse Win, e desligou.

Calvin voltou à porta e estendeu a Myron o uniforme com as cores (roxo e turquesa) dos Dragons de Nova Jersey.

– Experimente isto.

Myron ficou imóvel por um instante. Ficou ali, olhando para o uniforme, o estômago ameaçando câimbras. Por fim, quase a meia-voz, disse:

– Número 34?

– É – disse Calvin. – Seu número na equipe da Duke. Eu ainda me lembro.

Silêncio.

Que foi quebrado por Calvin:

– Anda, experimenta.

Myron sentiu os olhos marejarem. Balançou a cabeça e disse:

– Não será preciso. Tenho certeza de que é o tamanho certo.

capítulo 3

Ridgewood fazia parte dos abastados subúrbios de Nova Jersey, uma daquelas cidadezinhas que ainda eram chamadas de "vilarejos", onde 95% dos alunos iam para a universidade e ninguém deixava que os filhos se associassem aos 5% restantes. Aqui e ali se viam alguns conjuntos habitacionais, exemplos raros da explosão suburbana ocorrida em meados dos anos 1960, mas de modo geral as belas casas de Ridgewood datavam de um tempo mais remoto e, em tese, mais inocente.

Myron encontrou a casa de Downing sem nenhuma dificuldade. Estilo vitoriano. Grande, mas sem exagero: três pavimentos com um telhado de cedro perfeitamente desbotado. À esquerda havia uma daquelas torres arredondadas de cume pontudo. A varanda era ampla, com todos os apetrechos de um quadro de Norman Rockwell: um sofá de balanço; uma bicicleta de criança recostada à parede; um trenó, embora não nevasse há seis semanas. A cesta de basquete, que não poderia faltar, já se encontrava ligeiramente enferrujada, perto da via de acesso à garagem. Os adesivos vermelho e prata do Corpo de Bombeiros reluziam em duas janelas do segundo pavimento. Carvalhos centenários margeavam o caminho como sentinelas veteranos.

Win ainda não havia chegado. Myron estacionou e baixou a janela do carro. Um dia perfeito de março. O céu, azul como ovos de rouxinol. Passarinhos cantavam para completar o clichê. Myron tentou imaginar Emily ali, mas a imagem não se sustentava. Era muito mais fácil vê-la num arranha-céu em Nova York ou numa daquelas mansões de novos-ricos, toda branca com esculturas de Erté, adornos de prata e um excesso de espelhos com molduras espalhafatosas. Por outro lado, fazia 10 anos que eles não se falavam. Talvez ela tivesse mudado. Ou talvez ele estivesse equivocado no juízo que vinha fazendo dela durante todo esse tempo. Não seria a primeira vez.

Era engraçado estar de volta a Ridgewood. Jessica havia crescido ali. Não gostava de voltar ao lugar, mas agora os dois amores da vida dele (Jessica e Emily) tinham mais uma coisa em comum: o vilarejo de Ridgewood. O mais novo item de uma lista que já incluía coisas como: conhecer Myron, ser cortejada por Myron, apaixonar-se por Myron, esmagar o coração de Myron com o salto agulha de um sapato. Coisas de rotina.

Emily fora sua primeira mulher. Perder a virgindade no primeiro ano de faculdade era tarde para os parâmetros da época, pelo menos segundo o que a rapaziada alardeava. Mas se de fato houve uma revolução sexual entre os adolescentes americanos na virada dos anos 1970 para os 1980, Myron ou ficara de fora dela ou nem sequer a percebera. Sempre fizera sucesso com as mulheres, o problema não era esse. Mas enquanto os amigos discursavam detalhadamente sobre suas diversas aventuras orgíacas, Myron parecia atrair o tipo errado de mulher, as certinhas, aquelas que ainda diziam não – ou teriam dito caso ele tivesse tido a coragem (ou a antevisão) de tentar alguma coisa.

Isso mudou na faculdade, quando ele enfim conheceu Emily.

Paixão. Uma palavra relativamente gasta, mas que Myron julgava ser a mais apropriada para seu caso. No mínimo, uma atração irresistível. Emily era o tipo de mulher que os homens costumam chamar de "gostosa" em vez de "bonita". Um homem vê uma mulher bonita e faz o quê? Pinta um quadro, escreve um poema. Mas quem visse Emily logo pensaria em arrancar suas roupas. Emily exalava sensualidade; talvez tivesse uns cinco quilinhos a mais que o desejável, mas esses quilinhos eram distribuídos com perfeição. A dupla formava uma poderosa mistura. Ambos tinham menos de 20 anos, ambos estavam longe de casa pela primeira vez, ambos eram pessoas criativas.

Nitroglicerina pura.

O telefone do carro tocou e Myron atendeu.

– Suponho que o plano seja invadir a residência dos Downing – disse Win.

– Correto.

– Então, estacionar o carro diante da dita residência não me parece uma decisão muito sábia, concorda?

Myron olhou ao redor.

– Onde você está?

– Vá até o fim do quarteirão. Dobre à esquerda, depois a segunda à direita. Estou diante de um centro comercial.

Myron desligou e deu partida no carro. Seguindo as instruções recebidas, chegou ao estacionamento do pequeno shopping. Win estava ali de braços cruzados, recostado em seu Jaguar. Parecia, como sempre, estar posando para a capa de uma revista voltada a americanos brancos e ricos. Os cabelos louros estavam meticulosamente penteados. As faces ligeiramente rosadas, o rosto de traços marcantes e porcelânicos, talvez perfeitos demais. Usava um par de calças cáqui, blazer azul-marinho e uma gravata Lilly Pulitzer de cores berrantes. Win tinha exatamente o aspecto que se espera de alguém chamado Windsor Horne Lockwood III: elitista, autocentrado e bunda-mole.

Bem, bunda-mole ele não era.

O centro comercial abrigava um grupo eclético de estabelecimentos. Consultório ginecológico. Eletrólise. Serviço de entrega de intimações. Nutricionista. Academia só para mulheres. Como era de se esperar, Win havia estacionado junto à entrada da academia. Myron foi ao encontro dele.

– Como você sabia que eu estava na frente da casa do Greg? – perguntou.

Sem tirar os olhos da porta da academia, Win apontou o queixo para a esquerda.

– Aquela colina. Do alto dá para ver tudo com um par de binóculos.

Uma moça com seus 20 e poucos anos, usando uma malha preta de aeróbica, saiu da academia com um bebê no colo. Não demorara muito para recuperar a forma. Win sorriu para ela. E ela sorriu de volta.

– Adoro as jovens mamães – disse Win.

– Você adora malhas de ginástica.

Win confirmou com um aceno de cabeça.

– Tem razão. – Botou os óculos escuros e prosseguiu: – Então, vamos lá?

– Acha que é arriscado entrar na casa?

Win estampou no rosto sua expressão de "Vou fingir que não ouvi". Outra mulher saiu da academia; infelizmente, não fez jus a nenhum sorriso de Win.

– Coloque-me a par de tudo – ordenou ele. – E saia da frente. Quero que elas vejam o Jaguar.

Myron contou tudo o que sabia. Oito mulheres saíram durante os cinco minutos gastos com o relato. Apenas duas mereceram o Sorriso. Uma delas usava uma malha com estampa de tigre; portanto fez jus ao Sorriso de Voltagem Máxima, o que ia de orelha a orelha.

Win dava a impressão de não ter registrado nada do que Myron disse. Mesmo ao saber que o amigo ocuparia temporariamente a vaga deixada por Greg nos

Dragons, continuara a olhar com volúpia para a porta da academia de ginástica. Típico em se tratando de Win. Myron terminou seu relato dizendo:

– Alguma pergunta?

Win levou o indicador aos lábios.

– Você acha que a tigresa estava usando alguma coisa por baixo da malha?

– Sei lá. Mas seguramente estava usando uma aliança.

Win deu de ombros. Alianças não significavam nada para ele. Ele não acreditava no amor nem nos relacionamentos com o sexo oposto. Alguns poderiam acusá-lo de machista. Mas estariam enganados. Win não via as mulheres como objetos; certos objetos mereciam seu respeito.

– Venha comigo – pediu.

Win e Myron se encontravam a menos de um quilômetro da casa dos Downing. Win já havia feito suas pesquisas, sabia qual era o trajeto que não levantaria suspeitas. Eles caminharam no silêncio confortável de dois homens que se conheciam bem e desde muito tempo.

– Há um detalhe interessante nesta história toda – disse Myron.

Win esperou.

– Você se lembra de Emily Shaeffer? – perguntou Myron.

– O nome não me é estranho.

– Fomos namorados por dois anos na Duke.

Os dois amigos haviam se conhecido na Duke. Também haviam dividido a mesma suíte no dormitório durante quatro anos. Fora Win quem apresentara Myron às artes marciais, quem o levara a trabalhar com o FBI. Ele agora era um homem das altas finanças com sua empresa na Park Avenue, uma corretora de valores que pertencia à família dele desde os primórdios do mercado acionário. Myron alugava salas no prédio do amigo e também confiava a ele toda a gestão do patrimônio financeiro de seus clientes na MB Representações Esportivas.

Win refletiu um instante.

– Não é aquela que costumava guinchar feito um macaco?

– Não – respondeu Myron.

Win pareceu surpreso.

– Quem era aquela que guinchava feito macaco?

– Não faço a menor ideia.

– Talvez fosse uma das minhas.

– Pode ser.

Win pensou mais um pouco, sacudiu os ombros.

– O que tem ela, afinal?

– Era casada com Greg Downing.

– Eles se divorciaram?

– Sim.

– Agora me lembro – disse Win. – Emily Schaeffer, a rechonchuda.

Myron fez que sim com a cabeça.

– Nunca gostei dela – prosseguiu Win. – A não ser pelos guinchos de macaco. Tinham lá a sua graça.

– Não era ela que guinchava feito macaco.

Win sorriu discretamente.

– As paredes eram finas – falou.

– E você ficava bisbilhotando a gente?

– Só quando você baixava a cortina de modo que eu não pudesse ver.

Myron balançou a cabeça.

– Você é uma mula.

– Antes mula que macaco.

Eles alcançaram o gramado em frente à casa e caminharam até a porta. O truque era agir com a maior naturalidade possível. Esgueirar-se pelos fundos decerto chamaria a atenção de alguém. Dificilmente dois homens engravatados entrando pela porta principal seriam tomados por ladrões.

Havia um teclado de metal com uma luzinha vermelha acesa.

– Alarme – disse Myron.

Win fez que não com a cabeça.

– É falso. Apenas uma luzinha. Provavelmente comprado numa loja vagabunda. – Win olhou para a fechadura e deu um risinho. – Uma porcaria dessas na casa de um jogador de basquete milionário – comentou, claramente enojado. – Uma fechadura de brinquedo seria mais segura.

– Mas e a tranca embutida? – perguntou Myron.

– Não está trancada.

Win já havia tirado da carteira uma tira de celuloide. Os cartões de crédito eram rígidos demais. O celuloide funcionava bem melhor. Em poucos segundos, não mais do que teria sido necessário caso tivessem a chave, a porta se abriu e eles passaram ao hall de entrada. A correspondência, jogada através de uma fenda na porta, encontrava-se esparramada pelo chão. Myron rapidamente conferiu as datas de postagem nos envelopes. Ninguém estivera naquela casa por pelo menos cinco dias.

A decoração era bonita, de um falso rústico à la Martha Stewart. O estilo dos móveis era o que as pessoas chamavam de "country simples", de aspecto realmente simples mas de preços astronômicos. Muito pinho, vime, antiguidades e flores secas. O perfume do *pot-pourri* era forte, chegava a enjoar.

Win e Myron se separaram. Win subiu para o escritório; ligou o computador e copiou tudo o que pôde para um disquete. Myron encontrou a secretária eletrônica num cômodo que costumava ser chamado de "estar íntimo", mas que os ricos agora chamavam de "sala Califórnia" ou "sala de lazer". A secretária informava o horário e a data de cada mensagem. Mais conveniente impossível. Myron apertou o botão. Logo na primeira mensagem, que a voz digital informava ter sido recebida às 21h18 da noite em que Greg sumira, Myron encontrou algo interessante.

Com a voz meio trêmula, uma mulher dizia: "Aqui é a Carla. Te espero na cabine dos fundos até meia-noite." *Clic.*

Myron ouviu novamente. Ao fundo se ouvia uma cacofonia de conversas, música e taças tilintando. A ligação decerto havia sido feita de um bar ou restaurante, sobretudo em razão da referência à tal cabine. Pois bem: quem seria a tal Carla? Uma namorada? Provavelmente. Quem mais ligaria tão tarde para marcar um encontro ainda mais tarde naquela noite? Mas, claro, aquela não havia sido uma noite como outra qualquer. Greg Downing havia desaparecido em algum momento entre aquela ligação e a manhã seguinte.

Estranha coincidência.

Onde teriam eles se encontrado afinal? Se é que Greg de fato chegara ao tal restaurante ou bar. E por que Carla, quem quer que ela fosse, parecia tão abalada? Estaria ele, Myron, imaginando coisas?

Myron ouviu o resto das mensagens. Nenhuma outra de Carla. Se Greg não tivesse ido ao seu encontro, ela não teria ligado outra vez? Provavelmente. Portanto, Myron podia presumir com certa segurança que Greg Downing havia se encontrado com a tal Carla em algum momento antes de seu sumiço.

Uma pista.

Também havia quatro ligações de Martin Felder, o agente de Greg, que a cada mensagem parecia mais agastado. A última dizia: "Porra, Greg, por que você não liga de volta? Essa sua contusão no tornozelo foi mais grave do que eu pensava? Mas nem pense em dar perdido nesse momento, justo agora que vamos fechar negócio com a Forte. Me liga, ok?" Havia ainda três ligações de um certo Chris Darby, que aparentemente trabalhava para a Forte Sports Incorporated. Como Martin, parecia preocupado: "Marty não quer me dizer onde você está. Acho que está fazendo algum tipo de jogo com a gente, Greg, tentando subir o preço, sei lá. Mas temos um acordo, não temos? Olha, vou lhe dar meu número de casa, está bem? E essa contusão? O que aconteceu exatamente?"

Myron sorriu. Martin Felder tinha nas mãos um cliente desaparecido, mas estava fazendo o possível para tirar alguma vantagem do fato. Ah, os agentes.

Ele apertou um botão da secretária eletrônica diversas vezes, e a certa altura o display de LED mostrou o código numérico que Greg havia criado para ligar e ouvir suas mensagens: 173. Um truque relativamente novo no ramo. Agora Myron poderia ligar a qualquer hora, digitar 173 e ouvir todo o conteúdo da máquina. Em seguida ele apertou o botão de rediscagem. Outro truque relativamente novo. Descobrir para quem Greg havia ligado pela última vez. O telefone tocou duas vezes e foi atendido por uma mulher, que disse: "Kimmel Brothers". Quem quer que eles fossem. Myron desligou e foi ao encontro de Win no andar de cima.

Win continuava a copiar arquivos do computador enquanto Myron vasculhava as gavetas. Nada especialmente útil.

Eles foram juntos para a suíte do casal. A cama king-size estava arrumada. Ambas as mesinhas de cabeceira estavam atulhadas de canetas, chaves e papéis.

Ambas.

Curioso para um homem que morava sozinho.

Correndo os olhos pelo quarto, Myron se deparou com uma poltrona de leitura que fazia as vezes de cabideiro. As roupas de Greg se encontravam jogadas sobre um dos braços e o espaldar. Normal, ele pensou. Era mais organizado que seu próprio quarto – o que não queria dizer muito. No entanto, observando melhor, percebeu algo estranho no outro braço da cadeira. Duas peças de roupa: uma blusa branca e uma saia cinza.

Ele olhou para Win.

– Talvez sejam da Macaca – disse Win.

Myron fez que não com a cabeça.

– Faz meses que Emily não mora mais aqui. Por que as roupas dela estariam jogadas nessa cadeira?

O banheiro se revelou igualmente desinteressante. Uma grande banheira de hidromassagem à direita, um amplo chuveiro com sauna e dois nécessaires sobre a bancada. Antes de qualquer coisa eles examinaram os nécessaires. Um deles continha um tubo de creme de barbear, uma lâmina Gillette Atra, um frasco de pós-barba Polo, um desodorante roll-on. O outro continha um estojo de maquiagem aberto, um vidro de perfume Calvin Klein, talco infantil e um desodorante Secret. Junto da bancada, o chão estava polvilhado de talco. Também havia duas lâminas de barbear descartáveis sobre a saboneteira da hidro.

– Ele tem uma namorada – observou Myron.

– Não diga – devolveu Win. – Um jogador de basquete profissional com uma princesa núbia. Uma revelação e tanto. Talvez um de nós devesse gritar: "Eureca!"

– Sim, mas isso levanta uma questão interessante – continuou Myron. – Caso se trate mesmo de uma namorada, ela não teria acionado a polícia depois do sumiço de Greg?

– Não se eles estiverem juntos.

Myron assentiu e contou a Win sobre a enigmática mensagem de Carla. Win balançou a cabeça.

– Se estivessem planejando uma fuga – argumentou –, por que ela lhe diria onde encontrá-la?

– Ela não disse onde. Apenas que estaria na cabine dos fundos até a meia-noite.

– Ainda assim – ponderou Win. – Não é o tipo de coisa que uma pessoa faça antes de desaparecer. Digamos que por algum motivo Carla e Greg tenham decidido sumir por uns tempos. Não seria mais lógico que Greg soubesse de antemão onde encontrá-la?

Myron deu de ombros.

– Talvez ela tivesse mudado o lugar do encontro.

– De onde para onde? Da cabine da frente para a cabine dos fundos?

– Como é que eu vou saber?

Eles vasculharam o resto do segundo andar. Nada de muito interessante. O quarto do filho de Greg tinha papel de parede com motivos automobilísticos e um pôster do pai driblando Penny Hardaway para fazer um arremesso de bandeja. O da filha era decorado em tons de roxo com dinossauros e motivos do seriado *Barney e seus amigos*. Nenhuma pista. Aliás, nenhuma outra pista seria encontrada antes que eles descessem ao porão.

Tão logo acendeu as luzes, Myron a avistou.

Tratava-se de um porão organizado, de cores muito vivas, que servia de quarto de brinquedos para as crianças. Lá se viam diversos carrinhos, blocos de Lego e uma casinha de plástico com escorregador. Nas paredes, cenas de filmes da Disney, como *Aladdin* e *O Rei Leão*. Havia uma televisão e um aparelho de vídeo, além de coisas para quando as crianças crescessem: uma máquina de fliperama, uma jukebox. Espalhados pelo piso, pequenas cadeiras de balanço, colchonetes e sofazinhos surrados.

Também havia sangue. Muito sangue, respingado pelo chão. Além de manchas grandes nas paredes.

Myron teve náuseas. Vira sangue muitas vezes na vida, mas ainda não tinha se acostumado. O que não era o caso de Win, que parecia estar se divertindo ao se aproximar de uma das manchas vermelhas. Ele se inclinou para ver melhor. Depois se reergueu e disse:

– Vejamos as coisas pelo lado bom: é possível que sua vaga nos Dragons se torne permanente.

capítulo 4

NÃO HAVIA CORPOS. Apenas sangue.

Usando os saquinhos Ziploc que encontrara na cozinha, Win colheu algumas amostras. Dali a 10 minutos ele e Myron já estavam de volta à rua. A porta da casa fora devidamente trancada. Um Oldsmobile Delta 88 passou por eles. Myron olhou para Win, que mal se mexeu.

– É a segunda vez – disse Myron.

– Terceira – corrigiu Win. – Já estavam na área quando cheguei.

– Não são lá muito profissionais.

– Não, não são. Mas decerto não sabiam que teriam que ser.

– Você pode checar a placa?

Win fez que sim com a cabeça.

– Também vou pesquisar as transações de débito e crédito nos cartões de Greg – falou. – Entro em contato com você quando descobrir alguma coisa. Não deve levar muito tempo.

– Vai voltar para o escritório?

– Antes vou dar uma passada no Mestre Kwon – informou Win.

Mestre Kwon era o instrutor de tae kwon do de ambos. Tanto Win quanto Myron eram faixa preta: Myron, de segundo grau; Win, de sexto, um dos ocidentais de maior graduação no mundo. Win era o melhor lutador que Myron já conhecera. Tinha experiência em diversas artes marciais, incluindo o jiu-jítsu brasileiro, o kung fu animal e o *jeet kun do*. Win, a contradição ambulante. Quem o visse imaginaria um sujeito mimado, um almofadinha bundão; na verdade, ele era um aguerrido lutador. Quem o visse imaginaria um ser humano normal e bem-ajustado; na verdade, ele era tudo menos isso.

– O que você vai fazer hoje à noite? – perguntou Myron.

– Ainda não sei.

– Posso descolar um ingresso para o jogo.

Win pareceu calado.

– Quer ir?

– Não.

Sem mais dizer, Win se acomodou ao volante do Jaguar, deu partida no motor e arrancou, impassível. Myron ficou ali, observando o carro voar rua afora, remoendo a súbita mudança de comportamento do amigo. Por outro lado, parafraseando uma das quatro perguntas da Páscoa judaica, por que o dia de hoje deveria ser diferente de qualquer outro?

Ele conferiu o relógio. Ainda dispunha de algumas horas até a grande coletiva de imprensa. Tempo suficiente para voltar ao escritório e colocar Esperanza a par de sua guinada profissional. A convocação dos Dragons afetaria a vida dela mais do que a de qualquer outra pessoa.

Myron seguiu pela Route 4 até a George Washington Bridge. Não havia filas nas cabines de pedágio. Prova de que Deus existia. A Henry Hudson, no entanto, estava congestionada. Myron fez um retorno próximo ao Columbia Presbyterian Medical Center para tomar a Riverside Drive. No sinal não se via nenhum dos sem-teto que geralmente surgiam para "limpar" o para-brisa com algo que poderia muito bem ser uma mistura de urina, gordura e molho de pimenta. Obra do prefeito Giuliani, supôs Myron. Mas eles haviam sido substituídos pelos hispânicos, que agora vendiam flores e algo que parecia papel artesanal. Certa vez Myron perguntara o que era aquilo e recebera uma resposta em espanhol; embora não tivesse entendido muita coisa, gostara do cheiro do tal papel, achara-o bom o suficiente para perfumar uma casa. Talvez fosse isso que Greg usava no lugar de um *pot-pourri*.

A Riverside Drive estava relativamente tranquila. Myron logo chegou ao estacionamento da rua 46 e jogou as chaves do carro para Mario. Como sempre, Mario não estacionou o Ford Taurus junto do Jaguar de Win ou dos Mercedes e Rolls-Royces que povoavam o lugar, mas numa vaga sob aquilo que no passado decerto havia sido uma colônia de pombos com incontinência intestinal. Discriminação automotiva. Uma vergonha, mas onde estavam os grupos de apoio?

O prédio da Lock-Horne Seguros e Investimentos ficava na Park Avenue, esquina com a rua 46, próximo ao Helmsley Hotel. Biscoito fino, aluguéis caríssimos. A rua fervilhava com o ir e vir dos medalhões do mundo financeiro. Diversas limusines se encontravam paradas em fila dupla no asfalto. Continuava lá, defrontando o prédio, a escultura moderna e horrorosa que lembrava vísceras humanas. Nos degraus da escada, homens e mulheres vestidos a caráter devoravam seus sanduíches, perdidos nos próprios pensamentos; muitos falavam sozinhos, ensaiando para alguma reunião importante ou remoendo alguma mancada cometida pela manhã. Os moradores de Manhattan cedo ou tarde se habituavam a se ver sozinhos apesar da multidão que os cercava.

Myron entrou no lobby, chamou o elevador e acenou para as três recepcionistas da Lock-Horne, que também eram conhecidas como as gueixas da Lock-Horne. Todas aspiravam a uma carreira de atriz e/ou modelo e tinham como missão transbordar simpatia e beleza ao acompanhar os poderosos clientes até os domínios da corretora. Win havia importado a ideia após uma viagem ao Extremo Oriente. Myron supunha haver no mundo algo mais sexista que aquilo, mas não sabia exatamente o quê.

Esperanza Diaz, sua inestimável colaboradora, cumprimentou-o à porta.

– Onde diabo você se meteu?

– Precisamos conversar – disse ele.

– Depois. Tenho um milhão de recados para você.

Esperanza vestia uma blusa branca, um espetáculo em contraste com os cabelos negros, os olhos escuros e aquela pele morena que rebrilhava como o luar sobre as águas do Mediterrâneo. Aos 17 anos, fora descoberta pelo olheiro de uma agência de modelos, mas depois de algumas estranhas guinadas na carreira terminara como uma conhecida figura no mundo da luta livre. Isso mesmo, luta livre. Era conhecida como a Pequena Pocahontas, a valente princesa indígena, a pérola da ANIL, a Associação Nossas Incríveis Lutadoras. Seu figurino se resumia a um biquíni de camurça e seu papel era sempre o da boa moça nas fábulas morais invariavelmente encenadas nas lutas. Era jovem, miúda, rija e linda; apesar da origem latina, era morena o bastante para se fazer passar por uma nativa americana. As etnias eram irrelevantes para a ANIL. O nome real da Sra. Saddam Hussein, a maléfica garota do harém que cobria o rosto com um véu negro, era Shari Weinberg.

O telefone tocou, e Esperanza atendeu:

– MB Representações Esportivas. Só um instante, ele está bem aqui do meu lado. – Fulminando Myron com o olhar, disse: – É o Perry McKinley. Já ligou duas vezes.

– O que ele quer?

Esperanza deu de ombros.

– Algumas pessoas não gostam de tratar com subalternos.

– Você não é uma subalterna.

Ela o encarou com um olhar vazio.

– Vai atender ou não?

O agenciamento de atletas era, para usar a terminologia da informática, um ambiente multitarefas capaz de prestar um ampla gama de serviços com o mero clicar de um botão. Ia muito além das negociações. Os clientes esperavam que seus agentes cuidassem de sua contabilidade, planejassem suas finanças, comprassem ou vendessem seus imóveis, segurassem sua mão nos momentos difíceis, arbitrassem conflitos com os pais, fizessem as vezes de consultores de estilo, agentes de viagem, conselheiros familiares, conselheiros sentimentais, motoristas, office boys, lacaios, puxa-sacos, o escambau... O agente que não se dispusesse a fazer tudo isso (o que era chamado de "pacote completo" pelo mercado) veria sua clientela correr de braços abertos para a concorrência.

O único modo de sobreviver no ramo era dispor de uma equipe, e Myron acreditava ter reunido uma equipe pequena porém extremamente eficaz. Win, por exemplo, cuidava das finanças de todos os atletas da agência. Criava um portfólio de investimentos para cada um, encontrava-se com eles pelo menos cinco vezes ao ano, explicava com detalhes todos os comos e porquês de cada aplicação. Tê-lo na equipe dava a Myron uma grande vantagem sobre os concorrentes. Win tinha uma reputação imaculada (pelo menos no mercado financeiro) e seu histórico de resultados era sem igual; dava a Myron credibilidade instantânea num ramo em que a credibilidade era um ativo cada vez mais raro e valorizado.

Myron era o bacharel. Win era o MBA. Esperanza era a incansável camaleoa que mantinha a casa em pé. A fórmula funcionava.

– Precisamos conversar – repetiu Myron.

– Então vamos conversar – disse Esperanza num tom de impaciência. – Mas depois que você atender esta ligação.

Myron foi para sua sala, que dava para o trecho central da Park Avenue. Uma bela vista. Uma das paredes ostentava pôsteres de musicais da Broadway; outra, cenas dos filmes de alguns de seus diretores prediletos: irmãos Marx, Woody Allen, Alfred Hitchcock e outros tantos clássicos. Uma terceira, bem mais vazia que as demais, abrigava fotos dos clientes da agência. Myron agora imaginava como ela ficaria com a foto, ao centro, de seu mais novo cliente: o jogador prometido por Clip.

Ficaria ótima, ele decidiu. Pôs os fones de ouvido e enfim atendeu a ligação.

– E aí, Perry?

– Porra, Myron, tentei falar com você o dia inteiro.

– Vou muito bem, obrigado. E você, Perry?

– Olha, não é impaciência da minha parte, mas o assunto é urgente. Alguma notícia sobre meu barco?

Perry McKinley era um jogador de golfe relativamente obscuro. Jogava na liga profissional, ganhava algum dinheiro, mas não era um nome que alguém, a menos que fosse um grande fã do esporte, reconheceria de imediato. Adorava velejar e estava precisando de um barco novo.

– Sim, acho que encontrei o que você quer – informou Myron.

– De que marca?

– Da Prince.

Perry não pareceu lá muito feliz.

– Os veleiros da Prince até que são bons – resmungou ele. – Mas não são ótimos.

– Você poderá dar seu barco atual como parte do pagamento, mas terá de fazer cinco presenças.

– Cinco?

– É, cinco.

– Por um Prince de 18 pés? É muito.

– De início eles queriam 10. Mas é você quem decide.

Perry refletiu um instante.

– Merda. Tudo bem, pode fechar o negócio. Mas antes quero ter certeza de que vou gostar do barco. É mesmo um veleiro de 18 pés, não é?

– Foi o que disseram.

– Tudo bem, tudo bem. Valeu, Myron. Você é o cara.

Eles desligaram. Permutas: um grande facilitador no ambiente multitarefas de um agente. Ninguém jamais pagava por nada naquele ramo. Favores eram trocados. Produtos por algum tipo de publicidade. Quer uma camiseta? Use-a em público. Um carro grátis? Dê o ar de sua graça em algumas feiras especializadas. Os grandes astros tinham cacife para pedir um bom dinheiro em troca da publicidade. Os menos conhecidos se davam por satisfeitos com as permutas.

Myron olhou para a pilha de recados e balançou a cabeça. Jogar para os Dragons e manter a MB Representações Esportivas nos trilhos... como seria possível fazer as duas coisas ao mesmo tempo?

– Dê um pulinho aqui, por favor – disse ele a Esperanza pelo interfone.

– Estou no meio de uma...

– Agora.

Silêncio.

– Uau – disse ela. – Você é tão macho...

– Não amola.

– Sério, estou tremendo nas bases. Melhor parar tudo que estou fazendo e satisfazer sua vontade imediatamente.

Ela largou o telefone e irrompeu na sala de Myron, ofegando e fingindo pavor.

– E aí, demorei?

– Não.

– Então, o que você quer?

Myron contou toda a história. Ao dizer que jogaria para os Dragons, notou que a funcionária não esboçava qualquer reação e novamente ficou surpreso. Estranho. Primeiro, Win, e agora, Esperanza. Seus dois melhores amigos. Ambos viviam à espera de uma oportunidade para tirar sarro da cara dele. Apesar disso, nem um nem outro havia se aproveitado daquela deixa perfeita. O silêncio dos dois diante de sua "volta ao basquete" era um tanto desconcertante.

– Seus clientes não vão gostar nada disso. – Foi só o que ela falou.

– *Nossos* clientes – corrigiu Myron.

Esperanza crispou o rosto numa careta.

– A condescendência faz você se sentir melhor?

Myron ignorou o comentário.

– Precisamos transformar o fato numa coisa boa – disse.

– Como?

– Sei lá... – Ele se recostou na cadeira. – Podemos dizer que a publicidade em torno da minha contratação será boa para eles também.

– Como?

– Vou poder fazer novos contatos – aventou Myron, com as ideias brotando à medida que falava. – Vou poder me aproximar dos patrocinadores, saber mais a respeito deles. Mais pessoas vão ouvir falar de mim e indiretamente dos meus clientes.

Esperanza bufou com ironia.

– E você acha que vai colar?

– Por que não?

– Porque tudo isso é conversa para boi dormir. "E indiretamente dos meus clientes..." Parece o Reagan falando do "efeito cascata" na economia.

Ela tinha razão.

– Mas qual o problema? – disse ele, as mãos espalmadas para o teto. – O basquete vai tomar apenas algumas horas do meu dia. Vou estar com o celular o tempo todo. A gente só precisa enfatizar que não vou ficar longe por muito tempo.

Esperanza o encarou com ceticismo.

– O que foi? – perguntou ele.

Ela simplesmente balançou a cabeça.

– Não, eu quero saber. O que está pegando?

– Nada – respondeu ela. Ainda o encarava, as mãos pousadas sobre as pernas. – O que a vaca pensa dessa história toda? – perguntou com doçura.

Vaca era o nome carinhoso que ela costumava dar a Jessica.

– Já pedi para você não chamá-la assim.

"Tudo bem", ela disse apenas com o rosto, finalmente acenando para uma trégua. Houve um tempo, séculos antes, em que Jessica e Esperanza se toleravam. Mas então Jessica foi embora, e Esperanza viu o efeito que isso teve sobre Myron. Certas pessoas guardam mágoas. Esperanza as internalizava. De nada importava que Jessica tivesse voltado.

– Mas e aí, o que foi que ela disse? – insistiu Esperanza.

– Sobre o quê?

– Sobre a paz iminente do Oriente Médio – cuspiu ela. – Sobre o que poderia ser? Sua volta ao basquete, ora.

– Não sei. Ainda não tivemos tempo de conversar direito. Por quê?

Esperanza novamente balançou a cabeça.

– Vamos precisar de ajuda por aqui – disse, mudando de assunto. – Alguém para atender o telefone, digitar o que for preciso, esse tipo de coisa.

– Você tem alguém em mente?

Ela fez que sim com a cabeça.

– Cyndi.

Myron ficou lívido.

– Big Cyndi?

– Ela poderia atender o telefone, ajudar aqui e ali. É muito trabalhadora.

– Eu nem sabia que a mulher falava – disse Myron.

Big Cyndi havia sido a outra metade da dupla de Esperanza nos campeonatos de luta livre, lutando sob o pseudônimo de Grande Chefe-mãe.

– Ela não vai se importar de receber ordens, de fazer o trabalho pesado. Não é muito ambiciosa.

Myron precisou se conter para não fazer uma careta só de pensar na possibilidade.

– Cyndi não trabalha mais como leoa de chácara naquela boate de strip-tease?

– Não é uma boate de strip. É de bondage.

– Falha minha – disse Myron.

– E agora ela é bartender.

– Foi promovida?

– Foi.

– Nesse caso, eu detestaria interromper a carreira meteórica dela com um convite para vir trabalhar aqui.

– Deixa de ser babaca – disse Esperanza. – Além disso, ela só trabalha na boate à noite.

– Não diga. A galera do couro e do chicotinho não sai à luz do dia?

– Conheço a Cyndi. Vai ser perfeita.

– Vai meter medo nas pessoas – argumentou Myron. – Mete medo em mim.

– Vai ficar na sala de reuniões. Ninguém vai vê-la.

– Não sei.

Esperanza lentamente ficou de pé.

– Tudo bem, vou encontrar alguém. Afinal, você é o chefe. Sabe o que está fazendo. Sou uma reles secretária. Não ousaria dar palpites sobre a melhor maneira de tratar *nossos* clientes.

Myron balançou a cabeça.

– Golpe baixo. Inclinando-se para a frente, apoiou os cotovelos na mesa e a cabeça entre as mãos. – Tudo bem – cedeu, e deixou escapar um longo suspiro. – Vamos dar uma chance a Cyndi.

Esperanza não fez mais que olhar para ele. Muitos segundos se passaram até que ela disse:

– Essa é a parte em que começo a pular de alegria, agradecendo a você?

– Não – respondeu Myron. – Essa é a parte em que vou cuidar da vida. – Ele conferiu as horas no relógio. – Preciso contar ao Clip sobre aquelas manchas de sangue antes da coletiva.

– Divirta-se. – Ela foi saindo rumo à porta.

– Espera um minuto – pediu Myron, e ela se virou. – Você tem aula hoje à noite? – Esperanza fazia um curso noturno na Universidade de Nova York. Direito.

– Não.

– Quer ir ao jogo? – Myron pigarreou. – Pode levar... Lucy. Se quiser.

Lucy era a paixão mais recente de Esperanza, que antes namorava um sujeito chamado Max. Suas preferências sexuais não eram lá muito constantes.

– Nós terminamos – disse ela.

– Ah, sinto muito – balbuciou Myron, sem saber o que mais poderia dizer. – Quando?

– Semana passada.

– Você não falou nada.

– Talvez porque não fosse da sua conta.

Ele assentiu com a cabeça.

– Bem, se quiser, você pode levar... qualquer um. Ou pode ir sozinha. Vamos jogar contra os Celtics.

– Fica para a próxima – disse ela.

– Tem certeza?

Esperanza fez que sim e saiu da sala.

Myron enfim pegou seu paletó, voltou ao estacionamento e agarrou no ar as chaves arremessadas por Mario, que nem sequer levantara o rosto. Atravessando o Lincoln Tunnel, seguiu pela Route 3. Passou por uma loja de eletroeletrônicos enorme e relativamente conhecida, chamada Tops, cujo outdoor se resumia a um gigantesco nariz que se projetava sobre a rodovia com os dizeres: "A Tops está bem debaixo do seu nariz." Faltavam apenas os gigantescos pelinhos saindo das narinas. Myron já estava a uns dois quilômetros do estádio quando o telefone do carro tocou.

– Tenho algumas preliminares – disse Win.

– Diga.

– Nos últimos cinco dias não houve nenhuma movimentação nas contas bancárias ou nos cartões de Greg Downing.

– Nada?

– Nada.

– Nenhum saque em dinheiro no banco?

– Não nos últimos cinco dias.

– E antes disso? Talvez ele tenha sacado uma grande quantia antes de sumir.

– Estamos pesquisando. Ainda não dá para saber.

Myron deixou a autoestrada nas imediações do estádio de Meadowlands. Perguntava-se o que aquilo poderia significar. Naquela altura, não muito, mas o quadro geral não era nada promissor. Sangue no porão. Nenhum sinal de Greg. Nenhuma atividade financeira.

– Mais alguma novidade? – perguntou.

Win hesitou um pouco antes de responder:

– É possível que em breve eu tenha uma ideia de onde nosso estimado Greg se encontrou com a bela Carla.

– Onde?

– Depois do jogo – falou Win. – Até lá já devo saber.

capítulo 5

— ESPORTE É FOLCLORE – disse Clip Arnstein à plateia repleta de jornalistas. – O que povoa nosso imaginário não são apenas as vitórias e as derrotas. São as histórias. Histórias de perseverança. De garra. De dedicação. De decepções. De milagres. Histórias de triunfos e tragédias. Histórias de voltas por cima.

Clip olhou para Myron do alto do pódio, os olhos devidamente marejados, um avô emocionado sorrindo para o neto querido. Myron, por sua vez, precisou se conter para não buscar refúgio sob a mesa.

Após uma pausa de efeito, Clip reergueu os olhos para a plateia de jornalistas mudos, para os flashes que espocavam aqui e ali. Engoliu em seco diversas vezes, o gogó subindo e descendo no pescoço. Parecia buscar as forças internas de que precisava para prosseguir. As lágrimas ainda ameaçavam jorrar.

Um pé na canastrice, pensou Myron, mas, de modo geral, uma bela performance.

O auditório estava bem mais cheio do que ele supusera. Nenhum assento vago, diversos jornalistas de pé. Decerto um dia sem grandes furos na praça. Clip não parecia ter pressa, e aos poucos foi recobrando a compostura.

– Mais ou menos uma década atrás – continuou ele –, recrutei pessoalmente um jovem atleta, excepcional, que eu acreditava destinado à glória. Saltava como ninguém, tinha um raciocínio espacial bem acima da média, grande força mental, mas acima de tudo era uma pessoa da melhor qualidade. Infelizmente, no entanto, os deuses pareciam ter outros planos para o rapaz. Todos sabemos o que aconteceu a Myron Bolitar naquela fatídica noite em Landover, Maryland. Não precisamos desenterrar o passado. Mas, como eu disse agora há pouco, esporte é folclore. Hoje os Dragons estão dando àquele jovem atleta uma nova chance para somar sua própria história ao já rico fabulário do esporte. Hoje os Dragons estão dando a ele a chance de recuperar o que anos atrás lhe foi tão brutalmente tomado.

Myron começou a se contorcer na cadeira, sentindo as faces queimarem. Os olhos dardejavam de um lado a outro, procurando, sem sucesso, algum porto seguro. Por fim, cedendo às expectativas da plateia, aterrissaram no rosto de Clip e focaram numa pequena verruga – com tamanha força que dali a pouco, por sorte, ficaram turvos.

– Não será fácil, meu amigo – disse Clip, agora diretamente para Myron, que ainda encarava a verruga, incapaz de sustentar o olhar do velho. – Não podemos prometer nada. Não sei o que acontecerá daqui para a frente. Não sei se este será o epílogo ou o começo de mais um glorioso capítulo de sua história. Mas nós que amamos o esporte só podemos esperar pelo melhor. Esta é a nossa natureza. Esta é a natureza dos verdadeiros guerreiros, a natureza dos fãs.

Sua voz começou a embargar.

– Esta é a realidade, Myron – ele logo prosseguiu. – E é meu dever, por mais que isso me custe, lembrá-la a você. Agora falo em nome de todos os Dragons de Nova Jersey: seja bem-vindo, Myron, à nossa equipe. Você é um homem de valor e coragem. Sabemos que, qualquer que seja seu futuro nas quadras, você trará apenas honra para toda a nossa organização. – Aqui ele parou, crispou os lábios e deixou vazar entre eles: – Muito obrigado.

Em seguida estendeu a mão para Myron, que, interpretando seu papel, ficou de pé para apertá-la. Clip, no entanto, surpreendeu-o ao puxá-lo para um abraço. Os flashes agora lembravam as luzes estroboscópicas de uma discoteca. Quando enfim recuou, Clip secou os olhos com a mão (Al Pacino não teria feito melhor) e apontou para o pódio de modo que Myron tomasse seu lugar.

– Como se sente voltando ao basquete? – berrou um dos jornalistas.

– Apavorado – respondeu Myron.

– Acha que está realmente preparado para jogar nesse nível?

– Na verdade, não.

O arroubo de franqueza os assustou por um segundo. Mas apenas um segundo. Clip riu, e todos na plateia o ecoaram. Acreditavam tratar-se de uma brincadeira. Myron não se deu o trabalho de corrigi-los.

– Acha que ainda é capaz de fazer arremessos de três pontos? – perguntou outro.

– Os arremessos, sim; os pontos, aí é outra história. – Uma resposta boba, mas fazer o quê?

Mais risadas.

– Por que demorou tanto a voltar, Myron? O que o fez mudar de ideia?

– A Rede dos Amigos Paranormais.

Clip se levantou e ergueu a mão para interromper as perguntas.

– Sinto muito, amigos, já chega. Myron precisa se preparar para o jogo de hoje.

Ele e Myron saíram juntos do auditório, apertando o passo pelos corredores até a sala de Clip, onde Calvin já se encontrava. Clip fechou a porta; antes de se sentar foi logo perguntando:

– Então, qual é o problema?

Myron contou-lhe sobre o sangue no porão. Clip ficou visivelmente pálido, e Calvin, o Geleira, apertou os dedos nos braços da cadeira.

– O que você está tentando dizer afinal? – perguntou Clip, irritado, ao fim do relato.

– Querendo dizer?

Clip deu de ombros com afetação.

– Não estou entendendo – falou.

– Não há nada para entender – disse Myron. – Greg está sumido. Faz cinco dias que ninguém o vê. Não sacou dinheiro do caixa eletrônico nem usou os cartões de crédito. E agora tem esse sangue no porão.

– Esse porão é uma espécie de quarto de brinquedos das crianças, não? Foi isso que você disse, não foi?

– Foi.

Clip lançou um olhar de interrogação para Calvin, depois espalmou as mãos:

– Que diabo isso significa?

– Não sei ao certo.

– Não deve ter sido nenhuma merda mais grave – prosseguiu Clip. – Raciocina comigo, Myron. Se Greg tiver sido assassinado, por exemplo, onde está o corpo? Foi levado pelo assassino, ou assassinos? E o que você acha que pode ter acontecido ali? Os assassinos fizeram o quê? Emboscaram o Greg no quarto de brinquedos dos filhos? Onde Greg estava, fazendo o quê? Brincando de carrinho, suponho. E depois? Mataram o cara lá embaixo para depois arrastá-lo casa afora sem deixar nenhum rastro de sangue a não ser no porão? – Mais uma vez ele espalmou as mãos. – Isso faz sentido para você?

Myron já havia levantado todas essas questões. Olhou de relance para Calvin, que parecia perdido nos próprios pensamentos. Clip se levantou.

– Até onde podemos afirmar – disse –, é possível que um dos filhos de Greg tenha se cortado enquanto brincava ali.

– Um corte e tanto – retrucou Myron.

– O sangue também pode ser do nariz de um dos pirralhos. Nariz de criança às vezes jorra feito cachoeira. Pode ser isso. Uma bobagem qualquer dessas.

Myron fez que sim com a cabeça, e emendou:

– Ou talvez eles estivessem matando uma galinha, quem sabe?

– Não gosto de sarcasmo, Myron.

Myron esperou um instante. Novamente olhou para Calvin. Nada. Olhou para Clip. Nada.

– Está ficando esquisito de novo – comentou.

– Como?

– Fui contratado para encontrar o Greg. Descobri uma pista importante. Mas você nem quer ouvir direito.

– Se você está dizendo que não quero ouvir que talvez Greg tenha sido vítima de uma...

– Não, não é isso que estou dizendo. Você está com medo de alguma coisa, e não é só de que Greg tenha sido vítima de uma merda qualquer. Gostaria de saber o que é.

Clip olhou para Calvin, que meneou a cabeça quase imperceptivelmente. Clip voltou à cadeira e começou a tamborilar sobre a mesa, no compasso dos tiques-taques de um relógio de pêndulo no canto da sala.

– É preciso que você entenda – disse. – Estamos realmente preocupados com o Greg.

– Hmm.

– Você entende alguma coisa sobre aquisições hostis?

– Eu estava vivo nos idos de 80 – observou Myron. – Aliás, recentemente alguém observou que ainda tenho um pé nos anos 80.

– Bem, estou passando por isso agora. Uma tentativa de aquisição hostil.

– Achei que você fosse o sócio majoritário dos Dragons.

Clip negou com um aceno de cabeça.

– Quarenta por cento. Ninguém possui mais que 15%. Alguns dos sócios minoritários se juntaram a fim de me botar para fora. – Clip fechou as mãos e as depôs sobre a mesa como dois pesos de papel. – Alegam que entendo muito de basquete, mas que sou uma besta nos negócios. Acham que eu devia cuidar apenas dos jogadores e de tudo o que diz respeito às quadras. A votação será daqui a dois dias.

– E daí?

– E daí que, com essa votação tão perto, um escândalo qualquer poderá significar o meu fim.

Myron olhou para a dupla e esperou um instante. Depois disse:

– Vocês querem que eu fique quieto sobre isso.

– Não, não, de jeito nenhum – Clip retrucou de pronto. – Não foi isso que eu quis dizer. Só não quero que a mídia faça um escarcéu em torno de algo que pode não ser nada. Não posso correr esse risco, de que algo desagradável venha a público nesse momento.

– Algo desagradável?

– É.

– Tipo o quê?

– Sei lá, caramba.

– Mas é possível que Greg esteja morto.

– Nesse caso, um dia a mais ou a menos não fará nenhuma diferença. Por mais insensível que isso possa parecer. E se algo de fato aconteceu ao Greg, com certeza há um motivo.

– Um motivo?

Clip ergueu os braços:

– É, qualquer coisa, sei lá! Se vem à tona um cadáver, ou mesmo um simples desaparecimento, a merda logo se espalha pelo ventilador. Entende o que estou dizendo?

– Não – respondeu Myron.

Mas Clip prosseguiu:

– Não preciso disso agora, Myron. Não agora. Com a espada dessa votação sobre a minha cabeça.

– Então você está pedindo para eu ficar quieto – insistiu Myron.

– De modo algum. Só não queremos uma situação de pânico desnecessária. Se Greg está morto, não há nada que possamos fazer por ele. Se está desaparecido, bem, nesse caso você é a única pessoa capaz de evitar um escândalo na mídia ou de salvá-lo.

Eles ainda escondiam alguma coisa, mas Myron achou melhor não pressioná-los por ora.

– Você sabe que motivos alguém poderia ter para vigiar a casa do Greg?

– Alguém está vigiando a casa dele? – perguntou Clip.

– Acho que sim – disse Myron.

– Calvin? – insistiu Clip.

– Nenhuma ideia – respondeu Calvin.

– Eu também não, Myron. E você? O que acha que pode ser?

– Ainda não sei. Mais uma pergunta: Greg tem alguma namorada?

Novamente Clip olhou para Calvin, que deu de ombros:

– Ele ciscava muito por aí. Mas não acho que tivesse alguém em especial.

– Você conhece alguma dessas mulheres com quem ele andava?

– De nome, não. Geralmente eram *groupies*, coisas assim.

– Por quê? – interveio Clip. – Você acha que ele pode ter fugido com uma dessas biscates?

Myron deu de ombros e ficou de pé.

– Melhor eu ir para o vestiário. Já está quase na hora do jogo.

– Espera – pediu Clip.

Myron parou.

– Por favor, Myron. Você deve estar achando que sou uma pessoa fria e calculista, mas realmente me preocupo com o Greg. Muito. Quero que você o encontre vivo, e bem. – Clip engoliu em seco. As pelancas do rosto pareciam mais pronunciadas, como se alguém as tivesse puxado. Ele não parecia nada bem. – Se você me convencer de que o melhor é levar a público o que descobrimos, então tudo bem, vamos em frente. Por maior que seja o custo para mim. Pense bem. Só quero o melhor para o Greg. Gosto muito dele. E de você também, Myron. Vocês dois são muito especiais. Falo sério. Devo muito a ambos.

Clip dava a impressão de estar prestes a chorar. Myron não sabia ao certo o que fazer. Decidiu não dizer nada; apenas meneou a cabeça e saiu da sala.

Já estava próximo do elevador quando ouviu uma voz roufenha e familiar dizer:

– Ora, ora, se não é o Filho Pródigo.

Virando o rosto, Myron se deparou com Audrey Wilson, vestida em seu habitual uniforme de repórter esportiva: blazer azul-marinho, blusa de gola rulê preta e jeans desbotados. A maquiagem era muito leve ou inexistente; as unhas, curtas e pintadas. O único toque de cor vinha dos tênis All Star, azul-turquesa. Não era exatamente uma mulher bonita, mas tampouco era feia. Simplesmente não tinha nada de especial. Os cabelos eram curtos, lisos e negros, e a franja lhe dava o aspecto de um pajem.

– Será que detectei uma pontinha de cinismo na pergunta? – disse Myron.

Audrey deu de ombros.

– Você não acha que engoli essa história, acha?

– Que história?

– Esse seu súbito desejo de... – ela conferiu as anotações que tinha feito – "somar sua própria história ao já rico fabulário do esporte". – Erguendo os olhos, balançou a cabeça e falou: – Esse Clip fala muita merda, você não acha?

– Preciso me trocar, Audrey.

– Que tal soltar o verbo comigo antes?

– Soltar o verbo? Poxa, Audrey, por que você não pede um "furo" logo de uma vez? Adoro quando vocês dizem isso.

Ela abriu um sorriso. Um sorriso simpático. Quase escancarado.

– Jogando na retranca, Myron?

– Eu? Nunca.

– Então que tal... "uma declaração para a imprensa"? Para usar mais um clichê.

Myron assentiu com a cabeça e, levando a mão ao peito de modo dramático, disse:

– Quem quer vencer nunca desiste, e quem desiste nunca vence.

– Lombardi?

– Felix Unger. Em *Um estranho casal.* No episódio em que Howard Cosell faz uma participação especial. – Myron se virou e saiu andando rumo ao vestiário.

Audrey seguiu no encalço dele. Talvez fosse a principal representante das mulheres no jornalismo esportivo: cobria os Dragons para o maior jornal da Costa Leste; tinha o próprio programa de rádio na WFAN, em horário nobre e com enorme audiência; participava do *Conversa esportiva,* uma mesa-redonda na grade matinal da ESPN. Ainda assim, como acontece com quase todas as mulheres que trabalham num mundo essencialmente dominado pelos homens, parecia haver algo de instável em sua posição, como se sua carreira estivesse a um passo de desabar, por mais bem-sucedida que fosse.

– Como vai a Jessica? – ela perguntou.

– Bem.

– Faz um mês que não nos falamos – disse Audrey, quase cantarolando. – Acho que vou dar uma ligadinha pra ela. Sei lá. Marcar um encontro, bater um papo...

– A sutileza não é o seu forte, Audrey.

– Só estou tentando facilitar as coisas para você, Myron. Tem algo muito estranho acontecendo por aqui. Você sabe que vou acabar descobrindo o que é. Por que não me conta de uma vez?

– Não sei do que você está falando.

– Para começar, Greg Downing abandona o time sob circunstâncias misteriosas...

– O que há de misterioso numa contusão de tornozelo?

– Em seguida você, o velho inimigo do cara, assume o lugar dele depois de quase 11 anos no estaleiro. Isso não lhe parece estranho?

Era só o que faltava, pensou Myron. Cinco minutos no novo emprego e já havia alguém levantando suspeitas. Myron Bolitar, o mestre da alta espionagem. Eles alcançaram a porta do vestiário.

– Preciso ir, Audrey. Depois a gente se fala.

– Pode crer que sim – disse ela. E sorrindo com uma falsa doçura, emendou: – Boa sorte, Myron. Mete bronca.

Myron não disse nada. Apenas respirou fundo e abriu a porta.

Hora do show.

capítulo 6

NINGUÉM CUMPRIMENTOU MYRON quando ele entrou no vestiário. Ninguém parou o que estava fazendo. Ninguém olhou. Não se fez aquele silêncio que, como nos velhos filmes de faroeste, sobrevém quando o xerife empurra as portas rangentes e segue gingando pelo saloon. Talvez fosse esse o problema. Talvez a porta precisasse ranger. Ou talvez Myron precisasse melhorar sua ginga.

Os novos companheiros de time se espalhavam pelo lugar feito meias no quarto de um dormitório estudantil. Três se espichavam sobre os bancos, seminus e semidespertos. Dois estavam deitados no chão enquanto assistentes alongavam panturrilhas e quadríceps. Outros dois rebatiam uma bola de basquete. Quatro voltavam aos escaninhos com os joelhos já devidamente enfaixados. Quase todos mascavam chiclete. Quase todos ouviam música, com os fones minúsculos enterrados no ouvido e o som tão alto que parecia vir de sofisticados equipamentos numa loja de eletrodomésticos.

Myron teve dificuldade para encontrar o próprio escaninho. Todos os demais tinham placas com o nome de cada jogador gravado no metal. O de Myron, não. Tinha apenas uma tira de esparadrapo, o mesmo usado para enfaixar o tornozelo dos jogadores, com o nome M. BOLITAR escrito a caneta. Nada que inspirasse muita confiança ou respeito.

Ele olhou ao redor à procura de alguém com quem pudesse conversar, mas os fones faziam as vezes de paredes. Todos estavam no próprio quadrado.

Myron avistou Terry "TC" Collins, o célebre choramingão do time, sentado sozinho num canto. Para a mídia, TC era o mais novo exemplo de atleta mimado que "maculava" o refinado mundo dos esportes "tal como o conhecemos", o que quer que isso significasse. Fisicamente, TC era um colosso. Um metro e noventa de altura, musculoso, esguio. O crânio raspado brilhava sob as luzes fluorescentes. Rumores diziam que era negro, mas era difícil ver em sua pele qualquer coisa que não fossem tatuagens. Os desenhos cobriam quase todos os centímetros quadrados daquilo que era possível tatuar num corpo humano. Para ele, os piercings também pareciam ser mais um estilo de vida do que uma simples moda. O homem parecia uma versão hardcore de Dennis Rodman.

Myron buscou o olhar de TC, sorriu e o cumprimentou com um aceno da cabeça. TC, por sua vez, fuzilou-o com os olhos e virou o rosto. Myron começava a se enturmar.

Seu uniforme já estava pendurado no devido lugar. Seu nome já havia sido costurado com letras de forma nas costas da camiseta. BOLITAR. Myron demorou alguns segundos fitando o próprio nome. Em seguida, rapidamente, puxou a camiseta do cabide e a vestiu. Tudo aquilo lhe trazia lembranças do passado. A textura suave do algodão. Os cadarços do calção, que se amarravam feito cadarços de sapato. A leve pressão do elástico sobre a cintura depois de vestir o calção. O ligeiro aperto da camiseta ao passar pelos ombros. As mãos experientes ajeitando-a nas costas. O amarrar dos tênis de cano alto. Tudo lhe doía na alma. Myron já estava tendo dificuldade para respirar. Precisou piscar para afastar as lágrimas. Então se sentou e esperou até a angústia passar.

Myron notou que quase ninguém usava mais os suportes atléticos do passado, dando preferência às sungas de lycra. Ele, no entanto, ainda confiava no bom e velho suporte. Myron, o Sr. Antiquado. Em seguida amarrou nas pernas uma engenhoca vagamente denominada "protetor de joelhos", que no entanto mais parecia um compressor de metal. A última coisa que vestiu foi o agasalho; as calças eram equipadas com diversos botões de pressão ao longo das pernas de modo que o usuário as pudesse arrancar sem demora ao ser convocado para o jogo.

– E aí, garoto, como vão as coisas?

Myron se levantou para apertar a mão de Kip Corovan, um dos técnicos assistentes da equipe. Kip vestia um paletó xadrez uns três números menor do que o recomendado: as mangas eram curtas demais, os botões faziam o possível para conter a pança. Um caipira pronto para a quadrilha.

– Tudo em cima, Kip.

– Ótimo, ótimo. Mas pode me chamar de Kipper. É assim que todo mundo me chama. Senta aí, vai. Relaxa.

– Ok... Kipper.

– Estou muito feliz que esteja conosco. – Kipper puxou uma cadeira, virou o encosto na direção de Myron e se sentou. As costuras das calças não pareceram muito felizes com a manobra. – Olha, Myron, vou ser honesto com você, tudo bem? Donny não ficou nem um pouco contente com a sua contratação. Nada pessoal, você entende, não é? É que Donny gosta de escolher os próprios jogadores. Não gosta que o pessoal lá de cima interfira, entende o que estou dizendo?

Myron fez que sim com a cabeça. Donny Walsh era o técnico principal.

– Ótimo, excelente. Donny é um cara bacana, fique tranquilo. Lembra você nos velhos tempos, gostava pacas do seu jogo. Mas temos uma equipe em final de campeonato, e com sorte vamos conquistar a vantagem de jogar a final em casa. Demorou para conseguirmos um grupo equilibrado, sabe? Tudo é uma questão de equilíbrio. Como num barco. A gente tem que manter a quilha no prumo, entende? Perder o Greg chegou a tirar o vento das nossas velas, mas finalmente conseguimos tocar o barco para a frente outra vez. E agora apareceu você. Clip não quis dar nenhuma explicação, mas insistiu que você fosse incluído no elenco. Tudo bem, ele é o chefe, ninguém está questionando isso. Mas ficamos preocupados com a nossa quilha. Será que vai tombar outra vez? Você entende o que estou dizendo, não entende?

As metáforas náuticas já estavam deixando Myron mareado.

– Claro. Não quero causar nenhum problema.

– Eu sei. – Kipper ficou de pé e endireitou a cadeira. – Você é um bom garoto, Myron. Sempre foi. Um cara correto. É disso que estávamos precisando: de um cara que soubesse colocar o time acima dos próprios interesses. Você é esse tipo de cara, não é?

– Não sou eu quem vai virar o barco – respondeu Myron.

– Ótimo, ótimo. A gente se vê na quadra. E não se preocupe: você não vai entrar, a menos que a gente esteja ganhando de capote. – Dito isso, Kipper alçou o cinto sobre a pança e saiu andando, quase gingando, vestiário afora.

Dali a três minutos berrou:

– Alô, rapaziada, todo mundo reunido aqui!

Ninguém lhe deu a menor bola. Kip precisou repetir a convocação diversas vezes, batendo no ombro dos jogadores para tirá-los do transe em que estavam, cada um ouvindo sua música. Foram necessários uns bons 10 minutos para fazer com que 12 atletas profissionais se deslocassem menos de três metros. O técnico Donny Walsh entrou com ares de grande importância, tomou a ribalta e começou a desfiar seu rosário de clichês. Mas nem por isso era um mau técnico. Depois das centenas de jogos de uma temporada, ficava difícil encontrar algo de novo para dizer.

A preleção durou dois minutos. Alguns dos jogadores sequer se deram o trabalho de desligar o som. TC estava ocupado tirando todas as suas joias, tarefa que demandava grande concentração e toda uma equipe de técnicos bem treinados. Um ou dois minutos depois, a porta do vestiário se abriu. Todos pararam de ouvir música e saíram. Myron se deu conta de que estavam indo para a quadra.

Hora do jogo.

Myron se colocou no final da fila. Sentiu um grande nó na garganta, um calafrio percorreu todo o seu corpo. Já ia subindo a rampa quando ouviu alguém berrar pelos alto-falantes:

– Senhoras e senhores, com vocês... o time da casa! Os Dragons de Nova Jersey!

A música agora retumbava no estádio, e os jogadores apertaram o passo até começarem a trotar.

Os aplausos eram estrondosos. Automaticamente, os jogadores improvisaram duas filas na quadra para o aquecimento. Myron havia feito aquilo um milhão de vezes no passado, mas pela primeira vez realmente pensou no que estava fazendo. Os verdadeiros astros do basquete, ou os iniciantes, se aqueciam de modo tranquilo e informal, sem nenhuma pressa. Não viam motivo para grandes pirotecnias; tinham o jogo inteiro para mostrar seu talento à multidão. Já os perebas, algo que Myron nunca havia sido, se aqueciam de duas maneiras. Alguns iam logo tirando todos os coelhos da cartola, fazendo enterradas de costas ou com duplo giro do braço, isto é, exibindo-se. Outros ficavam em torno dos grandes astros, jogando a bola para eles ou simulando defesas, como sparrings de um pugilista.

Myron chegou ao primeiro lugar da fila de aquecimento. Alguém lhe passou a bola. Quando se aquecem, os jogadores inconscientemente acham que todos os olhos do estádio estão voltados para eles, quando na verdade a maioria das pessoas está se acomodando nas cadeiras ou correndo os olhos pelas arquibancadas, e os que de fato estão olhando para a quadra pouco se importam com o que estão vendo. Myron deu dois dribles e arremessou a bola, que bateu na tabela e entrou. Caramba, o jogo nem havia começado e ele já não sabia o que fazer.

Dali a cinco minutos as filas de aquecimento se desfizeram, e os jogadores deram início aos arremessos livres. Myron esquadrinhou as arquibancadas à procura de Jessica, que não foi difícil de localizar. A mulher parecia iluminada por um farol, como se estivesse alguns passos à frente e o resto da multidão, ao fundo; como se fosse um Da Vinci e os outros, a moldura. Ela sorriu para Myron, e ele sentiu o coração se aquecer.

Quase surpreso, Myron se deu conta de que pela primeira vez Jessica o veria num jogo da liga profissional. Eles haviam se conhecido três semanas antes da fatídica contusão. Por um breve instante, as lembranças o tomaram de assalto, recheadas de culpa e dor. Foi então que uma bola bateu na tabela e o acertou em cheio na cabeça. Mas sem conseguir afastar de sua mente o seguinte pensamento: *Tenho uma dívida com o Greg.*

A campainha soou e os jogadores se dirigiram ao banco. Donny Walsh, o técnico, berrou mais alguns clichês, assim como o nome do adversário que cada integrante da equipe deveria marcar. Enquanto ele falava, os jogadores balançavam a cabeça, sem ouvir. TC ainda parecia faiscar. Marra pré-jogo, supôs Myron, mas sem grande convicção. Ele também mantinha sob sua mira Leon White, companheiro de quarto de Greg nas viagens e seu melhor amigo. Os jogadores se juntaram numa roda para os gritos de guerra e pouco depois se dirigiram ao círculo central para cumprimentar os adversários com tapinhas ou apertos de mão. Ali, começaram a apontar para este ou aquele jogador, tentando definir quem marcaria quem, já que ninguém havia prestado atenção ao que fora dito 30 segundos antes. Os técnicos de ambas as equipes andavam de lado a lado, berrando as marcações até que, por fim, a bola foi lançada no ar.

De modo geral o basquete se resume a uma alternância de ataques, e o placar segue apertado até os minutos finais da partida. Não naquela noite. Os Dragons nadavam de braçada. Haviam terminado o primeiro quarto com 12 pontos de diferença, o segundo com 20, e o terceiro com 26. Myron já começava a ficar nervoso: sabia que a diferença era grande o bastante para que ele pudesse jogar. Não havia contado com isso. Chegara a torcer para os Celtics na esperança de uma virada que mantivesse sua bunda seguramente plantada na cadeira de alumínio. Em vão. A quatro minutos do fim do jogo, os Dragons lideravam por 28 pontos. Donny Walsh correu os olhos pelo banco. Nove dos 12 jogadores já haviam passado pela quadra. Walsh sussurrou algo para Kip, que assentiu com a cabeça e se dirigiu ao banco de reservas, parando diante de Myron. Myron pôde ouvir o próprio coração retumbar no peito.

– Walsh vai limpar o banco – disse Kip. – Mandou perguntar se você quer jogar.

– É ele quem manda – retrucou Myron, enquanto enviava mensagens telepáticas de *Não, não, não!*. Jamais conseguiria dizê-lo. Não era essa sua natureza. Myron precisava bancar o bom soldado, o atleta que punha o time em primeiro lugar, que pularia em cima de uma granada caso fosse essa a vontade do técnico. Não saberia agir de outra forma.

O técnico pediu tempo. Novamente olhou para o banco e berrou:

– Gordon! Reiley! No lugar de Collins e Johnson!

Myron respirou aliviado. E imediatamente se censurou pelo que estava sentindo. *Que espécie de atleta é você?*, perguntou a si mesmo. *Que espécie de atleta quer ficar no banco?* Então a verdade saiu da toca para sacudi-lo com força:

Ele *não* estava ali para jogar basquete.

Que diabo estava pensando? Estava ali para encontrar Greg Downing. Um trabalho de detetive, nada mais que isso. Como na polícia. Só porque um investigador se fazia passar por traficante, isso não fazia dele um traficante. Só porque ele, Myron, estava se fazendo passar por um jogador de basquete, isso não fazia dele um jogador.

Mas nem por isso ele se sentiu reconfortado.

Dali a 30 segundos a coisa começou. E Myron ficou apavorado.

Uma única voz foi puxando as demais. Uma voz cheia de cerveja, grave e singular o bastante para se destacar da habitual cacofonia das torcidas.

– Ei, Walsh! – berrara a voz. – Por que você não bota o Bolitar?

Myron sentia o estômago se retorcer na barriga. Sabia o que ia acontecer. Vira situações semelhantes acontecerem no passado, mas nunca com ele. Sua vontade era submergir no piso da quadra.

– É isso aí – berrou uma segunda voz. – Queremos ver o novato!

Mais urros de apoio.

Estava acontecendo. A multidão incensada clamava pelo pobre coitado do novato. Não de um modo carinhoso ou incentivador. Mas de um modo claramente condescendente e sarcástico. Hora de dar uma colher de chá ao pereba. O jogo já está ganho. Vamos nos divertir um pouco.

A gritaria continuou por mais um tempo até que deu lugar a um... coro. Que começou fraco mas aos poucos foi ganhando adesão.

– Queremos o Myron! Queremos o Myron!

Myron fazia o possível para não murchar. Fingia não estar ouvindo, como se estivesse intensamente concentrado no que acontecia na quadra, rezando para que suas bochechas não estivessem vermelhas. O coro foi crescendo em volume e andamento até que se reduziu a uma única palavra, repetida uma centena de vezes em meio às gargalhadas.

– Myron! Myron! Myron!

Era preciso apagar aquele pavio. E só havia uma maneira. Myron conferiu o relógio. Ainda faltavam três minutos para o apito final. Ele precisava entrar.

O que não daria fim ao seu pesadelo, mas pelo menos aplacaria temporariamente a sanha das massas. Ele olhou para Kip, que olhou de volta, meneou a cabeça e baixou o tronco para cochichar algo no ouvido de Walsh. O técnico nem sequer ficou de pé. Simplesmente berrou:

– Bolitar! No lugar de Cameron!

Myron engoliu em seco e se levantou, atiçando o sarcasmo da multidão. Foi arrancando a roupa enquanto caminhava para a mesa do juiz. Sentia as pernas duras, receava uma câimbra. Sinalizou para o juiz, que meneou a cabeça e soou a campainha. Já na quadra, apontou para Cameron, e Cameron saiu trotando de volta ao banco.

– Kraven – disse ele. O nome do jogador que Myron deveria marcar.

– Entrando no lugar de Bob Cameron... – anunciou o locutor. – Número 34. Myron Bolitar!

O alvoroço foi súbito e geral. Cornetas, assobios, gritos, gargalhadas. Alguém poderia achar que se tratava de votos de boa sorte, mas o caso não era bem esse. Era como se as pessoas estivessem aplaudindo a entrada de um palhaço no picadeiro: queriam ver trapalhadas e, claro, contavam com Myron para isso.

Ele de repente se deu conta de que aquela era sua estreia na NBA.

Tocou na bola cinco vezes até o fim do jogo, todas elas seguidas de mais aplausos e berros, e arremessou ao cesto apenas uma vez, já do outro lado da linha de três pontos. Chegara a pensar em desistir do arremesso, sabendo que as pessoas reagiriam de uma forma ou de outra, o que quer que acontecesse. Mas certas coisas são quase automáticas. Ele não parou para pensar. E a bola atravessou o aro, ruidosa e feliz. A essa altura faltavam apenas 30 segundos para o término do jogo e, por sorte, a maioria das pessoas se dera por satisfeita e já voltava para o estacionamento. Os aplausos sarcásticos foram bem mais discretos. Durante aqueles breves segundos em que esteve com a bola, quando sentiu os sulcos do couro contra a ponta dos dedos, quando flexionou o cotovelo e ergueu a bola a poucos centímetros da testa, quando o braço se estendeu numa linha reta, quando o pulso se dobrou para a frente, quando os dedos dançaram sobre o couro para criar um perfeito backspin, Myron se viu sozinho. Seus olhos se fixavam no aro, apenas no aro, jamais fitando a bola enquanto ela desenhava um arco rumo à tabela. Durante aqueles poucos segundos o mundo se resumia a ele, ao aro e à bola, e para Myron estava tudo certo.

O clima no vestiário se revelou bem mais animado depois do jogo. Myron conseguiu conversar com todos os jogadores, exceto TC e o amigo de Greg, Leon White, de quem ele mais queria se aproximar. Normal. Não seria o caso de forçar a barra, pois o tiro poderia sair pela culatra. Tudo bem. No dia seguinte ele faria uma nova tentativa.

Myron se despiu. Sentia o joelho operado começando a enrijecer, como se alguém tivesse tensionado seus tendões. Buscou uma compressa de gelo e prendeu-a com uma tira de filme plástico. Mancando, foi para os chuveiros, tomou seu banho e já terminava de se vestir quando notou que TC estava à sua frente, olhando-o do alto.

Myron ergueu o rosto. TC já estava com os diversos piercings de ouro em seus devidos lugares. Nas orelhas, claro. Três numa, quatro na outra, além de uma argola no nariz. Usava calças de couro preto e uma regata de tela também preta, proporcionando uma vista privilegiada da argola fincada no mamilo esquerdo e de uma outra no umbigo. Myron não conseguia decifrar o que eram aquelas tatuagens, que a seus olhos não passavam de um amontoado de espirais. TC também estava de óculos escuros, desses de lente inteira, à la Yoko Ono.

– Seu joalheiro deve mandar para você uma bela cesta de Natal todos os anos – disse Myron.

A título de resposta, TC espichou a língua para revelar outra argola. Myron quase engasgou, e TC aparentemente ficou satisfeito com a reação dele.

– Tu é o calouro, não é?

– Sou. – Myron estendeu a mão para um cumprimento. – Myron Bolitar.

TC ignorou a mão estendida. Apenas declarou solenemente:

– Então vai ter que levar chumbo.

– Como?

– Chumbo. Tu é o novato. Vai ter que levar chumbo.

Vários jogadores começaram a rir.

– Chumbo? – repetiu Myron.

– É. Tu é o novato, não é?

– Sou.

– Então vai ter que levar chumbo.

Mais risos.

– Tudo bem – consentiu Myron. – Chumbo.

– É isso aí. – TC meneou a cabeça, estalou os dedos, apontou para Myron e saiu.

Myron terminou de se vestir.

Jessica esperava por ele à porta do vestiário. Sorriu ao vê-lo, e ele sorriu de volta, sentindo-se um tanto sem jeito. Ela o recebeu com um abraço e um rápido beijo. Myron cheirou os cabelos dela: uma verdadeira delícia para suas narinas.

– Ah – brincou alguém. – Que fofo!

Audrey Wilson.

– Não fale com ela – avisou Myron. – Essa mulher é o anticristo.

– Tarde demais – disse Audrey, abraçando Jessica pela cintura. – Jess e eu vamos dar uma voltinha por aí. Tomar alguma coisa, pôr a conversa em dia, esse tipo de coisa.

– Meu Deus, você não tem limites. – Ele se virou para Jessica. – Não conte nada a ela.

– Contar o quê? Não sei de nada.

– É verdade – concordou Myron. – Então, para onde vamos?

– *Nós* não vamos a lugar nenhum – disparou Jessica, e apontou para trás com o polegar. Win estava recostado na parede, completamente imóvel e à vontade. – Ele falou que você vai estar ocupado.

– Ah. – Myron olhou para Win, que acenou com a cabeça. Pediu licença e foi falar com ele.

Sem nenhum preâmbulo, Win foi logo dizendo:

– A última transação financeira de Greg foi num caixa automático às 23h03 da noite em que sumiu.

– Onde?

– Manhattan. Numa agência do Chemical Bank, perto da rua 8 no West Side.

– Faz sentido – disse Myron. – Ele recebeu uma ligação de Carla às 21h18. Carla pediu que ele fosse encontrá-la na tal cabine dos fundos. Então ele foi para a cidade e tirou dinheiro no caixa antes de ir para o encontro.

Win fitou-o com olhos mortos.

– Obrigado pela valiosa análise do óbvio.

– É um dom que tenho, só isso.

– Eu sei – confirmou Win. – Pois bem. Há oito bares num raio de quatro quadras desse caixa automático em particular. Limitei minha busca a eles. Dos oito, apenas dois dispõem de algo que poderia ser chamado de "cabine dos fundos". Os demais têm mesas e salões de jantar, mas não cabines. Aqui estão os nomes.

Há muito Myron deixara de se dar o trabalho de perguntar como Win descobria esse tipo de coisa.

– Quer ir no meu carro?

– Não posso acompanhá-lo – disse Win.

– Por que não?

– Vou me ausentar por uns dias.

– A partir de quando?

– Decolo do aeroporto de Newark daqui a uma hora.

– Uma viagem? Assim, de uma hora para outra?

Win não se viu na obrigação de responder. Os dois saíram pelo portão dos jogadores. Cinco garotos correram até Myron em busca de um autógrafo. Myron atendeu a todos. Ao receber de volta seu papel, um dos garotos, que não devia ter mais que 10 anos, perguntou:

– Quem é esse aí, afinal?

– É o pereba – respondeu outro.

– Epa! – exclamou Win. – Mais respeito, rapaz! Para você, é *senhor* Pereba.

Myron olhou para ele.

– Obrigado.

Win gesticulou um "não há de quê".

– E você, é alguém importante? – perguntou o primeiro garoto, dirigindo-se a Win.

– Sou Dwight D. Eisenhower – respondeu Win.

– Quem?

Win espalmou as mãos.

– Ah, nossa excelsa juventude... – Ele suspirou, e se afastou sem dizer mais nada. Não era lá muito afeito às despedidas.

Myron foi para seu carro. Já estava com a chave na fechadura quando alguém lhe deu um tapinha nas costas. Era TC. Apontando o indicador para ele e exibindo mais anéis do que uma grã-fina, disse:

– Não esquece.

– Chumbo – disse Myron.

– *Exato* – devolveu TC.

E se foi, ele também.

capítulo 7

Myron chegou ao pub MacDougal's, o primeiro bar na lista de Win. A cabine dos fundos se encontrava livre, e ele a ocupou. Ficou ali por um instante, esperando que alguma força do além lhe dissesse se aquele era o lugar onde Greg havia se encontrado com Carla. Não sentiu nada – positivo ou negativo. Talvez devesse apelar para uma sessão mediúnica.

A garçonete se aproximou sem a menor pressa, como se o esforço de atravessar o salão equivalesse ao de atravessar um campo de neve densa e isso lhe desse direito a uma polpuda recompensa. Myron tentou seduzi-la com um de seus sorrisos característicos. O modelo Christian Slater: simpático porém diabólico.

Que não deveria ser confundido com o modelo Jack Nicholson, que era diabólico porém simpático.

– Olá – disse ele.

Ela largou sobre a mesa uma bolacha, dessas de papelão.

– Vai beber o quê? – perguntou, tentando soar afável, mas nem de longe conseguindo.

Raramente se via uma garçonete simpática em Manhattan, a não ser aquelas, eficientíssimas, de redes como o TGI Friday's ou o Bennigan's, que vão logo informando seu nome aos clientes e dizendo que serão as "atendentes de hoje", talvez receando a hipótese de que alguém as tomasse por outra coisa, como por exemplo "a consultora jurídica de hoje" ou "a enfermeira da noite".

– Tem algum achocolatado? – perguntou Myron.

– Tem o quê?

– Deixa pra lá. Que tal uma cerveja?

Ela o encarou com olhos mortiços.

– De que tipo?

A sutileza não funcionaria ali, pensou Myron.

– Você gosta de basquete? – perguntou.

Ela deu de ombros.

– Sabe quem é Greg Downing?

Ela negou com a cabeça.

– Foi ele quem me falou deste lugar – explicou Myron. – Contou que esteve aqui outro dia.

Ela piscou.

– Você estava aqui sábado à noite?

Ela fez que não.

– Neste mesmo lugar, servindo as cabines?

Ela fez que não novamente, dessa vez mais rápido. Sinal de impaciência.

– Você viu o Greg?

– Não. Estava nas mesas. Pode ser uma Michelob?

Myron olhou para o relógio, fingindo surpresa.

– Caramba, esqueci da hora. Preciso ir. – Deu à garçonete uma gorjeta de dois dólares e disse: – Pelo seu tempo.

O segundo bar da lista se chamava Chalé Suíço. Embora não chegasse nem perto de um chalé suíço. O lugar era um buraco. O papel de parede tentava se fazer passar por lambris de madeira, e talvez até conseguissem o efeito desejado se ele não estivesse descascando em tantos pontos. A lareira abrigava uma tora de plástico com luzinhas de Natal piscando no interior, dificilmente dando ao lugar o clima aconchegante de um chalé de esqui. Por algum motivo, do centro do teto pendia um daqueles globos espelhados de discoteca. Nenhuma pista de dança. Nenhuma luz estroboscópica. Apenas o globo de discoteca – mais um adorno típico de um autêntico chalé suíço, deduziu Myron. O ambiente exalava um cheiro azedo de cerveja derramada misturado a uma discreta nota de vômito, o tipo de cheiro que apenas certos bares ou grêmios estudantis costumam ter, dando a impressão de que há ratos mortos e já podres no interior das paredes.

A jukebox tocava "Little Red Corvette", do Prince. Ou seria do Artista Anteriormente Conhecido Como Prince? Não era assim que ele se chamava agora? Era, mas na época do lançamento de "Little Red Corvette" ele ainda se chamava Prince. Então, de quem seria a música afinal? Myron tentou resolver esse importantíssimo dilema, tão difícil de entender quanto os paradoxos cronológicos da série *De volta ao futuro*... Acabou se dando por vencido.

O lugar estava quase deserto. Um sujeito com um farto bigode e um boné de beisebol dos Astros de Houston era o único cliente sentado ao balcão. Um casal se atracava numa das mesas centrais, uma das mais visíveis do salão, mas ninguém parecia se importar. Outro sujeito se esgueirava nos fundos como se estivesse na sessão de vídeos pornôs de uma locadora.

Novamente Myron se dirigiu à cabine dos fundos. E novamente puxou conversa com a garçonete, esta bem mais animada que a outra. Ao ouvir que havia sido Greg Downing quem recomendara aquele chalé, ela disse:

– Não brinca! Mas ele esteve aqui só uma vez!

Bingo.

– Teria sido na noite de sábado?

Ela revirou os olhos enquanto pensava. E dali a pouco gritou para o bartender:

– Ei, Joe! Greg Downing esteve aqui sábado à noite, não esteve?

– Quem está perguntando? – retrucou Joe, berrando do outro lado do balcão. Parecia uma fuinha com cabelos de camundongo. Fuinha com camundongo. Uma bela mistura.

– Esse cara aqui e eu, a gente está só conversando.

Joe Fuinha apertou as pálpebras sobre os olhos de roedor para ver melhor. Depois os arregalou e indagou:

– Ei, tu é o recém-contratado, não é? Dos Dragons? Vi na televisão. Aquele com nome de nerd.

– Myron Bolitar – completou Myron.

– É isso aí. Myron. Vocês vão começar a dar as caras por aqui?

– Pode ser.

– A gente tem uma grande clientela de celebridades, pode crer – disse Joe, limpando o balcão com um trapo que poderia muito bem ser a flanela de um frentista. – Sabe quem esteve aqui uma vez? Cousin Brucie. O DJ. Um cara bacana, sem marra nenhuma, sabe?

– Pena que eu não estava aqui para ver – disse Myron.

– É. Mas também já vieram outros famosos, não é, Bone?

O bigodudo de boné se empertigou e confirmou com um gesto de cabeça.

– Como aquele cara que parecia com o Soupy Sales. Lembra dele?

– Lembro. Como eu disse, celebridades.

– Só que não era o Soupy Sales. Só alguém que parecia muito com ele.

– Dá no mesmo.

Myron perguntou:

– Você conhece a Carla?

– Carla?

– A moça que estava com o Greg.

– É esse o nome dela? Não, não cheguei a conversar com ela. Nem com o Greg. Ele entrou assim meio na moita, tipo incógnito. A gente não queria incomodar o cara. – Joe estufou o peito como se fosse bater uma continência. – Aqui no Chalé Suíço a gente protege as nossas celebridades. – E apontando o trapo para Myron, emendou: – Pode dizer isso lá para os teus amigos, falou?

– Vou falar – prometeu Myron.

– Na verdade, a gente nem sabia direito se era mesmo o Greg Downing.

– Como no caso do Soupy Sales – interveio Bone.

– Exatamente. Só que dessa vez era o cara de verdade.

– Mas o sujeito parecia muito com o Soupy Sales. Um puta ator, aquele Soupy.

– Talento da melhor qualidade – concordou Bone.

Myron disse:

– Ele já esteve aqui outras vezes?

– O clone de Soupy Sales?

– Sua besta – disse Joe, abanando o trapo na direção de Bone. – Por que diabo ele ia querer saber de uma coisa dessas? O cara está falando do Greg Downing, bocó!

– E como é que eu ia saber, seu mané? Está vendo alguma bola de cristal por aqui?

– Rapazes, rapazes... – contemporizou Myron.

Joe ergueu a mão:

– Foi mal. Desculpa aí. Mas pode ficar tranquilo: esse tipo de coisa não costuma rolar no Chalé Suíço. A gente se dá muito bem por aqui. É ou não é, Bone? Diz aí.

Bone estendeu os braços.

– E quem é que não está se dando bem por aqui? – disse.

– Exatamente. Mas respondendo a tua pergunta, Myron. Não, o Greg não é um dos nossos fregueses. Aquela noite foi a primeira vez dele aqui.

– Que nem o Cousin Brucie – disse Bone. – Também só veio uma vez.

– Foi. Mas gostou do lugar. Deu para sacar.

– Pediu uma segunda bebida. Se não tivesse gostado, não tinha pedido.

– Certo. Dois drinques. Podia ter tomado um e ido embora. Mas foram só duas Cocas. Diet.

– E a Carla? – retrucou Myron.

– Quem?

– A moça que estava com o Greg.

– O que tem ela?

– Já esteve aqui outras vezes?

– Nunca vi. E você, Bone?

Bone balançou a cabeça.

– Não. Senão eu lembraria.

– Lembraria por quê?

Sem hesitar, Joe disse:

– Os para-choques. De primeira.

Bone curvou os dedos e fabricou dois seios contra o próprio peito.

– Dois melões assim.

– Não que fosse uma gata, nada disso.

– Não era mesmo – concordou Bone. – Meio coroa para alguém como o Greg.

– Quantos anos? – perguntou Myron.

– Bem mais velha que ele, com certeza. Cinquenta e muitos, eu diria. Tu não acha, Bone?

Bone confirmou com a cabeça.

– Mas uma comissão de frente da melhor qualidade.

– Uns peitões enormes.

– Gigantescos.

– Ok, já deu para ter uma ideia – interrompeu Myron. – Mais alguma coisa?

Ambos ficaram confusos com a pergunta.

– Cor dos olhos? – sugeriu Myron.

Joe piscou diversas vezes, olhou para Bone.

– E ela tinha olhos?

– E eu lá sei?

– Cor do cabelo – insistiu Myron.

– Castanho – disse Joe. – Castanho claro.

– Preto – disse Bone.

– Pode ser – concedeu Joe.

– Não, talvez fosse mais claro mesmo.

– Mas vou lhe dizer uma coisa, Myron. Aqueles peitos... Dois canhões, meu irmão.

– Canhões de Navarone – concordou Bone.

– Ela e Greg saíram juntos?

Joe olhou para Bone, que deu de ombros.

– Acho que sim – disse o primeiro.

– Sabe dizer a que horas?

Joe fez que não com a cabeça.

– Você sabe, Bones? – arriscou Myron.

A viseira do boné de Bone se aproximou do rosto de Myron intempestivamente.

– Não é Bones, porra! – rugiu ele. – É *Bone*! Sem S no fim! B-O-N-E! Nenhum S! E você está achando o quê? Que eu tenho cara de Big Ben?

Joe novamente abanou seu trapo.

– Não insulta a celebridade, sua mula!

– Que celebridade, Joe? Porra, o cara não passa de um pereba! Não é como o Soupy. É um zé-ninguém, um zero à esquerda. – Bone se virou para Myron e, sem nenhuma hostilidade na voz, falou: – Não foi para ofender, Myron.

– E por que eu me sentiria ofendido?

– Escuta – disse Joe –, por acaso você tem uma foto sua aí? A gente podia pendurar na parede. Com autógrafo e dedicatória, claro. "Para a galera do Chalé Suíço." Aliás, a gente bem que podia começar a fazer uma parede de fotos autografadas.

– Desculpe – disse Myron –, mas não tenho nenhuma comigo.

– Pode mandar para a gente? Autografada? Ou de repente você traz da próxima vez que vier.

– Hmm... Da próxima vez.

Myron prosseguiu no interrogatório, mas não descobriu muito, a não ser a data de aniversário de Soupy Sales. Saiu do bar e foi caminhando pelo quarteirão, passando por um restaurante chinês com patos mortos na vitrine. Carcaças de pato, nada melhor para aguçar o apetite. Talvez o Burger King devesse pendurar vacas sacrificadas em suas lojas também. As crianças iriam adorar.

Por um instante ele tentou juntar as peças do quebra-cabeça. Carla liga para Greg e marca um encontro no Chalé Suíço. Por que logo ali, com tantos lugares melhores? Seria possível que eles não quisessem ser vistos juntos? Por que não? E quem seria Carla afinal? Como tudo isso se encaixava no sumiço de Greg? E o sangue encontrado no porão? Teriam eles voltado juntos para a casa de Greg, ou ele teria voltado sozinho? Seria Carla a moça com quem ele vivia? E nesse caso, por que se encontrar naquele lugar?

Myron estava tão perdido nos próprios pensamentos que só viu o homem a poucos passos de trombar nele. Chamar aquilo de "homem" seria na verdade um erro: o sujeito estava mais para um muro de concreto se fazendo passar por humano. Ele se interpunha no caminho de Myron. Usava uma daquelas camisetas justas de gola V, com um decote acentuado o bastante para exibir o peitoral, e sobre ela uma camisa de estampa floral que mais lembrava uma blusa feminina. Um chifre de ouro pendia sobre aquilo que poderia ser chamado de decote. Uma montanha de músculos, um rato de academia. Myron tentou ultrapassá-lo pela esquerda, mas foi bloqueado pelo muro. Tentou ultrapassá-lo pela direita, mas novamente foi bloqueado. Andou de lado a lado uma segunda vez; o muro fez o mesmo.

– E aí? – disse Myron. – Conhece o chá-chá-chá?

O muro de concreto esboçou exatamente a reação que poderíamos esperar de um muro de concreto. Por outro lado, aquele não havia sido o melhor dos gracejos de Myron. O homem era realmente enorme, mais ou menos do tamanho de um eclipse lunar. Myron ouviu passos. Outro homem, também grande, mas de proporções mais humanas, aproximava-se por trás. Usava calças militares com estampa de camuflagem; uma grande tendência da moda urbana recente.

– Onde está o Greg? – perguntou o Camuflado.

Myron se fez de surpreso.

– O quê? Ah, desculpa, não tinha visto você.

– Hein?

– As calças... – explicou Myron. – Estavam camuflando você.

O Camuflado não gostou do que ouviu.

– Onde está o Greg?

– Greg? – Respostinha irritante.

– É. Cadê ele?

– Quem?

– O Greg.

– Que Greg?

– Está zoando comigo?

O Camuflado olhou para o Muro, que permaneceu tão calado quanto antes. Myron sabia que era grande a possibilidade de um confronto físico. Sabia também que era bom nesse tipo de situação. Sabia ainda, ou pelo menos supunha, que aqueles dois gorilas também eram bons de briga. Por mais que os filmes de Bruce Lee sugerissem o contrário, era quase impossível alguém derrotar sozinho dois oponentes de valor. Lutadores experientes não eram burros. Lutavam como uma equipe. Nunca arremetiam isoladamente.

– Então – disse Myron. – Que tal uma cervejinha? Resolver essa história com um bom papo?

O Camuflado bufou com escárnio.

– E por acaso a gente tem cara de quem gosta de papo?

– Ele tem – disse Myron, apontando para o Muro.

Havia três maneiras de sair ileso de uma situação daquelas. A primeira era fugir correndo, o que era sempre uma boa opção. O problema era que os dois adversários estavam próximos o suficiente, e distantes o suficiente, para saltar sobre ele ou puxá-lo pela camisa. Arriscado demais. Segunda maneira: os adversários subestimam você. Você finge que está com medo e depois, *bum!*, os pega de surpresa. Acontece que gorilas raramente subestimam alguém com quase dois metros de altura e mais de 100 quilos. Terceira maneira: você ataca primeiro, e com força. Ao fazer isso você aumenta a probabilidade de colocar um deles fora de órbita antes que o outro possa reagir. Esse caminho, no entanto, implica um delicado equilíbrio. Até alguém atacar, você realmente não pode dizer com certeza que um confronto físico não poderia ter sido evitado por completo. Mas se esperar que alguém ataque, a opção perde o sentido. Win gostava dela mais que das outras. Mesmo quando havia apenas um adversário.

No entanto, Myron não teve a oportunidade de fazer esta ou aquela opção, pois o Muro lhe acertou um soco forte bem na região da lombar. Pressentindo o golpe, Myron havia girado o tronco o bastante para proteger os rins e prevenir qualquer estrago maior, e assim estava quando desferiu uma cotovelada no nariz do sujeito. Ouviu com prazer o esfacelar dos ossos, algo parecido com o crepitar de um ninho de pássaro esmagado por um murro.

A vantagem teve curta duração. Tal como Myron havia receado, os caras sabiam o que estavam fazendo. O Camuflado atacou quase simultaneamente, terminando o serviço do companheiro. Myron sentiu uma dor aguda nos rins. Os joelhos ameaçaram falhar, mas ele segurou a onda. Com o tronco curvado na direção do Muro, jogou a perna para trás e desferiu um coice, com o pé se projetando no ar como um êmbolo. Embora sua intenção fosse cravá-lo no estômago do Camuflado, perdera o equilíbrio e acabara acertando a coxa dele. O estrago não foi grande, mas foi suficiente para que o Camuflado recuasse. O Muro já começava a recuperar as forças: tateando cegamente, ele encontrou os cabelos de

Myron e os agarrou para se reerguer. Myron rapidamente prendeu a mão dele, aproveitando a oportunidade para fincar as unhas nos pontos mais sensíveis entre as juntas. O Muro berrou de dor. E o Camuflado voltou à baila: esmurrou Myron diretamente no estômago. A dor não foi pouca. Foi lancinante. Myron logo viu que estava em apuros. Flexionou um dos joelhos para ganhar impulso e arremeteu com a mão espalmada, pronta para o golpe que tinha em mente. O tapão acertou o Muro na virilha, e ele desabou com os olhos esbugalhados, como se alguém tivesse roubado o chão de seus pés. O Camuflado reagiu sem hesitar. Cravou um soco certeiro numa das bochechas de Myron, deixando-o zonzo. Rapidamente desferiu um segundo soco. Myron foi perdendo o foco da visão; tentou se levantar, mas as pernas não obedeceram. E bastou um chute nas costelas para que ele começasse a ver o mundo girando ao seu redor.

– Ei, ei, ei! Que porra é essa aí?

– Vocês dois! Circulando, circulando!

Apesar da zonzeira, Myron reconheceu as vozes: Joe e Bone, do bar. Ele aproveitou a ocasião para fugir dali. Mas sem necessidade, pois a essa altura o Camuflado já havia ajudado o Muro a se levantar e ambos corriam para longe.

Joe e Bone rapidamente foram ao encontro de Myron.

– Você está bem?

Estatelado, Myron fez que sim com a cabeça.

– Não vai esquecer de mandar aquela foto autografada, falou? Cousin Brucie falou que ia mandar, e nada.

– Mando, sim. Duas.

capítulo 8

ELE CONVENCEU JOE E BONE a não chamarem a polícia. Não precisou gastar muita saliva. Quase sempre as pessoas preferem deixar a polícia de fora. Com a ajuda da dupla, ele entrou num táxi. O motorista usava turbante e ouvia música country. Multiculturalismo. Myron informou o endereço de Jessica com dificuldade e desabou no estofamento puído do banco. O motorista não estava para conversa. Ótimo.

Myron foi mentalmente examinando o próprio corpo. Nada quebrado. As costelas estavam, quando muito, doloridas. Nada que atrapalhasse sua nova vida de jogador. Mas a cabeça era outra história. Tylenol e codeína o ajudariam a passar a noite, e na manhã seguinte ele poderia tomar algo mais leve, como um Advil. Nos casos de trauma na cabeça não havia muito a fazer além de dar tempo ao tempo e controlar a dor.

Jessica o recebeu à porta, embrulhada num roupão de banho, e Myron, como de costume, perdeu um pouquinho o fôlego ao vê-la. Deixando de lado as admoestações, ela preparou um banho, ajudou Myron a se despir e se alojou atrás dele na banheira. Já um tanto aliviado com o contato da água, Myron se recostou contra a namorada enquanto ela cobria a cabeça dele com compressas de toalha. Em seguida exalou um longo suspiro de felicidade.

– Desde quando você é médica? – perguntou.

Por trás, Jessica o beijou no rosto.

– Está se sentindo melhor?

– Sim, doutora. Muito melhor.

– Quer me contar o que houve?

Myron relatou toda a história, e ela ouviu em silêncio, suavemente massageando as têmporas dele. Myron imaginava haver no mundo algo melhor do que estar naquela banheira recostado à mulher que amava, sentindo o bálsamo daquele toque, mas nem com muito esforço poderia dizer o quê. As dores começavam a ceder.

– Então, quem você acha que eram os tais caras? – perguntou ela.

– Sei lá – disse Myron. – Acho que são dois capangas de alguém.

– E eles queriam saber o paradeiro de Greg?

– Parece que sim.

– Se dois capangas estivessem atrás de mim – observou ela –, eu também sumiria do mapa.

A ideia já havia ocorrido a Myron.

– É verdade.

– E agora? Qual será seu próximo passo?

Myron sorriu e fechou os olhos.

– Não acredito. Nenhuma bronca? Nenhuma aula sobre os perigos que estou correndo?

– Não gosto de lugares-comuns – disse Jessica. – Além disso, tem alguma coisa aí.

– Como assim?

– Algo que você não está querendo me contar.

– Eu...

Ela pousou o indicador sobre os lábios dele, calando-o.

– Só me diz o que pretende fazer.

Myron novamente relaxou o corpo. Chegava a dar medo a facilidade com que ela lia os pensamentos dele.

– Preciso falar com algumas pessoas.

– Com quem, por exemplo?

– O agente de Greg. O colega de quarto dele, um sujeito chamado Leon White. Emily.

– Emily. Sua namoradinha de faculdade, certo?

– É – disse Myron. E antes que ela começasse a lê-lo de novo, rapidamente mudou de assunto. – Como foi sua noite com Audrey?

– Ótima. Falamos de você, basicamente.

– Falaram o quê?

Jessica começou a acarinhá-lo no peito com dedos que pareciam plumas. Ou um Itzhak Perlman tangendo as cordas de seu violino. Lenta e suavemente. Talvez um tanto demais. Para Myron, o efeito já não era apenas o de um mero bálsamo.

– Ei, Jess...

Mais uma vez ela o calou. E falou a meia-voz:

– Sua bunda.

– Minha bunda?

– É. Foi disso que a gente ficou falando. – Para ilustrar o ponto, ela fechou os dedos sobre uma das nádegas dele. – Até a Audrey teve de admitir que a sua bunda dava vontade de morder, correndo daquele jeito na quadra.

– Não sou apenas um corpinho – argumentou Myron. – Também tenho um cérebro. Sentimentos.

Jessica baixou a boca rente à orelha dele. E provocou arrepios quando os lábios tocaram o lóbulo:

– Quem se importa com isso?

– Hmm, Jess...

– Shhh – fez ela, descendo a outra mão pelo peito dele. – A médica aqui sou eu, lembra?

capítulo 9

NOS RINCÕES DA CABEÇA DE MYRON, os nervos foram subitamente atacados pela campainha do telefone. Ele foi piscando até abrir os olhos completamente. Viu que a luz da manhã já vazava pelas frestas da cortina. Examinou o espaço a seu lado na cama, primeiro com as mãos, depois com os olhos. Jessica não estava lá. O telefone continuava a urrar. Myron por fim o atendeu.

– Alô.

– Então é aí que você está.

Ele fechou os olhos. Sua cabeça agora doía 10 vezes mais.

– Oi, mãe.

– Você não dorme mais em casa?

A casa de Myron era o porão da casa dos pais, o mesmo de sua juventude. Mas nos últimos tempos ele vinha passando cada vez mais noites no apartamento de Jessica. O que decerto era uma boa coisa. Ele estava com 32 anos; era uma pessoa razoavelmente normal, rico o bastante. Não tinha nenhum motivo para ainda morar com o papai e a mamãe.

– Como vai a viagem? – perguntou ele.

Seus pais estavam em alguma excursão de ônibus pela Europa. Dessas que visitam 12 cidades em quatro dias.

– Você acha que liguei do Hilton de Viena só para conversar fiado sobre nosso itinerário?

– Suponho que não.

– Sabe quanto custa uma ligação internacional num hotel em Viena? Com todas as taxas e sobretaxas?

– Uma fortuna, imagino.

– Tenho os preços bem aqui. Vou lhe dizer exatamente. Espera aí. Al, onde foi que eu meti aquele papel com as taxas de telefone?

– Mãe, isso não é importante.

– Estava aqui nesse minuto... Al?

– Por que você não me diz quando volta? – sugeriu Myron. – Assim aumenta a saudade...

– Pode guardar a ironia para sua turma. Você sabe muito bem por que estou ligando.

– Não sei, mãe.

– Então vou lhe dizer. Uns colegas de excursão... os Smeltman, um casal muito simpático... O marido trabalha com joias. Marvin, acho que é esse o nome dele. Eles têm uma loja em Montclair. A gente passava muito na frente dela quando você era criança. Fica na Bloomfield Avenue, perto do cinema, lembra?

– Ahã. – Myron não fazia a menor ideia do que ela estava falando, mas concordar era mais fácil.

– Pois bem. Os Smeltman falaram com o filho deles por telefone ontem à noite. Foi *ele* que ligou, Myron. Tinha todo o itinerário dos pais, todas as informações, tudo. Ligou só para saber se eles estavam se divertindo, esse tipo de coisa.

– Ahã.

Myron sabia que a mãe estava no modo "descompensado". Não havia como pará-la. De um segundo a outro ela deixava para trás a mulher moderna e inteligente que de fato era, e Myron também sabia disso, para dar lugar a algum personagem de *Um violinista no telhado*. Naquele exato momento, era Golda convergindo para Yenta.

– Pois então – prosseguiu ele. – Os Smeltman ficam se gabando com o filho só porque estão na mesma viagem que os pais de Myron Bolitar. E daí, não é? Quem é que ainda se lembra de você? Faz anos que você não joga. Acontece que os Smeltman são grandes fãs do basquete. Vai entender. Parece que o filho costumava ver você jogando, sei lá. Pois então. O tal filho... acho que o nome dele é Herb... ou Herbie... ou Ralph.... alguma coisa assim... o tal filho conta aos pais que agora você está jogando basquete profissional. Que os Dragons contrataram você. Que de uma hora para a outra você resolveu voltar para as quadras, sei lá. Seu pai está tão envergonhado... Pensa bem. Pessoas que a gente nunca viu na vida sabem da história toda enquanto seus próprios pais estão completamente por fora. De início a gente achou que eles, os Smeltman, tinham ficado malucos.

– Não é o que a senhora está pensando – disse Myron.

– E o que é que estou pensando? – devolveu ela. – Vez ou outra vejo você brincando na cesta lá da garagem. Tudo bem, nenhum problema. Mas agora não estou entendendo nada. Você nem sequer mencionou que tinha voltado a jogar.

– Não voltei.

– Não mente para mim. Você marcou dois pontos ontem à noite. Seu pai ligou para o Disque-Esporte. Por acaso você faz ideia de quanto custa ligar para o Disque-Esporte daqui?

– Mãe, não é nada assim tão importante quanto a senhora pensa.

– Escuta sua mãe, Myron. Você conhece seu pai, não conhece? Está agindo como se nada tivesse acontecido. Ele o adora, você sabe disso, não sabe? O adora de qualquer jeito. Mas não parou de sorrir desde que soube da novidade. Pensou até em voltar para casa amanhã mesmo.

– Por favor, não façam isso.

– Não façam isso! – repetiu ela, exasperada. – Vá *você* dizer a ele, Myron. O homem é completamente lelé, você sabe. Doido da cabeça. Então, por que você não conta logo o que está acontecendo?

– É uma história comprida, mãe.

– Mas é verdade? Você voltou a jogar?

– Só por um tempo.

– Como assim, "só por um tempo"?

O toque de uma chamada em espera soou no telefone de Jessica.

– Mãe, preciso desligar. Desculpa por não ter falado nada antes.

– O quê? Vai ficar por isso?

– Outra hora a gente conversa.

Myron ficou surpreso quando a mãe enfim cedeu:

– Cuidado com o joelho, filho.

– Pode deixar, mãe. Eu me cuido.

Ele atendeu a outra ligação. Era Esperanza. Que também não se deu o trabalho de dizer "bom dia".

– O sangue não é de Greg – disparou ela.

– O quê?

– O sangue encontrado no porão. É AB positivo. O de Greg é O negativo.

Myron não havia esperado ouvir nada disso. Precisou de um tempo para concatenar as ideias.

– Talvez Clip tenha razão. Talvez o sangue seja de um dos filhos de Greg.

– Impossível – disse Esperanza.

– Por quê?

– Você não estudou biologia no colégio?

– Na oitava série. Mas estava ocupado demais olhando para Mary Ann Palmiero. Mas e aí?

– O sangue AB é um tipo raro. Para que um filho seja AB é necessário que os pais sejam A e B, caso contrário não rola. Greg é O; portanto, os filhos dele não podem ser AB.

– Então talvez o sangue seja de outra criança – insistiu Myron. – Um amiguinho que estivesse com os filhos de Greg, sei lá.

– Claro – concordou Esperanza. – É bastante provável. Os garotos convidam alguns amigos para brincar. Um deles sangra até morrer, e ninguém aparece para limpar. Ah, e depois, por uma estranha coincidência, Greg some do mapa.

Myron enroscava o fio do telefone entre os dedos como se eles fossem um tear.

– O sangue não era de Greg... – falou. – E agora?

Esperanza não se deu o trabalho de responder.

– Como vou investigar uma coisa dessas sem levantar suspeita? – prosseguiu ele. – Preciso interrogar as pessoas, não preciso? Elas vão querer saber por quê.

– Pois é... sinto muito por você – disse Esperanza, mas num tom que dizia justamente o contrário. – Agora preciso ir para a agência. Você vai aparecer por lá?

– Talvez à tarde. Agora de manhã vou falar com a Emily.

– A ex-namorada de quem o Win falou?

– Ela mesma – confirmou Myron.

– Não vá fazer nenhuma besteira. Coloque a camisinha já – disse Esperanza. E desligou.

O sangue não era de Greg. Myron se sentia completamente perdido. Na véspera, enquanto esperava o sono, ele havia elaborado uma tese limpinha e concisa que propunha mais ou menos o seguinte: os capangas estavam à procura de Greg. Talvez tivessem dado uma dura nele, tirado algum sangue. Só para deixar claro que não estavam de brincadeira. Assustado, Greg havia fugido.

Tudo parecia se encaixar. O sangue no porão. O súbito desaparecimento de Greg. A equação não poderia ser mais simples: uma surra mais uma ameaça de morte era igual a um homem em fuga.

O problema agora era que o sangue encontrado no porão não pertencia a Greg. Adeus, tese limpinha e concisa. Se Greg tivesse sido espancado no porão, o sangue encontrado ali seria dele. Greg teria sangrado o próprio sangue, não o de outra pessoa. Aliás, era muito difícil alguém sangrar o sangue de outra pessoa. Myron balançou a cabeça. Precisava de uma boa chuveirada. Mais algumas deduções daquele calibre e a tese da galinha degolada começaria a fazer algum sentido.

Ele ensaboou o corpo, depois deixou que a ducha o massageasse nos ombros e no peitoral. Saiu do banho, secou-se e se vestiu. Jessica estava no cômodo ao lado, digitando algo no computador. Myron já havia aprendido que não devia perturbá-la quando o teclado estalava a pleno vapor. Então deixou um bilhete e saiu sem se despedir. Tomou a linha 6 do metrô até o centro de Manhattan, seguiu a pé até o estacionamento da rua 46 e recebeu as chaves que Mario arremessou sem levantar os olhos do que estava lendo. Na altura da rua 62, seguiu pela FDR Drive no sentido norte e entrou na Harlem River Drive, que estava congestionada em razão de obras na pista da direita. Mesmo assim chegou razoavelmente cedo à George Washington Bridge e em seguida tomou a Route 4 até um lugar chamado Paramus, que na verdade não passava de um gigantesco shopping center com pretensões a distrito municipal. Dobrando à direita na Route 208, passou pela fábrica da Nabisco e farejou o ar; dessa vez, no entanto, não sentiu o perfume dos biscoitos de que tanto gostava.

Ao se aproximar da casa de Emily, uma sensação de déjà-vu o atacou como um puxão de orelha paterno. Já havia estado ali antes, claro, nas férias de faculdade na época do namoro deles. A casa era de tijolos aparentes, de arquitetura moderna e razoavelmente grande. Ficava ao fim de uma rua sem saída, muito bem-cuidada. Uma cerca limitava o terreno. Myron se lembrava de que havia uma piscina nos fundos. E também um pequeno coreto, onde ele e Emily certa vez haviam feito amor, as roupas emboladas aos pés, a umidade embalando o corpo dos dois como uma fina camada de suor. O doce pássaro da juventude.

Ele estacionou o carro, tirou a chave da ignição e ficou ali. Fazia mais de 10 anos que não via Emily. Muita água já havia rolado desde então, mas ele ainda temia a reação dela ao vê-lo. A imagem mental de Emily abrindo a porta, gritando "Canalha!", depois batendo a porta na cara dele era um dos motivos pelos quais lhe havia faltado coragem para ligar antes.

Ele olhou pela janela do carro. Não viu nenhum movimento na rua. Mas logo percebeu que não havia mais que 10 casas por ali. Por um tempo ficou pensando na melhor maneira de abordar Emily, mas não encontrou nenhuma. Conferiu o relógio, mas não registrou as horas. Suspirou. Uma coisa era certa: ele não poderia ficar ali o dia inteiro. A vizinhança era abastada, do tipo que chama a polícia em caso de suspeita. Hora de ir em frente. Por fim ele desceu do carro. As casas a seu redor tinham no mínimo uns 15 anos, mas todas pareciam novas. Os quintais talvez ainda fossem um tanto áridos. Poucas árvores e arbustos; os gramados lembravam um grande implante capilar malfeito.

Myron seguiu pelo pequeno caminho de tijolos. Olhou para as próprias mãos e viu que estavam úmidas. Tocou a campainha. Não pôde deixar de relembrar as visitas do passado, embalado pelo carrilhão que ainda lhe era familiar. A porta se abriu. Era Emily.

– Ora, ora, ora – disse ela. Myron não soube dizer se o tom era de surpresa ou sarcasmo. Emily havia mudado. Parecia um pouco mais magra, mais musculosa. O rosto também havia afilado, acentuando as maçãs. Os cabelos estavam mais curtos e com corte mais definido. – Se não é o partidão que deixei escapar.

– Olá, Emily. – Quanta originalidade.

– Veio pedir a minha mão? – ironizou ela.

– Já pedi uma vez.

– Mas não com sinceridade, Myron. Sinceridade era tudo que eu queria naquela época.

– E agora?

– Agora acho que a sinceridade é superestimada. – Ela abriu um sorriso.

– Você está ótima, Emily. – Quando Myron embarcava na originalidade, não havia quem o segurasse.

– Você também. Mas não vou ajudá-lo.

– Me ajudar com o quê?

Emily contorceu o rosto numa careta.

– Entre. – Foi só o que disse.

Myron entrou atrás dela. A casa, bastante arejada, dispunha de diversas claraboias, pé-direito muito alto e paredes pintadas de branco. O piso do hall era de uma cerâmica visivelmente sofisticada. Myron foi levado para a sala de visitas, onde o piso era de madeira de faia. Depois de se acomodar num sofá branco, ele percebeu que a sala parecia exatamente igual ao que era 10 anos antes, e tão bem-conservada quanto. Ou eles haviam substituído os sofás por outros idênticos, ou os convidados da casa eram extremamente bem-educados. Nos estofados não se via uma única mancha. Fora do lugar, apenas uma pilha de jornais abandonada por perto. Tabloides diários, ao que parecia. Na primeira página do *New York Post*, a manchete dizia ESCÂNDALO!, em letras garrafais, fonte 72. Para não deixar dúvidas.

Um cachorro velho se aproximou, arrastando-se com patas rígidas. Dava a impressão de que tentava abanar o rabo, mas o resultado não passava de uma triste oscilação. Conseguiu lamber a mão de Myron com sua língua seca.

– Quem diria – observou Emily. – Benny ainda se lembra de você.

Myron empertigou o tronco.

– Este aqui é o Benny?

Ela confirmou com a cabeça.

A família de Emily havia comprado o filhotinho hiperativo para Todd, o irmão caçula, logo no início do namoro dela com Myron, que estava lá no dia em que o animalzinho chegou do canil em que nascera. Atordoado com a mudança de ambiente, o pequeno Benny havia feito pipi naquele mesmo chão, mas ninguém havia se importado. Rapidamente se habituara às pessoas. Costumava pular sobre os recém-chegados, acreditando, de um modo que só os cachorros são capazes de acreditar, que ninguém jamais lhe faria mal algum. Benny não estava pulando agora. Parecia um ancião. Myron foi tomado de uma súbita tristeza.

– Você mandou bem ontem à noite – disse Emily. – Foi bom vê-lo outra vez nas quadras.

– Obrigado. – De novo a originalidade.

– Quer beber alguma coisa? – ofereceu ela. – Posso fazer uma limonada. Como numa peça de Tennessee Williams. Limonada para o cavalheiro visitante...

Antes que Myron pudesse dizer qualquer coisa, Emily sumiu na direção da cozinha. Benny encarava seu velho amigo, penando para enxergar alguma coisa através da leitosa catarata. Myron o afagou nas orelhas e abriu um sorriso triste ao vê-lo abanar a cauda, agora com um pouco mais de ímpeto. Benny deu um passo adiante, dando a impressão de que percebia, e apreciava, os sentimentos de Myron. Emily voltou com dois copos de limonada.

– Aqui está – disse ela. Entregou o copo e se sentou.

– Obrigado. – Myron deu um pequeno gole.

– Então, Myron, qual será a sua próxima cartada?

– Cartada?

– Mais um "vale a pena ver de novo"?

– Não entendi.

Emily novamente o brindou com um sorriso.

– Primeiro você substitui o Greg nas quadras. Talvez agora esteja pensando em substituí-lo na cama também.

Myron por pouco não engasgou com a limonada. Estratégia de choque. A cara de Emily.

– Não achei graça – falou.

– Só estava brincando um pouquinho – contemporizou ela.

– Eu sei.

Emily fincou o cotovelo no encosto do sofá, apoiou a cabeça na mão e, do nada, disse:

– Sei que você está com a Jessica Culver.

– Estou.

– Gosto dos livros dela.

– Jessica vai ficar contente em saber.

– Mas nós dois sabemos qual é a verdade.

– Qual é a verdade?

Emily se inclinou para beber a limonada, depois falou:

– O sexo com ela não é tão bom quanto era comigo.

Mais uma típica tirada de Emily.

– Tem certeza? – perguntou Myron.

– Absoluta – respondeu ela. – Não vou ser imodesta. Tenho certeza de que a Jessica é ótima na cama. Mas comigo tudo era novidade. Uma grande descoberta. Não há nada melhor do que isso. Nenhum de nós jamais vai conseguir reproduzir aquele tipo de êxtase com outra pessoa. É impossível. Tanto quanto voltar no tempo.

– Não faço esse tipo de comparação – disse Myron.

Com um sorriso e uma leve inclinação da cabeça, ela provocou:

– Duvido.

– Aliás, você nem gostaria que eu fizesse.

O sorriso permaneceu onde estava.

– Ah, Myron, me poupa, né? Não me venha com essa conversa mole de "sexo espiritual". Não vá dizer que o sexo com Jessica é melhor porque vocês têm um relacionamento lindo e profundo, e por isso o sexo vai muito além do físico. Nada disso combina com você.

Myron não respondeu. Não sabia o que dizer, tampouco se sentia à vontade com a conversa.

– O que você quis dizer agora há pouco – perguntou ele, mudando de marcha – quando falou que não iria me ajudar?

– Exatamente o que você ouviu.

– Não vai me ajudar com o quê?

De novo o sorriso.

– Algum dia já fui burra, Myron?

– Nunca.

– Acha mesmo que acreditei nessa sua "volta às quadras"? – perguntou ela, abrindo e fechando as aspas com os dedos. – Ou que Greg esteja "de molho" por causa de uma contusão no tornozelo? Sua vinda aqui só faz confirmar as minhas suspeitas.

– Suspeitas de quê?

– Greg está desaparecido. E você está tentando encontrá-lo.

– O que faz você pensar que Greg está desaparecido?

– Por favor, Myron, não venha com joguinhos para cima de mim. Você me deve isso. Pelo menos isso.

Myron lentamente assentiu com um aceno de cabeça.

– Você sabe onde ele está?

– Não. Mas espero que o filho da puta esteja morto e apodrecendo num buraco qualquer.

– Não precisa medir as palavras, Emily. Basta dizer o que realmente está sentindo.

O sorriso agora parecia mais triste. Myron ficou condoído. Greg e Emily haviam se apaixonado. Haviam casado e gerado dois filhos. O que poderia ter posto fim a tudo isso? Algo recente? Ou algo no passado de ambos, uma semente podre plantada desde o início? Myron sentiu a garganta secar.

– Quando você o viu pela última vez? – perguntou.

– Um mês atrás – respondeu ela.

– Onde?

– Numa vara de família.

– Ainda se falam?

– Não estava brincando quando disse que por mim ele pode estar morto e apodrecendo.

– Entendi. Não estão se falando.

Emily balançou a cabeça como se dissesse: "Pense o que quiser."

– Caso ele esteja se escondendo, você faz alguma ideia de onde?

– Não.

– Uma casa de campo? Algum lugar para onde ele gostava de ir?

– Não.

– Sabe dizer se ele está namorando alguém?

– Não. Mas, se estiver, coitada da garota.

– Já ouviu falar de uma tal Carla?

Emily hesitou um instante. Tamborilava o indicador no joelho, um gesto tão antigo e conhecido que, para Myron, era quase doloroso observar.

– Não tinha uma Carla, lá no dormitório da Duke, que morava no mesmo andar que eu? – perguntou ela. – Tinha, claro. Carla Anderson. No segundo ano, lembra? Uma menina linda.

– Alguém mais recente?

– Não. – Emily se endireitou no sofá e cruzou as pernas. – E o Win, como vai?

– O mesmo de sempre.

– Uma das poucas constantes da vida – falou. – Win é doido por você, Myron. Você sabe, né? É bem possível que seja um gay enrustido.

– Dois homens podem se gostar e não serem gays – argumentou Myron.

Emily arqueou uma das sobrancelhas.

– Acha mesmo?

Myron estava deixando que ela o irritasse. Erro grave.

– Você sabia que o Greg estava prestes a assinar um contrato de publicidade? – perguntou ele. E com isso conquistou a atenção dela.

– Verdade?

– Sim.

– Um contrato grande?

– Bem polpudo, eu suponho – disse Myron. – Com a Forte.

Emily enrijeceu as mãos. Teria cerrado punhos caso as unhas não fossem tão grandes.

– Filho da puta.

– Por quê?

– Esperou o divórcio sair para depois assinar esse contrato. E me deixar com uma mão na frente e outra atrás. Filho da puta.

– Como assim, "uma mão na frente e outra atrás"? Greg já era muito rico.

Ela fez que não com a cabeça.

– O agente dele perdeu tudo. Pelo menos foi o que ele disse na audiência.

– Martin Felder?

– Ele mesmo. Greg não tinha um centavo furado. Filho da puta.

– Mas ele ainda trabalha com Felder. Por que continuaria com alguém que perdeu todo o dinheiro dele?

– Sei lá, Myron – retrucou ela, um tanto agastada. – É bem possível que o filho da puta estivesse mentindo. Não teria sido a primeira vez.

Myron esperou. Emily ergueu os olhos na direção dele, mordendo os lábios para represar as lágrimas. Subitamente ficou de pé e foi para o outro lado da sala, dando as costas para Myron, olhando através das portas de vidro que davam para o quintal. A piscina estava coberta por uma lona, sobre a qual se viam alguns gravetos e folhas. Duas crianças surgiram do nada. Um menino de uns 10 anos perseguia uma menina que aparentava uns 8. Ambos riam sem parar, os rostinhos escancarados e um tanto rosados pelo frio ou pela correria. O menino parou ao ver a mãe. Abriu um amplo sorriso e acenou. Ela acenou de volta, modestamente. As crianças retomaram a brincadeira, e Emily cruzou os braços como se estivesse cerrando o próprio tronco.

– Ele quer tirá-los de mim – disse, num tom surpreendentemente calmo. – Vai fazer qualquer coisa para ficar com eles.

– Tipo o quê?

– As coisas mais baixas que você puder imaginar.

– Baixas até que ponto?

– Não é da sua conta – retrucou ela, ainda de costas. Myron podia ver o tremor dos ombros dela. – Vai embora.

– Emily...

– Você quer ajudá-lo, Myron.

– Quero apenas encontrá-lo. É diferente.

Ela balançou a cabeça:

– Você não deve nada a ele. Acha que deve, eu sei. É seu jeito de ser. Naquela época eu já via a culpa estampada no seu rosto, a mesma culpa que vi assim que abri a porta hoje. Meu casamento acabou, Myron. E isso não tem nada a ver com o que houve entre a gente. Greg nunca ficou sabendo.

– E por isso eu devo me sentir melhor? – perguntou Myron.

Emily virou de súbito para encará-lo.

– Não falei isso para que você se sinta melhor – disparou. – Você não tem nada a ver com essa história. Fui eu que me casei com ele. Fui eu quem o traiu. Mal posso acreditar que você ainda se remoa por causa disso.

Myron engoliu em seco.

– Greg foi me visitar no hospital. Logo depois que me machuquei. Ficou horas conversando comigo.

– E isso faz dele o quê? Um cara superlegal?

– A gente não devia ter feito o que fez.

– Vê se cresce, Myron. Tudo isso aconteceu há mais de 10 anos. Águas passadas.

Silêncio.

Depois de um tempo, Myron ergueu os olhos para ela.

– Você pode mesmo perder a guarda das crianças? – perguntou.

– Sim.

– Até onde você iria para ficar com elas?

– Até onde fosse preciso.

– Mataria para não perder os filhos? – provocou Myron.

– Mataria – respondeu Emily, sem hesitar.

– Matou?

– Não.

– Dois capangas andam à procura do Greg. Você faz alguma ideia do motivo que eles poderiam ter?

– Não.

– Não foi você quem os contratou?

– Se fosse – disse ela –, eu não lhe contaria. Mas se esses "capangas" querem dar umas porradas nele, vou fazer de tudo para ajudá-los a localizar o infeliz.

Myron pôs o copo de limonada sobre a mesa.

– Acho melhor eu ir.

Emily o acompanhou até a porta. Antes de abri-la, pousou a mão no braço de Myron. O toque dela carbonizou o pano da camisa.

– Está tudo bem – falou baixinho. – Desencana. Greg nunca soube de nada.

Myron não fez mais que menear a cabeça.

Emily respirou fundo e sorriu. Voltando ao tom de voz normal, disse:

– Foi bom ver você de novo, Myron.

– Para mim também – retrucou ele.

– Vê se não some outra vez, ok? – Ela fazia o possível para soar casual. Myron sabia tratar-se apenas de uma encenação, igual a tantas outras que ele já havia presenciado. – Talvez a gente possa ter um caso rapidinho, só em nome dos velhos tempos. Que mal poderia haver?

Uma última investida na estratégia de choque. Myron se afastou.

– Foi isso que a gente disse da última vez – falou. – E o mal está aí até hoje.

capítulo 10

Foi NA NOITE ANTERIOR ao casamento deles – começou Myron, já de volta à agência. Esperanza estava na sua frente. Olhos cravados no chefe, mas Myron não sabia disso. Olhava fixamente para o teto com as mãos cruzadas sobre o peito, a cadeira quase tombando de tão inclinada. – Devo contar os detalhes?

– Apenas se quiser – disse Esperanza.

Ele relatou toda a história. Contou que Emily havia telefonado, convidando-o para ir ao quarto dela. Contou também que ambos haviam bebido muito. Falou isso apenas para testar a reação dela, mas Esperanza rapidamente o interrompeu com uma pergunta:

– Tudo isso aconteceu quanto tempo depois da sua convocação?

Myron sorriu para o teto. A mulher não deixava escapar nada. Ele nem sequer precisou responder.

– Suponho – prosseguiu Esperanza – que essa pequena estripulia tenha acontecido em algum momento entre a sua convocação pela NBA e o acidente com o joelho.

– Supõe corretamente.

– Ah – disse ela, fazendo um pequeno gesto com a cabeça. – Então vejamos se entendi direito. Você está no último ano da faculdade. Sua equipe vence o campeonato da NCAA: ponto para você. Você acaba perdendo a Emily, e ela acaba ficando noiva do Greg: ponto para ele. Depois vêm as convocações da NBA. Greg é o sétimo da lista, e você o oitavo: ponto para o Greg.

De olhos fechados, Myron declarou:

– Já sei o que você está pensando: que eu tentei empatar o placar.

– Não estou *pensando* nada. Está na cara.

– Esperanza, você não está ajudando muito.

– Se é ajuda que você quer, procure um psicanalista. Se é a verdade, é comigo mesmo.

Ela tinha razão. Sem descruzar os dedos, Myron passou as mãos para a nuca e colocou os pés sobre a mesa.

– Ela traiu você com ele? – perguntou Esperanza.

– Não.

– Tem certeza?

– Tenho. Emily e eu já tínhamos terminado quando eles se conheceram.

– Pena. Isso teria dado a você um belo pretexto.

– É. Pena.

– Então é por isso que você se sente em dívida com o Greg? Porque dormiu com a noiva dele?

– Em grande parte, sim. Mas não é só isso.

– O que é então?

– Sei que o que vou dizer vai soar piegas, mas sempre houve um laço especial entre nós.

– Um laço?

Myron virou os olhos para sua parede dedicada ao cinema. Woody Allen e Diane Keaton estavam lá, em seu momento *Noivo neurótico, noiva nervosa.* Humphrey Bogart e Ingrid Bergman cercavam o piano de Sam quando ainda eram os donos de Paris.

– Greg e eu éramos velhos adversários. E sempre há um laço especial entre os adversários. Como no caso de Magic Johnson e Larry Bird, por exemplo. Um define o outro, sabe? Era assim comigo e o Greg. Nada era dito, mas nós dois tínhamos consciência desse laço.

Ele se calou de repente, e Esperanza aguardou em silêncio.

– Quando machuquei o joelho – prosseguiu Myron –, Greg foi me visitar no hospital. Um dia depois da internação. Eu tinha tomado um sedativo qualquer, e, quando acordei, lá estava ele. Com o Win. Eu logo entendi. E Win deve ter entendido também, senão teria corrido com o Greg de lá.

Esperanza assentiu.

– Além de ter ido me visitar, Greg sempre ficou por perto, me ajudando na reabilitação. É isso que estou chamando de "laço". Ele ficou arrasado quando soube, pois, com a minha contusão, foi como se uma parte dele também tivesse se contundido. Ele tentava me explicar por que se preocupava também, mas não conseguia encontrar as palavras. Nem precisava. Porque eu sabia. Ele simplesmente tinha que ficar do meu lado.

– E você machucou o joelho quanto tempo depois de ter dormido com a noiva dele?

– Cerca de um mês.

– E quando você encontrava Greg se sentia bem ou mal?

– Bem e mal.

Esperanza não disse nada.

– Você entende agora? – perguntou Myron. – Entende por que eu tinha que me envolver nessa história? Você provavelmente está certa, Esperanza. Acho que dormi com Emily só porque Greg foi recrutado antes de mim. Mais uma rivalidadezinha besta. Por outro lado... que espécie de casamento começa desse jeito? Tenho uma dívida com Greg Downing. Simples assim.

– Não – respondeu ela. – Não é tão simples assim.

– Por que não?

– Porque uma boa parte do seu passado está voltando à tona. Primeiro, Jessica...

– Não começa, Esperanza.

– Não estou começando nada – disse ela calmamente. Raras vezes falava com calma quando o assunto era Jessica. – Só estou enunciando os fatos. Jessica deixou você arrasado quando foi embora. Você nunca se recuperou.

– Mas agora ela está de volta.

– Está.

– Então, aonde você quer chegar?

– O basquete também deixou você arrasado quando você teve que sair. E você também nunca se recuperou.

– Claro que sim.

Ela fez que não com a cabeça.

– Primeiro, passou três anos tentando de tudo quanto é jeito consertar o joelho.

– Só estava cuidando da minha saúde – interveio ele. – Que mal há nisso?

– Nenhum. Mas você era um chato de marca maior. A ponto de afastar a Jessica. Não estou dizendo que perdoo o que ela fez. Você não pediu nada daquilo. Mas teve uma grande parcela de responsabilidade.

– Por que você está desenterrando tudo isso?

– Não sou eu quem está desenterrando. É *você*. Seu passado inteiro. Primeiro, Jessica, e agora o basquete. Você quer que a gente fique vendo você passar por tudo de novo, mas eu não vou fazer isso.

– Passar pelo quê?

Esperanza não respondeu. Em vez disso, perguntou:

– Quer saber por que não fui ver você jogar ontem à noite?

Ele confirmou com a cabeça, ainda sem olhar para ela, sentindo as bochechas queimando no rosto.

– Porque no caso da Jessica ainda há uma *chance* de que você não se estrepe de novo. Talvez a perua tenha se emendado. Mas no caso do basquete sua chance é *nula*. É desastre na certa.

– Eu seguro o tranco – disse ele, mais uma vez ouvindo aquelas mesmas palavras.

Esperanza permaneceu muda.

Myron olhava para o nada. Mal ouviu quando o telefone tocou. Nenhum dos dois fez menção de atendê-lo.

– Você acha que devo cair fora dessa história? – disse Myron afinal.

– Acho. Concordo com a Emily. Foi ela quem traiu o Greg. Você foi apenas a bucha do canhão. E se de algum modo isso envenenou o casamento deles, Emily é a única culpada. A decisão foi dela. Você não deve absolutamente nada ao Greg.

– Mesmo que isso seja verdade – argumentou Myron –, meu laço com Greg continua o mesmo.

– Essa história de "laço" é uma grande bobagem. Coisa de macho pedante. Você está apenas corroborando o que eu disse. Esse laço já morreu há muito tempo, se é que um dia existiu. Faz mais de 10 anos que o basquete saiu da sua vida. Você acha que seu vínculo com Greg continua o mesmo só porque voltou a jogar.

Alguém bateu forte à porta. Os quadros na parede tremeram quase a ponto de cair. Assustado, Myron se empertigou na cadeira.

– Quem está pilotando os telefones? – perguntou.

Esperanza apenas sorriu.

– Não vá dizer que...

– Pode entrar – disse Esperanza.

A porta se abriu, e Myron rapidamente colocou os pés no chão. Embora já a tivesse visto inúmeras vezes, mais uma vez ficou de queixo caído. Big Cyndi precisou baixar a cabeça para atravessar a porta, uma gigante de quase dois metros de altura e 150 quilos. Usava uma camiseta branca com as mangas rasgadas na altura das costuras. Os bíceps eram de dar inveja a Hulk Hogan e a maquiagem, mais espalhafatosa do que costumava ser nos ringues. Os cabelos se erguiam em espetos de gel na cor roxa; a sombra nas pálpebras também era roxa, mas de um tom mais escuro, e o batom se resumia a uma grande mancha vermelha. Cyndi parecia saída diretamente de um filme de terror. A coisa mais assustadora que Myron já vira em toda a vida.

– Olá, Cyndi – cumprimentou ele, hesitante.

Cyndi deu um grunhido. Ergueu o dedo do meio, deu meia-volta, saiu da sala e fechou a porta.

– Que diabo foi...

– Ela mandou você atender a linha 1.

– É a Cyndi que está atendendo os telefones?

– É.

– Mas ela não fala.

– Só pessoalmente. É ótima no telefone.

– Meu Deus...

– Atende esse telefone logo e para de reclamar.

Myron atendeu. Era Lisa, o contato deles na New York Bell. A maioria das pessoas acha que só a polícia pode conseguir registros telefônicos. Não é verdade. Quase todos os detetives particulares no país têm algum contato na sua operadora local. Basta ter dinheiro para molhar as mãos de alguém. A cópia de uma conta telefônica, por exemplo, pode custar até 5 mil dólares. Myron e Win haviam conhecido Lisa no tempo em que trabalhavam para o FBI. Não a pagavam, pois Lisa não aceitava dinheiro, mas sempre quebravam algum galho para ela quando podiam.

– Consegui o que Win pediu – disse ela.

– Diga.

– A chamada recebida às 21h18 veio de um telefone público de um restaurante próximo à esquina da Dyckman com a Broadway – informou Lisa.

– Isso não fica lá pela rua 200?

– Acho que sim. Quer o número?

Carla havia ligado para Greg de um restaurante na rua 200? A cada minuto as coisas iam ficando mais estranhas.

– Se não for incômodo.

Lisa passou-lhe o número e disse:

– Espero que isso ajude em alguma coisa.

– Ajuda, sim, Lisa. Muito obrigado. – Myron entregou o número anotado a Esperanza. – Olha só o que acabou de cair nas minha mãos – falou. – Uma pista concreta.

capítulo 11

CONTRARIANDO TODAS AS EXPECTATIVAS, o Parkview Diner fazia jus ao nome que tinha. Realmente tinha vista para um parque, ainda que o Lieutenant William Tighe Park, do outro lado da rua, não fosse lá muito maior que um quintal. Os arbustos eram tão altos que por pouco não encobriam por inteiro o paisagismo do jardim interno. Uma cerca de arame confinava o lugar. Penduradas nela, em diversos pontos, viam-se placas sobre as quais se lia em letras garrafais: NÃO DÊ COMIDA AOS RATOS. Sério. Mais abaixo, em letras menores, a advertência se repetia em espanhol. As placas haviam sido colocadas ali por um grupo que atendia pelo nome de Zona de Qualidade de Vida. Myron mal acreditou nos próprios olhos. Só mesmo em Nova York poderia haver um problema semelhante: pessoas incapazes de conter o louvável impulso de alimentar as pragas.

Ele atravessou a rua. Acima do restaurante, no portão da escada de incêndio, um cachorro latia para os pedestres com a cabeça entre as grades. Sobre o toldo verde da fachada, furado em diversos lugares, mal dava para ler o nome do estabelecimento, quase inteiramente apagado pelo tempo. Além disso, as hastes de sustentação estavam de tal modo inclinadas que Myron precisou se curvar para chegar à porta. Na janela se via o pôster de um sanduíche de carne de cordeiro e pão grego. Os especiais do dia, informados por um quadro-negro pendurado à mesma janela, incluíam berinjela à parmegiana e frango à la king;

a sopa era um consomê de carne. Diversas licenças municipais se espalhavam sobre o vidro da porta.

Ao entrar, Myron imediatamente se deparou com o cheirinho típico, embora genérico, de um restaurante nova-iorquino. A gordura também cheirava forte: bastava uma respiração mais profunda para que uma artéria qualquer se entupisse. Uma garçonete com os cabelos quase brancos de tão descoloridos veio oferecer uma mesa. Myron perguntou quem era o gerente. Com um lápis, a moça apontou por sobre os ombros para o homem que trabalhava do outro lado do balcão.

– Aquele é o Hector – disse. – O dono.

Myron agradeceu e se afastou para ocupar um dos bancos giratórios do balcão; cogitou dar uma boa rodopiada, mas achou por bem não passar um atestado público de imaturidade. Dois bancos à sua direita, um sujeito maltrapilho e de barba por fazer, talvez um morador de rua, o cumprimentou com um sorriso e um aceno da cabeça. Myron retribuiu o sorriso, e o homem voltou ao seu café, debruçando-se sobre a xícara como se temesse ser roubado entre um gole e outro.

Embora não estivesse nem um pouco interessado no conteúdo, Myron abriu o cardápio de capa dura e ressecada. Diversos pratos eram anunciados nos cartões já puídos e amarelados que se amontoavam no interior das folhas de plástico. Não estaria errado quem descrevesse o Parkview como um lugar decadente, mas a impressão que o restaurante passava não era bem essa. Havia ali um clima acolhedor e até mesmo certo ar de limpeza. O balcão estava um brinco, assim como os talheres, o batedor de milk-shake e a máquina de refrigerantes. A maioria dos clientes lia seu jornal ou papeava como se estivesse na cozinha de casa. Todos chamavam a garçonete pelo nome, embora Myron pudesse apostar que nenhuma delas havia se aproximado da mesa para recebê-los e se apresentar como a "atendente do dia".

Hector, o proprietário, trabalhava com afinco na grelha. Embora já fossem quase duas da tarde e o pico do almoço já tivesse ficado para trás, o movimento ainda era razoavelmente grande. Sem tirar os olhos da comida, ele berrou algumas ordens em espanhol, limpou as mãos com um pano e só então se virou para Myron. Sorrindo de um modo cortês, perguntou em que poderia ser útil, e Myron quis saber se ali havia um telefone público.

– Não, senhor. Sinto muito – respondeu Hector. O sotaque hispânico ainda estava lá, apesar de sutil. – Mas na esquina tem. À esquerda.

Myron retirou do bolso o número que Lisa havia passado e o leu em voz alta. Hector fazia várias coisas ao mesmo tempo: virava os hambúrgueres, dobrava uma omelete, conferia as batatas fritas. Os olhos dançavam por toda parte: a caixa registradora, os clientes do balcão e das mesas, a cozinha à sua esquerda. Ao ouvir o número, ele disse:

– Ah, sim, esse aí. Fica lá dentro. Na cozinha.

– Na cozinha?

– Sim, senhor. – Ainda educado.

– Um telefone público na cozinha?

– Sim, senhor – Hector era relativamente baixo e aparentava ser magro sob o avental branco e as calças pretas de poliéster. O nariz já havia sido quebrado mais de uma vez; os antebraços pareciam dois cabos de aço. – É para os meus funcionários.

– Vocês não têm uma linha comercial?

– Claro que temos! – A resposta agora foi um pouco mais exaltada, como se a pergunta o tivesse ofendido. – Nosso serviço de entrega é bem movimentado. Muita gente pede almoço. Também temos um fax. Mas não quero ver funcionário meu pendurado no telefone. O senhor entende, não é? Se o cliente ligar e der ocupado, não vai pensar duas vezes antes de ligar para a concorrência, certo? Por isso coloquei um telefone público nos fundos.

– Entendo. – Uma ideia ocorreu a Myron. – Quer dizer então que os clientes nunca usam esse telefone da cozinha?

– Bem, se alguém realmente precisar, eu não vou negar, certo? – A polidez correta de um bom homem de negócios. – Aqui no Parkview o cliente vem sempre em primeiro lugar. Sempre.

– E alguém já precisou?

– Não, senhor. Acho que os clientes nem sabem que esse telefone está lá.

– Pode me dizer então quem é que estava usando ele às 21h18 do último sábado?

A pergunta o pegou de surpresa.

– Perdão?

Myron já ia repetindo o que acabara de dizer quando foi interrompido:

– Por que o senhor quer saber uma coisa dessas?

– Meu nome é Bernie Worley – arriscou Myron. – Sou agente de supervisão de produtos da AT&T. – *Agente de supervisão de produtos?* – Alguém está tentando nos passar a perna, e não estamos nem um pouco contentes.

– Passar a perna na AT&T?

– Com um Y511.

– Um *o quê*?

– Um Y511 – repetiu Myron. Perdido por um, perdido por mil, ele pensou. – Trata-se de um dispositivo eletrônico de monitoramento, fabricado em Hong

Kong. É novo no mercado, mas já estamos fechando o nosso cerco. É vendido nas ruas. Alguém usou um dispositivo desses no seu estabelecimento. Às 21h18 desse último sábado. Ligou para Kuala Lumpur e falou por quase 12 minutos. O custo total de uma ligação dessas é de 23,82 dólares, mas a multa por usar o Y511 é de pelo menos 700 dólares, com a possibilidade de um ano de prisão. Além disso, vamos ter que confiscar o telefone.

O rosto de Hector se desmanchou numa expressão de puro pânico.

– *O quê?*

Myron não se sentia lá muito orgulhoso do que estava fazendo, assustando um imigrante honesto e trabalhador como Hector, mas sabia que o medo do governo e das grandes corporações funcionaria bem naquela situação. Hector se virou e berrou algo em espanhol para um adolescente parecido com ele. O garoto assumiu a grelha.

– Não estou entendendo nada, Sr. Worley.

– Seu telefone é público, e o senhor acabou de confessar a um agente de supervisão de produtos que possui um telefone público para uso particular, isto é, para uso exclusivo dos seus funcionários, e não do público em geral. Isto é uma violação das nossas normas. Artigo 124B. Noutras circunstâncias eu deixaria passar, mas depois que o senhor usou um Y511...

– Mas eu não usei um Y511!

– Disso ainda não sabemos, senhor. – Myron se esmerava ao máximo no papel de burocrata. Nada melhor para fazer alguém se sentir impotente. Não há buraco mais negro que o olhar parado de um burocrata. – O telefone está no seu estabelecimento – prosseguiu ele, cantarolando as palavras num tom de enfado. – O senhor acabou de dizer que ele é usado apenas por seus funcionários...

– Exatamente! – protestou Hector. – Pelos meus funcionários! Não por mim!

– Mas o senhor é o dono do estabelecimento. É responsável por ele. – Myron olhou ao redor com sua melhor expressão de tédio, algo que aprendera observando as filas no Departamento de Trânsito da cidade. – Creio que também será preciso examinar os documentos de cada funcionário. Talvez assim possamos encontrar o infrator.

Hector arregalou os olhos, e Myron logo percebeu que havia colocado o dedo numa ferida. Não havia um único restaurante em Manhattan que não empregasse pelo menos um imigrante ilegal. Ainda pasmo, Hector disse:

– Tudo isso só porque alguém usou um telefone público?

– O que alguém fez foi usar um dispositivo eletrônico ilegal conhecido como Y511. E o que o senhor *está fazendo* é obstruir uma investigação de suma importância de um agente de supervisão de produtos da AT&T.

– Eu? Obstruindo sua investigação? – Hector não havia deixado de perceber a tábua de salvação que Myron acabara de oferecer. – Não, senhor, eu não. Quero colaborar. Quero *muito* colaborar.

– Não creio.

A essa altura a educação de Hector já beirava a bajulação.

– Não, senhor – reiterou. – Quanto a isso o senhor pode ficar tranquilo. Quero muito cooperar com a companhia telefônica. É só o senhor dizer como. Por favor.

Myron suspirou e esperou alguns segundos. O salão fervilhava. A caixa registradora tilintou enquanto o sujeito que parecia um sem-teto separava suas moedas imundas na mão encardida. A grelha crepitava; os diversos aromas brigavam entre si sem que nenhum deles levasse a melhor. Hector parecia cada vez mais aflito. Basta de sofrimento, pensou Myron.

– Para começar, o senhor pode me dizer quem estava usando o telefone público às 21h18 do último sábado.

Hector ergueu a mão numa súplica de paciência. Em espanhol, berrou algo para a mulher (a patroa?) que operava a caixa registradora. Ela berrou algo de volta, fechou a gaveta da caixa e veio andando na direção deles. Nesse meio-tempo, Myron notou que Hector agora o fitava de um jeito estranho, talvez já começando a suspeitar de todo o engodo. Por via das dúvidas, encarou-o com firmeza, e Hector rapidamente capitulou. Por mais desconfiado que estivesse, jamais correria o risco de ofender o burocrata todo-poderoso ao questionar sua autoridade.

Hector sussurrou algo para a mulher, e ela, aflita, sussurrou algo de volta.

– Aaaah, claro! – disse-lhe Hector, e depois para Myron: – Só podia ser.

– O quê?

– Foi a Sally.

– Quem?

– Acho que tenha sido. Minha mulher viu ela usando o telefone mais ou menos nesse horário. Mas falou que foi só por um ou dois minutos.

– Essa Sally tem um sobrenome?

– Guerro.

– Ela está aqui agora?

Hector balançou a cabeça.

– Não voltou desde a noite de sábado. Por isso acho que só pode ter sido ela. Fez sua trapalhada e depois sumiu.

– Não ligou avisando que estava doente ou algo assim?

– Não, senhor. Simplesmente sumiu.

– O senhor tem o endereço dela? – perguntou Myron.

– Acho que sim, vou dar uma olhada. – Hector buscou uma caixa de papelão em cujas laterais se lia "Snapple, Chá Gelado Sabor Pêssego". Atrás dele, a grelha crepitou quando a massa fresca de uma panqueca foi despejada sobre o metal quente. As pastas dentro da caixa se encontravam bem-organizadas e marcadas com diferentes cores. Hector puxou uma delas e abriu. Vasculhou os papéis, encontrou o que queria e franziu a testa.

– Que foi? – perguntou Myron.

– Sally não chegou a deixar um endereço.

– Nem um número de telefone?

– Não. – Hector ergueu os olhos, lembrando-se de algo. – Falou que não tinha telefone. Por isso usava tanto o da cozinha.

– Como é essa Sally fisicamente, o senhor poderia me dizer? – arriscou Myron.

Hector subitamente ficou sem jeito. Olhou de relance para a mulher, pigarreou e disse:

– Bem, ela tinha... cabelos castanhos... 1,65m... ou talvez 1,70m. Estatura mediana, eu acho.

– Mais alguma coisa?

– Olhos castanhos, se não me engano. E é só.

– Quantos anos o senhor diria que ela tem?

Hector novamente consultou a pasta.

– Pelo que está aqui, 45. Acho que é isso mesmo.

– Por quanto tempo ela trabalhou para o senhor?

– Dois meses.

Myron meneou a cabeça, esfregando o queixo com vigor.

– Ao que tudo indica, só pode ser uma contraventora que atende pelo nome de Carla.

– Carla?

– Famosa pelos golpes que já deu na telefônica. Faz tempo que estamos tentando botar as mãos nela. – Myron olhou para a esquerda, depois para a direita, fazendo de tudo para conquistar a cumplicidade do hispânico. – Por acaso o senhor chegou a ouvi-la usando o nome de Carla? Ou alguém a chamando por esse nome?

Hector olhou para a mulher, que balançou a cabeça negativamente.

– Não, nunca.

– Ela costumava receber visitas aqui? Algum amigo, por exemplo?

Novamente Hector consultou a mulher, que mais uma vez balançou a cabeça.

– Ninguém que a gente tenha visto. Sally era meio arredia.

Myron decidiu dar um passo adiante e confirmar o que já sabia. Naquela altura dos acontecimentos, que mal haveria se Hector resolvesse empacar? Quem não arrisca não petisca. Ele se inclinou para a frente; Hector e a mulher fizeram o mesmo.

– Isso pode soar um tanto grosseiro – sussurrou Myron –, mas essa mulher por acaso tem os seios fartos?

Ambos assentiram imediatamente.

Suspeita confirmada.

Myron ainda fez algumas perguntas, mas todas as informações úteis já haviam sido pescadas ali. Antes de sair, disse ao casal que eles estavam livres para continuar violando sem medo o artigo 124B do código normativo da AT&T. Hector só faltou beijar-lhe a mão, e Myron se sentiu um rato. *O que foi que você fez hoje, Batman? Bem, Robin, comecei aterrorizando um imigrante honesto e trabalhador com um monte de mentiras. Santa Esperteza, Batman, você é o cara!* Myron balançou a cabeça. O que ele poderia fazer a título de bis? Jogar latinhas de cerveja no cachorro que latia na escada de incêndio?

Saindo à rua, Myron cogitou visitar o parque em frente ao restaurante, mas... e se ele fosse acometido de uma incontrolável vontade de alimentar os ratos? Não, arriscado demais. Melhor seria passar longe daquele lugar. Ele já ia caminhando para a estação de metrô mais próxima quando alguém o interpelou:

– Você está procurando pela Sally?

Ao virar o rosto, Myron se deparou com o homem maltrapilho e mal barbeado do balcão, sentado na calçada com as costas apoiadas na parede de um prédio. Ele segurava um copinho de plástico vazio. Era mesmo um pedinte.

– Você a conhece? – perguntou Myron.

– Ela e eu... – ele piscou e cruzou os dedos. – A gente se conheceu por causa do maldito telefone, sabe?

– Sei.

Apoiando-se na parede, o homem ficou de pé. Os pelos no rosto, já grisalhos, não eram fartos o suficiente para serem chamados de barba, mas desde muito já haviam ultrapassado o ponto "Miami Vice". Os cabelos longos eram pretos feito carvão.

– Sally ficava usando meu telefone o tempo todo. Eu ficava puto.

– Seu telefone?

– O telefone público da cozinha – disse ele, umedecendo os lábios. – Bem ao lado da porta dos fundos. Passo muito tempo naquele beco, sabe? De modo que posso ouvir quando ele toca. É como se fosse meu telefone comercial.

Myron não sabia calcular a idade do homem. Ele tinha um rosto jovem porém enrugado pelo passar dos anos ou pela dureza da vida, difícil dizer. O sorriso carecia de alguns dentes, lembrando Myron aquele adorável clássico da música natalina: "All I want for christmas is my two front teeth", só o que quero neste Natal são os meus dentes da frente. Uma cançoneta realmente simpática. Nada de brinquedos, nada de games. O garoto queria apenas seus dentes. Uma lição de desapego.

– Eu tinha meu próprio celular – prosseguiu o homem. – Aliás, tinha dois. Mas foram roubados. De qualquer modo, essas porcarias sempre nos deixam na mão, sobretudo quando há prédios muito altos por perto. Além disso, qualquer um pode bisbilhotar as ligações, basta ter o equipamento certo. Confidencialidade é essencial no meu ramo, sabe? Os espiões estão por toda parte. E como se não bastasse, telefones celulares causam tumores no cérebro. Por conta dos elétrons ou qualquer coisa assim. Tumores do tamanho de bolas de futebol.

Myron ouvia a tudo com cara de paisagem.

– Ahã. – Foi só o que ele balbuciou. Perto daquilo, sua fábula no restaurante nem era tão esdrúxula assim.

– Pois bem. Sally passou a usar o telefone da cozinha também, e isso me tirava do sério. Afinal de contas, tenho meus negócios para tocar. Ligações importantes para atender. A linha não pode ficar ocupada o tempo todo, estou certo ou errado?

– Certíssimo – disse Myron.

– O senhor não sabe, mas sou roteirista de cinema. Trabalho pra Hollywood. – Ele estendeu a mão para Myron. – Norman Lowenstein.

Por sorte Myron se lembrou do nome inventado para Hector.

– Bernie Worley.

– Muito prazer, Bernie.

– Você sabe onde Sally Guerro mora?

– Claro. Nós éramos... – Norman cruzou os dedos.

– Foi o que ouvi. Pode me dizer onde ela mora?

Norman Lowenstein crispou os lábios e usou o indicador para coçar um ponto próximo ao pescoço.

– Não sou muito bom com endereços, mas posso levá-lo até lá.

Myron ficou se perguntando se aquilo não seria uma grande perda de tempo. Mas enfim disse:

– O senhor me faria esse favor?

– Claro, nenhum problema. Vamos lá.

– Para que lado fica?

– Linha A do metrô – indicou Norman. – Na altura da rua 125.

Eles foram andando rumo à estação.

– Costuma ir ao cinema, Bernie? – perguntou Norman.

– Como todo mundo, eu acho.

– Pois vou lhe dizer uma coisa sobre o mundo do cinema – começou ele, cada vez mais animado. – Não é só festa e glamour. É uma briga de foice, essa história de fabricar sonhos para as pessoas. Mais do que em qualquer outro negócio. Muita gente apunhalando os outros pelas costas, o dinheiro correndo solto, a fama e a atenção que só o cinema propicia... As pessoas começam a perder a cabeça, sabe? Atualmente estou com um roteiro em produção na Paramount. Estão conversando com o Willis a respeito. Bruce Willis. Parece que está muito interessado.

– Boa sorte, então – desejou Myron.

Norman ficou radiante.

– Puxa, obrigado, Bernie. É muita gentileza sua. Sério. Eu até gostaria de lhe contar o enredo desse meu filme, mas... Bem, minhas mãos estão atadas. Você sabe como são as coisas em Hollywood, não sabe? Volta e meia alguém rouba a ideia do outro. O estúdio faz questão do mais absoluto sigilo.

– Eu entendo – disse Myron.

– Confio em você, Bernie. O problema não é esse. Mas o pessoal do estúdio insiste. Eles têm que proteger o interesse deles, certo?

– Certo.

– É um filme de ação e aventura, pelo menos isso eu posso dizer. Mas com um pouco de romance também, sabe? Não é só pancadaria. Harrison Ford queria fazer, mas está velho demais. Acho que o Willis está no ponto certo. Não é minha primeira escolha, mas fazer o quê?

– Ahã.

A rua 125 não era lá o melhor destino da cidade. Embora fosse relativamente segura durante o dia, ou assim supusesse Myron, era um alívio que ele agora estivesse carregando uma arma. Myron não gostava de andar armado, e raramente o fazia. Não por conta de algum melindre, mas sobretudo por uma questão de conforto. O coldre de ombro pinicava na axila, e ele sentia uma terrível coceira, como se estivesse usando uma camisa de tweed. Mas depois de seu encontro na véspera com a dupla Camuflado e Muro, seria uma grande imprudência andar por aí desprotegido.

– Para que lado? – perguntou ele ao sair do metrô.

– Para lá. Rumo ao centro.

Eles foram descendo a Broadway. Norman ainda desfiava suas histórias sobre Hollywood, os bastidores e os meandros, enquanto Myron caminhava mudo, apenas balançando a cabeça. Quanto mais desciam a avenida, melhor ia ficando a região. A certa altura eles passaram pelos conhecidos portões de ferro da Columbia University e dobraram à esquerda.

– Fica logo ali – informou Norman. – Mais ou menos no meio do quarteirão.

Prédios baixos enfileirados ladeavam a rua, quase todos ocupados por professores e alunos de pós-graduação. Estranho, pensou Myron, que uma garçonete de restaurante morasse naquela área. Mas, pensando melhor, nada que dizia respeito à moça fazia sentido algum. Que diferença faria se ela morasse ali ou, digamos, com Bruce Willis em Hollywood?

Norman interrompeu os pensamentos de Myron.

– Você está tentando ajudá-la, não está?

– O quê?

Norman parou na calçada. Agora parecia bem menos eufórico.

– Aquela história toda, de você trabalhar para a companhia de telefone. Aquilo era uma grande cascata, não era?

Myron não disse nada.

– Olha – prosseguiu Norman, pousando a mão sobre o antebraço de Myron –, Hector é um homem bom. Chegou neste país com uma mão na frente e outra atrás. Dá um duro danado naquele restaurante. Ele, a mulher, o filho... todo santo dia eles trabalham ali feito escravos. Sem folga. E não há dia em que Hector não tema que alguém apareça de repente para tirar tudo dele. Tanta preocupação, você sabe... acaba cegando um pouco a pessoa. Quanto a mim, não tenho nada a perder, portanto não tenho medo de nada. Fica mais fácil enxergar certas coisas. Entende o que estou dizendo?

Myron confirmou com a cabeça.

Os olhos de Norman pareciam perder o brilho sempre que a realidade se impunha sobre a fantasia. Myron olhou para ele, de verdade, pela primeira vez. Não viu idade, não viu altura, nem sequer notou que ali estava um ser vivo. Percebeu apenas que, do outro lado das mentiras e do autoengano estavam os sonhos de um homem, as esperanças, os desejos e as necessidades que são o denominador comum de toda a humanidade.

– Estou preocupado com a Sally – prosseguiu Norman. – Talvez isso esteja atrapalhando meu juízo. Mas ela não sumiria desse jeito, de uma hora para outra, sem ao menos se despedir de mim. Sally não faria isso. – Ele se calou um instante e ergueu os olhos para Myron. – Você não é da companhia de telefone, é?

– Não, não sou.

– Quer ajudar a Sally, não quer?

– Sim – respondeu Myron. – Quero ajudar a Sally.

Norman por fim apontou para um dos prédios e disse:

– É ali. Apartamento 2E.

Myron subiu os degraus que conduziam à entrada do prédio enquanto Norman esperava na calçada. Apertou a campainha do apartamento 2E, mas ninguém respondeu. Não se surpreendeu. Tentou abrir a porta do hall, mas estava trancada. Apenas os moradores podiam abri-la com o interfone.

– É melhor você ficar aí – disse ele a Norman, que assentiu sem protestar.

As tais portas operadas por interfone tinham por objetivo não só evitar os assaltos, mas sobretudo impedir que os mendigos entrassem e montassem acampamento no hall. O plano de Myron era esperar. Cedo ou tarde algum morador passaria por aquela porta. E, quando o fizesse, ele tentaria entrar como se também morasse ali. Ninguém suspeitaria de um homem de calças cáqui e camisa de marca. No entanto, se Norman ficasse a seu lado, a reação seria bem outra.

Myron desceu dois degraus. Ao ver duas moças se aproximando da porta pelo lado de dentro, começou a vasculhar os bolsos como se procurasse por chaves. Depois subiu os degraus com passos firmes, sorriu e esperou que elas abrissem a porta. As moças, decerto universitárias, saíram à rua sem ao menos olhar para ele ou interromper a conversa. Ambas falavam sem parar, nenhuma ouvia. Nem sequer perceberam que havia alguém ali além delas. Um espantoso exercício de autocontrole, pensou Myron. Por outro lado, daquele ângulo elas não podiam ver o traseiro dele, e o exercício de autocontrole, além de espantoso, não deixava de ser também um tanto compreensível.

Ele olhou de volta para Norman, que, por sorte, abanou a mão e disse:

– Vá você. Não quero causar nenhum problema.

Myron deixou que a porta se fechasse.

O corredor era mais ou menos aquilo que ele já esperava. Paredes brancas. Nenhum friso, nenhuma estampa. Nada pendurado, a não ser um enorme quadro de aviso que mais parecia um manifesto político esquizofrênico. Dezenas de panfletos anunciavam de tudo um pouco, desde uma festa promovida pela Sociedade Indígeno-Americana de Gays e Lésbicas até o sarau de poesia de um grupo chamado Rush Limbaugh Review. Ah, a vida universitária.

Ele subiu as escadas, iluminadas apenas por duas lâmpadas nuas. Já começava a sentir o joelho depois de tanto andar, subir e descer. A junta parecia emperrar como uma dobradiça enferrujada. Percebendo que arrastava a perna, Myron decidiu se apoiar no corrimão, já imaginando o que seria de seu joelho quando viessem a idade e a artrite.

A arquitetura do prédio não era nada simétrica. As portas pareciam se distribuir de modo aleatório nos corredores. Na ponta de um deles, bem distante das demais, Myron enfim encontrou a do apartamento 2E. Teve a impressão de que se tratava de uma espécie de "puxadinho", como se alguém tivesse aproveitado a disponibilidade de espaço para acrescentar mais um ou dois quartos. Ele bateu à porta. Como previsto, nenhuma resposta. Ninguém à vista no corredor. Por sorte Norman também não estava ali: Myron não queria que ninguém o visse invadindo o imóvel.

Ele não era lá muito bom no arrombamento de fechaduras. Aprendera alguma coisa ao longo dos anos, mas arrombar fechaduras era mais ou menos como os videogames. Adquirimos um pouco de prática e dali a pouco já estamos mudando de nível. Myron, no entanto, não havia praticado. Não gostava da coisa. Na verdade, não tinha muito talento. Quase sempre delegava para Win tudo que envolvesse algum raciocínio mecânico, assim como Barney costumava fazer em *Missão impossível*.

Ele examinou a porta e perdeu o ânimo ao ver três fechaduras dead-bolt, em que a tranca móvel é embutida, distribuídas em intervalos iguais no espaço entre a maçaneta e a padieira. Um exagero, mesmo para os padrões de Nova York. Eram coisa fina, topo de linha – e aparentemente novas, a julgar pelo brilho e pela ausência de arranhões. Estranho. Seria a tal Sally, ou Carla, do tipo obcecado por segurança? Ou haveria outro motivo mais bizarro para o excesso de zelo? Boa pergunta. Myron avaliou novamente as fechaduras e se lembrou de Win, que adoraria o desafio. Ele mesmo, no entanto, sabia que qualquer tentativa de sua parte seria em vão.

Myron já cogitava chutar a porta quando notou algo. Aproximou-se e espiou através da fresta. Novamente notou algo estranho. As trancas não estavam acionadas. Por que comprar fechaduras tão caras e não usá-las? Ele tentou a maçaneta. Estava trancada, mas a fechadura principal seria fácil de abrir com a tira de celuloide.

Ele a tirou da carteira. Não se lembrava da última vez que a usara. Talvez nunca, pois a tira parecia intacta. Embora se tratasse de uma fechadura velha, Myron levou quase cinco minutos para destravá-la. Girou a maçaneta e lentamente foi empurrando a porta.

Bastou uma pequena fresta para que o cheiro o tomasse de assalto.

A pestilência irrompeu corredor afora como um jato de gás pressurizado. Myron sentiu o estômago dar cambalhotas no abdômen; engasgou um pouco, sentiu um peso no peito. Conhecia aquele cheiro. Aflito, vasculhou os bolsos em busca de um lenço, mas não encontrou nenhum. Então dobrou o braço sobre o nariz numa imitação de Bela Lugosi em *Drácula*. Não queria entrar. Não era bom nesse tipo de coisa. Sabia que, o que quer que estivesse do outro lado daquela porta, a imagem ficaria gravada em sua cabeça por muito tempo, assombrando-o durante a noite, e talvez durante o dia também. Uma imagem que permaneceria a seu lado como um bom amigo, cutucando-o no ombro sempre que ele acreditasse estar sozinho e em paz.

Myron enfim escancarou a porta, e a proteção do braço logo se revelou inútil. Cogitou respirar pela boca, mas, ao pensar na qualidade do ar que estaria sorvendo, mudou de ideia.

Por sorte não precisou ir longe para encontrar a origem de tanto fedor.

capítulo 12

— OPA! PERFUME NOVO, Bolitar?

– Muito engraçado, Dimonte.

Roland Dimonte, investigador de homicídios da polícia de Nova York, balançou a cabeça, dizendo:

– Puxa, que futum...

Não estava uniformizado, mas nem por isso passaria despercebido nas ruas. Usava uma camisa de seda verde e calças jeans escuras e apertadas demais. As bainhas se escondiam sob o cano alto das botas de pele de cobra roxas, mas de um roxo que ia mudando de tonalidade conforme o ponto de vista, algo como um pôster psicodélico de Jimi Hendrix dos anos 1960. Dimonte mascava um palito de fósforo, hábito que havia adquirido, supunha Myron, ao se ver em algum espelho e achar que aquilo lhe dava um ar de durão.

– Você tocou em alguma coisa? – perguntou ele.

– Apenas na maçaneta – disse Myron, que também já havia vasculhado o resto do apartamento à procura de mais alguma bizarrice. Não encontrara nada.

– Como foi que entrou?

– A porta estava destrancada.

– É mesmo? – Dimonte ergueu uma das sobrancelhas e virou o rosto na direção da porta. – Esta aí se tranca automaticamente quando fecha.

– Eu falei "destrancada"? Queria dizer "entreaberta".

– Claro que sim. – Dimonte demorou alguns segundos mascando seu palito, sacudindo a cabeça. A certa altura correu os dedos pelos cabelos ensebados, mas os cachos mais renitentes permaneceram grudados à testa. – Afinal, quem é ela?

– Não sei – disse Myron.

Dimonte crispou o rosto numa hiperbólica careta de ceticismo. A sutileza da expressão corporal não era bem o seu forte.

– Ainda é cedo demais para me irritar, você não acha?

– Não sei o nome dela. Talvez seja Sally Guerro. Mas também pode ser Carla.

– Sei. – Palito mascado. – Acho que vi você na televisão ontem à noite. Algo sobre voltar a jogar basquete.

– É verdade.

O legista chegou. Um sujeito alto e magro, com óculos de armação de metal que ficavam grandes demais na face alongada.

– Já faz algum tempo que ela morreu – anunciou. – No mínimo quatro dias.

– Morreu do quê?

– Difícil dizer com certeza. Foi golpeada com algum objeto pesado. Mais que isso, só quando for examinada na mesa. – Ele olhou para o cadáver com um desinteresse profissional, depois virou o rosto para Dimonte. – Mas não são verdadeiros, isso eu posso afirmar.

– O quê?

Ele apontou vagamente para o tronco da morta.

– Os peitos. São implantes.

– Santo Deus – exclamou Dimonte. – Você agora deu para isso? Bolinar cadáveres?

A face alongada murchou e o queixo desabou até mais ou menos a altura do umbigo.

– Nem brinque com uma coisa dessas – disse o legista, sussurrando com dramaticidade. – Você tem ideia das consequências que um boato desses pode trazer a alguém na minha profissão?

– Uma promoção? – disse Dimonte.

O legista não riu. Lançou um olhar de mágoa para Myron, depois se voltou para o investigador.

– Fica frio, Peretti, foi só uma brincadeira.

– Brincadeira? E por acaso minha carreira é alguma piada? Que diabo deu em você, Dimonte?

Dimonte espremeu os olhos e disse:

– Quem não deve não teme, Peretti.

– É só você se colocar no meu lugar – disse ele, imediatamente recobrando a compostura.

– Tudo bem. Se você está dizendo...

– Como assim, "se eu estou dizendo"?

– *A dama protesta muito.*

– O quê?

– Shakespeare, meu caro – explicou Dimonte. – Está no *Macbeth*.

Ele olhou para Myron, que sorriu e disse:

– No *Hamlet*.

– Tanto faz onde essa porra está! – protestou Peretti. – A reputação de um homem não deve ser alvo de brincadeira. Não acho que tenha a menor graça.

– Estou cagando para o que você acha ou deixa de achar – disse Dimonte. – E então, encontrou mais alguma coisa?

– Ela está de peruca.

– De peruca? Poxa, Peretti, valeu. Porque o caso agora está quase resolvido. É só a gente achar um assassino que detesta perucas e peitos falsos. Grande ajuda! E que tipo de calcinha ela está usando? Já cheirou?

– Eu só estava...

– Me faça um grande favor, Peretti. – Dimonte espichou o tronco e puxou as calças para cima, sinalizando a própria importância. De novo a sutileza. – Primeiro diz quando ela morreu e depois falamos dos acessórios de moda, pode ser?

Peretti ergueu os braços num gesto de rendição e retornou ao corpo. Dimonte se virou para Myron, que disse:

– As próteses e a peruca podem ser importantes. Ele fez bem em informar.

– É, eu sei. Mas gosto de pisar nos calos dele.

– E a citação correta é: *A dama faz protestos demasiados*.

– Ahã. – Dimonte trocou de palito; o primeiro já se desmanchava de tão mastigado. – Então, vai dizer logo o que está acontecendo ou será que vou ter que arrastar você para a delegacia?

– Me arrastar para a delegacia? – disse Myron com uma careta.

– Paciência tem limite, Bolitar.

A custa de certo esforço, Myron virou o rosto para o cadáver e novamente sentiu as cambalhotas do estômago. Já começava a se acostumar com o cheiro odioso, tão repugnante em pensamento quanto na realidade. Peretti já havia retomado seu trabalho e agora fazia uma pequena incisão para alcançar o fígado. Myron desviou o olhar. A equipe forense do John Jay College também realizava seu trabalho, tirando fotos, coisas assim. O parceiro de Dimonte, um rapaz chamado Krinsky, andava mudo de lado a outro enquanto fazia suas anotações.

– Por que tão grandes? – perguntou-se Myron em voz alta.

– O quê?

– Os peitos. Até entendo que uma mulher queira aumentar os peitos. Pressões da sociedade, coisa e tal. Mas por que tão grandes?

– Você está zoando comigo, não está?

Krinsky se aproximou.

– Todas as coisas dela estão ali – disse ele, e apontou para duas malas no chão.

Myron já o tinha visto uma dezena de vezes. Falar não era o forte do rapaz, que parecia abrir a boca tão frequentemente quanto ele, Myron, arrombava fechaduras. – Suponho que estivesse de mudança.

– Algum documento de identidade? – perguntou Dimonte.

– Na carteira está escrito Sally Guerro – respondeu Krinsky, quase sussurrando. – E num dos passaportes também.

Tanto Myron quanto o investigador ficaram esperando que ele elaborasse de alguma forma, mas, vendo que a elaboração não viria, Dimonte rugiu:

– Como assim, "num dos passaportes"? Quantos ela têm?

– Três.

– Santo Deus, Krinsky, solta essa língua!

– Um deles em nome de Sally Guerro. Outro em nome de Roberta Smith. E um terceiro em nome de Carla Whitney.

– Vá buscá-los.

Dimonte examinava os passaportes enquanto Myron os espiava por cima do ombro do investigador. A mesma mulher figurava nas três fotos, mas com diferentes penteados (daí a peruca) e diferentes números de identidade. A julgar pela quantidade de carimbos, era uma viajante contumaz.

Dimonte assobiou e disse:

– Passaportes falsos. De ótima qualidade. – Ele virou mais páginas. – Veja só isto aqui. Viagens para a América do Sul. Colômbia. Bolívia. – E, fechando os documentos com estrépito, concluiu: – Tráfico de drogas. É o que tudo indica.

Myron refletiu por alguns segundos. Tráfico de drogas. Seria isso parte da resposta? A hipótese de que Sally/Carla/Roberta fosse mesmo uma traficante talvez explicasse a ligação dela com Greg Downing. Fornecedora e usuário. Nesse caso, era bem possível que o encontro na noite de sábado não passasse disso, de uma entrega, e que o emprego de garçonete se resumisse a um disfarce. Também estariam explicados o excesso de trancas na porta e as ligações feitas pelo telefone público: ferramentas do ramo. Fazia sentido. Greg Downing não parecia usar drogas, claro, mas também não seria o primeiro a enganar todo mundo.

– Mais alguma coisa, Krinsky? – perguntou Dimonte.

O rapaz confirmou com a cabeça.

– Encontrei um maço de dinheiro na gaveta da mesinha de cabeceira – disse, e mais uma vez empacou.

– *Quanto*? – perguntou Dimonte, exasperado. – Você não contou?

– Dez mil dólares e uns quebrados.

– Dez mil em dinheiro vivo... – O investigador parecia satisfeito. – Vamos dar uma olhada nisso.

Krinsky buscou o dinheiro. Cédulas novas, presas por elásticos. Myron ficou observando enquanto Dimonte as examinava. Notas de 100 dólares, todas elas. Vendo que os números de série eram sequenciais, Myron tentou memorizar um deles. Terminado o exame, Dimonte arremessou o maço de volta para Krinsky, ainda com um sorriso entre os lábios.

– É... Parece mesmo que as coisas estão se encaixando. Mais uma traficante que foi a pique. – Ele refletiu um instante. – Só tem um problema.

– O quê?

– *Você*, Bolitar. Só você não se encaixa nessa história toda. Que diabo você veio fazer... – Dimonte se calou de repente e estalou os dedos. – Caralho... – exclamou, meio que para si mesmo. Em seguida deu um tapinha no próprio rosto, fazendo com que os olhos faiscassem. – Meu Deus...

Mais uma aula de sutileza.

– Aposto que você teve alguma iluminação – disse Myron.

Dimonte o ignorou.

– Peretti! – chamou.

O legista, ainda junto da morta, levantou os olhos para ele.

– Que foi?

– Esses peitos de plástico. Myron notou que eles são grandes demais.

– Sim, e daí?

– Grande quanto?

– Como assim? Você quer o número do sutiã?

– Quero.

– E por acaso tenho cara de fabricante de lingerie? Como é que eu vou saber uma coisa dessas?

– Mas eles são mesmo grandes, não são?

– São.

– *Muito* grandes.

– Você tem olhos para enxergar, não tem?

Myron acompanhava a conversa em silêncio, tentando entender a lógica do investigador. O que não era lá muito fácil.

– Você diria que eles são maiores que um balão de gás? – prosseguiu Dimonte.

Peretti deu de ombros.

– Depende do balão.

– Você nunca brincou de encher balões com água quando era criança?

– Claro que sim – respondeu o legista. – Mas não lembro o tamanho deles. Era criança. Tudo parece maior quando a gente é criança. Alguns anos atrás fui até a escola onde fiz o primário. Visitar minha professora do terceiro ano. Ela ainda trabalha lá, você acredita? A Sra. Tansmore. Pois o prédio da escola parecia uma casinha de boneca, juro por Deus. Era enorme quando eu estudava lá. Tão grande quanto...

– Tudo bem, imbecil. Vou traduzir para você. – Dimonte respirou fundo. – Esses peitos são grandes o bastante pra esconder drogas dentro?

Silêncio. Todos ao redor ficaram imóveis. Myron não sabia ao certo se ouvira a coisa mais idiota do mundo ou a mais brilhante. Ele se virou para Peretti, que ergueu a cabeça, boquiaberto.

– E então, Peretti, é possível?

– É possível o quê?

– Que ela escamoteasse drogas dentro dos peitos? Que passasse batida por uma alfândega, por exemplo?

Peretti olhou para Myron, que deu de ombros, e então se virou para Dimonte.

– Eu não sei – falou lentamente.

– Como podemos descobrir?

– Eu teria que examiná-los.

– E o que você está fazendo aí parado, olhando pra mim? Anda, examina logo esses peitos.

Peretti obedeceu, e fazendo dançar as sobrancelhas, orgulhoso de sua brilhante dedução, Dimonte olhou para Myron, que permaneceu mudo.

– Impossível – sentenciou Peretti.

Dimonte não gostou do que ouviu.

– Impossível por quê, diabos?

– Quase não há cicatrizes – disse o legista. – Se ela estivesse contrabandeando drogas nas próteses, a pele teria sido cortada e costurada de novo. Tanto de um lado quanto do outro. Mas não há nenhum indício de que isso tenha sido feito.

– Tem certeza?

– Absoluta.

– Merda – disse Dimonte. E, com um olhar fulminante, puxou Myron para um canto da sala. – Quero a história toda, Bolitar. Já.

Myron já vinha pensando no que dizer quando as coisas chegassem a esse ponto, mas não via outra escolha senão contar a verdade. Não havia como esconder por mais tempo o sumiço de Greg Downing. Na melhor das hipóteses ele poderia evitar um escândalo. Subitamente, lembrou-se de que Norman Lowenstein o esperava na calçada.

– Só um segundo – disse ele.

– O quê? Aonde você pensa que vai?

– Volto já. Espere aqui.

– Porra nenhuma.

Dimonte o seguiu até a calçada. Norman não estava mais lá. Myron correu os olhos pelos arredores. Nenhum sinal do homem. O que não chegava a ser surpresa. Com ou sem culpa no cartório, os moradores de rua rapidamente aprendem a se escafeder quando as autoridades dão o ar de sua graça.

– O que foi? – perguntou Dimonte.

– Nada.

– Então pode ir abrindo o bico. A história toda.

Myron contou parte dela, e Dimonte por pouco não engoliu o palito que trazia na boca. Não se deu o trabalho de fazer perguntas, embora interviesse aqui e ali com alguma exclamação do tipo "caramba" ou "diabo". Terminada a história, ele meio que cambaleou para trás e se sentou sobre um dos degraus da escada, desnorteado. Recobrou o foco, mas só depois de um tempo.

– I-na-cre-di-tá-vel. – Foi o que conseguiu dizer.

Myron só fez sacudir a cabeça em sinal de concordância.

– Você está dizendo que ninguém sabe onde Downing está?

– Se alguém souber, não está dizendo.

– Ele simplesmente sumiu?

– É o que parece.

– E tem sangue no porão da casa dele?

– Tem.

Dimonte novamente balançou a cabeça, depois pousou a mão sobre a bota direita. Myron já o vira fazendo o mesmo outras vezes. Ao que parecia, o investigador gostava de acariciar as próprias botas. Só Deus saberia dizer por quê. Talvez ele encontrasse algum consolo ao tocar a pele de cobra. Talvez se lembrasse do útero materno.

– Suponhamos que Downing tenha matado a moça e fugido – falou.

– Uma grande suposição.

– Sim, mas faz sentido – argumentou Dimonte.

– Como?

– De acordo com o que você me contou, Downing foi visto com a vítima na noite de sábado. Quanto você quer apostar que, tão logo o corpo seja examinado no necrotério, Peretti vai dizer que a morte ocorreu mais ou menos nessa mesma ocasião?

– Isso não significa que Downing a tenha matado.

Dimonte agora acariciava a bota com mais vigor. Um homem de patins passou por eles puxando seu cachorro, que parecia ofegar enquanto tentava acompanhar o dono. Uma boa ideia para um novo produto: patins para cachorros.

– Sábado à noite Greg Downing e a vítima se encontram num buraco qualquer no centro da cidade. Saem em torno das 23 horas. E dali a pouco, o quê? A moça está morta e Downing, desaparecido. – Dimonte ergueu o rosto para Myron. – Assassinato e fuga, é o que tudo indica.

– Pode indicar um milhão de coisas.

– Tipo o quê?

– Tipo: Greg testemunhou o assassinato, ficou com medo e fugiu. Talvez tenha presenciado o crime e, depois, sido sequestrado. Também é possível que as mesmas pessoas o tenham assassinado.

– Nesse caso, cadê o corpo? – perguntou Dimonte.

– Poderia estar em qualquer lugar.

– Por que eles não deixariam o corpo aqui, junto com o dela?

– Talvez tenha acontecido em outro lugar. Como o Greg é famoso, talvez tenham levado o corpo para evitar esse tipo de escândalo.

Dimonte riu dessa última hipótese.

– Você está viajando, Bolitar.

– Você também.

– Pode ser. Só há um meio de descobrir. – Dimonte se levantou. – Temos que emitir um boletim de ocorrência sobre Downing.

– Epa, espera aí. Não creio que seja uma boa ideia.

Dimonte olhou para Myron como se estivesse diante do cocô do cavalo do bandido.

– Desculpa – disse ele com falsa educação –, mas você deve estar me confundindo com alguém que precisa da sua opinião para alguma coisa.

– Você está sugerindo emitir um B.O. para um herói do esporte, idolatrado no país inteiro.

– E você está sugerindo que eu dê tratamento diferenciado a alguém só porque esse alguém é um herói do esporte, idolatrado no país inteiro.

– De modo algum – rebateu Myron, atordoado. – Mas imagine o que vai acontecer depois que você emitir esse B.O. A imprensa vai ficar sabendo, e você vai ter que lidar com o mesmo circo que os repórteres armaram com o caso O. J. Simpson. Mas com uma diferença: você não tem nenhuma prova contra Downing. Nenhum motivo. Nenhuma evidência física. Nada.

– Ainda não – assentiu Dimonte. – Mas ainda é cedo para...

– Exatamente. Ainda é cedo. Espere um pouco, é só o que estou dizendo. E é melhor não pisar na bola nesse caso, porque o mundo inteiro vai estar de olho em todos os seus passos. Diga àqueles patetas lá em cima para gravar em vídeo tudo o que estão fazendo. Não deixe nenhuma brecha para o acaso. Não deixe que alguém volte mais tarde e diga que você adulterou ou contaminou alguma prova sequer. Providencie um mandado de busca antes de entrar na casa de Downing. Não dê um passo sequer fora da cartilha.

– Posso fazer tudo isso e ainda assim emitir um B.O.

– Rolly, suponhamos que Greg Downing realmente tenha matado essa mulher. Você emite um B.O. Sabe o que vai acontecer? Primeiro, você vai ser apontado por todo mundo como um sujeito obtuso que meteu na cabeça que Downing é o assassino e fim de papo. Segundo, vai botar a mídia inteira no seu pé, vigiando cada passo seu, tentando encontrar provas antes da polícia, essas coisas. Terceiro, você arrasta Downing para a lama. Sabe o que vem junto com ele?

Dimonte fez que sim com a cabeça, mas com a expressão de quem acabou de chupar um limão azedo.

– Os malditos advogados.

– Um *dream team* deles. Antes que encontre o que quer que seja, você já vai ter na sua mesa um milhão de pedidos de recursos, de ações para impedir isto e aquilo... Você sabe como é.

– Merda.

– Estou certo ou estou errado?

– Certo – concordou Dimonte. – Mas você só está esquecendo uma coisa, Bolitar. – Encarando Myron, ele deu uma acintosa mascada em seu palito. – Por exemplo, se eu emitir o B.O., sua investigação de araque vai diretamente para o brejo. Você e seus amiguinhos do basquete vão ter que pular fora.

– Pode ser – disse Myron.

Dimonte o avaliou com um discreto sorriso.

– O que não invalida tudo isso que você disse antes. Só não quero que você fique pensando que não sei quais são as suas reais intenções.

– Nem Vasco da Gama leria um mapa como você lê meus pensamentos – disse Myron.

Dimonte apertou os olhos na direção dele por alguns segundos. Myron precisou fazer um esforço para não revirar os seus.

– Então é assim que a coisa vai rolar – declarou o investigador. – Você vai continuar naquele time, fazendo sua pequena investigação. Quanto a mim, vou fazer o possível para manter em segredo o que você acabou de contar. Mas só até... – ele ergueu o indicador a título de ênfase – só até que isso me convenha. Assim que eu encontrar provas fortes o bastante para incriminar Downing, emito meu B.O. E você vai me colocar a par de tudo que descobrir. Não vai esconder nada. Alguma pergunta?

– Só uma: onde foi que você comprou essas botas?

capítulo 13

A CAMINHO DO TREINO, Myron fez uma ligação do carro.

– Higgins – atendeu seu interlocutor.

– Fred? Myron Bolitar.

– Opa, quanto tempo. Como vai, Myron?

– Não posso reclamar. E você?

– Grandes emoções na Secretaria do Tesouro.

– Aposto que sim.

– E o Win, como vai?

– O mesmo de sempre.

– Me borro de medo daquele cara, sabia?

– Eu também – disse Myron.

– Vocês têm saudade do tempo que trabalhavam para os Federais?

– Eu não. Acho que Win também não. Depois de um tempo, aquilo ficou meio limitado para ele.

– Entendo. Mas olha, li nos jornais que você voltou a jogar.

– É verdade.

– Na sua idade, com seu joelho? E aí?

– É uma longa história, Fred.

– Não precisa dizer mais nada. Então, o que você manda?

– Preciso saber de tudo, os ondes e porquês, de uma bolada de mais ou menos 10 mil pratas. Notas de 100 dólares. Sequenciais. Número de série B028856011A.

– E para quando você precisa disso?

– O mais cedo possível.

– Vou ver o que posso fazer. Se cuida, Myron.

– Você também, Fred.

◆ ◆ ◆

Myron não tentou se poupar no treino. Deu tudo de si. Uma sensação incrível, avassaladora. Ali ele estava em seu hábitat natural. Quando arremessava, era como se uma mão invisível carregasse a bola até o aro. Quando driblava, a bola se tornava uma extensão de seus dedos. Os sentidos se revelavam tão apurados quanto os de um lobo nas estepes. A impressão era a de que ele havia caído num buraco negro e emergido 10 anos antes, nas finais da NCAA. Nem o joelho o incomodava.

Boa parte do treino se resumiu a uma partida informal entre os cinco principais jogadores e os cinco que passavam mais tempo no banco. Myron tirou da cartola o que tinha de melhor. Parecia um capeta nos saltos. Saía dos bloqueios pronto para arremessar. Por duas vezes chegou a traçar uma reta na quadra para invadir o terreno inimigo e sair dele vitorioso.

Havia momentos em que ele se esquecia inteiramente de Downing, do corpo desfigurado de Carla/Sally/Roberta, do sangue no porão, dos capangas que o haviam atacado e – sim! – até mesmo de Jessica. Uma onda extasiante, sem igual, invadia suas veias: a onda de um atleta em sua melhor forma. As pessoas costumam falar da euforia dos corredores, da endorfina que o corpo produz quando submetido a algum esforço mais extremo. Myron não conhecia essa experiência em particular, mas conhecia os altos e baixos vertiginosos e profundos da vida de atleta. Quando um atleta se sai bem, pode sentir o corpo inteiro formigar de prazer até arrancar lágrimas dos olhos. E a sensação vai muito além do jogo ou da competição, impedindo o sono quando, já na cama, o atleta repassa mentalmente seus melhores momentos, muitas vezes em câmera lenta, como nos programas de TV. Mas, quando se sai mal, esse mesmo atleta fica amargo, deprimido, e assim pode permanecer durante horas, dias até. Ambos os extremos são bem desproporcionais à importância relativa de se enterrar uma bola num aro de metal, de se rebater uma bola com um taco ou de arremessar uma esfera de metal o mais longe possível. Nos momentos de derrota, o atleta tenta lembrar a si mesmo de como é estúpido se deixar levar por algo assim, tão sem sentido. Nos momentos de êxtase, contudo, tenta tapar com sua melhor peneira o sol da consciência.

Enquanto Myron corria de um lado a outro na empolgação do treino, um pensamento se esgueirava pela porta dos fundos de sua mente; permanecia ali, escondendo-se e vez ou outra dando as caras para se recolher em seguida. *Você pode*, ele dizia. *Você pode jogar com esses caras.*

A onda de sorte de Myron continuou quando veio o momento de escolher as duplas para o treino de bloqueio e ataque: Leon White, o colega de quarto e melhor amigo de Greg Downing, foi designado como seu par. Myron e Leon foram desenvolvendo certa intimidade com o desenrolar do treino, como é frequente acontecer com companheiros de equipe e até mesmo adversários. Sussurravam piadinhas sempre que se viam frente a frente nos dribles, trocavam tapinhas no ombro sempre que um deles fazia uma bela jogada. Leon era um sujeito elegante na quadra. Nada de palavrões ou invectivas. Mesmo quando Myron caiu sentado no chão após uma jogada, ele só teve palavras de incentivo a oferecer.

Donny Walsh, o técnico, apitou.

– Por hoje chega, pessoal. Só mais 20 cobranças e rua!

Leon e Myron tocaram as mãos no ar com a desenvoltura de que apenas as crianças e os atletas profissionais são capazes. Myron sempre gostara dessa parte do jogo, da camaradagem quase militar entre os companheiros de equipe. Fazia anos que não desfrutava dessa sensação e por isso a recebeu com gosto, saboreando-a. Os jogadores se dividiram em duplas (um para arremessar, outro para pegar o rebote) e foram para os garrafões. Myron novamente teve sorte ao ser emparelhado com Leon White. Ambos pegaram uma toalha, uma garrafa de água mineral e saíram caminhando ao largo das arquibancadas, de onde vários repórteres acompanhavam o treino. Audrey estava lá, claro. Ela olhou para Myron com uma expressão marota, e ele precisou se refrear para não lhe mostrar a língua. Ou a bunda. Calvin Johnson também estava lá. De terno, recostado a uma parede como se posasse para uma foto. Myron havia tentado avaliar a reação dele durante a parte inicial do treino, mas Calvin permanecera enigmático como sempre.

Myron foi o primeiro a arremessar. Dirigiu-se à linha de cobrança, alinhou as pernas com os ombros e fixou os olhos no aro. A bola atravessou o cesto em backspin.

– Acho que vamos ser colegas de quarto – disse Myron.

– Foi o que ouvi dizer – devolveu Leon.

– Provavelmente não por muito tempo. – Myron fez outro arremesso. *Swishh...* – Quando você acha que o Greg vai voltar?

Num único movimento, Leon pegou o rebote e arremessou a bola de volta para Myron.

– Não sei.

– E ele, como está? Já melhorou da contusão?

– Não sei – repetiu Leon.

Myron fez uma nova cobrança. Mais uma cesta de três pontos. Confortável na camisa empapada de suor, ele buscou sua toalha e enxugou o rosto.

– Você chegou a falar com ele, afinal?

– Não.

– Estranho.

Leon passou a bola para Myron.

– Estranho o quê?

Myron deu de ombros e seguiu driblando.

– Ouvi dizer que vocês eram amigos – falou.

Leon abriu um meio sorriso.

– Ouviu dizer? Onde?

Myron novamente arremessou com sucesso.

– Por aí. Nos jornais, eu acho.

– Não acredite em tudo o que você lê – disse Leon.

– Por que não?

Leon quicou a bola para Myron.

– A imprensa adora inventar amizades entre jogadores brancos e negros.

– Vocês não são amigos?

– Bem, a gente se conhece há muito tempo... Isso eu posso afirmar.

– Mas não são amigos?

Leon olhou para ele de um modo curioso.

– Por que tanto interesse?

– Só estou puxando conversa. Na verdade, Greg é meu único vínculo com este time.

– Vínculo?

Myron voltou a driblar.

– Éramos rivais, eu e ele.

– Sim, mas e daí?

– E daí que agora vamos ser companheiros de equipe. Sei lá, acho que vai ser meio estranho.

Leon olhou para ele, e Myron parou de driblar.

– E você acha que Greg ainda se importa com uma coisa dessas? – perguntou Leon com um tom de descrença. – Uma rixa dos tempos de faculdade?

Só então Myron percebeu como era esfarrapada a conversa que tentava entabular.

– Era uma rixa intensa – disse. – O tempo todo, sem trégua. – Myron não olhou para Leon, apenas se preparou para arremessar.

– Espero que você não fique bolado com o que vou falar – arriscou Leon –, mas faz oito anos que eu e o Greg dividimos quarto nas viagens. Nunca ouvi ele mencionar seu nome. Nem mesmo quando a gente falava da faculdade, coisa e tal.

Pouco antes de lançar a bola, Myron parou e olhou para o companheiro, esforçando-se para manter uma expressão neutra no rosto. O mais estranho era isto: por mais que lhe custasse admitir, ele realmente ficara "bolado" com o que acabara de ouvir.

– Anda logo com esse arremesso – disse Leon. – Quero dar o fora logo.

TC veio caminhando na direção deles. Apertava uma bola em cada mão com a mesma facilidade com que um adulto apertaria uma laranja. Deixou cair uma delas e cumprimentou Leon com um elaborado ritual de gestos. Só então olhou para Myron. E abriu um sorriso rasgado.

– Já sei, já sei – disse Myron. – O chumbo, certo?

TC confirmou com a cabeça.

– Que porra é essa? – perguntou Leon.

– Hoje à noite – retrucou TC. – Festinha na minha casa. E tudo será esclarecido.

capítulo 14

DIMONTE ESPERAVA POR ELE no estacionamento do estádio de Meadowlands, recostado a seu Corvette vermelho.

– Entra.

– Um Corvette vermelho – disse Myron. – Por que será que isso não me surpreende?

– Entra e não amola.

Myron abriu a porta e se acomodou no banco de couro preto. Embora o motor estivesse desligado, Dimonte segurava o volante com ambas as mãos e olhava fixamente para a frente. Parecia uma folha em branco de tão pálido. Mordendo seu palito sem mastigá-lo, não dizia nada, apenas balançava a cabeça com veemência. De novo a sutileza.

– Algum problema, Rolly?

– Esse Greg Downing, como é que ele é?

– O quê?

– Ficou surdo, porra? – cuspiu Dimonte. – Como ele é?

– Não sei. Faz anos que não falo com ele.

– Mas você conhecia o cara, certo? Nos tempos de escola? Como ele era naquela época? Costumava andar com tipos perversivos?

– Tipos *perversivos*? – repetiu Myron, virando-se.

– Anda, responde.

– Que diabo isso quer dizer? Tipos *perversivos*...

Dimonte deu partida no carro e pisou algumas vezes no acelerador, fazendo o motor rugir. O Corvette havia sido turbinado como um carro de corrida, e o barulho que ele fazia, meu chapa... Por sorte não havia mulheres na vizinhança imediata para ouvir aquele canto de acasalamento, caso contrário já estariam tirando a roupa. Dimonte enfim engatou a marcha.

– Aonde estamos indo? – perguntou Myron.

Dimonte não respondeu. Tomou a rampa que conduzia ao estádio dos Giants e ao hipódromo.

– Esse é um daqueles encontros misteriosos que eu adoro tanto? – perguntou Myron.

– Vai à merda. E responde à minha pergunta.

– Que pergunta?

– Como é esse Downing? Preciso saber tudo sobre ele.

– Está falando com a pessoa errada, Rolly. Não conheço Greg tão bem assim.

– Então conta o que sabe.

O tom de voz deixava pouco espaço para discussão. Um tom diferente do "machão" tradicional, imperativo, mas com uma ponta de preocupação que desconcertara Myron.

– Greg cresceu em Nova Jersey – disse. – Era um ótimo jogador de basquete. É divorciado e tem dois filhos.

– Você namorou a mulher dele, não foi?

– Muito tempo atrás.

– Diria que ela é de esquerda?

– Rolly, esse papo está ficando cada vez mais bizarro.

– Responde, porra. – Apesar da clara manifestação de irritação e impaciência, Dimonte não conseguia disfarçar certo medo da voz. – Você diria que ela é politicamente radical?

– Não.

– Ela costumava andar com perversivos?

– Nem sei se essa palavra existe, Rolly! *Perversivos?*

Dimonte balançou a cabeça.

– Estou com cara de quem está de brincadeira, Bolitar?

– Tudo bem, tudo bem. – Myron fez um gesto de rendição com as mãos. O Corvette seguiu atravessando o estacionamento do estádio. – Não. Emily não costumava andar com *perversivos*, seja lá o que isso for.

Eles passaram pelo hipódromo e desceram pela rampa seguinte, que levava de volta a Meadowlands. Myron se deu conta de que eles apenas contornaram a vasta área de estacionamento do estádio.

– Então, vamos voltar a Downing.

– Já disse que faz anos que não vejo o cara.

– Mas sabe coisas a respeito dele, não sabe? Andou fazendo sua investigação. Provavelmente leu algo. – Dimonte trocou de marcha, e o motor novamente rugiu. – Diria que ele é um revolucionário?

Myron mal acreditava no que estava ouvindo.

– Não, Sr. Presidente.

– Sabe dizer com quem ele anda?

– Mais ou menos. Pelo que sei, os amigos mais próximos são os companheiros de equipe, mas Leon White, o cara com quem ele divide o quarto nas viagens, não é exatamente um grande fã dele. Ah, tem uma coisa que talvez lhe interesse: depois dos jogos aqui, Greg dirige um táxi na cidade.

Dimonte pensou não ter ouvido bem.

– Um táxi? Pegando passageiros na rua?

– Sim.

– Mas para quê?

– Greg é meio... – Myron procurou pela palavra certa – excêntrico.

– Sei. – Dimonte esfregou o rosto com o vigor de quem encera a lataria de um carro e, por um bom tempo, ficou sem ver para onde ia. Por sorte eles estavam no meio de um estacionamento vazio. – Será que ele faz isso para se sentir igual aos outros? Para se aproximar das massas? Será que é isso?

– Suponho que sim – disse Myron.

– Continua. E os interesses dele? Algum hobby?

– Greg é mais chegado à natureza. Gosta de pescaria, caçada, remo, caminhada, esse tipo de divertimento...

– Um natureba.

– Por aí.

– Gosta do ar livre, de se relacionar com as pessoas...

– Do ar livre, sim, mas prefere ficar sozinho.

– Você faz alguma ideia de onde ele pode estar?

– Não... Nenhuma.

Dimonte pisou fundo no acelerador e contornou o estádio até parar diante do Ford Taurus de Myron.

– Ok. Obrigado pela ajuda. A gente se fala depois.

– *Peralá* – protestou Myron. – Achei que estivéssemos juntos nessa história.

– Achou errado.

– Não vai dizer o que está acontecendo?

– Não – disse ele, a voz subitamente moderada.

Silêncio. Àquela altura todos os outros jogadores já haviam partido. O Taurus estava sozinho no estacionamento vazio e silencioso.

– É tão grave assim? – perguntou Myron.

Dimonte permaneceu mudo, o que era ainda mais preocupante.

– Você já sabe quem é a morta, não sabe? – insistiu Myron. – Conseguiu alguma identificação?

– Nada confirmado ainda – resmungou Dimonte.

– Você tem que me contar, Rolly.

– Não posso.

– Não vou dizer nada a ninguém. Você sabe que...

– Cai fora do meu carro, Myron. – Dimonte se debruçou sobre as pernas de Myron e abriu a porta do Corvette. – Agora.

capítulo 15

TC MORAVA NUMA ANTIGA MANSÃO com fachada e muro de tijolos vermelhos, situada numa das melhores ruas de Englewood, Nova Jersey. Eddie Murphy morava na mesma área, assim como três executivos magnatas e vários banqueiros japoneses. Na entrada havia uma guarita de segurança. Myron informou seu nome, e o vigia conferiu sua prancheta.

– Por favor, estacione ali – disse o homem. – A festa é nos fundos da casa. – Depois de abrir o portão de listras pretas e amarelas, acenou para que Myron seguisse adiante.

Myron estacionou ao lado de um BMW preto. Além dele havia mais uma dezena de carros, todos reluzindo em razão de algum polimento recente ou talvez porque fossem novinhos em folha. Mercedes, quase todos. Alguns BMWs. Um Bentley. Um Jaguar. Um Rolls.

O gramado dianteiro era um primor em termos de manutenção. Arbustos perfeitamente aparados circundavam ou tangenciavam a fachada de tijolos aparentes. Contrastando com a maravilha do cenário, um rap ensurdecedor escapava das caixas de som. Um horror. Os arbustos pareciam sofrer com aquilo. Myron não chegava a detestar o rap. Sabia que havia coisas piores: John Tesh e Yanni davam provas disso diariamente. A seus ouvidos, certas canções eram até simpáticas e profundas. E ele também tinha consciência de que o rap não fora feito para pessoas como ele; não entendia o espírito da coisa, e suspeitava que talvez nem tivesse que entender.

A festa se desenrolava ao redor de uma piscina muito bem iluminada. Os convidados, quase todos na faixa dos 30, circulavam com roupas relativamente informais. Myron vestia um blazer azul-marinho, camisa risca de giz, gravata de estampa floral e mocassins J. Murphy. Bolitar, o eterno universitário almofadinha. Win morreria de orgulho. No entanto, ao ver os companheiros de equipe, ele se sentiu tremendamente malvestido para a ocasião. Passando ao largo do politicamente correto, constatou que os negros do time (além dele havia apenas dois brancos na equipe dos Dragons) sabiam se vestir com estilo. Não com o *seu* estilo (ou falta de), mas, sem dúvida alguma, com estilo. O grupo parecia prestes a entrar numa passarela qualquer de Milão. Ternos perfeitamente cortados.

Camisas de seda abotoadas até o pescoço, sem gravata. Sapatos que brilhavam de tão limpos.

TC ocupava uma espreguiçadeira junto à parte rasa da piscina, cercado de um grupo de rapazes brancos, todos com aspecto de universitários, que pareciam gargalhar a cada palavra do anfitrião. Myron também avistou Audrey em seus trajes típicos de jornalista, acrescidos apenas de um colar de pérolas. Ele nem sequer tivera a chance de se juntar aos demais quando uma mulher com seus 30 e muitos anos (ou 40 e poucos) se aproximou e disse:

– Olá.

– Boa noite. – De novo o bardo de Nova Jersey.

– Você deve ser Myron Bolitar. Sou Maggie Mason.

– Como vai, Maggie? – Eles trocaram um aperto de mãos. Dedos firmes, belo sorriso.

Maggie se vestia de modo conservador: camisa branca, blazer cinza-escuro, saia vermelha e sapatos pretos. Os cabelos estavam soltos e ligeiramente ondulados, como se recém-libertos de um coque. Magra e atraente, a mulher parecia a escolha perfeita para interpretar uma daquelas advogadas de seriado de TV.

Ela sorriu.

– Você não sabe quem sou, não é?

– Desculpa, mas não sei mesmo...

– Eles me chamam de Metralhadora.

Myron esperou que ela dissesse algo mais. Vendo que nada viria, balbuciou:

– Ahã.

– TC não lhe disse nada?

– Ele realmente falou alguma coisa sobre chumb... – Myron deixou a palavra morrer nos lábios enquanto Maggie sorria com as mãos espalmadas. Depois de alguns segundos, falou: – Não entendi.

– Não há nada para entender – disse ela casualmente. – Faço sexo com todos os caras do time. Você acabou de ser contratado. Agora é a sua vez.

Myron abriu a boca, fechou-a novamente, e arriscou:

– Você não parece uma groupie.

– Groupie. – Ela balançou a cabeça. – Detesto essa palavra.

Myron fechou os olhos e beliscou a ponte do nariz.

– Vamos ver se entendi direito...

– Diga.

– Você já dormiu com todos os novatos dos Dragons?

– Sim.

– Até mesmo com os casados?

– Sim – respondeu ela. – Com todos que já passaram pelo time desde 1993. Foi nessa época que comecei com os Dragons. Com os Giants, comecei dois anos antes.

– Espera aí. Você é groupie dos Giants também?

– Já disse que não gosto dessa palavra.

– E que palavra eu deveria usar no lugar dela?

Maggie, a Metralhadora, inclinou a cabeça ligeiramente para o lado, ainda sorrindo.

– Olha, Myron. Trabalho num banco de investimentos em Wall Street. Dou um duro danado. Faço aulas de culinária e sou louca por ginástica aeróbica. De modo geral sou uma pessoa bem normal para os padrões de hoje. Não ofendo ninguém. Não pretendo me casar nem me envolver em nenhum tipo de relacionamento. Mas tenho esse pequeno fetiche.

– Fazer sexo com atletas profissionais.

Ela ergueu o indicador.

– Só com os Giants e os Dragons.

– Fidelidade partidária – disse Myron. – Coisa rara hoje em dia.

Maggie riu.

– Essa foi boa.

– Quer dizer então que você já foi para a cama com todos os jogadores dos Giants?

– Quase todos. Sempre ganho ingressos de primeira fila. Depois de cada jogo faço sexo com dois jogadores: um do ataque e outro da defesa.

– Uma recompensa pelo bom desempenho.

– Exato.

Myron deu de ombros.

– Melhor que uma medalha, suponho.

– É – disse ela sem pressa. – Muito melhor.

Myron esfregou os olhos. *Torre chamando o Major Tom.* Ele a avaliou por alguns segundos. Maggie parecia fazer o mesmo com ele.

– E este apelido, Metralhadora, de onde saiu?

– Não é o que você está pensando.

– E o que é que eu estou pensando?

– Não tem nada a ver com meu apetite sexual. É isso que todo mundo pensa.

– Tem a ver com o que, então?

Ela ergueu os olhos, pensativa.

– Como vou explicar isso de maneira elegante?

– Você ainda está preocupada com elegância?

Maggie o censurou com o olhar, mas sem exagero.

– Não seja assim – disse.

– Assim como?

– Careta, primitivo, reacionário... Meio homem das cavernas. Tenho sentimentos, sabia?

– Não falei que você não tinha.

– Não falou, mas está agindo como se eu não tivesse. Não prejudico ninguém. Sou uma mulher direta. Franca. Honesta. Decido por conta própria o que fazer e com quem. Sou feliz assim.

– E livre de doenças venéreas, suponho. – Quando deu por si, Myron não podia mais retirar as palavras. Elas haviam escapulido. O que parecia acontecer com certa frequência.

– Como? – indagou Maggie.

– Desculpa. Falei mais do que devia.

Mas tudo indicava que ele havia colocado o dedo numa ferida.

– *Jamais* faço sexo sem camisinha – retrucou ela. – Faço exames regularmente. Estou limpa.

– Mais uma vez, desculpa. Eu não devia ter dito isso.

Maggie não se deu por satisfeita.

– Além do mais, nunca vou para a cama com alguém que suspeito estar infectado com alguma coisa. Tomo todas as precauções.

Myron achou por bem não redarguir. Disse apenas:

– Foi mal. Minha intenção não era ofender. Desculpa.

Ela suspirou, aparentemente mais calma.

– Tudo bem. Está desculpado.

Eles novamente se entreolharam e sorriram um para o outro, talvez por tempo demais. Myron se sentia na pele de um participante de programa de perguntas e respostas na TV. Por sorte, uma ideia interrompeu o semitranse.

– Você já dormiu com Greg Downing?

– Em 1993 – disse ela. – Foi um dos meus primeiros Dragons.

Como se aquilo fosse motivo de grande orgulho.

– Vocês ainda se veem?

– Claro. Somos ótimos amigos. Fico amiga de todos depois. Bem, de quase todos.

– Vocês se falam com frequência?

– Às vezes.

– Se falaram recentemente?

– Faz um mês ou dois que não nos falamos.

– Sabe dizer se ele está namorando alguém?

112

Maggie o fitou com curiosidade.

– E por que você quer saber?

– Por nada, só estou puxando conversa. – De novo papo furado.

– Uma conversa estranha – disse ela.

– É que tenho pensado muito no Greg nesses últimos dias. Toda essa história da nossa rivalidade, e agora estamos jogando no mesmo time. Então fiquei pensando...

– Na vida sentimental do Greg? – Ela não estava mordendo a isca.

Myron meio que deu de ombros e disse alguma coisa que nem mesmo ele entendeu. Uma risada irrompeu do outro lado da piscina. Um grupo de jogadores compartilhava uma piada. Leon White estava entre eles; ao cruzar olhares com Myron, cumprimentou-o com um aceno da cabeça. Myron acenou de volta. Percebeu que, embora nenhum dos companheiros estivesse olhando para ele e Maggie, todos decerto sabiam por que ela o havia abordado. Mais uma vez se sentiu na pele de um universitário, mas agora sem nenhuma ponta de nostalgia.

Maggie o avaliava novamente, as pálpebras semicerradas, o olhar focado. Myron, por sua vez, fazia o possível para não trair seu desconforto. Sentia-se um pateta diante de inspeção tão acintosa. Tentou sustentar o olhar dela.

Subitamente, Maggie abriu um sorriso e cruzou os braços.

– Agora entendi – falou.

– O quê?

– É óbvio.

– O que é óbvio?

– Você quer se vingar.

– Me vingar do quê?

O sorriso se alargou um pouco, depois murchou.

– Greg roubou Emily de você. E agora você quer roubar alguém dele.

– Greg não roubou Emily de mim – disse Myron com tranquilidade. – Emily e eu já tínhamos terminado quando eles começaram a namorar.

– Se você diz...

– Eu digo. – Myron Bolitar, o incisivo.

Maggie riu com gosto, uma risada gutural, e o tocou no braço:

– Relaxa, Myron. Foi só uma provocação. – E o fitou novamente. Tanto contato visual já estava deixando Myron com dor de cabeça; ele decidiu olhar para o nariz dela. – Então, nossa brincadeira vai rolar?

– Não – disse Myron.

– Se for por medo de alguma doença...

– Não é isso. Estou envolvido com uma pessoa.

– E daí?

– E daí que não pretendo traí-la.

– Não quero que você traia ninguém. Quero apenas fazer sexo com você.

– E você acha que as duas coisas se excluem mutuamente?

– Claro que sim – disse Maggie. – Se fizermos sexo, isso não precisa ter nenhum efeito sobre seu relacionamento. Não quero que você deixe de gostar da sua namorada. Não quero fazer parte da sua vida. Muito menos ficar íntima de você.

– Puxa, assim fica bem mais romântico – retrucou Myron.

– Mas aí é que está. Não se trata de romantismo. Apenas de um ato físico. Um ato muito prazeroso, claro, mas, no fim das contas, apenas um ato físico. Como um aperto de mãos.

– Um aperto de mãos – repetiu Myron.

– Só estou dizendo o que penso. As civilizações antigas, intelectualmente bem mais avançadas que a nossa, compreendiam que os prazeres da carne não eram nenhum pecado. A associação do sexo com a culpa é um ranço absurdo da modernidade. Todo esse vínculo entre sexo e posse é algo que herdamos dos puritanos reprimidos que queriam manter o controle sobre seu bem mais valioso: a esposa.

Uau, pensou Myron, uma autoridade acadêmica.

– Onde está escrito – prosseguiu ela – que duas pessoas não podem atingir os píncaros do êxtase físico sem que haja uma relação de amor entre elas? Pensa bem. Tudo isso é muito ridículo. Uma grande bobagem, você não acha?

– Pode ser – disse Myron. – Mesmo assim, vamos deixar para a próxima.

"Tudo bem", ela disse apenas com um dar de ombros. Mas falou:

– TC vai ficar muito decepcionado.

– Não vai morrer por causa disso.

Silêncio.

– Bem – disse Maggie, cruzando as mãos sobre o colo –, acho que vou dar uma volta por aí. Foi bom conversar com você, Myron.

– Uma experiência e tanto – concordou ele.

◆ ◆ ◆

Myron também foi dar suas voltas. Por um tempo ficou com Leon, que lhe apresentou a patroa, uma louraça escultural chamada Fiona. O estereótipo de uma coelhinha da Playboy. Sempre falando com uma voz sexy, Fiona era dessas mulheres que sabem transformar a mais casual das conversas num longo duplo sentido, dessas de tal modo habituadas a usar o charme para seduzir que não sabem a hora de parar. Myron papeou um pouco e a certa altura pediu licença.

Foi informado pelo bartender de que infelizmente não havia leite achocolatado na casa. Então se contentou com uma Orangina – não uma porcaria qualquer com gosto de laranja, mas o refresco francês, importado. Coisa fina. Ele deu um gole. Nada mau.

Alguém se aproximou por trás e lhe deu um tapinha nas costas. Era TC, que havia preterido o look Milão em favor de calças e colete de couro branco, sem camisa, e um par de óculos escuros.

– Está se divertindo? – perguntou.

– Bastante – respondeu Myron.

– Vem comigo. Quero lhe mostrar uma coisa.

Eles seguiram em silêncio por um gramado que subia na direção oposta à da festa. Aos poucos o aclive foi se acentuando, e a música, ficando para trás. O rap deu lugar ao rock alternativo dos Cranberries. Myron gostava deles. "Zombie" era o que estava tocando no momento. Dolores O'Riordan repetia um milhão de vezes "In your head, in your head", até se cansar e começar a repetir "Zombie, zombie" outras tantas vezes. Tudo bem, os Cranberries podiam ter encontrado refrão melhor, mas ainda assim a coisa funcionava. Um som maneiro.

Ali já não havia luz, mas a que vinha da piscina bastava para que se enxergasse alguma coisa. No platô da colina, TC apontou para a frente e falou:

– Saca só.

Correndo os olhos pela paisagem, Myron por pouco não perdeu o fôlego. Dali se tinha uma vista ampla e desobstruída de toda a silhueta de Manhattan. As luzes da cidade rutilavam como um sem-fim de gotas d'água. A George Washington Bridge parecia próxima o bastante para ser tocada. Eles ficaram ali por um bom tempo, sem dizer palavra.

– Bonito, não é? – TC disse afinal.

– Muito.

Ele retirou os óculos.

– Volta e meia venho para cá. Sozinho. Um bom lugar para pensar na vida.

– Suponho que sim.

Mais uma vez eles admiraram a paisagem.

– Maggie já falou com você? – perguntou Myron.

TC fez que sim com a cabeça.

– Está decepcionado comigo?

– Não – respondeu TC. – Eu já sabia que não ia rolar.

– Sabia como?

Ele deu de ombros.

– Só um pressentimento. Mas não se deixe enganar. Maggie é gente boa. Talvez seja o mais próximo que tenho de uma amizade verdadeira.

– Mas... e aqueles caras com quem você estava conversando agora há pouco? TC meio que sorriu.

– Os branquelos?

– Eles mesmos.

– Não são meus amigos – disse. – Se amanhã eu parasse de jogar, olhariam para mim como se eu estivesse derramando vinho no sofá deles.

– Um jeito poético de colocar as coisas, TC.

– É a verdade, meu camarada. Se você estivesse na minha posição, também não teria amigos. Coisas da vida. Branco ou preto, tanto faz. As pessoas se aproximam de mim porque sou rico e famoso. Acham que podem levar alguma vantagem. Só isso.

– E você não se importa?

– Que diferença faz? – indagou TC. – A vida é assim, fazer o quê?

– Não se sente sozinho? – perguntou Myron.

– Tem muita gente à minha volta para que eu me sinta sozinho.

– Você sabe o que eu quis dizer.

– É, eu sei. – TC estirou o pescoço para ambos os lados, como se estivesse se alongando antes de um jogo. – As pessoas sempre falam do preço da fama, mas quer saber qual é o preço real? Nada a ver com essa palhaçada de privacidade. Tudo bem, não vou ao cinema tanto quanto eu gostaria. Mas e daí? De onde eu venho, as pessoas nem têm grana para ir ao cinema. O preço real é o seguinte, meu camarada: a gente deixa de ser uma pessoa para se tornar uma coisa, tá ligado? Um objeto reluzente, como um daqueles Mercedes lá atrás. Os manos mais duros acham que sou uma escada de ouro com um presentinho qualquer em cada degrau. Os branquelos ricos me veem como um extravagante bichinho de estimação. Como no caso do O. J. Lembra-se daqueles caras que estavam sempre na sala de troféus do O. J.?

Myron fez que sim com a cabeça.

– Olha, não entenda mal. Não estou reclamando. Tudo isso é bem melhor do que ralar num posto de gasolina, numa mina ou numa merda qualquer dessas. Mas sempre tento me lembrar da verdade: a única coisa que me separa de um crioulo das ruas é um jogo de basquete. A única. Basta um joelho pifar, como aconteceu com você, e lá vou eu, de volta para o mesmo lugar de onde saí. Sempre procuro me lembrar disso. Sempre. – Ele olhou duro para Myron, deixando que as palavras pairassem no ar frio da noite. – Portanto, quando alguma cachorra gostosa vem para o meu lado dizendo que sou isto ou aquilo, uma pessoa especial, esse tipo de coisa, sei que não sou eu que ela quer. Entende a parada? Ela quer a fama, o dinheiro. Só isso que está enxergando na frente. E é assim com todo mundo, homem ou mulher.

– Quer dizer então que eu e você jamais poderíamos ser amigos? – perguntou Myron.

– Você me faria essa pergunta se eu fosse um pé-rapado analfabeto abastecendo seu carro?

– Talvez.

– Porra nenhuma – disse TC, rindo. – As pessoas estão sempre reclamando das minhas atitudes, você sabe. Falam que eu me comporto como um mimadinho, como se o mundo me devesse alguma coisa. Mas eles só ficam putos assim porque eu sei qual é a deles. Porque sei a verdade. Todo mundo acha que sou um crioulo ignorante: os cartolas, os técnicos, todo mundo. Então, que motivo eu tenho para respeitar essa gente? Eles só me dirigem a palavra porque consigo enterrar uma bola num aro de metal. Sou um macaco que enche a burra dos caras, só isso. Assim que eu parar, babau... Volto a ser apenas um merda saído dos guetos, indigno de sentar o traseiro preto na privada deles. – Nessa altura ele parou como se tivesse perdido o fôlego. Correu os olhos pela paisagem, e isso aparentemente o revigorou. – Você conhece Isiah Thomas? – perguntou.

– Dos Detroit Pistons? Sei quem é. Já nos falamos uma vez.

– O cara deu essa entrevista, acho que na época em que os Pistons estavam papando todos os campeonatos. Alguém perguntou o que ele estaria fazendo se não fosse jogador de basquete. Sabe o que ele respondeu?

Myron negou com a cabeça.

– Falou que seria senador dos Estados Unidos. – TC deu uma gargalhada ruidosa e aguda, que ecoou no silêncio da noite. – Porra, o cara ficou maluco ou o quê? Só pode. Senador dos Estados Unidos? – Novamente riu, mas agora com certa afetação. – Quanto a mim, sei muito bem o que eu seria. Um metalúrgico ralando da meia-noite até as sete da manhã. Se não estivesse morto, claro. – Ele balançou a cabeça. – Senador dos Estados Unidos... Essa é boa.

– Mas e o jogo? – perguntou Myron.

– O que tem o jogo?

– Você não adora jogar?

TC olhou para ele com um ar de surpresa.

– Você acredita, não é? Nessa bobajada toda de "pelo amor ao esporte".

– Você não?

TC novamente balançou a cabeça. A lua refletia sobre o crânio raspado, conferindo-lhe um aspecto quase sobrenatural.

– Pra mim, "amor ao esporte" nunca foi a parada – falou. – O basquete sempre foi um meio para um fim. Um meio de me arranjar na vida. Grana, meu irmão, e só.

– Você nunca gostou de jogar?

– Claro que sim. Sempre me senti bem nas quadras. Mas não era o jogo em si, essa parada de ficar correndo e pulando de um lado para outro. O basquete era o que me definia, entende? Em qualquer outro lugar que não fosse uma quadra, eu era apenas mais um pretinho burro. Mas na quadra, meu irmão... eu era o cara. O herói. E a sensação que isso me dava... nossa! Era muito bom. Você entende o que estou dizendo?

Myron entendia.

– Posso fazer uma pergunta?

– Manda.

– Essas tatuagens, esses piercings...

– O quê? Elas incomodam você? – perguntou TC, sorrindo.

– Não é isso. Só uma curiosidade.

– Digamos que eu gosto delas. Isso basta?

– Basta – respondeu Myron.

– Mas você não acredita, não é?

Myron deu de ombros.

– Acho que não.

– Na verdade, gosto delas um pouco. Mas a verdade verdadeira é outra: negócios.

– Negócios?

– O negócio do basquete. Grana no bolso. Muita grana. Você faz ideia de quanto eu ganho com cada contrato de publicidade? Uma grana preta, meu irmão. Por quê? Porque a irreverência vende. Olha o caso do Deon. Do Rodman. Quanto mais a gente pira, mais eles nos pagam.

– Quer dizer que tudo não passa de uma encenação?

– Em grande parte, sim. Gosto de chocar, não vou mentir. É meu jeito de ser. Mas tudo o que faço é principalmente para a imprensa.

– Mas a imprensa está sempre falando mal de você! – exclamou Myron.

– Não importa. Falam de mim, e isso me traz mais dinheiro. Simples assim. – Ele sorriu. – Vou lhe contar uma coisa, Myron. A imprensa é o animal mais burro que Deus pôs na Terra. Sabe o que eu vou fazer um dia?

– Não. O quê?

– Um dia, vou tirar todos esses piercings e me embrulhar num terno careta. Depois vou começar a falar com todos os efes e erres, a fazer todos os salamaleques e rapapés... Vai ser "sim, senhor" para cá, "sim, senhora" para lá... "O que conta é o esforço do grupo"... essa merda toda que eles adoram ouvir. Aí então, meu camarada, esses mesmos filhos da puta que hoje me acusam de avacalhar com a integridade do esporte vão passar a beijar meu rabo preto como se ele fosse a mão do papa. Vão dizer que passei por uma transformação miraculosa, que agora sou um santo, um herói... Mas só o que mudou foi isso: o texto. – TC abriu um sorriso largo para Myron, que disse:

– Você é uma figura, TC.

TC voltou os olhos para as águas do Hudson enquanto Myron o observava em silêncio. Não dera muito crédito a toda aquela argumentação. Suspeitava que o buraco fosse mais embaixo. TC não havia mentido, mas também não tinha dito a verdade. Talvez nem fosse capaz de admitir para si mesmo essa verdade. Era um homem ferido. Realmente acreditava que ninguém podia amá-lo, e isso é difícil para qualquer um. Traz insegurança. Faz com que a pessoa se esconda numa espécie de trincheira. O mais triste de tudo, no entanto, era que TC estava pelo menos parcialmente correto. Quem lhe daria bola se não fosse um jogador de basquete profissional? Se ele não tivesse talento para esse jogo infantil, onde estaria agora? TC era como essas garotas muito bonitas que exigem ser admiradas pela beleza interior. Uma exigência legítima, tudo bem, mas quem se dará o trabalho de procurar por beleza interior quando a exterior não está lá? Pois essa é a dura realidade das feias. E essa também seria a realidade de TC caso ele não tivesse sido agraciado com um raro talento para o esporte.

No fim das contas, TC não era nem tão excêntrico quanto parecia ser aos olhos do público nem tão centrado quanto queria aparentar para Myron, que não era nenhum psicólogo, mas tinha certeza de que as tatuagens e piercings iam além de um mero interesse comercial. A agressão física era grande demais para uma explicação tão simples. No caso de TC, havia muitos fatores em jogo. Myron, que também já fora um astro do basquete, conhecia alguns deles. Outros, no entanto, permaneciam obscuros, já que ele e TC vinham de mundos diametralmente opostos.

Foi TC quem quebrou o silêncio:

– Agora sou eu quem quer fazer uma pergunta.

– Diga.

– De boa: por que você está aqui?

– Aqui... na sua casa?

– Na equipe. Olha, Myron, eu estava no penúltimo ano de ginásio quando vi você jogando no campeonato da NCAA. Você mandava bem para cacete, não vou negar, mas isso foi muito tempo atrás. Você *sabe* que para você não dá mais. No treino de hoje... ficou mais do que evidente, não ficou?

Myron fez o que pôde para disfarçar o susto. Seria possível que ele e TC tivessem participado de treinos diferentes? Claro que não. E claro que TC estava coberto de razão. Afinal, ele, Myron, ainda se lembrava dos próprios tempos de glória, dos treinos em que os cinco melhores jogavam contra os cinco piores, estes suando a camisa para mostrar serviço enquanto os demais bocejavam de tédio ou faziam palhaçadas. Lembrava-se da decepção dos perebas ao constatar que não eram tão bons quanto acreditavam ser, que o sucesso obtido nos treinos decorria apenas do cansaço e da pouca motivação dos titulares, já exauridos pelos jogos reais. E naquele tempo Myron ainda estava na faculdade, jogava no máximo umas 25 partidas por temporada. Bem menos que as quase 100 que os profissionais costumavam jogar, sem falar na superioridade dos adversários.

Você pode jogar com esses caras. Acorda, Myron, acorda.

– Só estou fazendo uma tentativa – disse baixinho.

– Não consegue largar o osso, não é?

Myron não respondeu, e o silêncio voltou por um breve momento.

– Ah, já ia esquecendo – disse TC. – Ouvi por aí que você é amigo de um chefão lá da Lock-Horne Seguros e Investimentos. É verdade?

– Sim.

– Era aquele desbotado com quem você estava conversando depois do jogo?

– Era. O nome dele é Win.

– Você sabe que a Maggie trabalha em Wall Street, não sabe?

– Ela me contou – disse Myron.

– Mas está pensando em mudar de emprego. Acha que seu amigo pode dar uma força?

– Posso perguntar – respondeu Myron. Win seguramente gostaria de ouvir as teorias dela sobre o papel do sexo nas civilizações antigas. – Onde Maggie está trabalhando agora?

– Numa empresa pequena chamada Kimmel Brothers. Mas ela merece uma parada melhor, sabe? Os caras não oferecem sociedade, por mais que ela rale muito.

TC disse mais alguma coisa, mas Myron já não lhe dava ouvidos. Kimmel Brothers. Ele imediatamente se lembrara do nome. Ao ligar para o último número discado no telefone fixo de Greg, ouvira uma mulher atender com um "Kimmel Brothers". No entanto, Maggie acabara de afirmar que não falava com Greg há um ou dois meses.

Coincidência? Myron achava que não.

capítulo 16

MAGGIE JÁ TINHA ido embora.

– Ela veio só para ver você – disse TC. – Depois do toco que recebeu, puxou o carro. Tem de acordar cedo amanhã para trabalhar.

Myron conferiu as horas no relógio. Onze e meia. De um longo dia. Hora de bater na cama. Ele fez suas despedidas e foi para o carro. Audrey estava recostada no capô, braços cruzados contra o peito, tornozelos sobrepostos. Displicência pura.

– Você está indo para a casa da Jessica? – perguntou.

– Estou.

– Se importa de me dar uma carona?

– Entra aí.

Audrey abriu o mesmo sorriso que ele vira durante o treino. Naquele momento, Myron achara que a repórter havia ficado impressionada com o desempenho dele, mas agora estava mais do que evidente que o tal sorriso se devia mais ao escárnio que à admiração. Ele destravou as portas sem dizer nada, retirou o paletó e o jogou sobre o banco traseiro. Audrey fez o mesmo com seu blazer azul; em seguida, baixou a gola rulê da blusa verde-floresta que estava usando e retirou o colar de pérolas para guardá-lo no bolso das calças. Esperou que Myron desse partida no carro, depois falou:

– Estou começando a juntar as pontas dessa história.

Myron não gostou do que ouviu. Segurança demais no tom de voz. Audrey não estava precisando de carona nenhuma, disso ele tinha certeza. Queria apenas uma oportunidade para conversar sozinha com ele. Sorrindo de um modo simpático, Myron disse:

– Isso não tem nada a ver com a minha bunda, tem?

– Como?

– Jessica contou que vocês andaram falando sobre a minha bunda.

Audrey riu.

– Bem, detesto admitir – confessou –, mas não é uma bunda qualquer.

Myron tentou disfarçar o orgulho.

– Então, vai fazer uma matéria sobre ela?

– Sobre a sua bunda?

– É.

– Claro. Página dupla.

Myron riu.

– Você está tentando mudar de assunto – disse Audrey.

– Nós tínhamos um assunto?

– Falei que estou começando a juntar as pontas dessa história.

– E isso lá é assunto?

Myron olhou de relance para ela. Audrey se empoleirava no banco de modo que pudesse fitá-lo de frente. Tinha um rosto largo e algumas sardas, que decerto haviam sido muito mais numerosas na infância. Todos nós já tivemos uma coleguinha de primário fofinha e meio moleca, não é verdade? Pois quem estava ali agora era a versão adulta de uma delas. Nenhuma beldade, isso era certo. Ao menos não nos padrões clássicos da beleza. Mas Audrey tinha um charme natural que incitava nas pessoas uma súbita vontade de abraçá-la e rolar com ela pelas folhas secas num dia frio de outono.

– Eu não devia ter demorado tanto para descobrir – prosseguiu ela. – Em retrospecto, é bastante óbvio.

– E por acaso devo saber do que você está falando?

– Não – respondeu ela. – Por enquanto você pode continuar se fazendo de bobo.

– Minha especialidade.

– Ótimo. Então continue dirigindo aí e escute. – As mãos dançavam em gestos constantes, subindo e descendo conforme ela falava. – Sabe, eu me deixei levar pela ironia poética da coisa toda. Foi nela que me concentrei de início. Mas o passado de rivalidade entre vocês é apenas um fator secundário. Bem menos importante que, digamos, seu passado com Emily.

– Continuo sem saber do que você está falando.

– Nesses anos todos você não jogou nenhuma vez pela liga amadora, nem participou de nenhum campeonato de verão. Vez ou outra bate uma bola no clube, e sua malhação se resume às aulas de tae kwon do que você faz com o Win, num lugar que nem quadra de basquete tem.

– Sim, e daí?

Com os braços estendidos num gesto de incredulidade, ela disse:

– Faz anos que você não pratica. Nunca jogou em algum lugar onde Clip ou Calvin ou Donny pudessem ter visto você. Então por que diabo os Dragons iriam contratá-lo? Não faz sentido. Um golpe de publicidade? Pouco provável. A repercussão nem seria tão grande assim, como de fato não foi. E se você se sair mal, o que, convenhamos, não é lá muito difícil de acontecer, a repercussão será ainda pior. Os ingressos têm vendido bem. O time está numa boa fase. Não vejo nenhum motivo para um golpe de publicidade nesse momento. Portanto, só pode ser outra coisa. – Ela se calou um instante para reacomodar o corpo no banco. – Sem falar no timing.

– O timing.

– É – disse ela. – Por que agora? Por que contratar você nessa altura da temporada? A resposta realmente é óbvia. Só há uma coisa no timing que chama a atenção.

– Que é?

– O súbito desaparecimento de Downing.

– Greg não desapareceu – corrigiu Myron. – Ele se machucou. Não vejo nada de estranho nesse "timing". Greg se machucou, uma vaga se abriu, e eu a preenchi.

Audrey sorriu e balançou a cabeça.

– Ainda insiste em se fazer de bobo, não é? Tudo bem, vá em frente. Mas digamos que você esteja certo. Downing se contundiu e está de molho. Por que será, então, que não consigo descobrir onde ele está? Já recorri aos meus melhores contatos, e até agora nada. Você não acha isso estranho?

Myron apenas deu de ombros.

– Se Downing quisesse mesmo se isolar para se recuperar de uma contusão no tornozelo – prosseguiu ela –, contusão que não aparece em nenhum vídeo, diga-se de passagem, é bem possível que ele encontrasse um modo de fazer isso. Mas se ele está apenas tratando uma contusão, não mais que isso, por que tanta necessidade de isolamento?

– Talvez ele não queira ser perturbado por pentelhos como você – sugeriu Myron.

Audrey quase riu.

– Você falou com tanta convicção... – observou. – Até parece que acredita nisso.

Myron permaneceu calado.

– Mas vai parar de se fazer de bobo depois que ouvir algumas coisas que tenho a dizer. – Audrey abriu os dedos ligeiramente calejados e desprovidos de anéis, para fazer sua enumeração. – Primeiro, sei que você já passou pelo FBI e que, portanto, tem alguma experiência como investigador. Segundo, sei que Downing tem o costume de sumir, porque já fez isso antes. Terceiro, sei da situação do Clip junto aos outros proprietários dos Dragons e da importante votação que está por vir. Quarto, sei que você foi falar com Emily ontem, e duvido que tenha sido para reacender a velha chama.

– Como ficou sabendo disso? – perguntou Myron.

Audrey apenas sorriu e baixou a mão. Depois falou:

– Basta somar esses quatro pontos para chegar à seguinte conclusão: você está procurando pelo Downing. Ele sumiu de novo, mas dessa vez o timing não poderia ter sido pior, com a votação do Clip e as finais se aproximando. Sua missão é encontrá-lo.

– Você tem uma imaginação e tanto, Audrey.

– Tenho mesmo – concordou ela –, mas você sabe muito bem que não estou inventando nada. Portanto, vou direto ao ponto: quero entrar nesse barco.

– Entrar no barco? – indagou Myron. – Os repórteres e seu jargão...

– Não vou largar esse osso – prosseguiu ela, ainda virada no banco, ansiosa como uma colegial em véspera de férias. – Acho que a gente devia unir nossas forças. Posso ajudar. Tenho ótimas fontes. Posso fazer perguntas sem me preocupar em dar alguma bandeira. Conheço essa equipe dos Dragons pelo avesso.

– E o que você quer em troca dessa ajuda?

– A história completa. Quero ser a primeira repórter a saber onde Downing está, por que sumiu, tudo. Você não vai contar nada a ninguém além de mim, vai me prometer um furo exclusivo.

Eles passaram por diversos postos de gasolina e motéis vagabundos à beira da Route 4. Em Nova Jersey, os motéis quase sempre recebem nomes airosos que nada têm a ver com sua verdadeira razão de ser. Naquele momento, por exemplo, eles passavam diante de certo "Recanto da Cortesia". O respeitável estabelecimento dispensava aos hóspedes não só a cortesia prevista no nome como também a irrisória taxa de US$ 19,82 por hora, segundo informava a placa. Não 20 dólares, prestem bem atenção, mas US$ 19,82. Myron supôs que o número também dissesse respeito ao ano de 1982, provavelmente o último em que eles haviam lavado os lençóis. Logo depois do motel vinha um bar igualmente xexelento, o ARMAZÉM DA CERVEJA BARATA. Pelo menos ali a propaganda não era enganosa. Uma boa lição para os vizinhos.

– Você sabe que eu poderia divulgar todas as minhas suspeitas agora mesmo – pontuou Audrey. – O barulho já seria grande se eu dissesse que Downing não está machucado coisa nenhuma e que você foi contratado para encontrá-lo. Mas prefiro o barulho maior da história completa.

Myron refletiu um instante enquanto pagava o pedágio. Rapidamente olhou para o rosto ansioso de Audrey, que, por causa dos olhos arregalados e dos cabelos desgrenhados, mais lembrava uma refugiada palestina pronta para entrar em guerra e reconquistar sua terra natal.

– Você vai ter de me prometer uma coisa – pediu.

– O quê?

– Você não vai se precipitar em hipótese alguma, por mais incrível que seja a história. Não vai publicar uma linha sequer antes que Greg seja encontrado.

Audrey por pouco não caiu do banco.

– Como assim? De que "história incrível" você está falando?

– Esquece, Audrey. Pode publicar o que quiser.

– Tudo bem, tudo bem, negócio fechado – apressou-se em dizer. – Mas ninguém menciona uma história incrível a uma repórter sem esperar que ela fique curiosa.

– Você promete?

– Claro, claro, prometo. Então, o que está rolando?

Myron fez que não com a cabeça.

– Você primeiro – disse. – Por que acha que Greg sumiria do mapa?

– Como é que eu vou saber? – retrucou ela. – O homem é um maluco profissional.

– O que você sabe sobre o divórcio dele?

– Apenas que tem sido uma batalha sangrenta.

– Ouviu falar de alguma coisa?

– Eles estão brigando pela guarda dos filhos. Um tentando provar que o outro não tem condições de cuidar das crianças.

– E em que pé está a coisa? Sabe de algum detalhe?

– Não. Tudo vem sendo rigorosamente abafado.

– Emily contou que Greg apelou para uns golpes bem baixos – disse Myron. – Você não ouviu nada sobre isso?

Audrey puxou pela memória. Dali a pouco falou:

– Ouvi o boato, sem nenhum fundamento, de que Greg contratou um detetive para seguir a mulher.

– Para quê?

– Sei lá.

– Para filmá-la, talvez? Com outro homem?

Ela deu de ombros.

– É só um boato. Não sei dizer.

– Sabe o nome do detetive, ou para quem ele trabalha?

– Como eu disse, Myron, é só um boato. Não me dei o trabalho de investigar. Afinal, o divórcio de um jogador de basquete não é algo que vá abalar o mundo dos esportes.

Myron fez uma anotação mental: checar os arquivos de Greg em busca de algum pagamento feito a uma agência de detetives.

– Como era a relação de Greg com Marty Felder?

– O agente dele? Boa, eu acho.

– Emily contou que Felder fez Greg perder uma grana preta.

– Nunca ouvi nada a esse respeito – retrucou Audrey.

A Washington Bridge já despontava no horizonte. Myron passou para a faixa da esquerda e tomou a Henry Hudson Parkway na direção sul. À direita, o rio Hudson cintilava como um tapete de lantejoulas pretas.

– E a vida pessoal de Greg? – continuou Myron. – Namoradas, esse tipo de coisa...

– Namoradas firmes?

– Sim.

Audrey correu os dedos pela cabeleira encaracolada, depois massageou a própria nuca.

– Sei que houve uma garota – disse ela. – Downing manteve a coisa toda em segredo, mas acho que eles moraram juntos por um tempo.

– Como ela se chama?

– Ele nunca me disse. Vi os dois juntos num restaurante certa vez. Um lugar chamado Saddle River Inn. Ele não ficou muito feliz em me ver.

– E como ela era fisicamente?

– Nada especial, se não me falha a memória. Uma morena. Estava sentada, então não sei dizer que peso ou altura ela tinha.

– E a idade?

– Não sei. Trinta e poucos, suponho.

– E por que você acha que eles moravam juntos?

Parecia tratar-se de uma pergunta simples, mas Audrey não respondeu de pronto. Ergueu os olhos por um instante, e só depois disse:

– Leon deixou escapar uma coisa.

– O quê?

– Não lembro direito. Algo sobre a tal namorada. Depois se fechou em copas.

– Quanto tempo faz isso?

– Três, quatro meses. Talvez mais.

– Leon deu a entender que ele e Greg nem são tão amigos assim, que a mídia faz a coisa parecer muito maior do que realmente é.

– É – disse Audrey. – Parece que rola uma certa tensão entre eles, mas acho que é coisa passageira.

– E qual seria o motivo dessa tensão?

– Não sei.

– Quando você notou a presença dela?

– Faz pouco tempo. Duas semanas, talvez.

– Sabe de algum problema que possa ter acontecido entre eles recentemente?

– Não. Os caras são amigos de longa data. E amigos sempre têm os seus desentendimentos. Não dei muita importância ao fato.

Myron exalou um longo suspiro. De fato, amigos tinham seus desentendimentos, mas o timing não deixava de ser peculiar.

– Você conhece Maggie Mason?

– A Metralhadora? Claro que sim.

– Ela e Greg eram próximos?

– Se você quer saber se eles trepavam...

– Não é disso que estou falando.

– Bem, que eles trepavam, disso eu tenho certeza. Apesar do que a Maggie diz, nem todos do time caíram nas garras dela. Alguns recusaram o convite. Não muitos, devo admitir. Mas alguns. Ela já se ofereceu para você?

– Agora há pouco, na festa.

Audrey sorriu e disse:

– Suponho que você esteja entre os poucos, bons e fortes que souberam resistir aos encantos da fogosa Srta. Mason.

– Supõe corretamente. Mas e a relação dela com o Greg? Eles são próximos?

– Bastante, eu diria. Mas Maggie é ainda mais próxima de TC. Aqueles dois são unha e carne. Não é apenas sexo que rola entre eles. É claro que eles já se pegaram, e talvez continuem se pegando de vez em quando. Mas aqueles dois parecem irmãos. É estranho.

– TC também se dá bem com o Greg? – perguntou Myron.

– Bem o bastante para dois grandes astros do mesmo time. Mas também não morrem de amores um pelo outro.

– Dá para elaborar?

Audrey parou um instante e organizou os pensamentos.

– Faz mais ou menos cinco anos que TC e Downing dividem os holofotes. Acho que se respeitam, mas não se falam fora da quadra. Ao menos, não muito. Não estou dizendo que haja uma animosidade entre eles, mas o basquete é um emprego como outro qualquer. Você tolera uma pessoa no trabalho, mas não quer conviver socialmente com ela. – Erguendo os olhos para o trânsito, ela disse: – Tome a saída da rua 79.

– Você ainda mora na 81?

– Sim.

Myron saiu da rodovia e parou no sinal da Riverside Drive.

– Agora é a sua vez, Myron. Por que eles contrataram você?

– Foi como você disse. Querem que eu encontre o Greg.

– E o que você já descobriu?

– Não muito.

– Então por que ficou tão preocupado que eu desse com a língua nos dentes? Myron hesitou.

– Prometi que não vou publicar nada – lembrou ela. – Você tem minha palavra.

Promessa é promessa. Myron contou sobre o sangue no porão de Greg e viu o queixo de Audrey cair. Ao contar sobre o assassinato de Sally/Carla, receou que ela tivesse uma parada cardíaca.

– Meu Deus... – exclamou Audrey ao fim do relato. – Você acha que foi Downing que a matou?

– Não foi isso que eu disse.

Ela deixou as costas desabarem contra o banco e curvou a cabeça como se o pescoço já não suportasse tanto peso.

– Meu Deus, que história...

– Uma história que você não pode contar.

– Não precisa me lembrar. – Audrey se endireitou novamente. – Acha que ela vai vazar em breve?

– É possível.

– Então por que não posso vazá-la eu mesma?

Myron balançou a cabeça.

– Ainda não. Até agora conseguimos manter isso em segredo. Não queremos que você nem ninguém estrague tudo.

Audrey assentiu, ainda que a contragosto.

– Você acha que Downing matou a mulher e fugiu? – perguntou.

– Não há nenhuma prova nesse sentido. – Myron parou o carro diante do prédio dela. – Uma última pergunta – falou. – Você acha que Greg estava envolvido em alguma parada sinistra?

– Tipo o quê?

– Tipo... algo que desse motivo para que capangas estivessem atrás dele?

Novamente as antenas da repórter se eriçaram. A mulher parecia uma corrente elétrica.

– Como assim? Que capangas?

– Uns caras aí que estavam vigiando a casa do Greg.

Os olhos dela faiscavam.

– Matadores profissionais, é isso?

– Provavelmente. Mas ainda não temos certeza de nada. Você saberia de alguma coisa que pudesse vincular Greg a esse tipo de gente ou, quem sabe, até ao assassinato dessa mulher? Drogas, sei lá?

Audrey balançou a cabeça com veemência.

– Drogas não são uma possibilidade – observou.

– Por que não?

– Se Downing for viciado em alguma coisa, só pode ser em granola. O cara é desses que só pensam na saúde.

– River Phoenix também era assim.

Ela balançou a cabeça uma segunda vez.

– Drogas, não. Sou capaz de jurar.

– Mexa os seus pauzinhos – pediu Myron. – Veja se descobre alguma coisa.

– Claro.Vou dar uma olhada em tudo isso que você falou.

– Discretamente.

– Tudo bem – disse ela, e saiu do carro. – Boa noite, Myron. Obrigada pela confiança.

– Como se eu tivesse escolha...

Audrey sorriu e fechou a porta do carro. Myron esperou que ela entrasse no prédio, arrancou e voltou para a autoestrada, rumo ao apartamento de Jessica. Estava prestes a ligar para ela quando o celular tocou. No painel do carro o relógio marcava 0h07. Só podia ser Jessica.

– Alô?

Não era ela.

– Pista da direita, três carros atrás. Estão seguindo você.

Era Win.

capítulo 17

– QUANDO FOI QUE VOCÊ VOLTOU?

Win ignorou a pergunta.

– O automóvel que está seguindo você é o mesmo que vimos na casa de Greg. Está registrado em nome de um depósito em Atlantic City. Nenhum vínculo conhecido com a Máfia, mas essa seria a hipótese mais provável.

– Há quanto tempo você está me seguindo?

Novamente Win o ignorou.

– Os dois homens que o atacaram outro dia... como eles eram?

– Grandes – disse Myron. – Um deles, *enorme*.

– Cabelo bem curto?

– Sim.

– Ele está no carro atrás de você. Banco do passageiro.

Myron não se deu o trabalho de perguntar como Win sabia sobre o ataque dos capangas. Já fazia alguma ideia.

– Eles têm falado ao telefone com certa frequência – prosseguiu Win. – Suponho que estejam sendo pilotados por alguém. Os telefonemas aumentaram depois que você parou na rua 81. Espere um segundo. Volto a ligar daqui a pouco.

Win desligou, e Myron olhou pelo espelho retrovisor. O carro ainda estava lá, exatamente na posição informada por Win. Dali a um minuto o celular tocou outra vez.

– Diga – atendeu Myron.

– Acabei de falar com Jessica novamente.

– Como assim, novamente?

Win suspirou com impaciência. Detestava se explicar.

– Se eles estão planejando pegar você hoje à noite, o mais lógico é que tentem fazê-lo no apartamento dela.

– Certo.

– *Ergo*, liguei para ela uns 10 minutos atrás. Pedi que tentasse identificar qualquer coisa fora do comum.

– E?

– Uma van branca, sem nenhum logotipo, estacionada do outro lado da rua – explicou Win. – Ninguém saiu.

– Então tudo indica que eles vão atacar – disse Myron.

– Sim – confirmou Win. – Quer que eu aborte o plano deles?

– Como?

– Inutilizando esse carro que está na sua cola, por exemplo.

– Não – respondeu Myron. – Deixe que eles tomem a iniciativa, aí a gente vê aonde isso nos leva.

– Perdão?

– Só preciso que você me dê cobertura. Se me pegarem, talvez eu possa chegar até o chefe deles.

Win tentava dizer alguma coisa.

– O que foi? – perguntou Myron.

– Você está complicando o simples – disse Win. – Não seria muito mais fácil pegar esses dois que estão no carro e depois fazer com que eles entreguem o chefão?

– Este seu "fazer com que"... É isso que me preocupa.

– Ah, sim, claro – retrucou Win. – Mil desculpas pela minha falta de ética. Naturalmente é muito mais lógico arriscar sua vida do que impor a um meliante inútil um breve desconforto.

Win tinha um modo inusitado e temerário de dar sentido às coisas. Myron precisou lembrar a si mesmo de que muitas vezes o lógico era bem mais perigoso que o ilógico, sobretudo em se tratando da lógica de Win.

– Eles são apenas paus-mandados – falou.

– Tem razão – concedeu Win depois de um instante. – Mas suponha que eles atirem à queima-roupa?

– Isso não faria sentido. Se estão atrás de mim é porque acham que sei onde Greg está.

– E mortos não falam – acrescentou Win.

– Exatamente. Querem abrir o meu bico. Então ficamos assim: você continua me seguindo; caso me levem para algum buraco...

– Tiro você de lá – disse Win.

Myron confiava plenamente na capacidade do amigo de cumprir com a palavra dada. Mesmo assim, firmando os dedos no volante, sentiu o coração bater mais forte. Uma coisa era usar a razão para afastar a hipótese de uma emboscada fatal; outra bem diferente era descer de um carro sabendo que a poucos metros havia duas cobras prontas para dar o bote. Win ficaria de olhos bem abertos. Ele também. Caso uma arma despontasse da van antes de qualquer outra coisa, a situação poderia ser contornada.

Myron saiu da autoestrada. De modo geral, as ruas de Manhattan formam uma grade organizada e lógica de vias numeradas que seguem para norte ou sul, leste ou oeste. No entanto, na região de Greenwich Village e do Soho, essa grade lembra uma obra de Salvador Dalí: as ruas serpenteiam de um lado a outro com nomes próprios no lugar dos números, sem o menor respeito pela organização ou pela lógica.

Por sorte, a Spring Street era uma grande reta. Um ciclista passou em alta velocidade por Myron, mas além dele não havia ninguém. A van branca estava estacionada exatamente onde deveria. Nenhum logotipo, como havia informado Jessica. Os vidros eram escuros, então não se podia ver o interior do veículo. Myron não localizou o carro de Win, mas, por outro lado, esse era o plano. Lentamente, ele foi seguindo pela rua. Passou pela van, e o motorista, fosse quem fosse, logo deu partida no motor. Myron se dirigiu para uma vaga mais adiante, e a van arrancou.

Hora do show.

Myron entrou na vaga, endireitou o volante, desligou o motor e guardou as chaves no bolso. Vendo que a van se aproximava, tirou o revólver do coldre e o alojou sob o banco do carro. Não precisaria dele por ora. Caso fosse pego, certamente seria revistado. E, se começassem a atirar, seria desnecessário atirar de volta. Win cuidaria disso a tempo. Ou não.

Ele entreabriu a porta do carro. Sentiu a garganta se apertar de medo, mas foi em frente e saiu à calçada. Estava escuro. No Soho, as luzes das ruas eram praticamente inúteis, lumes de uma pequena lanterna num buraco negro. A claridade que vazava das janelas dos prédios não fazia mais do que realçar o clima sinistro do ambiente. Sacos de lixo se espalhavam por toda parte, quase todos rasgados, fazendo com que o cheiro de comida podre infestasse o ar. A van foi se aproximando aos poucos. Subitamente um homem irrompeu de um dos prédios e avançou sem hesitar com uma arma apontada para Myron. Vestia uma blusa de gola rulê e um sobretudo pretos. A van parou, e a porta lateral se abriu.

– Vai entrando, seu panaca – ordenou o armado.

Myron apontou para si mesmo.

– Está falando comigo?

– Para dentro, panaca!

– Isto aí é uma gola rulê ou uma daquelas golas falsas?

O homem deu um passo à frente.

– *Agora!*

– Não precisa ficar nervosinho – disse Myron, e deu um passo na direção da van. – É que... se for uma gola falsa, nem dá para dizer. É um visual bastante esportivo. – Quando Myron se via em apuros, sua boca adquiria vida própria. Ele sabia tratar-se de um grande perigo, e por diversas vezes já havia sido alertado por Win. Mas não conseguia se conter. Diarreia verbal ou alguma patologia parecida.

– Para dentro!

Myron enfim entrou na van, seguido do homem armado. Deparou-se com mais dois homens na parte de trás e outro ao volante. Todos estavam de preto, menos o que parecia ser o chefe do grupo. Este usava um terno azul-marinho risca de giz; a gravata amarela, atada com um nó tipo Windsor, se firmava à gola por meio de um grampo de ouro. *Eurochique*. Ele tinha cabelos compridos e muito louros, quase descoloridos, além de um bronzeado perfeito demais para que aquilo fosse obra do sol. Lembrava muito mais um velho surfista que um gângster profissional.

O interior da van fora inteiramente personalizado, mas não para o bem. Todos os bancos haviam sido retirados, exceto o do motorista. Um sofá de couro, onde o Risca de Giz se sentava sozinho, corria ao longo de uma das laterais da parte de trás. Um carpete felpudo, de um verde-limão que até Elvis acharia berrante demais, cobria completamente o chão e subia até o teto feito uma trepadeira artificial.

Risca de Giz sorria com as mãos cruzadas sobre o colo, bem à vontade. A van seguiu adiante.

Myron se acomodou no carpete e correu a mão sobre as felpas.

– Verde-limão – disse. – Muito bonito.

– E barato – comentou o Risca. – De modo que não precisamos nos preocupar com as manchas de sangue.

– Contenção de custos. – Myron meneou a cabeça com displicência, apesar da boca seca. – Uma boa prática gerencial.

O Risca não se deu o trabalho de responder. Apenas lançou um olhar significativo para o homem armado, que se empertigou e pigarreou:

– Este é o Sr. Baron. – Ele apontou para o Risca. – Mas também é conhecido como "B Man". – Novamente pigarreou, dando a impressão de que repetia um texto previamente ensaiado. O que para Myron era bastante provável. – É chamado dessa maneira porque gosta de quebrar ossos. *Break bones*, sacou?

– Uau, as mulheres devem adorar – disse Myron.

B Man sorriu, deixando à mostra dentes brancos como os de um comercial de TV.

– Estique as pernas dele – falou.

O capanga fincou o cano do revólver contra a têmpora de Myron com tanta força que por pouco não deixou ali uma marca permanente. Em seguida enlaçou seu pescoço com o braço livre, apertando o pomo de adão com o interior do cotovelo. Ao ouvido de Myron, sussurrou:

– Nem tente se mexer, seu panaca. – E forçou Myron a se deitar.

Isso feito, o segundo homem se escanchou sobre o peito de Myron e prendeu as pernas dele contra o chão. Myron mal conseguia respirar. Apesar do pânico, permaneceu imóvel. Qualquer reação àquela altura seria, quase inevitavelmente, a reação errada. Ele teria que continuar cedendo pelo menos até saber que rumo tomariam as coisas.

B Man se levantou do sofá calmamente, sem jamais tirar os olhos do joelho ruim de Myron. Exibindo um sorriso de felicidade, disse:

– Vou colocar uma das mãos sobre o fêmur distal, e a outra sobre a tíbia proximal. – O tom de voz era o mesmo de um cirurgião falando a seu residente. – Os polegares vão se apoiar na face medial da patela. Bastará empurrá-los com um pouquinho de força para que a patela seja deslocada lateralmente e para que diversos ligamentos, inclusive o retináculo medial, sejam rompidos. Os tendões também vão se partir. – Ele cravou os olhos nos de Myron. – E a dor será insuportável, imagino.

Myron nem sequer arriscou uma piadinha.

– Espera aí – pediu. – Não há motivo para violência.

– E desde quando a violência precisa de motivos? – retrucou B Man.

De olhos arregalados, o estômago enlaçado pelo medo, Myron foi logo dizendo:

– Espera. Vou contar tudo.

– Claro que vai – disse B Man. – Mas antes vai tentar nos enrolar um pouco...

– Não, não vou.

– Por favor, não interrompa. É muito deselegante. – O sorriso já havia se apagado. – Onde mesmo eu estava?

– Primeiro ele vai tentar nos enrolar – adiantou-se o motorista.

– Isso. Obrigado. – B Man novamente ofereceu seu sorriso ofuscante a Myron.
– Primeiro você vai enrolar. Vai tentar ganhar tempo na esperança de ser levado para algum lugar onde seu parceiro possa vir socorrê-lo.

– Meu parceiro?

– Você ainda é amigo do Win, não é?

O sujeito conhecia Win. Mau sinal.

– Win? Que Win?

– Exatamente – disse B Man. – Era a esse tipo de enrolação que eu estava me referindo. Agora basta.

Ele se aproximou. Myron começou a se debater, mas o homem enterrou o revólver na boca dele, atropelando dentes, engasgando-o. O gosto era frio e metálico.

– Antes de tudo vou destruir o joelho. Depois conversamos.

Um dos capangas endireitou a perna de Myron enquanto o outro retirava o revólver da boca de Bolitar para fincá-lo outra vez contra sua têmpora. Os gestos de ambos agora eram mais bruscos. B Man baixou a mão na direção do joelho de Myron, os dedos estirados como as garras de uma águia.

– Espera! – berrou Myron.

– Não – disse B Man, calmamente.

Myron começou a se retorcer. Aproveitou a oportunidade para se agarrar a uma barra metálica no chão da van, dessas geralmente usadas para amarrar a carga transportada. Sentiu-se firme o bastante. E não precisou esperar muito.

O baque foi súbito e forte. Myron já havia se antecipado a ele. Os outros, no entanto, foram pegos de surpresa e arremessados ao chão enquanto o vidro das janelas se estilhaçava. O estrondo ainda ecoava no ar. Os freios cantavam. Myron permanecia agarrado à barra enquanto a van ia perdendo velocidade. Assim que pôde, encolheu-se e foi rolando até um canto que o tirasse do caminho do que estava por vir. Em meio aos berros, uma porta se abriu e uma arma foi disparada. O vozerio se intensificou e segundos depois o motorista fugiu para a rua. B Man seguiu no encalço dele, saltando feito um gafanhoto. A porta lateral se abriu. Erguendo o rosto, Myron viu Win entrar com a arma apontada. Um dos capangas de B Man, já recuperado do susto, buscou seu revólver.

– Largue isto – ordenou Win.

Mas o homem não obedeceu e levou um tiro no rosto. Win imediatamente mirou contra o outro capanga, que também se preparava para atirar.

– Largue esta arma – repetiu Win.

O homem se rendeu sem hesitar, e Win abriu um sorriso:

– Este aprende rápido. – Depois correu os olhos a seu redor, mas suavemente. Seus movimentos eram sempre assim. Breves e econômicos. Mesmo quando andava, Win parecia deslizar. Por fim ele encarou seu refém. O que ainda respirava. – Vá falando – mandou.

– Não sei de nada.

– Resposta errada – disse Win, calma mas imperativamente; seu jeito displicente de falar era mais intimidador do que qualquer rugido. – Se não sabe de nada, você é inútil para mim; e se é inútil, terá o mesmo fim que seu amigo aqui. Ele apontou vagamente para o corpo inerte a seus pés.

O homem ergueu os braços com olhos arregalados e muito brancos.

– Calma lá, calma lá... Não é nenhum segredo. Seu amigo ouviu o nome do sujeito. Baron. O cara se chama Baron, mas todo mundo chama ele de B Man.

– B Man opera no Centro-Oeste – relatou Win. – Quem foi que o chamou?

– Não sei, eu juro.

Win avançou com a arma.

– Você está sendo inútil outra vez – disse.

– Mas é verdade! Eu diria se soubesse. Só sei que o cara chegou ontem à noite.

– Para quê? – perguntou Win.

– Alguma coisa a ver com Greg Downing. É só o que sei, juro.

– De quanto é a dívida de Downing?

– Não sei.

Win deu mais um passo adiante e fincou o cano da arma entre os olhos do homem.

– Raramente erro a esta distância – falou.

O homem caiu de joelhos, ainda sob a mira de Win.

– Por favor – suplicou ele, apavorado. – Não sei de mais nada. – Os olhos já marejavam. – Juro por Deus que não sei.

– Acredito em você – disse Win.

– Win... – disse Myron.

Sem tirar os olhos do refém, Win disse:

– Fique tranquilo. Eu só queria que nosso amigo aqui confessasse tudo. A confissão faz bem à alma, não faz?

O homem rapidamente fez que sim com a cabeça.

– Já confessou tudo?

Sim, sim, disse a cabeça do homem.

– Tem certeza?

Sim, sim, sim.

Win por fim baixou a arma.

– Então vá – falou. – Agora.

Não precisou repetir.

capítulo 18

WIN OLHOU PARA O CADÁVER como se ali estivesse um torrão de turfa seca.

– Melhor irmos embora.

Myron concordou. Levou a mão ao bolso da calça e pescou o celular. Um truque relativamente novo no ramo. Nem ele nem Win haviam desligado depois de sua última conversa ao telefone, e a ligação permanecera ativa. Win pudera ouvir tudo o que se passara no interior da van. Quase tão bem quanto se estivesse usando uma escuta ou um walkie-talkie.

Eles saíram ao frio da noite. Estavam na Washington Street. Durante o dia o lugar fervilhava com a movimentação e o barulho dos caminhões de entrega, mas à noite era um silencioso deserto. Alguém teria uma bela surpresa pela manhã.

Win quase sempre saía em seu Jaguar, mas por sorte conduzia um Chevrolet Nova 1983 quando se jogou contra a van. Perda total. Não que isso fizesse alguma diferença. Win possuía diversos carros semelhantes em Nova Jersey, os quais usava para fazer suas rondas ou qualquer outra atividade com um pé na ilegalidade. Impossível rastrear o tal Nova. As placas e os documentos eram falsos. Jamais levariam ao verdadeiro dono.

Myron olhou para ele.

– Um homem da sua cepa num Chevy Nova? – falou, e deu um risinho.

– Eu sei – disse Win. – Senti coceiras só de entrar naquilo.

– Se alguém do clube viu você...

Win estremeceu o corpo, dizendo:

– Nem pense uma coisa dessas.

Myron ainda sentia as pernas bambas e trêmulas. Mesmo sabendo que Win encontraria um meio de resgatá-lo, era bem possível que o companheiro chegasse tarde demais, isto é, depois que B Man já o tivesse mutilado para sempre, e só de pensar no quanto ele havia chegado próximo dessa possibilidade, Myron sentia amolecer os músculos das coxas e panturrilhas. As lágrimas vieram à tona quando ele olhou para Win. Percebendo-as, Win virou o rosto.

Myron seguiu andando no encalço dele.

– Então, como você conhece esse tal de B Man? – perguntou.

– Ele opera no Centro-Oeste – disse Win. – É um exímio lutador de artes marciais. Fomos apresentados certa vez, em Tóquio.

– E qual é o tipo de operação dele?

– O pacote variado de sempre: jogo, drogas, agiotagem, extorsão. Um pouquinho de prostituição também.

– E o que ele veio fazer aqui?

– Tudo indica que Greg Downing lhe deve dinheiro – disse Win. – Dívidas de jogo, provavelmente. Essa é a especialidade de B Man.

– Que bom que ele tem uma especialidade.

– Não é? Eu diria que o Sr. Downing está devendo as cuecas. – Win olhou de relance para o amigo. – O que é bom para você.

– Por quê?

– Porque isso significa que Downing não está morto, está fugindo – explicou Win. – B Man não é homem de queimar dinheiro. Não mataria alguém que lhe devesse uma boa quantia.

– Mortos não pagam dívidas.

– Exatamente – concordou Win. – Além disso, sabemos que ele está à procura de Downing. Se o tivesse matado, não precisaria encontrá-lo.

Myron refletiu um instante.

– Isso bate com o que Emily contou. Que Greg estava duro. Talvez seja por causa do jogo.

Win assentiu e falou:

– Mas agora você me faça a gentileza de contar tudo o que aconteceu durante a minha ausência. Jessica mencionou algo sobre uma mulher morta que você teria encontrado.

Myron o colocou a par de tudo. Enquanto falava, novas teses iam brotando em sua cabeça, e ele tentava organizá-las na medida do possível. Ao terminar seu relato, atacou a primeira delas.

– Suponhamos – disse – que Downing realmente deva muito dinheiro a esse B Man. Isso explicaria a concessão que ele fez recentemente, a de assinar um contrato de publicidade, coisa que até então ele nunca havia feito. Mas agora estava precisando de grana.

Win concordou.

– Continue.

– E suponhamos que B Man realmente não seja um perdulário. Ele há de querer seu dinheiro de volta, certo? Portanto, não faria a burrice de machucar Greg. Greg depende de sua integridade física para jogar e ganhar dinheiro para pagar suas dívidas. Ossos quebrados não seriam do interesse de ninguém.

– É verdade – disse Win.

– Então digamos que B Man quisesse intimidá-lo de outra forma.

– Como?

– Atacando alguém próximo de Greg. A título de advertência.

Win novamente concordou.

– Faz sentido.

– Então digamos que eles tenham seguido Greg. Viram o cara com a tal mulher, Carla, e decerto deduziram que eles eram próximos. – Myron ergueu a cabeça. – Matá-la não seria uma bela advertência?

Win franziu o cenho.

– Acha que B Man a matou para intimidar Downing?

– Estou dizendo que é possível.

– Por que matá-la, e não apenas quebrar alguns ossos? – perguntou Win.

– Porque B Man ainda não estava na cena, lembra? Chegou ontem à noite. O assassinato de Carla certamente foi obra de capangas.

Win ainda não se dava por convencido.

– Sua tese é pouco provável, quando muito. Se o assassinato foi uma advertência, onde está Downing agora?

– Fugindo – disse Myron.

– Por quê? Porque temia pela própria vida?

– Sim.

– E fugiu assim que soube da morte de Carla? – perguntou Win. – Na noite de sábado?

– Isso seria o mais lógico.

– Estava com medo deles? Por causa do assassinato?

– Sim – disse Myron.

– Então me diga – devolveu Win, agora quase cantarolando. - Se o corpo de Carla só foi encontrado hoje, como Downing poderia ter tomado conhecimento do assassinato no sábado?

Myron sentiu um frio na espinha.

– Para que sua tese se sustente - prosseguiu Win –, Greg Downing precisa ter feito uma destas três coisas: ou ele testemunhou o assassinato, ou entrou no apartamento logo depois, ou ele mesmo matou a mulher. Além disso, havia uma boa quantia em dinheiro no apartamento. Por quê? O que esse dinheiro estava fazendo lá? Seria parte do pagamento devido a B Man? Nesse caso, por que os capangas não o levaram consigo? Ou, melhor ainda, por que *Downing* não o levou consigo?

Myron balançou a cabeça.

– São tantas lacunas... – falou. – E ainda não conseguimos estabelecer a relação entre Downing e essa tal de Carla, Sally, ou seja lá qual for o nome dela.

Win assentiu. Eles continuaram andando.

– Mais uma coisa – disse Myron. – Você acha mesmo que a máfia do jogo mataria uma mulher só porque ela foi vista com Greg num bar?

– Duvido muito.

– Portanto, essa tese basicamente não presta.

– Basicamente, não – corrigiu Win. – Inteiramente.

Eles continuaram andando. E dali a pouco Win disse:

– Também é possível que essa Carla trabalhasse para B Man.

Myron novamente sentiu calafrios. Mesmo percebendo aonde Win queria chegar.

– Como assim?

– Talvez ela fosse o contato de B Man. Ou a cobradora. Foi se encontrar com Downing porque ele estava devendo dinheiro. Downing promete pagar, mas não está em condições. Sabe que o cerco está se fechando sobre ele. Já fez o que pôde para ludibriar os credores. Então volta ao apartamento, mata a mulher e some no mapa.

Silêncio. Myron tentou engolir um pouco de saliva, mas sua garganta parecia congelada. Era bom fazer aquilo, ventilar todas as hipóteses em voz alta. Acalmava-o. As pernas ainda bambeavam em razão do episódio na van, mas o que realmente o incomodava agora era a facilidade com que se esquecera do cadáver abandonado para trás. Tudo bem, o homem provavelmente não passava de um matador profissional. Tudo bem, ele havia lhe enterrado um revólver na boca, e não atendera a ordem de Win para baixá-lo. E tudo bem, o mundo provavelmente tinha se tornado um lugar melhor sem a presença do sujeito. No passado, porém, Myron teria sentido ainda assim alguma compaixão pelo infeliz, um ser humano como qualquer outro. Pois ele agora não sentia compaixão nenhuma. Tentava encontrar algum vestígio de remorso, mas o único que encontrava era o de não sentir remorso algum.

Chega de autoanálise. Afastando esses pensamentos da cabeça, Myron disse:

– Mas essa tese também tem os seus furos.

– Quais?

– Que motivos Greg teria para matar Carla? Seria muito mais simples fugir antes de encontrá-la no restaurante.

Win digeriu o argumento.

– É verdade. A menos que algo tenha acontecido durante esse encontro. Algo que o tenha afugentado.

– Tipo o quê?

Win apenas deu de ombros.

– Tudo gira em torno dessa Carla – disse Myron. – Nada a respeito dela faz sentido. Quer dizer, nem mesmo uma traficante de drogas faria o que ela fez: trabalhar de garçonete num restaurante, esconder notas de 100 dólares sequencialmente numeradas, usar perucas, falsificar tantos passaportes. E, para completar, você devia ter visto o Dimonte hoje à tarde. Ele sabia quem ela era e parecia apavorado.

– Você entrou em contato com Higgins, do Tesouro? – perguntou Win.

– Sim. Ele já está pesquisando os números sequenciais.

– Isso deve ajudar.

– Também precisamos dar uma investigada nos registros telefônicos do Parkview Diner. Tentar descobrir para quem essa Carla andava ligando.

Nesse ponto eles se calaram e seguiram caminhando. Não queriam pegar um táxi ainda tão perto do local do incidente.

– Win? – chamou Myron a certa altura.

– Fala.

– Por que você não quis ir ao jogo no outro dia?

Win prosseguiu andando, mudo. Depois de um tempo, disse:

– Você nunca reviu o vídeo, não é? Por quê?

Myron sabia que o amigo se referia ao jogo em que ele havia lesionado o joelho.

– Sei lá. Rever para quê?

– Por um bom motivo – disse Win, mas sem interromper a caminhada.

– Pode me dizer que motivo é esse? – indagou Myron.

– Se tivesse visto essa gravação, você teria lidado com seu problema de frente. A ferida teria cicatrizado.

– Não estou entendendo – disse Myron.

– Eu sei.

– Se bem me lembro, você o reviu. Mais de uma vez.

– Tive meus motivos – retrucou Win.

– Vingança, não é?

– Para ver se Burt Wesson o machucou de propósito – corrigiu Win.

– E dar um troco nele.

– Se não tivesse me impedido, você já teria superado essa história há muito tempo.

Myron balançou a cabeça:

– Para você a violência é sempre a melhor solução, não é, Win?

– Deixa de melodrama – rebateu ele, sério. – Um homem cometeu um ato vil contra a sua pessoa. Um bom troco teria ajudado você a colocar uma pá de cal nessa história. Não é apenas uma questão de vingança. Mas de equilíbrio. Da necessidade que todo homem tem de manter os pratos da balança equilibrados.

– Essa necessidade é sua – disse Myron –, não minha. Machucar Burt Wesson não teria consertado meu joelho.

– Mas teria cicatrizado a ferida.

– Mas de que ferida você está falando? Aquilo foi um acidente! Só isso!

Win fez que não com a cabeça.

– Você nunca assistiu ao vídeo.

– Que diferença isso teria feito? Meu joelho continuaria em frangalhos. Assistir a uma gravação não mudaria nada.

Win permaneceu calado.

– Não estou entendendo você – disse Myron. – Toquei minha vida depois da contusão. Nunca reclamei de nada, reclamei?

– Nunca.

– Nunca chorei nem xinguei os deuses por conta do que aconteceu.

– Nunca – repetiu Win. – Jamais se fez de vítima nem estorvou a vida de ninguém.

– Então por que você insiste em dizer que eu deveria ter revivido aquele jogo?

Win parou e olhou para ele.

– Você respondeu à própria pergunta, mas prefere fazer ouvidos moucos.

– Porra, Win. Me poupa dessa baboseira filosófica de gafanhoto kung-fu, vai? – retrucou Myron. – Não enrola. Por que você não foi ao jogo?

– Reveja o vídeo – disse Win, e retomou a caminhada.

capítulo 19

MYRON NÃO REVIU O VÍDEO. Mas teve um sonho.

Nesse sonho ele via Burt Wesson arremetendo em sua direção, cada vez mais perto. Via no rosto dele o olhar transido de uma fúria quase prazerosa. Myron tinha tempo suficiente para se furtar ao choque. Na verdade, tempo demais. Mas nesse sonho, assim como em tantos outros, ele não conseguia se mexer. As pernas não respondiam, os pés chapinhavam numa espessa e onírica areia movediça enquanto o inevitável se aproximava.

Na realidade, contudo, Myron nem sequer havia percebido a aproximação de Burt. Não tivera nenhuma advertência. Pivotava sobre a perna direita quando se deu a colisão cega. Ouvira, mais do que sentira, algo estalar. De início não houve nenhuma dor, apenas susto e perplexidade. Esse susto provavelmente não havia durado mais que um segundo, mas um segundo paralisado no tempo, desses que só acontecem nos sonhos. Só então veio a dor.

No sonho, Burt Wesson agora estava quase em cima dele. Burt era um homem enorme, um jogador agressivo, como um desses gorilas do hóquei. Não tinha muito talento, mas tinha o corpanzil, e sabia como usá-lo. Com ele conseguira ir longe no basquete universitário, mas na liga profissional as coisas eram bem diferentes. Burt seria dispensado antes do início da temporada – uma ironia poética que nenhum dos dois, nem ele nem Myron, chegasse a participar de um jogo de basquete profissional. Pelo menos até duas noites antes.

No sonho, Myron via Burt se aproximar e esperava. Em algum lugar de seu inconsciente, sabia que despertaria antes da colisão. Sempre despertava. Ele agora se achava naquela tênue fronteira entre o pesadelo e o despertar, aquela minúscula janela em que ainda estamos dormindo mas sabemos que se trata de um sonho e, apesar de todo o terror, queremos continuar e ver como tudo terminará, uma vez que estamos apenas sonhando e não corremos nenhum tipo de risco. Mas a realidade nunca mantém essa janela aberta por muito tempo. Portanto, assim que voltou à tona, Myron se deu conta de que, fosse qual fosse a resposta, ela jamais seria encontrada numa viagem noturna ao passado.

– Telefone para você – disse Jessica.

Myron piscou e se deitou de costas. Jessica já estava vestida.

– Que horas são? – perguntou ele.

– Nove.

– *Nove*? Por que você não me acordou?

– Você estava precisando descansar. – Ela lhe passou o telefone. – É Esperanza.

– Alô.

– Caramba, você nunca dorme na sua cama? – disse Esperanza.

Myron não estava para brincadeiras.

– O que foi? – disse apenas.

– Fred Higgins, do Tesouro, está na linha. Achei que fosse importante.

– Pode passar. – Um clique. – Fred?

– Eu mesmo. Como vai, Myron?

– Tranquilo. Então, conseguiu alguma coisa sobre aqueles números sequenciais?

Depois de certa hesitação, Higgins disse:

– Você tropeçou num belo monte de merda, meu amigo. Dos grandes.

– Estou ouvindo.

– Ninguém quer que a coisa vaze, entendeu? Precisei dobrar muita gente, gastar muita saliva, para conseguir o que você pediu.

– Boca de siri.

– Tudo bem, então. – Higgins respirou fundo. – As cédulas são de Tucson, Arizona – revelou. – Mais especificamente, do First City National Bank de Tucson. Foram roubadas durante um assalto ao banco.

Myron se empertigou na cama.

– Quando?

– Dois meses atrás.

Myron se lembrou de uma manchete de jornal e sentiu um frio na espinha.

– Myron?

– A Brigada Raven – disse. – Este assalto foi mais uma investida deles, não foi?

– Foi. Você chegou a trabalhar nesse caso quando estava no FBI?

– Não, nunca.

Mas ele se lembrava. Myron e Win haviam trabalhado em casos de uma natureza especial e quase contraditória: casos de grande evidência, mas que exigiam total sigilo. A dupla era perfeita para tais ocasiões. Afinal, quem suspeitaria de um ex-jogador de basquete e um ricaço almofadinha como agentes secretos? Eles podiam se infiltrar em qualquer círculo sem levantar nenhuma suspeita. Não precisavam inventar qualquer tipo de identidade falsa; a identidade real de ambos era o melhor disfarce que a agência já tivera. No entanto, Myron jamais se dedicara em tempo integral ao trabalho com os federais. Win, sim, era o garoto de ouro deles; Myron não passava do ajudante de campo que Win convocava sempre que necessário.

Mesmo assim ele conhecia a tal Brigada Raven. Qualquer um que tivesse um mínimo de informação sobre os movimentos extremistas dos anos 1960 saberia da existência dela. Fundada por um carismático líder chamado Cole Whiteman, a brigada era mais uma das facções egressas do Weather Underground, muito parecida com o Exército Simbionês de Libertação, o grupo responsável pelo sequestro de Patty Hearst. Os Ravens também haviam tentado realizar um sequestro de grande notoriedade, mas a vítima acabou morta, e desde então eles haviam passado a operar na mais total clandestinidade. Quatro deles. A despeito de todos os esforços do FBI, os quatro fugitivos (incluindo Cole Whiteman, que, como Win, com seus cabelos louros e formação conservadora, jamais levantaria suspeitas como um extremista) haviam permanecido foragidos por quase 25 anos.

As perguntas estranhas que Dimonte havia feito sobre radicais políticos e "tipos perversivos" agora não pareciam tão estranhas assim.

– A tal defunta era dos Ravens, não era? – perguntou Myron.

– Não posso dizer – respondeu Higgins.

– Nem precisa. Sei que era Liz Gorman.

Seguiu-se mais um momento de hesitação.

– E como você pode saber de uma coisa dessas?

– As próteses de silicone – disse Myron.

– O quê?

Liz Gorman, uma ruiva feroz, havia sido uma das primeiras integrantes da Brigada Raven. Durante a primeira "missão" do grupo (uma malograda tentativa de incendiar o laboratório químico de certa universidade), a polícia havia encontrado um codinome no scanner: CD. Mais tarde descobriu-se que os integrantes masculinos da Brigada haviam dado a Gorman o apelido de CD, abreviação de Carpenter's Dream, ou Sonho de Carpinteiro, pois a moça era "reta como uma tábua e fácil de aparafusar". Por mais progressistas que se dissessem, os radicais dos anos 1960 também eram os maiores machistas do mundo. Agora as próteses faziam sentido. Todas as pessoas interrogadas por Myron haviam ressaltado esse aspecto de Carla: o tamanho dos peitos. Liz Gorman era conhecida pela silhueta reta. Que disfarce seria melhor que as gigantescas próteses de silicone?

– Os federais e a polícia estão trabalhando em cooperação neste caso – disse Higgins. – Estão tentando mantê-lo em sigilo por enquanto.

– Por quê?

– Estão de botuca no apartamento dela. Na esperança de botar as mãos em outro Raven.

Myron estava perplexo. Vinha tentando descobrir alguma coisa sobre a misteriosa mulher e agora sabia de tudo: tratava-se de Liz Gorman, uma conhecida guerrilheira que desde 1975 vinha sendo procurada pela polícia. Os disfarces, os diversos passaportes, as próteses... agora tudo se encaixava. Não se tratava de uma traficante, mas de uma fugitiva.

No entanto, se acreditava que a identificação da mulher jogaria alguma luz sobre a própria investigação, Myron havia se enganado redondamente. Que vínculo poderia haver entre Greg Downing e Liz Gorman? Como um jogador de basquete profissional poderia ter se envolvido com uma extremista procurada pela polícia desde que ele, Downing, ainda era garoto? Uma coisa não batia com a outra.

– Quanto eles levaram no assalto ao banco? – perguntou Myron.

– Difícil dizer – respondeu Higgins. – Cerca de 15 mil dólares em dinheiro, mas eles também explodiram os cofres dos correntistas. Os pedidos de indenização às seguradoras passam de meio milhão, mas há muito exagero nesses casos. O cara é roubado e de repente ele tinha 10 relógios Rolex no cofre em vez de um só. Você sabe como é.

– Por outro lado – disse Myron –, o cara que tivesse dólares ilegais guardados nesses cofres não declararia nada. Teria que engolir o prejuízo. – De volta às drogas e ao dinheiro do narcotráfico. Os extremistas fugitivos precisavam de recursos. Era notório que assaltavam bancos, traficavam drogas, chantageavam os ex-integrantes que haviam regressado à vida normal... enfim, o que fosse necessário. – Portanto, a quantia roubada pode ter sido bem maior.

– Certo. Mas é difícil dizer.

– Você descobriu mais alguma coisa?

– Não – disse Higgins. – O sigilo tem sido grande, e estou fora do circuito. Você nem imagina como foi difícil descobrir tudo isso que contei. Você me deve um grande favor, Myron.

– Já prometi os ingressos, não prometi?

– De beira de quadra?

– Posso tentar – disse Myron.

Jessica voltou ao quarto. Ao ver o rosto do namorado, parou onde estava e o encarou com uma interrogação no olhar. Myron desligou e lhe contou toda a história. Ela ouviu. Lembrando-se da indireta de Esperanza, Myron enfim se deu conta de que já havia passado ali quatro noites seguidas: um recorde pós-término de relação. O que era preocupante. Não que ele tivesse medo de se comprometer. Pelo contrário, ele *queria* se comprometer. Mas nos escaninhos da consciência ainda tinha certo receio, feridas que ainda não haviam cicatrizado por completo, coisas assim.

Myron tinha o hábito de se expor demais. Sabia disso. Com Win ou Esperanza, tudo bem. Eram pessoas de sua inteira confiança. Ele amava Jessica, e muito, mas Jessica já o havia machucado no passado. Melhor seria prosseguir com certa cautela, puxar o freio de mão e tentar não se abrir tanto, mas o coração por vezes tinha vontade própria. Pelo menos o seu. Duas forças internas estavam em conflito naquelas circunstâncias: o instinto natural de se entregar por inteiro no amor *versus* o instinto de sobrevivência e afastamento da dor.

– Essa história toda... – disse Jessica ao fim do relato. – Sei lá, é estranha demais.

– É mesmo – concordou Myron. Eles mal tinham conversado na véspera. Myron simplesmente a apaziguara, dizendo que estava tudo bem, e em seguida eles haviam dormido. – Acho que tenho que lhe agradecer.

– Por quê?

– Por você ter ligado pro Win.

– É, liguei. Depois que aqueles capangas o atacaram...

– Achei que você tivesse dito que não ia interferir.

– Não foi isso que eu disse. Falei que não tentaria impedir você. É diferente.

– Tem razão.

Jessica mordia o lábio inferior como se remoesse alguma coisa. Vestia jeans e uma camiseta folgada da Duke. Os cabelos ainda estavam molhados do banho recente.

– Acho que você devia se mudar para cá – disse ela afinal.

As palavras aterrissaram em Myron como um soco no queixo.

– O quê?

– Desculpa, minha intenção não era assustá-lo assim – disse. – Mas não sou mulher de molhar biscoito em café quente.

– Quem molha o biscoito aqui sou eu – brincou Myron.

Jessica balançou a cabeça:

– Você escolhe os piores momentos para fazer piada.

– Eu sei. Desculpa.

– Olha, não sou muito boa nessas coisas, Myron. Você sabe disso.

De fato ele sabia.

Jessica inclinou a cabeça para o lado, sacudiu os ombros, abriu um sorriso nervoso. Por fim falou:

– É que... gosto de ver você aqui. É o que me parece certo.

O coração de Myron alçou voo, cantando ao mesmo tempo que tremia de medo.

– É um passo importante.

– Nem tanto – disse ela. – Você já passa boa parte do tempo aqui. Além disso, amo você.

– Eu também amo você.

O silêncio se estendeu um pouco mais do que devia, e Jessica achou por bem tomar alguma providência antes que os danos se tornassem irreparáveis.

– Não precisa responder agora – apressou-se em dizer. – Só quero que você pense no assunto. Escolhi um péssimo momento para falar disso, com todos esses problemas que você tem nas mãos... Ou talvez tenha falado justamente por causa deles. Sei lá. Mas não diga nada agora. Apenas pense. Não me ligue durante o dia. Nem à noite. Vou assistir ao seu jogo, mas depois vou sair com Audrey para beber alguma coisa. É aniversário dela. Durma na sua casa hoje. Vamos deixar essa conversa para amanhã. Amanhã, tudo bem?

– Tudo bem – disse Myron. – Amanhã.

capítulo 20

Big Cyndi SENTAVA-SE À MESA DA RECEPÇÃO. "Sentava" talvez não seja o verbo correto, pois a mulher mais parecia o proverbial camelo tentando passar pelo buraco da agulha. As quatro pernas da mesa estavam suspensas no ar, o topo se equilibrando como uma gangorra sobre os joelhos da recepcionista. A caneca de café sumia no interior das mãos gordas, praticamente duas almofadas de sofá. Naquela manhã os espetos dos cabelos puxavam mais para o rosa. A maquiagem lembrava Myron de um incidente de sua infância em que lápis de cera coloridos haviam derretido. Ela usava um batom branco, algo saído de algum documentário sobre Elvis. Sobre a camiseta extra-extra-grande se lia: NÃO ESPANQUE AS FOCAS. Myron levou alguns segundos para processar a mensagem. Bonitinha, apesar de politicamente correta demais.

De modo geral, Big Cyndi rosnava assim que via Myron. Hoje, no entanto, ela sorriu gentilmente e piscou na direção dele. Uma visão ainda mais assustadora. Em seguida, estirou o dedo médio e começou a sacudi-lo para cima e para baixo.

– Linha 1? – arriscou Myron.

Big Cyndi negou com um aceno de cabeça. E sacudiu o dedo com mais vigor, agora olhando para o teto. Myron ergueu o rosto, mas não viu nada. Cyndi revirou os olhos; o sorriso congelado dava-lhe o aspecto de um palhaço.

– Não estou entendendo.

– Win quer falar com você – disse ela afinal.

Myron, que até então nunca tinha ouvido a voz da mulher, ficou assustado. Ela soava como a apresentadora hiperativa de um programa de televendas, desses em que alguém liga para dizer, com profusão de detalhes, quanto sua vida mudou depois de comprar um vaso verde no formato do Himalaia.

– Onde está Esperanza? – perguntou ele.

– Win é um gato.

– Ela está aqui?

– Ele parecia aflito. Deve ser alguma coisa importante.

– Só estou perg...

– Você *vai* falar com o Win – interrompeu Cyndi. – Você anda muito relapso com seu parceiro mais importante. – De novo o sorriso gentil.

– Não ando relapso. Eu só queria saber...

– Onde fica o escritório do Win. Dois andares para cima. – Ela fez um ruído com o café que poderia, vagamente, ser descrito como uma "golada".

– Diga a Esperanza que volto já – avisou Myron.

– Pode deixar – disse Cyndi, e de novo piscou. Os cílios pareciam duas tarântulas se debatendo antes de morrer.

O escritório de Win dava para a esquina entre a rua 52 e a Park Avenue. Uma vista soberana para o todo-poderoso da Lock-Horne Seguros e Investimentos. Myron se acomodou numa das luxuosas poltronas de couro vinho. Sobre os lambris das paredes viam-se diversos quadros com cenas de caçada. Dezenas de cavaleiros másculos (de chapéu preto, paletó vermelho, calças brancas e botas pretas) usavam não mais que rifles e cachorros para perseguir uma peluda criaturinha até cercá-la e matá-la. Ah, a aristocracia e seus esportes. Exagero? Bobagem. Quem não usa um maçarico para acender o cigarro de vez em quando?

Win digitou algo em seu laptop, que parecia sofrer de profunda solidão naquele latifúndio que se fazia passar por mesa.

– Encontrei algo interessante nos arquivos que copiamos na casa de Greg.

– O quê?

– Nosso amigo, o Sr. Downing, tinha uma conta de e-mail na AOL – disse Win. – E baixou esta mensagem no sábado. Veja. – Ele virou o computador de modo que Myron pudesse ler:

Assunto: Sexo!
Data: 11/3 14:51:36 EST
De: GatSet
Para: Downing22

Encontro você às dez. No lugar combinado. Não deixe de comparecer. Prometo a melhor noite de êxtase imaginável.
– F

Myron ergueu os olhos da tela.

– "A melhor noite de êxtase imaginável?"

– Uma indiscutível queda para as letras, não acha? – observou Win.

Myron fez uma careta, e Win levou a mão ao peito:

– Mesmo que ela não tivesse meios de cumprir a promessa feita, há que se admirar a disposição da moça para correr riscos, a dedicação a seu ofício.

– Ahã – disse Myron. – Então, quem é essa F?

– Não há nenhum perfil para o apelido "GatSet" na internet – explicou Win. – O que não significa nada, claro. Ninguém quer que as pessoas descubram seu nome verdadeiro. Eu diria, no entanto, que F é mais um heterônimo da nossa querida e finada amiga Carla.

– Já sabemos qual é o nome verdadeiro dela.

– Já?

– Liz Gorman.

Win arqueou as sobrancelhas.

– Perdão?

– Liz Gorman. Da Brigada Raven – disse Myron, e contou sobre a conversa que tivera na véspera com Fred Higgins.

Win se recostou na cadeira e uniu os dedos das mãos. Como sempre, sua expressão facial não entregava nada. Ao fim do relato ele comentou:

– Curioso, cada vez mais curioso...

– Tudo agora se resume a isto – disse Myron. – Que vínculo poderia haver entre Greg Downing e Liz Gorman?

– Um vínculo forte – respondeu Win, apontando com o queixo para a tela do computador. – A possibilidade da "melhor noite de êxtase imaginável", a se acreditar na hipérbole.

– Mas com Liz Gorman?

– Por que não? – retrucou Win, quase ultrajado. – Uma pessoa não pode ser discriminada em razão de uma simples prótese de silicone. Não é correto. Sr. Direitos Iguais.

– Não é isso – disse Myron. – Digamos que Greg tivesse algum tesão em Liz Gorman, ainda que ninguém a tenha descrito como uma mulher especialmente bonita...

– Você é tão superficial, Myron – disse Win, acintosamente balançando a cabeça em sinal de censura. – Por acaso não lhe ocorre que Greg talvez não ligasse para uma bobagem dessas? Afinal, a mulher tinha peitos grandes.

– Você, meu amigo, sempre passa batido no ponto principal quando o assunto é sexo.

– E neste caso em particular, o ponto principal seria...

– Como os caminhos deles se cruzaram? É isso que eu gostaria de saber.

Win novamente uniu os dedos das mãos, agora batendo as pontas levemente.

– Ah...

– É isso aí. Ah. De um lado temos uma mulher que vive na clandestinidade por mais de 20 anos, que viajou pelo mundo todo, provavelmente sem jamais ficar por muito tempo num mesmo lugar. Dois meses atrás estava no Arizona assaltando um banco, depois foi trabalhar de garçonete num restaurante minúsculo na Dyckman Street. E do outro lado temos Greg. Como é possível que um tenha cruzado o caminho do outro?

– Difícil – concedeu Win –, mas não impossível. Várias evidências apontam para uma relação entre eles.

– Como o quê?

– Este e-mail, por exemplo, foi enviado no último sábado. No mesmo dia em que Greg e Liz Gorman se encontraram num restaurante.

– Num buraco, você quer dizer. Desses que os amantes frequentam para não serem vistos. Mas por quê? Por que não num hotel ou no apartamento dela?

– Talvez porque ela morasse longe. Ou talvez, como você mesmo ressaltou, porque Liz Gorman não pudesse ser vista em público. Um restaurante desses seria uma boa alternativa. – Win agora tamborilava na mesa. – Mas você, meu caro, está se esquecendo de mais uma coisa.

– O quê?

– As roupas femininas encontradas na casa de Greg – disse Win. – Você mesmo, na sua investigação, levantou a possibilidade de que Greg tivesse uma amante secreta. A pergunta, claro, é: por quê? Por que se dar o trabalho de manter um casinho em sigilo? Uma explicação possível é que este casinho fosse com a nossa infame Srta. Gorman.

Myron não sabia ao certo o que pensar. Audrey vira Greg num restaurante na companhia de uma mulher que não se encaixava na descrição de Liz Gorman. Mas o que isso poderia significar? Talvez se tratasse de mais um casinho. Ou, quem sabe, de um encontro inocente. Ainda assim ele não conseguia engolir a possibilidade de um envolvimento romântico entre Greg Downing e Liz Gorman. Alguma coisa não se encaixava.

– Deve haver algum meio de descobrirmos a real identidade da pessoa que mandou este e-mail – disse Myron. – Precisamos saber se foi mesmo Liz Gorman ou qualquer um dos seus diversos codinomes.

– Vou ver o que posso fazer. Não tenho nenhum contato na AOL, mas algum conhecido nosso há de ter.

Win se virou para abrir a porta do frigobar, que, como as paredes, era revestido de madeira. De lá tirou uma caixinha de achocolatado e a arremessou para Myron. Em seguida pegou uma lager. Win jamais bebia cerveja comum, apenas lager.

– Não foi fácil localizar o dinheiro de Greg – disse ele. – Suponho que não haja muito.

– Isso bate com o que Emily disse.

– No entanto – prosseguiu Win –, identifiquei um saque grande.

– De quanto?

– Cinquenta mil dólares em dinheiro. Demorou um pouco porque o saque foi feito de uma conta que Martin Felder administra para ele.

– E qual foi a data?

– Quatro dias antes do desaparecimento.

– Acha que foi para pagar alguma dívida de jogo?

– Pode ser.

O telefone de Win tocou. Ele atendeu:

– Articule. Tudo bem, pode passar. – E dali a dois segundos passou o telefone para Myron.

– Para mim? – disse Myron.

– Não, não, é para mim mesmo. Só estou lhe passando o telefone porque ele está pesado demais.

Não há quem resista a uma boa resposta. Myron atendeu a ligação.

– Alô?

– Um carro da polícia está esperando por você na rua. – Era Dimonte, com voz de pouquíssimos amigos. – Desça aqui agora mesmo.

– Que houve?

– Estou na casa de Downing, foi isso que houve. Praticamente tive que chupar o pau de um juiz para conseguir o mandado de busca.

– Bela metáfora, Rolly.

– Vá se foder, Bolitar. Você disse que tinha sangue na casa.

– No porão – corrigiu Myron.

– Pois é exatamente na porra do porão que estou agora – devolveu Dimonte. – E o lugar está mais limpo que a bunda de um bebê.

capítulo 21

O PORÃO DE FATO ESTAVA LIMPO. Nenhum sinal de sangue.

– Deve ter ficado algum vestígio – disse Myron.

Com os dentes cerrados, ameaçando partir o palito entre eles, Dimonte falou:

– Vestígio?

– Sim. Com um microscópio a gente certamente encontra alguma coisa.

– Com um mic... – Dimonte estirou os braços, fumegando. – Mas que porra vai adiantar se eu encontrar algum vestígio de sangue? O que é que isso vai provar? Não dá para testar um *vestígio*!

– Vai provar que havia sangue.

– Mas e daí? – berrou ele. – Em qualquer casa deste país você vai encontrar algum vestígio de sangue se procurar direito!

– Não sei o que dizer, Rolly. O sangue estava aqui.

Havia pelo menos uns cinco técnicos da polícia (nenhum uniforme, nenhum carro oficial) examinando a casa. Krinsky também estava lá, empunhando uma câmera de vídeo desligada e segurando alguns envelopes pardos. Myron apontou para eles e disse:

– São os laudos do legista?

Roland Dimonte se adiantou para bloquear o caminho dele.

– Não é da sua conta, Bolitar.

– Já sei sobre Liz Gorman, Rolly.

Dessa vez o palito não resistiu e foi ao chão.

– Mas como foi que...

– Não importa.

– Claro que importa. O que mais você sabe? Se estiver escondendo algo...

– Não estou escondendo nada, mas acho que posso ajudar.

Dimonte apertou as pálpebras. Sr. Desconfiado.

– Ajudar como?

– Basta você me dizer qual era o tipo de sangue de Gorman. É tudo que preciso saber. O tipo de sangue.

– E por que você acha que eu lhe diria alguma coisa?

– Porque você não bate muito bem da cabeça, Rolly.

– Vá à merda. Por que você precisa saber o tipo de sangue?

– Lembra quando eu disse que tinha encontrado sangue no porão?

– Sim.

– Omiti um detalhe.

Dimonte o fulminou com o olhar.

– Um detalhe.

– Testamos uma amostra do sangue.

– *Testamos*? Quem mais está... – Ele nem precisou terminar. – Droga! Não vá me dizer que aquele psicopata engomadinho também está metido nisso.

Não havia quem conhecesse Win e não o amasse.

– Gostaria de propor uma pequena barganha – disse Myron.

– Que tipo de barganha?

– Você me diz o tipo de sangue que está nos laudos e eu lhe digo o tipo de sangue da amostra que colhemos.

– Porra nenhuma, Bolitar. Posso enquadrá-lo a qualquer momento por manipulação de provas numa investigação policial.

– Manipulação de provas? Mas nem sequer havia uma investigação naquele momento!

– Mesmo assim eu poderia enquadrá-lo por invasão de domicílio.

– Se pudesse provar. E se Greg estivesse presente para registrar uma queixa. Olha, Rolly...

– AB positivo – disse Krinsky. E, ignorando as farpas no olhar do chefe, emendou: – É um tipo raro de sangue: apenas 4% da população.

Ambos se viraram para Myron, que disse:

– AB positivo. É o mesmo sangue.

Dimonte ergueu as mãos e retorceu o rosto numa careta de perplexidade.

– Espera lá. Que diabo você está querendo dizer? Que ela foi morta aqui e levada para lá?

– Não estou dizendo nada – devolveu Myron.

– Porque não encontramos nenhum indício de que o corpo tenha sido removido – prosseguiu Dimonte. – Nenhum. Não que estivéssemos procurando. Mas o volume de sangramento... quer dizer, caso ela tenha sido morta aqui, não haveria tanto sangue naquele apartamento. Você viu a sangueira, não viu?

Myron confirmou com a cabeça, e o investigador começou a passear os olhos aleatoriamente. Myron quase podia ver as engrenagens emperrando no interior da cabeça dele.

– Você sabe o que isso significa, não sabe, Bolitar?

– Não, Rolly. Por que você não me dá uma luz?

– Significa que o assassino voltou aqui depois do crime. É a única explicação. E sabe quem começa a despontar como o principal suspeito? Seu amigo Downing. Primeiro encontramos as impressões digitais dele no apartamento...

– O quê?

– Isso mesmo. Estavam no marco da porta.

– Mas não pelo lado de dentro.

– Sim, pelo lado de dentro.

– Mas em nenhum outro lugar?

– Que diferença isso faz? As impressões provam que ele esteve no local do crime. O que mais você quer? Seja como for, minha tese é a seguinte. – Ele mordeu um palito novo. Nova tese, novo palito. – Downing mata a mulher e volta em casa para buscar alguma coisa. Está com pressa, então acaba deixando uma bagunça no porão. Aí foge. E dali a alguns dias volta para fazer a limpeza.

Myron achou aquilo improvável.

– Mas me diga uma coisa: que diabo ele veio fazer neste porão?

– Lavar roupas – respondeu Dimonte. – Ele desceu para lavar as roupas.

– A lavanderia da casa fica lá em cima, junto da cozinha.

Dimonte deu de ombros:

– Sei lá, então. De repente veio pegar uma mala.

– As malas ficam no closet da suíte. Este porão é apenas uma espécie de playground das crianças, Rolly. O que ele teria para fazer aqui?

Isso fez com que Dimonte se calasse um instante. Myron também se calou. Nada daquilo fazia muito sentido. Seria possível que Liz Gorman tivesse sido morta naquele porão e levada para o apartamento de Manhattan? Uma hipótese pouco plausível diante das evidências físicas. Seria possível que ela tivesse sido apenas ferida no porão?

Epa, parem as prensas.

Talvez a confusão tivesse apenas começado ali. Com uma briga ou discussão. E o sangue havia sido derramado num momento de confronto entre os dois. Mas depois... o quê? Numa rua relativamente movimentada, o assassino estacionou o carro, arrastou a mulher ferida até a porta do prédio para depois matá-la no apartamento?

Isso faria algum sentido?

Do primeiro andar, alguém gritou:

– Detetive! Encontramos algo! Depressa!

Dimonte umedeceu os lábios.

– Ligue a câmera – disse a Krinsky. Gravar os momentos relevantes. Tal como Myron havia sugerido. – Você fica aqui, Bolitar. Depois não quero ter que explicar a presença dessa sua cara feia na gravação.

A certa distância, Myron foi seguindo o investigador e seu parceiro escada acima. Na cozinha eles viraram à esquerda. Para a lavanderia. Ali as paredes eram revestidas com um papel amarelo com estampa de galinhas brancas. Uma escolha de Emily? Provavelmente não. Conhecendo-a como conhecia, Myron suspeitava que ela nem sequer havia colocado os pés naquele lugar.

– Por aqui – alguém falou.

Myron permaneceu alguns passos atrás. Mesmo assim pôde ver que a máquina de secar havia sido afastada da parede. Dimonte se abaixou para olhar atrás dela, e Krinsky se debruçou sobre o chefe para garantir que tudo fosse filmado. Segundos depois o investigador se reergueu. Fazia um visível esforço para refrear o sorriso; afinal, um sorriso gravado em vídeo não pegaria nada bem naquelas circunstâncias. Em seguida vestiu um par de luvas de borracha e pescou o objeto encontrado atrás da máquina.

Um taco de beisebol coberto de sangue.

capítulo 22

VOLTANDO AO ESCRITÓRIO, MYRON se deparou com Esperanza à mesa da recepção.

– Onde está Big Cyndi? – perguntou.

– Almoçando.

A imagem do carro de Fred Flintstone tombando com o peso das costelas de Brontossauro espocou diante dos olhos de Myron.

– Win me colocou a par do que está rolando – disse Esperanza.

Ela usava uma blusa azul-turquesa de gola baixa. Um pingente em forma de coração pendia orgulhoso de uma correntinha de ouro, contrastando com a pele morena do colo. Os cabelos, modelados com mousse, como sempre, embaraçavam-se ligeiramente nos brincos grandes, de argola.

– Então, o que aconteceu na casa?

Myron contou sobre a limpeza no porão e o taco de beisebol. Em geral, Esperanza se ocupava de outras coisas enquanto ouvia. Agora, no entanto, ela fitava diretamente os olhos de Myron. Quando agia assim, a intensidade era tanta que às vezes ficava até difícil sustentar seu olhar.

– Não sei se entendi direito – falou. – Você e Win encontraram sangue no porão dois dias atrás.

– Certo.

– Desde então, alguém foi lá e limpou a bagunça... mas deixou para trás a arma do crime?

– É o que parece.

Esperanza remoeu os fatos por um instante.

– Será que não foi a empregada quem limpou?

– A polícia já investigou essa possibilidade. Faz três semanas que a empregada não aparece por lá.

– Você tem alguma teoria?

– Acho que sim. Alguém está tentando incriminar o Greg. É a única explicação lógica.

Esperanza arqueou uma das sobrancelhas, cética.

– Plantando sangue e depois limpando? – disse.

– Não. Vamos começar do começo.

Myron puxou uma cadeira e se sentou diante da funcionária. Ventilara sua tese durante todo o trajeto de volta ao escritório e agora queria reavaliá-la em voz alta. Atrás dele, num canto à esquerda, uma máquina de fax cuspia algo com seu arcaico zumbido. Myron esperou o ruído passar, depois falou:

– Bem, em primeiro lugar, vamos supor que o assassino sabia que Greg estava com Liz Gorman naquela noite... Talvez os tenha seguido, talvez tenha esperado perto do apartamento. De um jeito ou de outro, sabia que eles estavam juntos.

Esperanza meneou a cabeça e ficou de pé. Em seguida foi ao fax e recolheu a mensagem transmitida.

– Depois que Greg sai do apartamento, o assassino sobe e mata Liz. Sabendo que Greg daria um bom bode expiatório, ele recolhe certa quantidade de sangue no apartamento e planta na casa do Greg. Para levantar as suspeitas. E para completar o serviço, leva também a arma do crime e planta atrás da máquina de lavar.

– Mas você acabou de dizer que limparam o sangue – rebateu Esperanza.

– Certo. É aí que a coisa complica. Suponhamos, por exemplo, que eu queira proteger Greg Downing. Entro na casa dele e encontro o sangue. Mas presta atenção: quero proteger Greg de uma cilada. Então, o que eu faço?

Ainda examinando a mensagem de fax, Esperanza disse:

– Você limpa o sangue.

– Exatamente.

– Uau, valeu. Eu ganho o que por ter adivinhado? Um doce? Anda logo com essa sua história, vai.

– Só um pouquinho de paciência, ok? Eu encontraria o sangue e limparia. Mas... e essa é a parte mais importante... da primeira vez que estive na casa, *não havia* nenhum taco na lavanderia. E isso não é só a título de exemplo. Foi isso mesmo que aconteceu: Win e eu encontramos apenas sangue no porão. Não tinha taco nenhum lá.

– Espera lá. Você está dizendo que alguém limpou o sangue para proteger o Greg de uma armação, mas não sabia da existência desse taco?

– É.

– Quem?

– Não sei.

Esperanza balançou a cabeça. Voltou à mesa e digitou algo no teclado do computador.

– Alguma coisa não se encaixa.

– Por que não?

– Digamos que eu esteja perdidamente apaixonada por Greg Downing – disse ela, e voltou para o fax. – Estou na casa dele. Por algum motivo misterioso, estou no playground dos filhos dele. Não importa onde estou. Suponha que eu esteja no meu apartamento. Ou visitando você em casa. Eu poderia estar em qualquer lugar.

– Tudo bem.

– Vejo sangue no chão ou nas paredes, tanto faz. – Ela parou e olhou para Myron. – A que conclusão você esperaria que eu chegasse?

– Não estou entendendo.

Esperanza refletiu um instante, depois disse:

– Digamos que você acabou de sair daqui e foi para o apartamento da biscate.

– Não chame ela assim.

– Seja como for. Digamos que, ao entrar, você tenha encontrado sangue nas paredes. Qual seria a sua primeira reação?

Myron lentamente meneou a cabeça, já percebendo aonde ela queria chegar.

– Eu ficaria preocupado com Jessica.

– E sua segunda reação? Depois de saber que ela estava bem.

– Curiosidade, eu acho. De quem é aquele sangue? Como ele foi parar ali? Esse tipo de coisa.

– Certo – concordou ela. – Mas você também não pensaria alguma coisa como: "Caramba, melhor limpar isso logo, antes que a biscate seja acusada de ter matado alguém"?

– Pare de chamá-la assim.

Esperanza o ignorou.

– Pensaria ou não?

– Nessas circunstâncias, não – disse Myron. – Portanto, para que a minha tese se sustente...

– Seu protetor hipotético teria que saber sobre o assassinato – terminou a frase por ele, novamente consultando o computador. – Ele, ou ela, também teria que saber que Greg estava envolvido de algum modo.

A cabeça de Myron fervilhava com as possibilidades.

– Você acha que Greg matou Liz? – Perguntou ele. – Acha que ele voltou para casa depois do assassinato e deixou por lá alguns vestígios do crime... como o sangue no porão, e depois mandou o tal protetor para limpar a sujeira e livrar a cara dele?

Esperanza fez uma careta:

– De onde foi que você tirou uma maluquice dessas?

– Eu só...

– Não é nada disso que eu acho – disse ela, e grampeou as páginas do fax. – Se Greg tivesse mandado alguém para apagar os rastros dele, esse alguém também teria levado o taco.

– Verdade. Então, como é que a gente fica?

Esperanza deu de ombros, circulou algo no fax com uma caneta vermelha.

– *Você* é o grande detetive aqui. É você quem vai me dizer.

Myron pensou um instante. Outra possibilidade lhe ocorreu de imediato, uma possibilidade que ele rezava para não se confirmar.

– Pode ser outra coisa também – disse.

– O quê?

– Clip Arnstein.

– O que tem ele?

– Contei a Clip sobre o sangue no porão – disse Myron.

– Quando?

– Dois dias atrás.

– Como ele reagiu?

– Pirou, basicamente. Ele também tem um motivo: qualquer escândalo nessa altura destruiria suas chances de manter o controle sobre os Dragons. Aliás, foi por isso que ele me contratou. Para evitar que a merda se espalhasse. Ninguém mais sabia do sangue encontrado no porão. – Ele se calou por alguns segundos, mentalmente repassando os fatos. – Claro, ainda não tive a oportunidade de contar a Clip sobre o assassinato de Liz Gorman. Ele nem sabia que o sangue não era de Greg. Sabia apenas que havia sangue no porão. Será que iria tão longe mesmo sabendo tão pouco? Será que arriscaria fazer a limpeza se não soubesse de alguma coisa sobre Liz Gorman?

Esperanza abriu um pequeno sorriso:

– Talvez ele saiba mais do que você imagina.

– Por que você diz isso?

Ela enfim lhe passou o fax.

– É uma lista das ligações interurbanas realizadas no telefone público do Parkview Diner. Já cruzei com a minha agenda. Veja este número que circulei.

Uma ligação de 12 minutos havia sido feita do Parkview Diner quatro dias antes do desaparecimento de Greg. O número era de Clip.

capítulo 23

– Liz Gorman ligou para o Clip? – Myron ergueu os olhos para Esperanza. – Que diabo está acontecendo?

– Pergunta a ele – respondeu Esperanza, dando de ombros.

– Eu *sabia* que ele estava escondendo alguma coisa, mas agora fiquei mais perdido do que antes. Como é que Clip se encaixa nesta equação?

– Pois é. – Esperanza examinava alguns papéis sobre a mesa. – Olha, temos um montão de coisas para fazer. Coisas de trabalho. Você tem jogo hoje, não?

Ele confirmou.

– Então você fala com o Clip lá no estádio. Senão vamos ficar apenas andando em círculos.

Myron novamente correu os olhos pelo fax.

– Mais algum número nesta lista chamou sua atenção?

– Ainda não – respondeu. – Agora quero falar com você sobre outro assunto.

– O quê?

– Temos um problema com um cliente.

– Quem?

– Jason Blair.

– Qual o problema?

– Ele está puto da vida. Não quer que eu negocie os contratos dele. Falou que contratou você, não uma... – ela abriu aspas com os dedos – lutadora popozuda e embalada a vácuo.

– Ele falou isso?

– Falou. Popozuda. Nem mencionou as minhas pernas...

Myron sorriu e disse:

– E depois, o que houve?

Atrás deles, a campainha do elevador soou. Apenas um dos elevadores do prédio parava naquela parte do andar, dando diretamente para a recepção da MB Representações Esportivas. Muito chique, ou assim diziam as pessoas. As portas se abriram, e dois homens irromperam na sala. Myron os reconheceu imediatamente. Camuflado e Muro. Ambos armados, apontando para ele e Esperanza. B Man saiu em seguida. Sorria e acenava como se estivesse entrando no palco de um programa de auditório.

– Como vai o joelho, Myron?

– Melhor que sua van.

B Man riu da resposta.

– Aquele Win... O homem é sempre uma surpresa. Como ele soube o momento certo de atacar?

Não havia motivo para não responder.

– Mantivemos nossos telefones ligados.

B Man balançou a cabeça:

– Muito engenhoso. Estou impressionado.

Ele usava um desses ternos um tanto brilhantes demais, com uma gravata cor-de-rosa. A camisa tinha punhos franceses bordados com o monograma B MAN. O sujeito realmente levava a sério o apelido. No pulso direito, trazia uma pulseira de ouro na forma de uma espessa corrente.

– Como você chegou até aqui? – perguntou Myron.

– Você não achou que nos deixaríamos intimidar por meia dúzia de policiais de aluguel, achou?

– Mesmo assim gostaria de saber – insistiu Myron.

B Man deu de ombros e disse:

– Liguei para a Lock-Horne Seguros e Investimentos dizendo que estava à procura de um novo consultor financeiro para gerenciar meus milhões. Mais do que depressa, o filisteu com quem falei pediu que eu subisse. Então, em vez de apertar o botão do 15º andar, apertei o do 12º. – Ele espalmou as mãos. – E aqui estou.

Em seguida, B Man abriu um sorriso na direção de Esperanza. Com os dentes clareados demais, e o bronzeado também excessivo, dava a impressão de que havia ligado um holofote.

– E esta adorável criatura – disse –, quem é?

– Meu Deus – interveio Esperanza –, que mulher não adora ser chamada de "criatura"?

B Man riu de novo.

– A senhorita tem brio. Gosto disso. Gosto mesmo.

– Como se eu me importasse.

Mais uma risada.

– Por acaso eu poderia roubar um segundinho do seu tempo, senhorita...?

– Jane Moneypenny – respondeu ela, caprichando na imitação do James Bond de Sean Connery.

B Man irrompeu numa terceira risada. O homem era uma hiena.

– Pode ligar para o Win e pedir a ele que dê um pulinho aqui? – falou. – Pelo interfone, se não for incômodo. E que ele venha desarmado.

Esperanza olhou para Myron, e ele assentiu com a cabeça. Ela discou. Pelo interfone, Win proferiu seu tradicional "Articule".

– Um louro de farmácia com um bronzeado de farmácia está aqui, querendo falar com você.

– Ah, já estava esperando por ele – disse Win. – Olá, B Man.

– Olá, Win.

– Suponho que esteja na boa companhia de seus capangas.

– De fato estou, Win. Se você tentar alguma gracinha, seus amigos não sairão vivos daqui.

– "Não sairão vivos daqui"? – repetiu Win. – Eu esperava mais de você, B Man, francamente. Desço em um segundo.

– Venha desarmado, Win.

– Sem chance. Mas não haverá violência, prometo – disse Win, e desligou.

Por um instante todos se entreolharam, cogitando quem faria o quê.

– Não confio nele – disse B Man, e virou-se para o Muro. – Leve a moça para a outra sala. Proteja-se do outro lado de uma mesa ou algo assim. Se ouvir tiros, estoure os miolos dela.

O Muro fez que sim com a cabeça. Dirigindo-se ao Camuflado, B Man acrescentou:

– Mantenha Bolitar sob sua mira.

– Certo.

B Man sacou a própria arma. Assim que ouviu a campainha do elevador, agachou-se e mirou. As portas se abriram, mas não foi Win quem saiu por elas. Foi Big Cyndi, um corpulento dinossauro emergindo de seu ovo.

– Caralho! – exclamou o Camuflado. – Que porra é essa?

Big Cyndi grunhiu alguma coisa.

– Bolitar, quem é essa aí? – perguntou B Man.

– Minha nova recepcionista.

– Diga a ela para esperar na outra sala.

Myron apaziguou Cyndi:

– Não se preocupe. Esperanza está lá dentro.

Cyndi grunhiu de novo, mas obedeceu. A caminho da sala de Myron, passou por B Man, fazendo com que a arma dele, diante das proporções, se resumisse a um reles isqueiro descartável. Depois de um último grunhido, ela enfim passou à sala e fechou a porta atrás de si.

Silêncio.

– Caralho – repetiu o Camuflado.

Dali a uns 30 segundos a campainha do elevador soou novamente, e B Man retomou sua posição de ataque. Ao sair do elevador e se ver sob a mira de uma arma, Win crispou o rosto numa careta de enfado. Com certa irritação, falou:

– Falei que não haveria violência.

– Você tem uma informação da qual precisamos – disse B Man.

– Estou careca de saber – retrucou Win. – Agora baixe essa arma para que possamos conversar com civilidade.

B Man manteve o braço erguido.

– Você está armado?

– Claro que sim.

– Então entregue sua arma.

– Não – disse Win. – E não é uma arma. São *armas*. No plural.

– Falei para você...

– E ouvi muito bem, Orville.

– Não me chame por esse nome.

Win suspirou.

– Como quiser, *B Man* – disse ele, e balançou a cabeça de um lado a outro para emendar: – Você está tornando as coisas muito mais difíceis do que o necessário.

– Como assim?

– Para um sujeito tão inteligente, você por vezes se esquece de que a força bruta nem sempre é o melhor caminho. Há situações em que o comedimento é mais eficaz.

Win advogando o comedimento, pensou Myron. Depois disso, o quê? Ex-prostitutas advogando a monogamia?

– Pense no que você já fez até agora – prosseguiu Win. – Primeiro, mandou uma dupla de amadores para emboscar Myron...

– Amadores! – O Camuflado não gostou do que ouviu. – Quem você está chamando de...

– Calado, Tony – ordenou B Man.

– Você não ouviu do que ele acabou de me chamar? De amador!

– Calado, eu já disse.

Mas Tony, o Camuflado, ainda não se dava por satisfeito.

– Poxa, B Man, também tenho sentimentos.

– Seu fêmur esquerdo, se você não fechar essa matraca agora mesmo.

Tony fechou a matraca.

Voltando-se para Win, B Man falou:

– Desculpe a interrupção.

– Desculpa aceita.

– Continue.

– Como eu ia dizendo – prosseguiu Win –, primeiro você tenta emboscar o Myron. Em seguida tenta sequestrá-lo e mutilá-lo. Para que essa violência gratuita?

– Gratuita, não – rebateu B Man. – Preciso saber onde Downing está.

– E o que faz você pensar que Myron tem essa informação para lhe dar?

– Vocês dois estavam rondando a casa dele. E de uma hora para outra Bolitar está jogando no time de Downing. E na mesma posição!

– Sim, mas e daí?

– Não sou nenhum idiota. Você dois sabem de alguma coisa.

– E se soubermos? – Win espalmou as mãos. – Por que você não perguntou? Por acaso chegou a cogitar essa possibilidade? A de que o melhor caminho seria apenas perguntar?

– Mas eu perguntei! – interveio o Camuflado, agora na defensiva. – Na rua! Perguntei onde o Greg estava, e o cara engoliu a língua!

Win olhou para ele.

– Já esteve no Exército? – perguntou.

– Não – respondeu o Camuflado, visivelmente confuso.

– Você não passa de um traste inútil – disse Win, no mesmo tom que usaria para discutir os resultados de uma carteira de ações. – Um ectoplasma lamentável como você, usando farda militar, é uma afronta para qualquer homem ou mulher que já tenha estado numa situação real de combate. Se porventura eu voltar a vê-lo em semelhantes trajes, prometo cuidar, eu mesmo, do seu fêmur esquerdo. Fui claro?

– Opa...

– Você não conhece a fera, Tony – interrompeu B Man. – Melhor você enfiar o rabo entre as pernas e ficar caladinho.

Apesar da expressão de mágoa, o Camuflado obedeceu sem dizer mais nada. Win voltou sua atenção para B Man.

– Podemos nos ajudar mutuamente nesta situação – disparou.

– Como?

– Ocorre que, assim como você, nós também estamos à procura do escorregadio Sr. Downing. Por isso eu gostaria de lhe fazer uma proposta.

– Sou todo ouvidos.

– Primeiro – disse Win –, baixe essa arma.

B Man apertou as pálpebras:

– Como vou saber se posso confiar em você?

– Se eu quisesse vê-lo morto – respondeu Win –, teria cuidado disso ontem à noite.

Depois de alguma reflexão, B Man assentiu e baixou a arma. Em seguida acenou para que o Camuflado fizesse o mesmo.

– Por que você não me matou? – perguntou. – Em semelhantes circunstâncias, eu não o teria poupado.

– É isso que quero dizer sobre a força bruta – disse Win. – Trata-se de um desperdício. Precisamos um do outro neste caso. Se o tivesse matado, não poderia lhe fazer esta proposta hoje.

– Muito justo. O palco é todo seu.

– Suponho que o Sr. Downing lhe deva uma bela quantia.

– Uma belíssima quantia.

– Pois bem – disse Win. – Você nos diz o que sabe. Nós encontramos Downing, sem nenhum ônus para você. E quando isso acontecer, você prometerá que não fará nada contra ele caso a dívida seja paga.

– E se não for?

Win sorriu e estendeu os braços.

– Quem somos nós para interferir no seu modo de gerir os negócios?

B Man refletiu novamente, mas não por muito tempo.

– Tudo bem, sua proposta é razoável. Mas não quero a criadagem por perto. – Ele se virou para o Camuflado. – Vá para a outra sala.

– Por quê?

– Porque se alguém decidir torturá-lo, você não terá nada para dizer.

A resposta pareceu perfeitamente aceitável para o Camuflado, que, resignado, saiu para a sala de Myron.

– Por que não nos sentamos? – sugeriu Win.

Eles se acomodaram nas cadeiras. Depois de cruzar as pernas, B Man foi logo dizendo:

– Downing, como tantos outros, é viciado na jogatina. Por um tempo teve muita sorte, o que é péssimo para alguém na condição dele. Cedo ou tarde a maré muda para qualquer jogador e, quando isso enfim aconteceu, Downing continuou insistindo, convicto de que podia recuperar o que já havia perdido. Todos eles insistem. Quando são tão ricos quanto Downing, deixo passar. Deixo que eles cavem a própria cova. É bom para os negócios. Mas, ao mesmo tempo, é preciso ficar de olho. A fronteira é tênue. Também não queremos ver ninguém cavando até a China. – Ele se virou para Myron. – Entende o que estou dizendo?

Myron fez que sim com a cabeça.

– Até a China.

– Certo. Pois bem, Downing começou a perder muito dinheiro. Uma verdadeira fortuna. Nunca foi um pagador pontual, mas acabava pagando. Por vezes deixo a conta chegar aos 250, ou mesmo 300.

– Trezentos *mil*? – perguntou Myron.

– Sim. – B Man sorriu. – Você não conhece nenhum jogador, conhece?

Myron permaneceu calado. Não contaria uma vírgula de sua vida pessoal a um crápula como aquele.

– O vício do jogo é tão grave quanto o do álcool ou o da heroína – prosseguiu B Man. – De certa maneira, é até pior. As pessoas bebem ou se drogam para escapar do desespero. O jogo também tem esse aspecto, claro, mas vai além, porque oferece a mão amiga da esperança. Quem joga tem esperança. Acredita que está a um passo de virar o jogo. Se você tem esperança, continua jogando. Se continua jogando, há sempre uma esperança.

– Muito profundo – disse Win. – Mas voltemos a Greg Downing.

– Em suma: Greg interrompe o pagamento de sua dívida, que já beira o meio milhão. Começo a botar pressão, e ele diz que está completamente quebrado, mas que não preciso me preocupar, pois ele está prestes a assinar um grande contrato de publicidade que lhe renderá zilhões.

O contrato com a Forte, pensou Myron. Agora fazia sentido a súbita mudança de opinião de Greg quanto ao endosso de produtos comerciais.

– Então pergunto a ele: quando vai entrar esse dinheiro? Daqui a uns seis meses, ele diz. Seis meses? Para uma dívida de meio milhão de dólares com juros correntes? Impossível. Exigi o pagamento imediato, mas ele disse que não tinha o dinheiro. Então pedi uma demonstração de boa-fé.

Myron logo viu para onde rumava aquela conversa.

– Ele começou a cavar os resultados dos jogos. Para favorecer as apostas...

– Errado. Era isso que ele *deveria* ter feito. Os Dragons estavam vencendo os Bobcats por uma margem de oito pontos. A missão de Downing era garantir que essa margem fosse menor do que oito. Nada demais.

– Ele concordou?

– Claro que sim – disse B Man. – O jogo foi no domingo. Apostei uma baba nesta margem. Uma baba.

– Mas Greg não chegou a jogar – Myron terminou por ele.

– Exatamente. Os Dragons acabaram vencendo por 12 pontos. Tudo bem, pensei. Downing se contundiu. Como noticiaram os jornais. Apenas um acidente, não foi culpa dele. Mas não me entendam mal: ele ainda é responsável pelo meu prejuízo. Por que eu deveria pagar pelo acidente dele? – B Man esperou um instante para ver se alguém contestaria sua lógica. Ninguém se deu o trabalho. – Então fiquei esperando que Downing me ligasse, mas ele nunca ligou. A essa altura ele me deve algo em torno de dois milhões. Win, você sabe que não posso ficar de braços cruzados numa situação dessas, não sabe?

Win fez que sim com a cabeça.

– Quando foi a última vez que Greg lhe pagou alguma coisa? – perguntou Myron.

– Já faz um tempo. Não sei ao certo. Uns cinco, seis meses.

– Nada mais recente que isso?

– Nada.

Eles ainda conversaram por um tempo, até que Esperanza, Big Cyndi e os dois capangas voltaram à sala. Win e B Man agora falavam de amigos que tinham em comum nas artes marciais. Dali a pouco, B Man partiu com seu entourage. Tão logo as portas do elevador se fecharam, Big Cyndi abriu um sorriso largo para Esperanza e começou a saltitar em círculos pela sala, fazendo tremer o chão.

Myron se voltou para Esperanza com uma interrogação no olhar.

– O grandalhão – falou –, o que estava com a gente na sua sala.

– O que tem ele?

– Pediu o telefone da Cyndi.

Big Cyndi ainda saltitava com o entusiasmo de uma garotinha. Os ocupantes do andar inferior certamente procuravam abrigo como se aquele fosse o último dia de Pompeia. Myron se virou para Win.

– Você atentou para o fato de que Greg não fez nenhum pagamento nos últimos meses?

Win fez um gesto afirmativo e emendou:

– Claro está que os 50 mil sacados antes do sumiço nada tinham a ver com dívidas de jogo.

– Por que será que ele sacou esse dinheiro?

– Para fugir, eu suponho.

– Portanto Greg sabia, com pelo menos quatro dias de antecedência, que iria desaparecer – disse Myron.

– É o que tudo indica.

Myron refletiu um instante.

– Então... o timing do assassinato não pode ter sido uma simples coincidência. Se Greg já planejava fugir, não pode ser obra do acaso que Liz Gorman tenha sido assassinada no mesmo dia em que ele se mandou.

– Dificilmente – concordou Win.

– Acha que Greg é o assassino?

– Todas as evidências apontam nessa direção – disse Win. – Como eu lhe falei, esses 50 mil foram sacados de uma conta administrada por Marty Felder. Talvez o Sr. Felder tenha alguma resposta.

Myron ainda digeria os fatos quando, de repente, Big Cyndi parou de saltitar para abraçar Esperanza e dar mais um de seus ruidosos grunhidos. Ah, a juventude e o amor.

– Se Felder já soubesse que Greg iria sumir – aventou Myron –, por que ele deixaria aquelas mensagens na secretária dele?

– Talvez para nos ludibriar. Ou talvez não soubesse de nada.

– Vou ligar para ele – disse Myron – e marcar um encontro para amanhã.

– Você tem um jogo hoje à noite, não tem?

– Tenho.

– A que horas?

– Às sete e meia. – Myron conferiu o relógio. – Mas preciso sair logo. Quero falar com o Clip antes do jogo.

– Eu levo você – disse Win. – Quero muito conhecer este Sr. Arnstein.

◆ ◆ ◆

Assim que todos saíram, Esperanza conferiu as mensagens de voz e em seguida organizou sua mesa: as duas fotos (na primeira, sua cadela, Chloe, recebia o prêmio de Melhor da Raça na exposição de Westchester; na segunda, ela como Pocahontas e Big Cyndi como Grande Chefe-mãe erguiam o cinturão de dupla campeã do torneio da ANIL) haviam sido derrubadas pelos joelhos de Cyndi.

Ao mesmo tempo que admirava as fotos, ela remoía algo que Myron dissera sobre o timing dos acontecimentos: o timing do assassinato, o timing do desaparecimento de Downing. Mas e o timing dos passos de Liz Gorman? Da chegada dela a Nova York? O banco de Tucson fora assaltado dois meses antes; ora, Liz Gorman também havia começado a trabalhar de garçonete dois meses antes. Que uma criminosa procurasse fugir para o lugar mais distante possível da cena do crime, tudo bem, mas para uma cidade populosa como Nova York? Por quê?

Quanto mais Esperanza refletia sobre tudo isso, mais confusa ficava. Havia ali uma sequência de causas e efeitos. Decerto existia algo naquele assalto que obrigara Liz Gorman a fugir para Nova York. Esperanza ainda consumiu mais alguns minutos ruminando essas questões. A certa altura, no entanto, pegou o telefone e ligou para um dos contatos mais fortes que Myron e Win tinham no FBI.

– Eles precisam de todas as informações que vocês tiverem sobre o assalto realizado pela Brigada Raven em Tucson – falou. – Podem me mandar uma cópia do arquivo?

– Amanhã mesmo, pela manhã.

capítulo 24

WIN E MYRON TINHAM EM COMUM uma paixão mais ou menos bizarra pelos musicais da Broadway. Naquele exato momento, no Jaguar de Win, as caixas de som trepidavam com a trilha sonora de *1776*. Um representante do Congresso Continental berrava: "Alguém, por favor, abra uma janela!" Isso levou a uma acirrada discussão sobre os méritos de se abrir a dita janela ("é quente para caramba na Filadélfia") *versus* deixá-las todas fechadas ("moscas demais"). Entremeando a discussão, as pessoas diziam a John Adams para se sentar. História.

– Quem foi o primeiro ator a interpretar Thomas Jefferson? – perguntou Win. Ele sabia a resposta. Com os amigos de Myron, a vida era um incessante programa de perguntas e respostas.

– No cinema ou no teatro?

Win franziu o cenho.

– Não me interesso por musicais no cinema.

– Ken Howard – respondeu Myron.

– Correto. Qual foi o grande papel da carreira do Sr. Howard?

– O técnico de basquete em *The White Shadow*.

– De novo correto. O primeiro intérprete de John Adams?

– William Daniels.

– Mais conhecido como?

– O cirurgião cabeça-dura de *St. Elsewhere*.

– A atriz que interpretou Martha Jefferson?

– Betty Buckley. Mais conhecida pelo papel de Abby em *Oito é demais*.

Win sorriu:

– Você é bom.

Terminada a sabatina, Myron se virou para a janela e, olhando vagamente para o borrão pulsante de prédios e carros, lembrou-se de Jessica. Mais especificamente, do convite para que eles passassem a morar juntos. Por que não aceitá-lo? Ele a amava. Ela o amava. Mais que isso, dera o primeiro passo – a primeira vez que isso acontecia na vida dele. Na maioria dos relacionamentos, um dos parceiros tinha mais controle sobre o outro. Essa era a ordem natural das coisas. O equilíbrio perfeito era algo muito difícil de se encontrar. Myron sabia disso; caso contrário, as constantes farpas de Esperanza, dizendo que ele era tratado "à base do chicote", já teriam feito a ficha cair. Isso não significava que ele amasse Jessica mais do que ela o amava. Ou talvez sim. Myron já não sabia direito. O que sabia com certeza era que os momentos em que Jessica tomava a iniciativa, em que se expunha, eram bastante raros. Sua vontade era acalentar esses momentos, encorajá-los. Esperara muito tempo para ouvi-la dizer essas palavras. Mas algo o refreava. Como no caso de TC, havia diversos fatores que ora o impulsionavam, ora o puxavam para trás.

Sua cabeça fervilhava ao avaliar os prós e os contras, mas não chegava a nenhuma conclusão. O que ele realmente queria era debater suas ideias com alguém. Funcionava melhor assim: pensando em voz alta na companhia de um amigo confiável. Mas quem? Esperanza, sua confidente mais fiel, detestava Jessica. Win... bem, nos assuntos amorosos, Win simplesmente não era o cara; alguma coisa há muito tempo definhara nas profundezas de seu coração.

Apesar disso, Myron ouviu-se dizendo:

– Jessica quer que a gente more junto.

Win permaneceu calado por um tempo, depois disse:

– Você vai receber participação integral nas finais?

– O quê?

– Você entrou de última hora. Já sabe quanto vai receber pelas finais?

– Não se preocupe. Já foi tudo acertado.

Win meneou a cabeça, os olhos fixos no trânsito. O velocímetro oscilava em torno dos 130, uma velocidade para a qual a Route 3 certamente não estava preparada. Ao longo dos anos Myron já se acostumara, pelo menos até certo ponto, aos hábitos de Win ao volante; mesmo assim preferia não olhar para a frente.

– Você vai ficar para ver o jogo? – perguntou ele.

– Depende.

– Do quê?

– Se nossa amiga, a Metralhadora, estiver lá... – disse Win. – Você falou que ela estava procurando emprego. Talvez eu consiga interrogá-la durante o jogo.

– Vai dizer o quê?

– Este é um dilema que se impõe a nós dois. Se indagar sobre o telefonema de Downing, você vai entregar o ouro quanto ao real motivo de sua contratação. E se eu o fizer, ela vai me crivar de perguntas, querendo saber todos os porquês. De qualquer modo, a menos que não disponha de um cérebro, nossa Metralhadora ficará desconfiada. Além do mais, se souber de algo importante, certamente vai mentir.

– Então, o que você sugere?

Win inclinou a cabeça como se refletisse profundamente.

– Talvez eu a leve para a cama – concluiu. – Quem sabe não consigo fazê-la soltar a língua em meio aos arroubos da paixão?

– Ela só dorme com jogadores dos Giants e dos Dragons – disse Myron. Depois, erguendo as sobrancelhas, emendou: – *Arroubos da paixão*?

Win deu de ombros.

– Também posso fustigar o traseiro dela com uma mangueira de borracha, se assim lhe aprouver.

– Mais alguma sugestão?

– Preciso pensar. – Sem mais dizer, eles tomaram a saída do estádio de Meadowlands. No CD do carro, Abigail Adams dizia a John Adams que as mulheres de Massachusetts precisavam de grampos. Win assobiou alguns compassos da melodia, depois disse: – Quanto a Jessica – ele retirou uma das mãos do volante e fez algo semelhante a um aceno –, não sou eu a melhor pessoa para dar conselhos.

– Eu sei.

– Você ficou um caco quando ela o abandonou da primeira vez. Não vejo motivo para correr o mesmo risco de novo.

Myron olhou para ele.

– Você não vê motivo.

Win não disse nada.

– Isso é muito triste, Win.

– De fato – ironizou. – Uma tragédia.

– Estou falando sério – disse Myron.

Num gesto dramático, Win levou o antebraço até a testa:

– Ah, talvez eu jamais conheça as profundezas do buraco em que você se meteu quando Jessica foi embora... Pobre de mim...

– Você sabe que as coisas não são tão simples assim.

Win baixou o braço e balançou a cabeça.

– Não, meu caro, as coisas *são* simples assim. O único sentimento real que você conheceu foi a dor. Quanto ao resto, são os cruéis devaneios do autoengano.

– Você realmente acredita nisso?

– Sim.

– É isso que você pensa de todos os relacionamentos?

– Não foi isso o que eu disse.

– E a nossa amizade? Também é um cruel devaneio do autoengano?

– Não estamos falando de nós dois – disse Win.

– Só estou tentando entender...

– Não há nada para entender – interrompeu Win. – Faça o que julgar melhor. Como eu disse, não sou a pessoa mais indicada para dar conselhos.

Silêncio. O estádio já se avultava diante deles. Durante anos tivera o nome de Brendan Byrne Arena, homenagem ao impopular governador que ocupava o cargo à época da construção do complexo. Recentemente, no entanto, diante da necessidade de arrecadar fundos, as autoridades do esporte haviam trocado o nome para Continental Airlines Arena – nada muito musical, ainda que o nome antigo tampouco induzisse alguém a sair cantarolando por aí. Brendan Byrne e seus asseclas haviam ficado injuriados com a troca. Quanto desaforo, diziam eles, indignados. Aquele estádio deveria entrar para a história como o grande legado do governador. Que traição! Myron, por sua vez, achava a troca perfeitamente sensata. O que era preferível? Aumentar impostos para angariar 27 milhões de dólares ou ferir o ego de um político? A escolha era mais que óbvia.

Myron olhou de relance para Win, que encarava o trânsito com as mãos firmes sobre o volante. Na sequência, lembrou-se da manhã seguinte à partida de Jessica, cinco anos antes. Ele perambulava triste pela casa quando Win bateu à porta:

– Venha comigo. Vamos contratar uma garota. Você está precisando de uma trepada.

Myron fez que não com a cabeça.

– Tem certeza?

– Tenho – disse Myron.

– Então me faça um favor.

– O quê?

– Não vá sair enchendo a cara por aí – disse Win. – Isso seria um imperdoável cliché.

– Ah. E trepar com uma garota de programa seria o quê?

Win crispou os lábios e falou:

– Pelo menos seria um *bom* clichê. – Isso posto, deu as costas e se foi.

Desde então eles jamais haviam tocado no assunto de Jessica, e ressuscitá-lo agora havia sido um erro. Myron deveria ter percebido isso.

Win tinha lá os seus motivos para ser do jeito que era. Olhando para o amigo, Myron chegou a sentir pena dele. Win via a própria vida como uma longa lição sobre autopreservação. Os resultados nem sempre haviam sido bons, mas, de modo geral, eram eficazes. Ele não havia ceifado seus sentimentos, nada tão dramático assim. Tampouco era o robô que muitos acreditavam. Mas havia aprendido a não confiar muito nas pessoas ou depender delas. Tinha afeto por poucos, mas um afeto intenso, raro de se encontrar. E o resto do mundo pouco lhe importava.

– Vou conseguir um assento do lado da Metralhadora para você – disse Myron baixinho.

Win meneou a cabeça e parou o carro numa das vagas do estacionamento. Myron se apresentou à secretária de Clip e foi levado com Win para a sala dele. Clip se encontrava à sua mesa. Por algum motivo parecia mais velho. As bochechas estavam mais pálidas e o papo, mais flácido. Aparentemente, precisou de um esforço maior para se levantar. Por um instante avaliou Win, depois disse:

– Este deve ser o Sr. Lockwood. – Ele já sabia sobre Win. Como sempre, um homem preparado.

– Sim – confirmou Myron.

– Ele está ajudando com nosso problema?

– Está.

As apresentações foram feitas. Apertaram-se as mãos. Traseiros procuraram assentos. Como de praxe nesse tipo de situação, Win permaneceu calado. Os olhos corriam de um lado a outro pela sala, digerindo o que viam. Win gostava de estudar um pouco as pessoas antes de abordá-las, sobretudo quando estavam em seu hábitat natural.

– Então – disse Clip, forçando um sorriso cortês –, quais são as novidades?

– Quando nos falamos pela primeira vez – disse Myron –, você temia que eu descobrisse algo desagradável. Gostaria de saber exatamente do que estava falando.

Clip tentou alargar o sorriso:

– Não me leve a mal, Myron, mas, se eu soubesse, não precisaria ter contratado você.

Myron balançou a cabeça.

– Essa não vai dar para engolir – disse.

– Como assim?

– Greg já sumiu outras vezes.

– E daí?

– Você nunca suspeitou de algo desagradável. O que mudou agora?

– Já lhe contei. A votação que está por vir.

– Esta é a sua única preocupação?

– Claro que não – disse Clip. – Também estou preocupado com o Greg.

– Mas nunca contratou ninguém para encontrá-lo antes. Do que está com medo?

Clip deu de ombros.

– Provavelmente de nada. Foi apenas uma medida de precaução. Por quê? O que você descobriu?

Mais uma vez Myron balançou a cabeça.

– Você não é homem de ficar se precavendo. Gosta dos riscos. Sempre gostou. Quantas vezes já substituiu jogadores veteranos e muito populares por novatos de que a gente nunca ouviu falar? Quantas vezes partiu para cima da bola em vez de ficar esperando pelo socorro da defesa? Você nunca teve medo dos riscos, Clip. Pelo contrário.

Clip sorriu discretamente.

– O problema com essa estratégia é que a gente também perde. E às vezes perde feio.

– O que você perdeu dessa vez? – perguntou Myron.

– Por enquanto, nada – disse ele. – Mas se Greg não voltar, isso talvez custe uma taça a meu time.

– Não é disso que estou falando. Tem mais alguma coisa acontecendo, e eu gostaria de saber o que é.

– Sinto muito – disse Clip, espalmando as mãos. – Mas realmente não sei do que você está falando. Contratei você porque isso era o mais lógico a fazer. Greg sumiu. Tudo bem, já sumiu outras vezes, mas nunca nessa altura da temporada, e nunca quando estávamos tão perto de vencer um campeonato. Isso não bate com a natureza dele.

Myron olhou de esguelha para Win, que parecia aborrecido.

– Você conhece uma mulher chamada Liz Gorman? – arriscou.

De rabo de olho, viu Calvin se empertigar na cadeira.

– Não – respondeu Clip. – Deveria?

– E uma mulher chamada Carla ou Sally?

– Como? Você quer saber se já conheci uma mulher chamada...

– Recentemente. Ou qualquer outra mulher envolvida de alguma maneira com Greg Downing.

Clip fez que não com a cabeça.

– Calvin?

Calvin também negou, mas com um gesto bem mais demorado.

– Por que você quer saber? – perguntou Clip.

– Porque era com ela que Greg estava na noite em que sumiu – disse Myron.

Aprumando-se na cadeira e metralhando as palavras, Clip disparou:

– Vocês encontraram essa mulher? Onde ela está agora? Talvez eles estejam juntos!

Myron novamente olhou para Win. Dessa vez, Win balançou a cabeça quase imperceptivelmente. Ele também havia percebido.

– Ela está morta – disse Myron.

Nesse instante se esvaiu o pouco de cor que ainda restava no rosto de Clip. Calvin não disse nada, mas cruzou as pernas: uma extravagância para alguém apelidado de Geleira.

– Morta?

– Assassinada, para ser mais específico.

– Santo Deus... – Clip agora dardejava os olhos como se procurasse alguma resposta nos rostos à sua frente. Não encontrou nenhuma...

– Tem certeza de que nunca ouviu falar de Liz Gorman, Carla ou Sally? – perguntou Myron.

Clip abriu a boca e fechou-a logo em seguida, incapaz de dizer o que quer que fosse. Tentou novamente:

– Assassinada?

– Sim.

– E ela estava com o Greg?

– Greg foi a última pessoa a vê-la com vida. Deixou impressões digitais na cena do crime.

– Cena do crime? – repetiu Clip, a voz trêmula, os olhos perdidos. – Meu Deus... O sangue que vocês encontraram no porão... O corpo estava na casa de Greg?

– Não. Ela foi morta num apartamento em Manhattan.

Clip ficou confuso.

– Mas você não disse que havia sangue no porão de Greg? No quarto de brinquedos das crianças?

– Disse. Mas agora não há mais.

– Não há mais? – repetiu Clip, ao mesmo tempo irritado e confuso. – Como assim, não há mais?

– Alguém limpou. – Myron encarou-o. – Quer dizer, em algum momento dos últimos dois dias, alguém entrou na casa do Greg e tentou abafar a possibilidade de um escândalo bastante desagradável.

Assustado, agora com os olhos cheios de vida, Clip foi logo dizendo:

– Você acha que fui eu?

– Só você sabia daquele sangue. E queria manter em sigilo a nossa descoberta.

– Deixei isso nas suas mãos, você não lembra? – redarguiu Clip. – E ainda disse que respeitaria a sua decisão, qualquer que fosse. *Claro* que eu não queria nenhum escândalo. Quem haveria de querer? Mas eu jamais faria uma coisa dessas. Você me conhece bem, Myron, sabe disso.

– Clip – emendou Myron –, consegui os registros telefônicos da vítima. Ela ligou para você quatro dias antes do assassinato.

– Como assim, ligou para mim?

– Seu número comercial consta dos registros.

Clip ameaçou dizer algo, calou-se, e enfim arriscou:

– Bem, talvez ela tenha ligado para cá, mas isso não quer dizer que tenha falado comigo. – Não parecia nem um pouco convincente. – Talvez tenha falado com minha secretária.

Win pigarreou e, pela primeira vez desde que chegara, abriu a boca para dizer algo:

– Sr. Arnstein?

– Sim?

– Com todo o respeito, senhor, mas as suas mentiras já estão ficando maçantes.

Clip deixou o queixo cair. Estava habituado à subserviência dos subordinados, não a ser chamado de mentiroso.

– O quê?

– Myron tem um grande respeito pelo senhor – disse Win. – O que é admirável. Não são muitos os que conseguem conquistar o respeito dele. Mas o senhor conhece a morta. Falou com ela pelo telefone. Temos provas disso.

Clip apertou as pálpebras:

– Que tipo de provas?

– Os registros telefônicos, para início de conv...

– Mas acabei de dizer que...

– E também as suas próprias palavras – completou Win.

Clip se acalmou um pouco e, cauteloso, perguntou:

– De que diabo você está falando?

Win uniu os dedos das mãos.

– Agora há pouco, Myron perguntou se você conhecia Liz Gorman ou uma mulher chamada Carla ou Sally. O senhor se lembra?

– Claro. Falei que não conhecia.

– Correto. Em seguida Myron disse que... e cito textualmente as palavras dele, porque são relevantes, "era com ela que Greg estava na noite em que sumiu". Um jeito canhestro de enunciar os fatos, admito, mas com um propósito. O senhor se lembra das perguntas que fez logo em seguida?

Clip parecia perdido.

– Não.

– Pois vou repetir, e novamente com as palavras exatas. O senhor disse: "Vocês encontraram essa mulher? Onde ela está agora?"

– Sim, mas e daí?

– O senhor disse "essa mulher". Depois disse "ela". No entanto, Myron perguntou se o senhor conhecia Liz Gorman, ou Carla, ou Sally. Posto dessa forma, não seria natural presumir que ele se referia a três mulheres diferentes? Claro que sim. Mas o senhor imediatamente concluiu que os três nomes pertenciam a uma única pessoa. Não acha isso estranho?

– *O quê*? – rugiu Clip. – E você chama isso de *prova*?

Win se inclinou para a frente.

– Myron está sendo muito bem recompensado por seus esforços neste caso. Por esse motivo, eu naturalmente recomendaria que ele continuasse trabalhando para o senhor. Diria a meu amigo para ficar na dele e embolsar o dinheiro dos Dragons. Se o senhor quer sabotar a sua própria investigação, quem somos nós para interferir? Não que Myron fosse me dar ouvidos. É um abelhudo. Pior que isso, tem esse equivocado senso de dever, de fazer a coisa certa mesmo quando não é necessário.

Win parou, respirou fundo e voltou a se recostar na cadeira. Em vez de unir os dedos das mãos, começou a tamborilar as pontas gentilmente, umas contra as outras. Todos os olhos estavam sobre ele.

– O problema é o seguinte – prosseguiu. – Uma mulher foi assassinada. E, como se isso não bastasse, alguém adulterou a cena do crime. Alguém que também desapareceu e pode muito bem ser um assassino. Ou mais uma vítima, quem sabe? Em outras palavras, no momento é perigoso demais persistir numa situação dessas com um par de antolhos na cabeça. Os custos potenciais são bem maiores que os benefícios. Na qualidade de homem de negócios, Sr. Arnstein, o senhor há de compreender.

Clip permaneceu calado.

– Portanto, que tal irmos direto ao ponto? – Win espalmou as mãos e depois voltou a unir os dedos. – Sabemos que a vítima falou com o senhor. Pois bem. Ou o senhor nos conta sobre o que conversaram ou damos a nossa conversa por encerrada e cada um vai para seu lado.

– Ela falou comigo primeiro – interveio Calvin, remexendo-se na cadeira. Evitava o olhar de Clip, mas sem necessidade. O velho não dava nenhum indício de que se agastara com a súbita intervenção. Afundava-se ainda mais em sua cadeira, um balão que não parava de murchar. – Ela usava o nome de Carla – prosseguiu Calvin.

Win não fez mais que menear a cabeça e se recostar; já dera sua contribuição. As rédeas agora estavam de volta às mãos de Myron.

– O que ela disse? – perguntou Myron.

– Falou que sabia de alguns podres sobre o Greg. Algo que poderia destruir a franquia.

– E que podres eram esses?

Clip votou à baila.

– Não ficamos sabendo – falou. E hesitou por alguns instantes, para ganhar tempo ou para se recompor, Myron não soube dizer. – Minha intenção não era mentir para você, Myron, sinto muito. Só estava querendo proteger o Greg.

– Você também falou com ela? – perguntou Myron.

Clip fez que sim com a cabeça, depois disse:

– Calvin me procurou depois do primeiro telefonema. E, no segundo, nós dois falamos com ela. Liz queria dinheiro em troca de seu silêncio.

– Quanto?

– Vinte mil dólares. Era para nos encontrarmos na noite de segunda.

– Onde?

– Não sei – disse Clip. – Ela informaria o local pela manhã, mas não chegou a ligar.

Provavelmente porque estava morta, pensou Myron. Mortos raramente ligam.

– E ela não deu nenhuma pista do que poderiam ser os tais podres?

Clip e Calvin se entreolharam, consultando-se. Calvin assentiu com a cabeça, e Clip novamente se virou para Myron.

– Nem precisava ter dado – disse, resignado. – Nós já sabíamos o que era.

– Sabiam o quê?

– Greg jogava. Devia muito dinheiro a uma turma da pesada.

– Vocês já sabiam do vício dele?

– Já – disse Clip.

– Como?

– O próprio Greg me contou.

– Quando?

– Há cerca de um mês – falou. – Queria ajuda. Eu... Eu era uma espécie de pai para ele. Gosto do Greg. Gosto mesmo. – Ele ergueu os olhos para Myron, visivelmente emocionado. – Também gosto de você, Myron. É isso que torna a coisa tão difícil.

– Torna mais difícil o quê?

Clip não respondeu. Disse apenas:

– Eu queria ajudá-lo. Sugeri que ele procurasse alguém. Um terapeuta.

– Ele lhe deu ouvidos?

– Semana passada foi falar com um psiquiatra especializado em vícios de jogo. Também sugerimos que ele assinasse um contrato de publicidade – acrescentou Clip. – Para pagar suas dívidas.

– Marty Felder também sabia do jogo? – perguntou Myron.

– Não sei ao certo – disse Clip. – O psiquiatra me contou das loucuras que um viciado é capaz de fazer só para manter seu vício em sigilo. Por outro lado, Marty Felder cuidava de quase todo o dinheiro de Greg. Se não soubesse de nada, eu ficaria surpreso.

Atrás de Clip havia um pôster com a foto da equipe daquele ano. Myron o admirou por um tempo. Ajoelhados na primeira fila estavam os capitães, TC e Greg. Greg sorria de orelha a orelha; TC, como era de se esperar, exibia seu risinho irônico.

– Quer dizer então que, no nosso primeiro encontro, você já suspeitava que o sumiço de Greg pudesse ter algo a ver com o jogo? – disse Myron.

– Não. – Depois de certa reflexão, Clip falou: – Ao menos não do jeito que você está pensando. Nunca achei que o agente de apostas dele pudesse fazer algo para prejudicá-lo. Achava que o contrato com a Forte daria ao Greg o tempo de que ele precisava.

– Como?

– Eu me preocupava com a saúde mental dele. – Clip apontou para a foto do jogador no pôster. – Greg nunca foi a pessoa mais equilibrada do mundo, mas fiquei me perguntando se a pressão da dívida não vinha pesando sobre sua sanidade, já um tanto frágil. Greg adorava a imagem que o público fazia dele, por mais incrível que isso possa parecer. Adorava a atenção dos fãs, mais que o dinheiro em si. Mas se os fãs descobrissem a verdade, quem sabe qual seria a reação deles? Portanto, meu receio era que a pressão já começasse a ficar insuportável e que por causa disso ele tivesse pirado.

– E agora que uma mulher morreu – perguntou Myron –, o que você acha?

Clip balançou a cabeça com veemência.

– Ninguém conhece o Greg melhor do que eu. Quando ele se sente acuado, foge. Jamais seria capaz de matar alguém. Tenho certeza absoluta disso. Greg não é um homem violento. Faz tempo que já conhece os perigos da violência.

A isso se seguiu um demorado silêncio. Myron e Win ficaram ali, esperando que Clip elaborasse sobre o que acabara de dizer. Ao perceber que nenhuma elaboração estava por vir, Win disse:

– Sr. Arnstein, o senhor tem algo mais a nos dizer?

– Não. Isso é tudo.

Sem dizer palavra ou dar qualquer outro sinal, Win ficou de pé e saiu da sala. Myron meio que deu de ombros e foi saindo na esteira dele.

– Myron?

Ele se virou. Clip também havia se levantado. Os olhos pareciam marejados.

– Um bom jogo para você esta noite – disse ele baixinho. – Afinal, é apenas um jogo. Lembre-se disso.

Myron balançou a cabeça, mais uma vez desconcertado pelas atitudes do velho. Apertou o passo e alcançou Win.

– Você está com meu ingresso? – perguntou Win.

Myron passou-lhe a entrada.

– Como é essa tal de Metralhadora?

Myron fez seu relato. Eles já haviam chegado ao elevador quando Win falou:

– Este seu amigo, o Sr. Arnstein, ainda não está dizendo a verdade.

– Alguma coisa concreta ou só uma desconfiança?

– Não trabalho com desconfianças – disse Win. – Você acredita nele?

– Não sei.

– Mas gosta dele, não gosta?

– Gosto.

– Então avalie comigo estas interessantes conjecturas – pediu Win. – Quem, além do próprio Greg, teria mais a perder caso essa história de vício em jogo viesse à tona? Quem, além de Greg, teria mais motivos para silenciar Liz Gorman? E, por fim, se Greg Downing estivesse a um passo de se tornar um terrível vexame para a franquia dos Dragons, a ponto de afetar, se não destruir por inteiro, as chances de Clip Arnstein de se reeleger, quem teria o melhor motivo para promover o sumiço de Downing?

Myron não se deu o trabalho de responder.

capítulo 25

O ASSENTO JUNTO DE MAGGIE MASON estava vago. Win o ocupou e abriu seu sorriso de voltagem máxima.

– Boa noite – cumprimentou.

Ela sorriu de volta.

– Boa noite.

– Srta. Mason, eu suponho.

– Sim, e você é Windsor Horne Lockwood III. Reconheci pela foto da *Forbes*.

Eles se cumprimentaram com um aperto de mãos, entreolhando-se. O aperto se desfez, mas o entreolhar-se não.

– Muito prazer em conhecê-la, Srta. Mason.

– Por favor, me chame de Maggie.

– Ótimo – devolveu Win, e intensificou o sorriso.

A campainha soou anunciando o fim do primeiro tempo. Win viu Myron se levantar para dar lugar no banco aos titulares da equipe. Achou estranho, quase desagradável, ver o amigo de uniforme numa quadra profissional. Preferindo desviar o olhar, voltou-se para Maggie, que o fitava com certa ansiedade.

– Soube que você está interessada em trabalhar na minha empresa – disse ele.

– Estou.

– Você se importa se eu fizer algumas perguntas?

– Claro que não.

– Atualmente você está na Kimmel Brothers, correto?

– Correto.

– De quantos operadores vocês dispõem no momento? – perguntou Win.

– Menos de 10 – respondeu ela. – É uma corretora pequena.

– Entendo. – Win começou a mexer com os dedos, fingindo ruminar as palavras dela. – Você costuma trabalhar nos fins de semana?

– Às vezes.

– Nas noites de sábado também?

Maggie achou a pergunta ligeiramente estranha, mas deixou passar.

– Às vezes – repetiu.

– Trabalhou no último sábado à noite?

– Como?

– Você conhece Greg Downing, não conhece?

– Sim, mas...

– Como decerto você sabe – prosseguiu Win –, Downing está desaparecido desde sábado à noite. O mais curioso de tudo, no entanto, é que a última ligação que ele fez de casa foi para o escritório da Kimmel Brothers. Você se lembra dessa ligação?

– Sr. Lockwood...

– Por favor, me chame de Win.

– Não sei bem o que você está...

– É muito simples – interrompeu Win. – Ontem à noite você esteve com meu amigo, o Sr. Bolitar, e contou a ele que há muito tempo não fala com Greg Downing. Todavia, como acabei de dizer, tenho informações que apontam para o contrário. Trata-se, portanto, de uma contradição. Uma contradição que aos olhos de muita gente colocará em dúvida, digamos, a sua honestidade, Srta. Mason. O que seria inaceitável na minha empresa. A probidade dos meus funcionários deve ser inquestionável. Por esse motivo, gostaria de explicar melhor a natureza da sua contradição.

Win retirou do bolso do paletó um saquinho de amendoins. Com impressionante destreza, abriu alguns e varreu as cascas para um segundo saquinho. Só então os levou à boca. Um a um.

– Como você sabe que Greg Downing ligou para o escritório? – perguntou Maggie.

– Por favor – disse Win, olhando-a de relance. – Não percamos nosso tempo com trivialidades. Essa ligação é um fato comprovado. Você sabe disso. Eu também. Portanto, pulemos esta parte.

– Não trabalhei sábado passado – disse ela. – Downing deve ter ligado para outra pessoa.

Win franziu o cenho:

– Sua tática já começa a cansar, Srta. Mason. Como você mesma falou há pouco, a Kimmel Brothers é uma empresa pequena. Se você preferir, posso ligar para seu chefe. Tenho certeza de que ele não se importará de informar a Windsor Lockwood III se a senhorita trabalhou ou não na noite de sábado.

Maggie se recostou na cadeira, cruzou os braços e voltou sua atenção para o jogo. Os Dragons venciam por 24 a 22. Sem tirar os olhos da bola, ela falou:

– Não tenho mais nada a lhe dizer, Sr. Lockwood.

– Ah. Não está mais interessada no emprego?

– Exatamente.

– Acho que você não entendeu – disse Win. – Não estou falando apenas de um emprego na Lockhorne Securities, mas de um emprego em qualquer outro lugar, incluindo a Kimmel Brothers.

Ela se virou para ele.

– *Como?*

– Você tem duas opções – disse Win. – Deixe-me explicitá-las com bastante clareza a fim de facilitar sua escolha. A primeira: você diz por que Greg Downing ligou na noite de sábado e por que você mentiu para Myron a esse respeito. Em seguida conta tudo o que sabe sobre o desaparecimento de Downing.

– De que desaparecimento você está falando? – ela o interrompeu. – Achei que ele estivesse contundido.

– Segunda opção – prosseguiu Win. – Você insiste no silêncio e nas mentiras, e, neste caso, cuido para que comecem a circular no mercado rumores quanto à sua integridade profissional. Mais especificamente, torno público o fato de que as autoridades federais estão investigando as graves suspeitas de um desfalque.

– Mas... – foi dizendo, depois parou. – Você não pode fazer isso!

– Não? – devolveu Win, com ares de escárnio. – Sou Windsor Horne Lockwood III. Minha palavra nesses assuntos dificilmente será questionada. Você, por outro lado, terá dificuldade para encontrar emprego até como atendente numa lanchonete de beira de estrada. – Ele sorriu e ergueu o saquinho na direção dela. – Amendoim?

– Você ficou louco.

– E você é uma pessoa absolutamente normal. – Win virou os olhos para a quadra. – Vejamos. Aquele garoto que está enxugando o suor do chão. Deve valer o quê? – Dando de ombros demoradamente, disse: – Sei lá. Uma felação pelo menos? – E sorriu para Maggie.

– Estou indo embora – informou, e foi se levantando.

– Você dormiria comigo? – perguntou Win.

Maggie o encarou, horrorizada.

– *O quê?*

– Você dormiria comigo? Se eu ficar satisfeito, é bem provável que lhe arrume alguma coisa na Lock-Horne.

– Não sou prostituta – rugiu ela entre dentes.

– Não, você não é prostituta – disse Win, alto o bastante para que algumas cabeças se virassem ao redor. – Mas é uma hipócrita.

– Do que você está falando?

Win gesticulou para que ela voltasse a se sentar.

– Por favor – pediu.

– Acho que não.

– Detestaria ter que gritar. – Ele novamente apontou para a cadeira. – Por gentileza.

Com olhos cautelosos, Maggie enfim cedeu.

– O que você quer?

– Você me acha um homem atraente, não acha?

Depois de uma careta, ela respondeu:

– Você é o homem mais repulsivo que eu...

– Estou falando apenas da aparência física – disse Win. – Afinal, como você mesma disse a Myron ontem à noite, sexo não passa de um ato físico. Lembra? Algo como um aperto de mãos. Mas, com uma analogia dessas, seus parceiros não devem ser lá grande coisa. Pois bem. Modéstia às favas, sei que não sou de se jogar fora. Se você for se lembrar de todos os Giants e Dragons que já levou para a cama, decerto encontrará pelo menos um que era fisicamente menos atraente que *moi*.

Maggie apertou as pálpebras, ao mesmo tempo intrigada e horrorizada.

– Pode ser – concedeu ela.

– Apesar disso você se recusa a dormir comigo. Isso, minha cara, é uma hipocrisia.

– Como assim? – rebateu Maggie. – Sou uma mulher independente. Faço minhas escolhas.

– Se você diz... Mas por que escolhe apenas Giants e Dragons? – Enquanto ela se debatia para encontrar uma resposta, Win sorriu e emendou: – Você deveria ser honesta pelo menos quanto aos motivos que a levam a fazer semelhante escolha.

– Ao que parece, você me conhece pelo avesso – disse Maggie. – Por que não diz você mesmo quais são os meus motivos?

– Como quiser. Logo de início você deixa bem clara esta sua regra bizarra sobre Dragons, Giants e sei lá mais o quê. Estabelece limites. Eu não. Quando encontro uma mulher atraente, para mim é o que basta. Mas você precisa dessa fidelidade partidária completamente aleatória. Faz dela uma espécie de muro para se separar.

– Me separar do quê?

– Não do quê, mas de quem. Das putas inconsequentes. Como fez questão de dizer agora há pouco, você não é uma prostituta. Você faz suas escolhas, ora bolas. Portanto não é uma puta.

– Isso mesmo. Não sou.

Win sorriu e falou:

– Mas o que é uma puta? Uma mulher que pula de cama em cama? Não. Isso é o que *você* faz. Você jamais desqualificaria assim uma correligionária. Então, o que será exatamente uma puta? Bem, no seu dicionário, putas não existem. Então por que diabo reagiu tão mal quando usei esse nome para defini-la? *Por quê?*

– Você está exagerando – disse ela. – A palavra "puta" possui uma conotação negativa. Por isso reagi.

Win espalmou as mãos:

– Mas por que haveria uma conotação negativa para a palavra "puta"? Se por definição uma puta é apenas uma mulher independente que dorme por aí, por que não abraçar o termo com ambas as pernas? Por que erguer esses muros? Por que criar limites artificiais? Você usa sua fidelidade aos Giants e aos Dragons para corroborar sua independência. Mas isso corrobora justamente o contrário. Corrobora o fato de que você é uma mulher insegura.

– E por isso sou uma hipócrita?

– Claro. Veja, por exemplo, sua recusa em dormir comigo. Ou o sexo é um ato puramente físico, e nesse caso minha abordagem súbita não deveria ter tido nenhum peso na sua escolha, ou ele vai além do físico. Então, o que é o sexo?

Maggie sorriu e, balançando a cabeça, disparou:

– Você é um homem interessante, Sr. Lockwood. Talvez eu durma com você.

– Assim não.

– Assim como?

– Você dormirá comigo apenas para provar que estou errado. Isto, minha cara, é apenas mais uma prova, bastante patética, da sua insegurança. Mas estamos tergiversando. Por culpa minha, desculpe. Então, o que vai ser? Vai me contar o que falou com Greg pelo telefone ou serei obrigado a destruir sua reputação?

Maggie ficou confusa. Era justamente isso que Win queria.

– Claro, também há uma terceira opção – prosseguiu ele. – Que talvez seja apenas uma extensão da segunda. Isto é, além de ter sua reputação destruída, você terá que enfrentar uma acusação de homicídio.

Diante disso, ela arregalou os olhos e mais uma vez exclamou:

– *O quê?*

– Greg Downing é o principal suspeito num caso de homicídio. Caso venha à tona que você o ajudou de algum modo, você será levada a juízo como cúmplice. – Win parou um instante, franziu a testa e emendou: – Pensando bem, não creio que o promotor consiga uma condenação. Tanto faz. Começarei com a sua reputação. Depois resolvo o que fazer.

Maggie o encarou com firmeza.

– Sr. Lockwood?

– Diga.

– Vá se foder! – cuspiu.

Win ficou de pé.

– Sem dúvida alguma, uma opção bem melhor do que a presente companhia

– disse. Em seguida abriu um sorriso e dobrou o tronco numa mesura; teria tirado o chapéu se estivesse usando um. – Passar bem – arrematou, e saiu de cabeça erguida rumo ao portão.

Tivera seus motivos, claro, para empreender uma conversa tão absurda. Sabia que Maggie não abriria o bico. Constatara isso quase imediatamente. Além de muito sagaz, Maggie era uma mulher fiel. Uma combinação perigosa, ainda que admirável. Mas a sucessão de disparates decerto a abalaria. Mesmo a mais valente das criaturas entraria em pânico ou, pelo menos, em ação. Win a esperaria no estacionamento para depois segui-la.

Ele conferiu o placar do jogo, que já passava da metade do segundo quarto. Não tinha o menor interesse na partida. Mas, chegando ao portão, ouviu o locutor anunciar pelos alto-falantes:

– Substituindo Troy Erickson, Myron Bolitar.

Ele hesitou um instante, depois deu mais um passo na direção da saída. Não queria ver. Mas parou novamente e, ainda de pé, virou-se para a quadra.

capítulo 26

MYRON SENTAVA-SE NUMA DAS PONTAS do banco. Mesmo sabendo que não iria jogar, sentia no estômago os calafrios da ansiedade pré-jogo. Na juventude, apreciava a pressão dos torneios importantes, mesmo quando a ansiedade beirava as raias da paralisia. No entanto, tão logo ele se via num embate físico com um adversário qualquer, perseguia uma bola perdida ou fazia um belo arremesso, os calafrios batiam asas para bem longe e a algazarra do público se dissolvia em algo semelhante à música ambiente de um consultório médico.

Fazia mais de uma década que Myron não sofria tanta ansiedade, e ele agora podia confirmar algo de que sempre suspeitara: aquela descarga de adrenalina estava diretamente vinculada ao basquete, e só ao basquete. Ele jamais experimentara nada parecido no trabalho ou na vida pessoal. Nem mesmo nos confrontos mais violentos, que a bem da verdade também produziam seu barato. Myron achava que essa sensação exclusivamente relacionada ao esporte acabaria desaparecendo com o passar dos anos; imaginava que, na maturidade, as pessoas perdiam o hábito de transformar algo tão reles quanto um jogo de basquete num acontecimento de proporções quase bíblicas, de deixar que o prisma da juventude ampliasse coisas relativamente sem importância no longo prazo em tragédias de dimensões épicas. Um adulto, claro, podia enxergar o que seria inútil explicar a uma criança: no futuro, o desprezo de uma namoradinha ou uma falta mal cobrada seriam reduzidos a inofensivos arranhões. No entanto, lá estava Myron, confortável nos seus 30 anos e ainda se debatendo com as mesmas aflições que conhecera como jovem atleta. Elas não haviam sido varridas pelo tempo. Simplesmente tinham hibernado (tal como advertira Calvin), esperando apenas uma chance para mostrar as garras de novo, chance que raramente se apresentava duas vezes na vida de um homem.

Seus amigos teriam razão? Teria sido um erro se submeter a tudo aquilo novamente? Seria possível que as feridas do passado ainda estivessem abertas? Myron localizou Jessica nas arquibancadas. Ela acompanhava o jogo com aquele divertido esgar de concentração no rosto. Era a única que não parecia preocupada com a volta dele ao basquete, mas, por outro lado, não tivera a oportunidade de vê-lo no auge da forma e da carreira. Seria possível que a mulher que ele amava não compreendesse os...

Myron parou.

Quando um jogador está no banco, um estádio pode ser um lugar razoavelmente pequeno. Ele podia ver, por exemplo, Win conversando com Maggie. Via Jessica. Via as mulheres e as namoradas dos outros jogadores. E agora via, entrando pelo portão diretamente à sua frente, seus pais. Mais que depressa ele voltou os olhos para a quadra e começou a bater palmas, a gritar palavras de incentivo para os companheiros de equipe, fingindo estar interessado no resultado do jogo. Seu pai e sua mãe. Decerto haviam abreviado a viagem.

Ele arriscou uma espiada. Os velhos agora se acomodavam perto de Jessica, na seção reservada a parentes e amigos. Sua mãe o fitava de volta; apesar da distância, notava-se a expressão vítrea e perdida no olhar dela. Seu pai, ao contrário, corria os olhos pelo estádio com o maxilar firme, talvez reunindo um pouco de coragem antes de encarar a quadra. Myron logo percebeu que já vira aquele filme muitas vezes na juventude. Incomodado, novamente desviou o olhar.

Leon White saiu do jogo e se sentou no banco ao lado de Myron. Encharcado de suor, secou-se numa toalha e bebeu imediatamente o Gatorade providenciado por um dos gandulas da equipe. Depois disse:

– Vi você conversando com a Metralhadora ontem à noite.

– Pois é.

– E aí, se deu bem?

Myron negou com a cabeça.

– Ainda não levei chumbo.

Leon deu um risinho.

– Já contaram como foi que ela recebeu esse apelido?

– Não.

– Quando ela entra na onda... quer dizer, quando realmente fica ligada, tem o hábito de sacudir a perna. A esquerda. Sempre a perna esquerda. A mulher está lá, de costas, e você mandando ver em cima dela, e de uma hora para outra ela começa a sacudir a perna esquerda. Aí você ouve aquele pá-pá-pá-pá-pá. Que nem uma metralhadora, sacou?

Myron sacou.

– E se ela não sacode a perna... – prosseguiu Leon –, se o cara não consegue fazer a Metralhadora metralhar... é porque não fez o serviço direito. Aí, meu irmão, fodeu. Todo mundo vai ficar sabendo e você vai querer sumir do mapa. – Segundos depois, acrescentou: – É uma tradição muito séria.

– Como acender uma menorá durante o Hanucá – disse Myron.

Leon riu e disse:

– Também não precisa exagerar.

– E você, Leon, já foi metralhado?

– Claro, uma vez. – E logo ele tratou de emendar. – Antes de me casar.

– Faz quanto tempo que você está casado?

– Eu e a Fiona estamos juntos há um ano e pouco.

O coração de Myron despencou num fosso de elevador. Fiona. A mulher de Leon se chamava Fiona. Correndo os olhos pela arquibancada, ele localizou a louraça escultural. Fiona começava com a letra F.

– Bolitar!

Myron ergueu a cabeça. Era Donny Walsh, o técnico.

– Entra no lugar do Erickson – disse ele, como se as palavras fossem lascas de unha que precisassem ser cuspidas. – Vai para ala e bota o Kiley de pivô.

Myron olhou para Walsh como se ele, o técnico, tivesse falado em japonês. O jogo estava empatado no início do segundo quarto.

– Está esperando o quê, porra? Para a quadra. Agora.

Myron ficou de pé. As pernas pareciam ocas. Na cabeça já não havia lugar para nada que dissesse respeito a Greg Downing ou Liz Gorman, sumiço e morte afugentados como morcegos pela luz do dia. Ele correu para a mesa dos árbitros, o estádio girando à sua volta como o teto de um bêbado. Quase automaticamente, feito uma cobra trocando de pele, ele despiu o macacão e o largou no chão. Informou a substituição a um dos árbitros, e dali a pouco os alto-falantes anunciaram:

– Entrando no lugar de Troy Erickson, Myron Bolitar.

Ele correu para a quadra e apontou para Erickson. Os companheiros pareciam surpresos ao vê-lo. Erickson disse:

– Wallace é todo seu.

Reggie Wallace. Um dos melhores alas da partida. Myron se emparelhou com ele, preparando-se para a batalha que estava por vir. Wallace o avaliou com um sorrisinho irônico.

– BL na área! – disse, agora às gargalhadas. – BL na área!

Myron olhou para TC.

– BL?

– Branquelo Lerdo – explicou ele.

– Ah.

Todos os demais jogadores ofegavam e jorravam suor. Myron se sentia duro e despreparado. Novamente olhou para Wallace. Sabia que a bola estava prestes a entrar na quadra. No entanto, percebendo algo pelo canto dos olhos, ergueu a cabeça e avistou Win de braços cruzados junto de uma das saídas. Eles se entreolharam por um breve instante. Win meneou a cabeça discretamente. Por fim a campainha tocou, e o jogo recomeçou.

Reggie Wallace imediatamente deu início ao terrorismo.

– Só pode ser piada – falou. – O titio hoje vai ser a minha vagabunda.

– Que tal um cineminha primeiro? – retrucou Myron.

Wallace o encarou:

– Respostinha mais besta.

Difícil de argumentar.

Wallace curvou o tronco, preparando-se para entrar em ação.

– Minha avó faria uma marcação melhor – disse.

– Se é uma vagabunda que você estava procurando...

Wallace o encarou novamente:

– Agora, sim, mandou bem.

A bola foi arremessada pelos Pacers. Wallace e Myron irromperam para o garrafão, atropelando-se mutuamente. Para Myron aquilo era bom. O contato físico: nada melhor para espantar a ansiedade. Ambos grunhiam a cada topada. Com seu 1,95m de altura e 110 quilos, Myron se mantinha firme na defesa. Wallace tentou cavar espaço com o traseiro, mas, sem se deixar intimidar, Myron o afastou com uma joelhada.

– Uau – exclamou Wallace –, o titio é forte.

Isso posto, encetou uma jogada tão rápida que Myron jamais poderia tê-la antecipado. Girou o tronco na direção dele e, usando-o como alavanca, saltou alto no ar. De onde estava, Myron teve a impressão de que um foguete *Apolo* acabara de ser lançado rumo ao espaço sideral. Sem ter o que fazer, viu Wallace espalmar a manzorra para receber o passe ponte aérea na altura do aro, pairar no ar por uma fração de segundo e depois continuar subindo como se não devesse nenhuma obediência às leis da gravidade. Quando por fim começou a descer, o gigante puxou a bola da nuca e a enterrou no aro com uma força de dar medo.

Um *slam dunk* exemplar.

Wallace aterrissou com ambos os braços estirados, prontos para receber os aplausos que lhe eram devidos. E o terrorismo prosseguiu quadra afora:

– Bem-vindo à NBA, campeão. O que foi sem nunca ter sido. Ou seja lá que porra você for. Então, titio, gostou da ponte aérea? Deu para contar os riscos na sola do meu tênis? Mando bem para cacete, pode falar. Mando ou não mando? Diz aí, como é que é levar uma enterrada bem diante do nariz? Pode falar, titio. Doeu, não doeu?

Myron tentava não lhe dar ouvidos. Os Dragons haviam partido para o ataque, mas morreram no rebote, e agora os Pacers recuavam no contra-ataque. Com uma finta, Wallace ameaçou ir para a direita mas acabou passando bem ao largo do círculo de três pontos para receber o passe e, ato contínuo, arremessar. A bola levantou vento ao cruzar a rede. Três pontos para os Pacers.

– Uau, titio, ouviu isso? – prosseguiu Wallace. – Ouviu o *swiiiish*? Não tem barulho mais bonito no mundo. Pode acreditar. Nenhum. Nem mesmo o orgasmo de uma mulher.

Myron olhou para ele.

– E mulher tem orgasmo? – disse.

Wallace riu.

– *Touché*, titio. *Touché*.

Myron espiou o relógio. Fazia pouco mais de 30 segundos que ele havia entrado em quadra, e o homem que lhe cabia bloquear já havia marcado cinco pontos. A matemática era simples. Naquele ritmo, Wallace marcaria mais 300 pontos até o fim do jogo.

As vaias não tardaram a começar. E agora, ao contrário do que acontecia no passado, a algazarra do público não se dissolvia em ruídos de fundo, não se resumia àquela cacofonia indistinta, comum tanto aos aplausos dos torcedores de casa (que tinham o efeito de uma onda sobre a qual ele surfava) quanto aos apupos dos torcedores rivais (que até certo ponto eram esperados e até o incentivavam). O que acontecia ali, Myron jamais havia enfrentado: eram os torcedores do próprio time que vaiavam seu desempenho. Como nunca, ele agora ouvia a multidão ao mesmo tempo como uma entidade coletiva zombeteira e vozes individuais que berravam terríveis insultos. "Você é um pereba, Bolitar!" "Tirem esse pereba daí!" "Quebra logo esse joelho e volta para o banco!" Por mais que tentasse ignorá-los, cada insulto perfurava Myron como uma adaga.

Recorrendo aos brios, ele decidiu naquele momento que não deixaria Wallace marcar outro ponto. Era isso que a mente ordenava. Era isso que o coração queria. Mas, como ele logo constatou, o joelho não parecia disposto a colaborar: simplesmente não lhe dava a agilidade necessária. Reggie Wallace marcaria mais seis pontos até o final do tempo, além dos cinco que já havia marcado. Myron marcaria dois numa oportunidade de arremesso sem maiores obstruções. Passara a jogar aquilo que chamava de "basquete-apêndice". Isto é, em quadra, certos jogadores operavam como o apêndice humano: ou eram supérfluos ou podiam atrapalhar. Já que não podia ajudar, Myron vinha tentando não atrapalhar ninguém, mantendo-se fora do caminho, ora passando a bola adiante, ora fugindo dela. A certa altura, já perto do fim do quarto, percebeu um corredor livre junto da linha lateral e arriscou um arremesso, mas um titã dos Pacers interceptou a bola, espalmando-a para a multidão. As vaias foram estrondosas. Myron ergueu a cabeça e avistou os pais, que assistiam a tudo imóveis, feito duas estátuas. A poucos metros deles, um grupo de homens bem-vestidos afunilava as mãos em torno da boca para dar início a um coro: "Fora Bolitar!" Myron viu quando Win partiu na direção deles e estendeu a mão para o líder do grupo, que a apertou. E foi ao chão.

No entanto, o mais estranho de tudo era que, mesmo depois de tantas marcações malsucedidas e arremessos malogrados, a autoconfiança de Myron, a mesma dos velhos tempos, não dava sinais de trégua. Ele ainda queria permanecer na quadra. Ainda procurava oportunidades de jogo, relativamente impassível, um homem em negação, um homem que insistia em ignorar as evidências que uma plateia de 18.812 pessoas (segundo havia informado o locutor) via com toda clareza. Tinha certeza de que sua sorte mudaria. Estava apenas um pouco fora de forma, só isso. Dali a pouco tudo mudaria.

Myron enfim percebeu quanto aquilo tudo se encaixava na descrição que B Man fizera do raciocínio compulsivo dos jogadores.

Terminado o segundo quarto, ele foi saindo da quadra e novamente olhou para os pais, que estavam de pé, sorrindo em sua direção. Ele sorriu de volta. Em seguida procurou os homens bem-vestidos que pouco antes haviam ensaiado um coro. Não estavam mais lá. Win também não.

Ninguém lhe dirigiu a palavra durante o intervalo, tampouco o convocou para jogar nos quartos finais. Myron suspeitava que sua inesperada participação fora obra de Clip. Mas por que ele faria uma coisa dessas? O que estava tentando provar? A partida terminou com a vitória dos Dragons, com uma margem de dois pontos. Quando enfim a equipe voltou para o vestiário, o vexame de Myron já havia sido esquecido. A imprensa especializada cercava TC, que fizera uma belíssima partida, marcando 38 pontos com um aproveitamento de 18 rebotes. Ao passar por Myron, TC o cumprimentou com um tapinha nas costas, mas não falou nada.

Enquanto retirava os tênis, Myron cogitou se os pais estariam à sua espera. Provavelmente não. Decerto sabiam que ele queria ficar sozinho. Os velhos, apesar das inúmeras interferências, tinham o grande mérito de saber o momento certo de tirar o time de campo. Esperariam por ele em casa, passando a noite em claro, se preciso fosse. Seu pai ainda tinha o hábito de esperar acordado pelo filho, vendo TV no sofá. Tão logo ouvia o barulho de chave na fechadura, fingia dormir, os óculos de leitura ainda empoleirados na ponta do nariz, o jornal largado sobre o peito. Myron já havia passado dos 30. Caramba, já era mais do que hora de dar um basta naquilo.

Audrey espiava discretamente pela porta do vestiário, à espera de Myron. Entrou apenas quando ele acenou. Guardou o bloco e a caneta no bolso, sacudiu os ombros e disse:

– Vejamos o lado bom das coisas.

– O lado bom.

– Você ainda tem uma bela bunda.

– O mérito não é meu – disse Myron. – É desses calções profissionais. Eles modelam e firmam.

– Modelam e firmam?

– É. Ei, feliz aniversário!

– Obrigada – agradeceu Audrey.

– "Acautela-te contra os idos de março" – proferiu Myron, dramático.

– Os idos são o dia 15 – informou Audrey. – Hoje é dia 17.

– Sim, eu sei. Mas nunca perco uma oportunidade de citar Shakespeare. As pessoas ficam achando que sou erudito.

– Erudição e uma bela bunda. Quem se importa se você é uma nulidade na lateral?

– Engraçado – retrucou Myron. – Jessica nunca reclamou disso.

– Não na sua frente – brincou Audrey, e sorriu. – Que bom ver você assim, mais animadinho.

Myron devolveu o sorriso e deu de ombros.

Depois de olhar ao redor para ver se não havia ninguém por perto, Audrey disse:

– Tenho uma informação para você.

– Sobre?

– Sobre o detetive no caso do divórcio.

– Greg contratou um detetive?

– Ele ou Felder. Tenho uma fonte que presta serviços de eletrônica para a ProTec Investigations, a agência que sempre atende Felder. Ele não sabe dos detalhes, mas ajudou a plantar uma câmera no Glenpointe Hotel dois meses atrás. Conhece o Glenpointe?

– É aquele hotel na Route 80, não é? – indagou Myron. – Fica a uns 10 quilômetros daqui.

– Esse mesmo. Minha fonte não sabe qual era o objetivo da tal câmera, nem como terminou a história. Sabe apenas que o serviço foi feito para o caso do divórcio de Downing. Também confirmou o óbvio: esse tipo de coisa geralmente é feito para pegar o marido ou a mulher em flagrante delito.

– Você falou que o serviço foi feito dois meses atrás?

– Sim.

– Mas Greg e Emily já estavam separados a essa altura – disse Myron. – O divórcio praticamente já era oficial. Para que instalar uma câmera num quarto de hotel?

– O divórcio, sim – concordou Audrey –, mas a guerra pela guarda dos filhos estava apenas começando.

– Sim, mas e daí? Emily já era praticamente solteira, estava apenas se encontrando com alguém. Nos dias de hoje, que estrago isso poderia fazer num processo de custódia?

Audrey balançou a cabeça:

– Santa ingenuidade...

– Como assim?

– Uma mãe de família, filmada com um garanhão num quarto de hotel, fazendo sei lá o quê? Infelizmente ainda vivemos numa sociedade machista, Myron. O juiz certamente seria influenciado.

Myron analisou os fatos, mas ainda não se deu por convencido.

– Em primeiro lugar você está partindo do pressuposto de que o juiz, além de homem, é um Neandertal. Em segundo... poxa, estamos nos anos 90! Uma mulher separada fazendo sexo com outro homem? Não chega a ser nenhum escândalo cabeludo.

– Então... não sei o que mais posso lhe dizer, Myron.

– Descobriu mais alguma coisa?

– Não – respondeu Audrey. – Mas continuo investigando.

– Por acaso você conhece Fiona White?

– A mulher de Leon? Socialmente. Por quê?

– Sabe se ela já trabalhou como modelo?

– Modelo? – Ela deixou escapar um risinho. – Acho que você pode chamar assim.

– Posou para a *Playboy* ou qualquer outra revista dessas?

– Sim.

– Sabe dizer em que mês?

– Não, por quê?

Myron contou sobre a mensagem de e-mail. Estava praticamente certo de que a Srta. F era Fiona White e que o apelido GatSet era uma abreviação de Gata de Setembro, o mês – ele podia apostar – em que ela havia posado nua. Audrey ouviu com atenção.

– Posso dar uma olhada – disse. – Verificar se ela posou mesmo em setembro.

– Seria ótimo.

– E isso explicaria muita coisa – acrescentou. – A tensão entre Downing e Leon nos últimos tempos.

– É verdade – disse Myron. – Olha, agora preciso me apressar. Jess está me esperando lá fora. Se descobrir alguma coisa, me telefone.

– Tudo bem. Divirta-se.

Enquanto terminava de se vestir, Myron se lembrou das roupas femininas que havia encontrado na casa de Greg. Seriam de Fiona White? Se fossem, isso explicaria a necessidade de manter o caso em sigilo. Seria possível que Leon tivesse descoberto a traição da mulher? Dada a predisposição dele contra Greg, essa era a hipótese mais lógica. Mas, nesse caso, como ficavam as coisas? Como tudo isso se relacionava com o vício de Greg e a chantagem de Liz Gorman?

Opa, muita calma nessa hora.

Esqueçamos por ora o vício de Greg. Suponhamos que Liz Gorman soubesse de alguma outra coisa a respeito dele, algo tão ou mais explosivo que perder uma fortuna nas mesas de jogo. Suponhamos que de algum modo ela tivesse descoberto que Greg vinha dormindo com a mulher do melhor amigo; que tivesse decidido chantagear Greg e Clip com a informação. Quanto Greg estaria disposto a pagar para impedir que fãs e companheiros de equipe ficassem sabendo de suas estripulias? Quanto Clip pagaria para evitar que aquela bomba em particular fosse detonada na reta final de um campeonato?

Tudo isso precisava ser muito bem investigado.

capítulo 27

Myron parou diante do Sinal no cruzamento entre a South Livingston Avenue e a JFK Parkway. Naquela área em particular, pouco ou nada havia mudado nos últimos 30 anos. À direita estava a conhecida fachada de tijolos do Nero's Restaurant; originalmente pertencera à Jimmy Johnson's Steak House, mas isso fora pelo menos 25 anos antes. O mesmo posto da Gulf ocupava a esquina seguinte; uma pequena estação do Corpo de Bombeiros, a terceira; e um terreno baldio, a última.

Myron dobrou para a Hobert Gap Road. A família Bolitar fora morar em Livingston quando ele tinha apenas seis semanas de vida. Desde então pouco havia mudado em relação ao restante do mundo. No entanto, depois de tantos anos, a uniformidade da paisagem já deixara de ser um conforto para se tornar uma espécie de entorpecente. Myron passava por ali e nada notava. Olhava mas não via.

Chegando à rua em que aprendera com o pai a pilotar sua bicicleta com lanterna de Batman, ele tentou realmente enxergar as casas que o tinham cercado a vida inteira. Houvera mudanças, claro, mas em sua cabeça o ano ainda era o de 1970. Tanto ele quanto os pais ainda chamavam as casas vizinhas pelo nome dos proprietários originais, como se estivessem falando de latifúndios sulistas. Os Rackin, por exemplo, já haviam partido há mais de uma década. Myron não sabia quem eram os ocupantes atuais da casa dos Kirschner, dos Roth ou dos Parker. Assim como os Bolitar, todos haviam ido para lá quando as construções ainda eram novas, quando ainda era possível ver resquícios da fazenda Schnectman, quando Livingston era considerada um fim de mundo (tão longe de Manhattan quanto o estado da Pensilvânia, apesar dos meros 40 quilômetros separando uma da outra). Os Rackin, os Kirschner e os Roth haviam enterrado boa parte da vida naquele lugar. Tinham se mudado com os filhos ainda pequenos para criá-los ali, ensiná-los a andar de bicicleta na mesma rua em que o pai de Myron o havia ensinado, matriculá-los na Burnett Hill Elementary School, depois na Heritage Junior High e por fim na Livingston High School. Aos poucos os garotos foram saindo da cidade para fazer a universidade, voltando apenas nas férias para visitar a família. Convites de casamento não tardariam a chegar. Certos pais já tinham fotos de netos para mostrar e, quando o faziam, invariavelmente se espantavam com a fugacidade do tempo. A certa altura, tanto os Kirschner quanto os Roth começaram a se sentir deslocados. Concebida para a criação de filhos, Livingston já não tinha nada a lhes oferecer. Suas respectivas casas agora pareciam grandes demais, vazias demais, e portanto foram vendidas para novas famílias de jovens pais, cujos filhos muito em breve seriam matriculados na Burnet Hill Elementary School, depois na Heritage Junior High e, por fim, na Livingston High School.

A vida, concluiu Myron, não era lá muito diferente do que se via nos comerciais de seguro.

Alguns veteranos da cidade haviam conseguido permanecer. De modo geral era possível identificar a casa destes, pois, embora já não tivessem filhos para criar, eles acrescentaram cômodos e varandas ao projeto original; além disso, seus jardins eram invariavelmente os mais bem-cuidados. Os Braun e os Goldstein pertenciam a esta safra. Al e Ellen Bolitar, também.

Myron entrou com o Ford Taurus no quintal dianteiro dos pais, e os faróis varreram o espaço como as lanternas de uma ronda policial. Estacionou nas imediações da cesta de basquete e desligou o motor. Por um instante ficou admirando a cesta e foi assaltado por uma imagem de Al carregando-o de modo que ele pudesse alcançar o aro. Se a imagem havia saído da memória ou da fantasia, isso era difícil dizer. Tampouco importava.

Quando enfim ele desceu e foi andando rumo à porta, as luzes externas se acenderam automaticamente por obra de um detector de movimentos. Embora instalado três anos antes, o aparelho ainda era motivo de grande espanto para Al e Ellen, que tinham aquele grande avanço tecnológico na mesma conta da descoberta do fogo. Nos primeiros dias após a instalação, eles se divertiam horas a fio tentando ludibriar o aparelho, esgueirando-se sob ele ou andando o mais devagar possível para ver se passavam despercebidos. Por vezes na vida, o que realmente conta são os pequenos prazeres.

A dupla se encontrava na cozinha. Vendo o filho entrar, ambos rapidamente fingiram se ocupar de alguma coisa.

– Olá – cumprimentou Myron.

Eles ergueram o rosto, visivelmente preocupados.

– Oi, filho – devolveu Ellen.

– Olá, Myron – disse Al.

– Vocês voltaram mais cedo da Europa.

Ambos menearam a cabeça como se culpados de um crime. Ellen disse:

– Queríamos ver você jogando. – Falou com extremo cuidado, como se pisasse em ovos com coturnos militares.

– Então, como foi a viagem? – perguntou Myron.

– Ótima – respondeu Al.

– Maravilhosa – emendou Ellen. – A comida, então, era uma atração à parte.

– Mas as porções eram meio mirradas.

– Como assim, mirradas? – protestou Ellen.

– Só estou comentando. A comida era ótima, mas as porções eram pequenas.

– Como assim, pequenas? Por acaso você mediu?

– Ninguém precisa medir para saber se uma porção é pequena, Ellen. E aquelas eram pequenas, sim.

– Pequenas... Como se ele precisasse de porções grandes. O homem come feito um cavalo. Você bem que podia perder uns 10 quilinhos, Al.

– Eu? Não estou gordo.

– Ah, não? Você tem andado com as calças tão apertadas que até parece um daqueles dançarinos do cinema.

Al piscou para a mulher e falou:

– Mas você não teve nenhuma dificuldade para tirá-las durante a viagem, teve?

– Al! – Ela exclamou, mas também havia ali um sorriso. – Na frente do seu filho único? Perdeu o juízo?

Al olhou para o filho e, com os braços abertos, disse:

– A gente estava em Veneza, ora bolas! E Roma!

– Por favor, pai. Não quero ouvir mais nada.

Todos riram. Dali a pouco, quase sussurrando, Ellen perguntou:

– Tudo bem com você, meu querido?

– Tudo – disse Myron.

– De verdade?

– De verdade.

– Achei que você fez umas belas jogadas ali – disse Al. – Uns passes bonitos pro TC no garrafão. Muito bonitos. Mostraram que você é um jogador inteligente.

Al e sua indefectível peneira para tapar o sol.

– Joguei mal para caramba – lamentou Myron.

Depois de balançar a cabeça com veemência, Al retrucou:

– Está achando que falei isso só para que você se sinta melhor?

– Sei que o senhor falou isso só para que eu me sentisse melhor.

– Foi só um jogo de basquete – disse Al. – Uma bobagem. Você sabe disso.

Myron fez que sim com a cabeça. De fato sabia. Durante toda a vida conhecera pais obcecados, homens que tentavam realizar os próprios sonhos por intermédio dos filhos, impondo-lhes um fardo que eles mesmos nunca haviam sido capazes de carregar. Mas esse não era o caso de Al. Al Bolitar jamais precisara encher a cabeça do filho com histórias grandiosas sobre suas proezas atléticas. Jamais o obrigara a nada, valendo-se de um incrível talento para dar a impressão de que era indiferente ao mesmo tempo que deixava bem claro que se importava, e muito, com o destino do filho. Sim, tratava-se de uma gritante contradição (uma espécie de preocupação despreocupada), mas de algum modo ele se saía bem. Infelizmente, era raro na geração de Myron que alguém visse os próprios pais com tamanha compreensão. Uma geração indefinida, presa entre os hippies de Woodstock e a Geração X da MTV, jovens demais para a programação balzaquiana das televisões nos anos 1970 e agora velhos demais para

Barrados no baile ou *Melrose Place*. Myron tinha a impressão de que pertencia a uma "Geração Transferência", na qual a vida se desenrolava numa sucessão de reações e contrarreações. Do mesmo modo que aqueles pais obcecados colocavam tudo sobre os ombros dos filhos, os filhos não pensavam duas vezes antes de culpar os pais pelos próprios fracassos. A geração de Myron fora doutrinada para examinar o passado e localizar com o máximo de precisão o momento em que suas vidas haviam sido arruinadas pelos pais. Ele jamais fizera isso. Se por vezes examinava o passado, sobretudo o comportamento dos pais, tinha por único objetivo desvendar os segredos dos velhos para colocá-los em prática quando enfim fosse pai também.

– Tenho consciência do que aconteceu naquele jogo – disse ele –, mas podem acreditar. Não estou triste nem nada.

Ellen, que já estava de olhos vermelhos, fungou e falou:

– Nós sabemos, querido. – E fungou novamente.

– A senhora não está chorando porque...

Ela negou com a cabeça.

– Você já é um homem feito, eu sei. Mas quando vi você correndo para dentro daquela quadra, pela primeira vez depois de tanto tempo...

As palavras foram se desmanchando no ar enquanto Al olhava para o nada. Todos na família tinham algo em comum: eram atraídos pela nostalgia do mesmo modo que as celebridades são atraídas pelos paparazzi.

Myron esperou até ter certeza de que a voz não falharia.

– Jessica quer que eu vá morar com ela – informou.

E ficou esperando pela enxurrada de protestos, pelo menos por parte da mãe. Ellen ainda não havia perdoado Jessica por ter abandonado Myron anos antes, e ele suspeitava que esse perdão jamais viria. Al, como era de seu feitio, assumiu de pronto a expressão de um bom repórter no momento de fazer suas perguntas: uma expressão neutra que tentava empanar a opinião nada neutra que se formava no interior de sua cabeça.

Ellen olhou para ele, e ele olhou de volta, pousando a mão no ombro da mulher. Em seguida Ellen disse:

– Nossas portas estarão abertas quando você voltar.

Myron cogitou redarguir, mas se conteve a tempo. Os três passaram à cozinha e começaram a papear. Myron preparou para si mesmo um queijo quente. Ellen se recusava a prestar esse tipo de serviço a quem quer que fosse: cachorros eram domesticados, ela acreditava; pessoas, não. Fazia tempo que não cozinhava mais, e Myron via isso com bons olhos. Os mimos da mãe eram apenas verbais e, para ele, assim estava bem.

Eles contaram os casos da viagem, e Myron, apenas vagamente, explicou os motivos que o tinham levado de volta ao basquete. Dali a uma hora ele desceu para seu quarto no porão. Dormia ali desde os 16 anos de idade, ano em que sua irmã fora embora para a universidade. O porão se dividia em dois cômodos: uma saleta que ele usava apenas para receber suas raras visitas e portanto mantinha sempre limpa, e um quarto que em todos os aspectos parecia pertencer a um adolescente. Myron se meteu na cama e ficou olhando para os pôsteres nas paredes. Quase todos estavam ali desde a sua juventude, já desbotados e com as pontas puídas em torno das tachinhas.

Ele sempre torcera pelos Celtics (seu pai havia crescido nas imediações de Boston), e por esse motivo os dois pôsteres de que mais gostava eram o de John Havlicek, o grande astro dos anos 1960 e 1970, e o de Larry Bird, dos anos 1980. Seus olhos dardejavam entre um e outro. O terceiro pôster deveria ser o do próprio Myron; esse havia sido seu sonho desde a infância. Ao ser recrutado pelos Celtics, ele mal ficara surpreso. Uma força maior estava em ação. Estava escrito nas estrelas que ele seria a mais nova lenda da equipe de Boston.

E foi então que Burt Wesson o atropelou.

Myron cruzou as mãos sob a cabeça e esperou que os olhos se ajustassem à luz. Quando ouviu o telefone tocar, atendeu-o quase automaticamente.

– Temos o que você está procurando – disse uma voz eletronicamente distorcida.

– Como?

– A mesma coisa que Downing queria comprar. Vai lhe custar 50 mil dólares. Providencie o dinheiro. As instruções serão passadas amanhã à noite.

A pessoa desligou. Myron tentou usar os serviços de sua operadora para descobrir o número da ligação recebida, mas tratava-se de um interurbano. Sem mais o que fazer, deitou a cabeça no travesseiro e, olhando para os dois pôsteres, esperou o sono chegar.

capítulo 28

O ESCRITÓRIO DE MARTIN FELDER ficava na Madison Avenue, na parte central de Manhattan, não muito longe da agência do próprio Myron. Felder Inc., era assim que o lugar se chamava, o nome engraçadinho deixando bem claro que Marty não estava na Madison Avenue como um figurão do mundo da publicidade. Uma recepcionista alegre e saltitante conduziu Myron até a sala de Marty.

A porta já estava aberta.

– Marty, Myron está aqui para vê-lo.

Marty. Myron. Era um daqueles escritórios em que as pessoas se tratam pelo primeiro nome. Todos se vestiam com aquela informalidade engomadinha dos novos tempos. Marty aparentava uns 50 e tantos anos; os cabelos grisalhos e ralos se espichavam com gel, talvez para esconder uma incipiente calvície. Ele usava uma camisa jeans com gravata laranja; via-se que as calças verdes, da Banana Republic, haviam sido meticulosamente passadas. As meias laranja combinavam com a gravata, e os sapatos pareciam ser da Hush Puppies.

– Myron! – exclamou ele, sacudindo a mão do visitante. – Que bom ver você por aqui!

– Obrigado por me receber assim, Marty, sem hora marcada.

– Poxa, Myron. Você sabe que não precisa marcar hora comigo.

Eles já haviam se encontrado algumas vezes em diferentes eventos de agenciamento de atletas. Myron conhecia a sólida reputação que o colega tinha como um sujeito, com o perdão do clichê, durão porém justo. Marty também tinha um especial talento para conquistar a atenção da mídia tanto para si quanto para seus atletas. Já escrevera dois livros do tipo "como vencer na vida", que muito haviam contribuído para firmar seu nome e sua reputação no mercado. Para completar tinha aquele jeitão de um tio simpático, sempre "na dele", que imediatamente seduzia as pessoas.

– Quer beber alguma coisa? – perguntou ele. – Um *latte*, talvez?

– Não, obrigado.

Marty sorriu e balançou a cabeça.

– Faz tempo que venho pensando em ligar para você, Myron. Por favor, sente-se.

Nas paredes da sala não se via nada além de algumas esculturas bizarras de neon. A mesa tinha estrutura de vidro e gavetas de fibra; sobre ela, nenhum papel. Tudo ali reluzia como o interior de uma espaçonave. Felder apontou para Myron uma das cadeiras diante da mesa e depois se acomodou na outra, logo ao lado. Dois amigos se encontrando para um papinho informal. Nenhuma mesa para servir de divisória ou fator de intimidação.

Felder foi logo dizendo:

– Você sabe, Myron, que seu nome vem crescendo vertiginosamente neste nosso ramo. Os clientes têm plena confiança em você. Proprietários e gerentes dos times respeitam você, *temem* você. E isso é raro, Myron. Muito raro. – Ele bateu as mãos contra as coxas e inclinou o tronco para perguntar: – Você gosta de trabalhar com o agenciamento de atletas?

– Gosto.

– Ótimo – disse ele. – É importante a gente gostar do que faz. A escolha da profissão é a decisão mais importante que um homem tem que fazer na vida. Até mais que a escolha da mulher. – Erguendo os olhos para o teto, emendou: – Quem foi mesmo que disse... "você pode até se cansar das pessoas à sua volta, mas nunca de um trabalho do qual realmente gosta"?

– Algum apresentador de TV? – sugeriu Myron.

Felder riu e, com certo constrangimento, falou:

– Acho que você não veio até aqui para ficar ouvindo essa minha ladainha sobre a felicidade, não é? Portanto, cartas na mesa. Vou dizer sem rodeios: o que você acha de vir trabalhar na Felder Inc.?

– Trabalhar aqui? – perguntou Myron. Regra número um para quem quer emplacar um emprego: deixe seu entrevistador boquiaberto com a inteligência das suas respostas.

– O que tenho em mente é o seguinte – explicou Felder. – Você ficará com a vice-presidência da empresa. Com um salário bastante generoso, claro. Ainda assim terá tempo livre para continuar dando a seus clientes aquela atenção especial que só você sabe dar e que eles esperam de você. Terá à sua disposição todos os recursos da Felder Inc. Pense bem, Myron. Empregamos mais de 100 pessoas aqui. Temos nossa própria agência de viagens para cuidar de tudo o que você precisar. Temos uma grande equipe de... por que não dizer, *gandulas*, que se ocuparão de todos aqueles detalhes muito chatos mas tão vitais ao nosso negócio enquanto você cuida exclusivamente das coisas mais importantes. – Ele ergueu uma das mãos como se para interromper Myron, embora Myron não tivesse mexido nem um músculo sequer. – Sei que você tem uma colaboradora, a Srta. Esperanza Diaz. Que também será bem-vinda, claro. Com um salário maior. Sei ainda que ela está terminando a faculdade de direito este ano. Há muitas oportunidades de promoção na Felder Inc. – Com um gesto das mãos, ele arrematou: – Então, o que você acha?

– Fico muito lisonjeado que...

– Bobagem – interrompeu Felder. – Trata-se apenas de uma decisão empresarial. Do meu interesse. Reconheço uma boa oportunidade quando vejo uma. – Ele se inclinou para a frente e abriu um sorriso sincero. – Deixe que outra pessoa sirva de babá para os seus clientes, Myron. Quero ver você livre para fazer o que sabe fazer melhor: recrutar clientes e negociar acordos.

Myron não tinha nenhum interesse em abrir mão de sua agência, mas admitia que ficara tentado com a proposta.

– Posso pensar no assunto? – disse.

– Claro que sim – respondeu Felder, erguendo as mãos num gesto de resignação. – Não quero pressioná-lo, Myron. Pense o quanto quiser. De qualquer modo, eu não estava esperando nenhuma resposta imediata.

– Obrigado – disse Myron. – Mas... na verdade, vim aqui para conversar sobre outra coisa.

Felder novamente se recostou, cruzou as mãos sobre o colo e, sorrindo, falou:

– Sou todo ouvidos.

– Gostaria de falar sobre Greg Downing.

No rosto de Felder, o sorriso permaneceu onde estava, mas o brilho dos olhos já não era o mesmo.

– Greg Downing?

– Sim. Gostaria de lhe fazer algumas perguntas.

Ainda sorrindo:

– Você entende, claro, que não posso revelar nada que possa ser considerado informação confidencial.

– Naturalmente – assentiu Myron. – Mas talvez você possa me dizer onde ele está.

Martin Felder esperou um instante. Não se tratava mais de uma oferta de emprego, mas de uma negociação. Um bom negociador é assustadoramente paciente. Como um bom interrogador, precisa ser antes de tudo um bom ouvinte e dar a palavra a seu interlocutor. Depois de alguns segundos, Felder perguntou:

– Por que você precisa saber disso?

– Gostaria de falar com ele – respondeu Myron.

– Posso saber sobre o quê?

– Receio que seja particular.

Eles se entreolharam com a mesma afabilidade de antes, mas também com o comedimento de dois profissionais numa roda de pôquer, cuidando para não entregar o jogo que tinham nas mãos.

– Myron... – foi dizendo Felder. – Você precisa entender minha posição. Não me sinto à vontade para divulgar esse tipo de informação sem ter pelo menos alguma pista sobre os seus motivos.

Hora de entregar um pouco do ouro.

– Não fui para os Dragons para recomeçar a carreira de atleta – revelou Myron. – Clip Arnstein me contratou para encontrar o Greg.

As sobrancelhas de Felder se ergueram ligeiramente.

– Encontrar o Greg? Achei que ele estivesse recluso para se recuperar de uma contusão.

– Isso foi o que Clip disse à imprensa.

– Entendo. – Felder levou a mão ao queixo e balançou a cabeça lentamente. – E você está tentando localizá-lo?

– Estou.

– Clip contratou você? Escolheu você? A ideia foi dele?

Myron explicou que sim. Felder agora estampava um discreto sorriso, como se saboreasse internamente a graça de alguma piada.

– Com certeza Clip lhe contou que Greg já fez esse tipo de coisa outras vezes.

– Sim, contou.

– Então não vejo motivo para tanta preocupação – arrematou Felder. – Aprecio que esteja tentando ajudar, Myron, mas, realmente, não creio que seja necessário.

– Você sabe onde ele está?

Felder hesitou um pouco, depois disse:

– Mais uma vez, Myron, procure colocar-se no meu lugar. Se um de seus clientes quisesse ficar fora de circuito por uns tempos, você faria o quê? Atenderia o pedido dele ou não?

Myron farejou um blefe.

– Depende – falou. – Se soubesse que meu cliente estava em apuros, provavelmente faria o que estivesse em meu alcance para ajudá-lo.

– Que tipo de apuros? – perguntou Felder.

– Dívidas de jogo, para começar. Greg está devendo uma fortuna a um pessoal aí, bem casca-grossa. – Myron notou a ausência de qualquer expressão no rosto de Felder e interpretou isso como um bom sinal. O mais natural seria que, ao saber que um de seus clientes está nas mãos de gângsteres, um agente esboçasse pelo menos alguma expressão de surpresa. – Você já sabia de tudo isso, não?

Felder respondeu com cautela, como se pesasse cada palavra numa balança.

– Você ainda é novo no ramo, Myron. E os novatos têm esse entusiasmo que muitas vezes é canalizado para o lugar errado. Represento os interesses de Greg Downing, e isso implica certas responsabilidades. Mas não me dá carta branca para administrar a vida dele. O que Greg ou qualquer outro dos meus clientes faz com seu tempo livre não é da minha conta. E nem deveria ser. Ainda bem. Tanto para mim quanto para você. Gostamos dos nossos clientes e nos preocupamos com eles, mas não somos substitutos paternos nem tutores pessoais. É importante que você tenha consciência disso desde já.

Resumo da ópera: ele sabia sobre as dívidas de Downing.

– Por que Greg fez um saque de 50 mil dólares 10 dias atrás? – perguntou Myron.

Como antes, Felder permaneceu impassível. De duas, uma: ou de fato não tinha nenhum motivo para se surpreender com o que Myron vinha dizendo, ou de algum modo era capaz de bloquear qualquer conexão entre o cérebro e os músculos faciais.

– Você sabe que não posso revelar uma informação dessas – falou. – Nem mesmo confirmar se esse saque realmente foi feito. – Novamente deu um tapa nas próprias pernas e fabricou um sorriso. – Faça-nos um favor, Myron, a mim e a você mesmo. Pense na minha oferta e deixe este outro assunto de lado. Cedo ou tarde Greg vai aparecer. Ele sempre aparece.

– Eu não teria tanta certeza – rebateu Myron. – Dessa vez ele realmente está em maus lençóis.

– Se você está se referindo a essas supostas dívidas...

– Não é disso que estou falando.

– Do que é, então?

Até ali, Felder não havia feito nenhuma inconfidência que interessasse a Myron. Dera a entender que sabia dos problemas de Greg, mas apenas para se safar. Percebera desde cedo que Myron vinha lendo seus pensamentos. Se tivesse negado, dizendo que não sabia de nada, teria passado recibo de incompetente ou desonesto. Marty Felder era um homem esperto. Jamais daria um passo em falso. Portanto, Myron tentou outro caminho:

– Por que você mandou filmar a mulher de Greg?

– O quê? – disse Felder, piscando os olhos.

– ProTec. Esse é o nome da agência que você contratou. Eles instalaram uma câmera no Glenpointe Hotel. Gostaria de saber por quê.

Quase rindo, Felder disse:

– Espera aí. Me ajude a entender, Myron. Primeiro você diz que meu cliente está em apuros. Depois diz que quer ajudá-lo. E depois faz alusão a uma câmera. Não estou conseguindo acompanhar.

– Só estou tentando ajudar seu cliente.

– O melhor que você pode fazer por Greg é abrir o jogo e contar logo tudo o que sabe. Sou o agente dele, Myron. Cabe a *mim* defender seus interesses. Não os interesses dos Dragons, muito menos os de Clip. Pois bem. Você falou que Greg está em apuros. Que espécie de apuros?

Myron balançou a cabeça:

– Primeiro você conta sobre a câmera.

– Não.

Finalmente caíra o pano: a contradança da negociação começava a esquentar. Dali a pouco eles estariam mostrando a língua um para o outro, mas por ora a cordialidade ainda prevalecia. Tratava-se de um cabo de guerra. Quem seria o primeiro a capitular? Myron avaliou a situação mentalmente. Esta era a primeira regra de uma negociação: jamais perder de vista aquilo que você quer e aquilo que seu oponente quer. Muito bem. O que Felder tinha que Myron poderia querer? Informações sobre o saque de 50 mil, sobre a câmera e talvez algo mais. O que Myron tinha que Felder poderia querer? Não muito. Myron espevitara a curiosidade dele ao dizer que Greg estava em maus lençóis. Felder talvez já soubesse dos problemas de seu cliente, mas ainda assim tentaria descobrir exatamente o que ele, Myron, sabia. Em suma: Myron estava em desvantagem. Teria que se mexer. Hora de aumentar as apostas. E sem maiores delicadezas.

– É bem possível que eu tenha vindo aqui à toa – disse ele.

– Como assim?

– Poderia ter mandado um delegado da polícia para fazer as mesmas perguntas.

Felder permaneceu imóvel, mas suas pupilas se dilataram de um modo estranho.

– Como?

Aproximando o indicador do polegar, Myron explicou:

– Falta *isto* para que certo delegado do departamento de homicídios emita uma notificação de alerta com os dados de Greg.

– Você falou "homicídios"?

– Sim.

– Mas quem foi morto?

– Primeiro a câmera.

Felder não era homem de se precipitar. Recruzou os dedos, olhou para o teto e começou a bater com o pé. Sem nenhuma pressa, pôs-se a avaliar os prós e os contras, os custos e os benefícios, e o que mais precisasse para se decidir. Myron chegou a recear que ele começasse a desenhar gráficos.

– Myron, você nunca chegou a trabalhar como advogado, não é? – falou por fim.

– Passei no exame da Ordem, e só.

– É um homem de sorte – disse Felder, e exalou um suspiro de cansaço. – Sabe por que existem tantas piadas sobre advogados canalhas? Porque eles *são* canalhas. Mas a culpa não é deles. Não mesmo. É do sistema. É o sistema que encoraja as trapaças, as mentiras e a canalhice em geral. Digamos, a título de ilustração, que você seja o técnico de uma equipe mirim de basquete. Um belo dia você chega para as crianças e diz: hoje não tem árbitro. Vocês é que vão fazer a arbitragem sozinhos. O que você acha que aconteceria depois? Muito provavelmente, a ética iria para o espaço. Sobretudo se você também disser aos pentelhos que o único objetivo do jogo é vencer. Vencer a qualquer custo. Esquece essa história de *fair play* e espírito esportivo. Pois é assim que funciona o nosso sistema judicial, Myron. Coadunamos com a trapaça em nome de um suposto "bem maior".

– A analogia não é boa – retrucou Myron.

– Por que não?

– A ausência de arbitragem. Os advogados são regidos por um juiz.

– Nem sempre. A maioria dos casos é resolvida com acordos antes de ser levada a juízo. Você sabe disso. De qualquer modo, acho que me fiz claro. O sistema encoraja os advogados a mentir ou a distorcer a verdade sob o pretexto de defender os interesses de seus clientes. Em nome desses interesses, vale tudo. E isso vem destruindo nosso sistema judicial.

– Muito fascinante essa sua tese – disse Myron. – Mas que relação ela tem com a câmera?

– Uma relação direta – respondeu Felder. – A advogada de Emily Downing mentiu e distorceu a verdade. Ultrapassando em muito os limites da ética e da necessidade.

– Você está falando do processo pela guarda dos filhos?

– Exatamente.

– Que foi que ela fez?

Felder sorriu e falou:

– Vou lhe dar uma pista. Atualmente, neste país, essa alegação em particular é feita em mais de 30% dos casos de custódia. É quase um procedimento padrão, tão comum quanto o arroz jogado no dia do casamento, muito embora destrua vidas.

– Abuso infantil?

Felder não se deu o trabalho de responder. Disse apenas:

– Chegamos à conclusão de que era necessário dar fim a essa inverdade tão cruel e perigosa. Equilibrar os pratos da balança, por assim dizer. Não tenho orgulho disso. Nenhum de nós tem. Mas também não me sinto envergonhado. Não dá para jogar limpo quando o adversário insiste em usar um soco inglês. Você faz o que precisa para continuar vivo.

– E o que você fez?

– Gravei Emily Downing numa situação bastante delicada.

– Uma situação delicada... Do que você está falando exatamente?

Felder tirou uma chave do bolso, foi até um armário e de lá tirou uma fita de vídeo. Abriu um segundo armário, onde ficavam a TV e o aparelho de vídeo, e alojou a fita na bandeja. Empunhando o controle remoto, disse:

– Agora é sua vez. Você falou que Greg estava em apuros.

Era chegada a hora de Myron ceder um pouquinho. Outra regra importante das negociações: não seja um turrão inconsequente; o tiro costuma sair pela culatra.

– Acreditamos que uma mulher estava chantageando o Greg – disse. – Usava diversos nomes. Carla na maioria das vezes, mas também é possível que se fizesse passar por Sally ou Liz. Foi assassinada no último sábado.

Desta vez Felder se assustou. Ou ao menos fingiu se assustar.

– Certamente a polícia não está suspeitando que Greg...

– Está – disse Myron.

– Mas por quê?

Myron foi vago:

– Greg foi a última pessoa vista com ela na noite do assassinato. As impressões digitais dele foram encontradas na cena do crime. Além disso, a polícia encontrou a arma do crime na casa dele.

– Revistaram a casa do Greg?

– Sim.

– Mas eles não podiam ter feito uma coisa dessas.

O advogado e suas inverdades:

– Tinham um mandado – disse Myron. – Você conhece essa mulher? Essa Carla ou Sally?

– Não.

– Tem alguma ideia de onde Greg possa estar?

– Nenhuma.

Myron o examinou, mas não soube dizer se estava mentindo ou não. Com raras exceções, não basta avaliar os olhos ou a linguagem corporal de uma pessoa para saber se ela está mentindo. Pessoas nervosas e irrequietas também dizem a verdade, e um bom mentiroso é capaz de aparentar tanta sinceridade quanto um ator. De modo geral, os "analistas de linguagem corporal" eram apenas ludibriados pelas próprias certezas.

– Por que Greg sacou 50 mil dólares em dinheiro vivo? – perguntou Myron.

– Não questionei – respondeu Felder. – Como falei antes, esses assuntos não são da minha conta.

– Você achou que era para o jogo.

Mais uma vez, Felder não se deu o trabalho de responder. Ergueu os olhos e disse:

– Você falou que essa mulher estava chantageando Greg.

– Estava – confirmou Myron.

– E que carta ela tinha na manga, você sabe?

– Não tenho certeza. Essa história de jogo, eu acho.

Felder balançou a cabeça e, sem olhar para a tela, finalmente acionou o controle remoto. Na televisão, o granulado da estática logo deu lugar a uma imagem em preto e branco. Um quarto de hotel. A câmera parecia estar gravando de baixo para cima. Não havia ninguém no quarto. Um contador digital marcava o tempo. O cenário era quase em tudo igual ao daquelas gravações em que um político do Partido Democrata aparecia fumando um bong de crack.

Essa não, pensou Myron. Seria possível? Uma trepada dificilmente provaria a incapacidade de alguém para cuidar dos filhos, mas e as drogas? Para equilibrar os pratos da balança, tal como Felder havia posto, o que poderia ser melhor do que mostrar a mãe fumando, cheirando ou se picando num quarto de hotel? Que impacto isso teria sobre um juiz?

No entanto, ele logo viu que estava enganado.

A porta do quarto de hotel se abriu. Emily entrou sozinha e espiou a seu redor. Sentou-se na cama, mas logo se levantou de novo. Perambulou um pouco, sentou-se novamente. Perambulou mais um pouco, passou ao banheiro, voltou dali a pouco. As mãos procuravam qualquer objeto a seu alcance: panfletos, cardápios, um guia de TV.

– Não tem som? – perguntou Myron.

Marty Felder fez que não com a cabeça. Ainda não olhava para a tela.

Atônito, Myron continuou assistindo ao nervoso ritual de Emily. A certa altura, ela parou um instante e se dirigiu à porta. Decerto ouvira alguém bater. Não abriu de imediato, parecia insegura. Esperando o Homem Perfeito? Provavelmente, concluiu Myron. Mas quando Emily enfim abriu a porta, ele novamente constatou que se havia enganado.

Tratava-se de uma Mulher Perfeita.

As duas mulheres conversaram por alguns minutos. Beberam algo do frigobar, depois começaram a se despir. Myron sentiu um frio no estômago. Decidiu que já tinha visto o bastante quando elas se deitaram na cama.

– Por favor, desligue.

Felder desligou o aparelho, ainda sem olhar para ele.

– Fui sincero quando falei que não tenho orgulho do que fiz.

– Parabéns – disse Myron.

Só agora ele entendia a hostilidade de Emily. Ela realmente havia sido vítima de um flagrante delito. Não com um homem, mas com outra mulher. O que não constituía nenhum crime, claro. Mas a maioria dos juízes se deixaria influenciar. Assim era o mundo. E falando no mundo e em seus modos, Myron conhecia a tal Mulher Perfeita por outro apelido.

Metralhadora.

capítulo 29

MYRON VOLTAVA A PÉ PARA O escritório perguntando-se o que aquilo tudo poderia significar. Para início de conversa, significava que Maggie Mason, a

Metralhadora, era mais que um objeto de diversão naquela história. Mas o que exatamente ela poderia ser? Teria armado uma cilada para Emily ou também havia sido vítima de uma gravação clandestina? As duas eram amantes ou aquela noite não passara de uma aventura única? Felder alegava não saber de nada. Na gravação, as duas mulheres davam a impressão de pouca intimidade, pelo menos na pequena parte a que ele conseguira assistir; por outro lado, ele não era exatamente um especialista no assunto.

Na esquina da rua 50, Myron dobrou para a parte leste da cidade. Um albino, usando um boné dos Mets e um short amarelo sobre os jeans rasgados, tocava uma cítara indiana, cantando "The Night Chicago Died", o clássico dos anos 1970; sua voz lembrava a Myron a de uma velhinha chinesa que trabalhava nos fundos de sua lavanderia. À frente dele se viam um copinho de gorjetas e uma pilha de fitas cassete, além de uma placa em que se lia: "Benny, o original, e sua cítara mágica. Apenas 10 dólares." Ah. O original. Ainda bem. Quem haveria de querer o cover de um albino tocando música de AM numa cítara indiana? Não, valeu, muito obrigado.

Benny sorriu para Myron. Chegando à parte da música em que o garoto descobre que 100 policiais haviam sido mortos (talvez até o pai dele), Benny começou a chorar. Pura emoção. Myron deixou uma nota de um dólar no copinho e cruzou a rua, novamente pensando no vídeo de Emily e Maggie. Ele agora se perguntava que relevância poderia ter essa gravação. Sentira-se um voyeur imundo ao vê-la pela primeira vez e agora se sentia da mesma forma por requentar as imagens em sua cabeça. Afinal, o mais provável era que o episódio não passasse de um encontro fortuito. Que vínculo aquilo poderia ter com o assassinato de Liz Gorman? Nenhum que ele pudesse vislumbrar. A bem da verdade, ele nem sequer conseguia entender como Liz Gorman se encaixava na jogatina de Greg ou no que quer que fosse.

Ainda assim a gravação suscitava algumas questões bem importantes. A acusação de pedofilia que pesava contra Greg, por exemplo. Teria algum fundo de verdade ou, como sugerira Felder, aquilo não passava de uma cartada judicial? Além disso, Emily não dissera a Myron que faria qualquer coisa para manter a guarda dos filhos? Até mesmo matar? Como ela teria reagido ao saber da gravação? Provocada por tamanho absurdo, até onde poderia chegar?

Myron enfim chegou ao prédio de sua agência na Park Avenue. No elevador, trocou um breve sorriso com uma jovem executiva de terninho. O lugar recendia a uma dessas colônias vagabundas de farmácia nas quais se banham certos homens para quem um banho real consome tempo e energia demais. A executiva farejou o ar e olhou para Myron.

– Não uso perfume – foi logo dizendo.

Mas a moça não parecia convencida. Ou talvez execrasse todo o gênero masculino pelas colônias vagabundas que usavam. O que era compreensível naquelas circunstâncias.

– Experimente não respirar – sugeriu Myron.

Ela olhou para ele, o rosto já verde como uma alga marinha.

Ao entrar no escritório, Myron se deparou com uma sorridente Esperanza, que disse:

– Bom dia!

– Opa.

– Que foi?

– Você nunca me desejou "bom dia". Nunca.

– Claro que sim.

Myron balançou a cabeça.

– *Et tu*, Esperanza? – disse.

– Do que diabo você está falando?

– Você ficou sabendo do jogo de ontem. E agora está tentando, digamos... ser gentil comigo.

O fogo nos olhos dela cresceu.

– Gentil com você? Estou *cagando* para esse jogo. Não estou nem aí se enrabaram você do início ao fim.

– Tarde demais, Esperanza. Você se preocupa comigo.

– Nos seus sonhos. Você pagou um mico, Myron.

– Me engana que eu gosto – insistiu ele.

– Eu? Enganando você? Se liga, garoto. Você pagou um mico. E dos grandes. Um vexame. Fiquei com vergonha só de conhecê-lo. Tive que baixar a cabeça quando entrei nesse prédio hoje.

Myron se inclinou e a beijou no rosto.

– Era só o que faltava. Agora vou ter que me vacinar contra sapinho.

– Não precisa se preocupar, Esperanza – falou. – Estou bem. Juro.

– Quero mais é que você morra. Juro.

O telefone tocou e Esperanza atendeu.

– MB Representações Esportivas. Claro, Jason, ele está aqui sim. Só um segundo. – Ela tapou o bocal do aparelho. – É o Jason Blair.

– O verme que a chamou de popozuda?

– Ele mesmo. Lembre a ele das minhas pernas.

– Vou atender na minha sala. – No topo de uma pilha de papéis, uma foto chamou a atenção de Myron. – O que é isto?

– O dossiê sobre a Brigada Raven – respondeu Esperanza.

Myron pegou uma foto granulada do grupo tirada em 1973, a única em que os sete integrantes apareciam juntos. Rapidamente ele identificou Liz Gorman. Não chegara a vê-la direito, mas, pelo que se lembrava, achava difícil alguém pensar que Carla e Liz Gorman fossem a mesma pessoa.

– Posso dar uma olhada nisto? – disse ele.

– É todo seu.

Myron foi para a sala e atendeu a ligação.

– E aí, Jason?

– Porra! Onde foi que você se meteu?

– Comigo tudo bem, Jason, e contigo?

– Não estou para brincadeira, Myron. Você colocou aquelazinha no meu contrato e ela fodeu com tudo. Estou pensando seriamente em sair da MB.

– Calma, Jason. O que houve?

– *Como é que é?* – rugiu Jason. – Você nem sabe o que aconteceu?

– Não.

– Então eu vou lhe dizer. A gente estava lá, bem no meio da minha negociação com os Red Sox, certo?

– Certo.

– Quero ficar em Boston. Nós dois sabemos disso. Mas a gente tem que fazer barulho, certo? Dar a entender que estou disposto a ir embora. Foi isso que você me orientou a fazer. Deixar os caras pensando que quero trocar de time. Para aumentar a grana. Tenho passe livre. É isso que a gente tem que fazer, certo?

– Certo.

– Não quero que eles pensem que quero voltar para o time, certo?

– Certo. Até certo ponto,

– Até certo ponto, porra nenhuma! – cuspiu ele. – Outro dia meu vizinho recebeu uma correspondência dos Sox, pedindo que ele renovasse a assinatura de ingressos da temporada. Adivinha de quem era a foto no panfleto, dizendo que eu ia voltar? Vai, adivinha.

– Hmm... era sua?

– Claro que era minha! Então liguei para essa popozuda aí...

– As pernas também não são más.

– O quê?

– As pernas. Não são compridas, porque ela não é muito alta. Mas são bem torneadas.

– Vá zoar com a sua avó, Myron. Preste atenção no que estou dizendo. Alguém dos Sox ligou para sua popozuda, perguntando se eles podiam usar minha foto no panfleto, mesmo sem eu estar contratado. E ela disse o quê? Disse que *sim*, merda! E agora? O que aqueles manés vão ficar pensando? *Claro*, vão ficar pensando que estou doido para assinar com eles! Tanto esforço para esconder o jogo, e essa sua popozuda põe tudo a perder!

Esperanza entrou na sala sem bater.

– Isto aqui chegou hoje cedo – disse, e jogou um contrato sobre a mesa de Myron. O contrato era de Jason. Myron correu os olhos sobre a papelada. Esperanza pediu: – Coloque o estressadinho no viva-voz.

Isso feito, ela falou:

– Jason?

– Porra, Esperanza, cai fora. Estou tentando falar com o Myron.

Ela o ignorou.

– Mesmo que você não mereça saber, finalizei o seu contrato. Consegui tudo que você pediu e mais alguma coisa.

Isso fez com que Jason pisasse no freio.

– *Quatrocentos mil por ano?*

– Seiscentos. Mais um bônus de 250 na assinatura do contrato.

– Seisc... Mais um b...

– Eles meteram os pés pelas mãos – explicou Esperanza. – Depois que distribuíram aqueles panfletos com sua foto, ficaram sem saída.

– Não entendi.

– É simples – disse ela. – A mala direta foi enviada com sua foto, e as pessoas começaram a comprar ingressos por causa disso. Nesse meio-tempo, liguei para eles dizendo que você tinha fechado com os Rangers no Texas, que o contrato já estava quase assinado. – Reacomodando-se na cadeira, emendou: – Veja bem, Jason. Basta você se colocar do outro lado do balcão. O que você faria? O que diria a todas essas pessoas que compraram ingressos quando elas descobrissem que Jason Blair, cuja foto estava na mala direta, não faria parte do time porque havia conseguido coisa melhor com os Texas Rangers?

Silêncio. E depois:

– Bunda, pernas... – disse Jason. – Não quero nem saber! Você tem o cérebro mais *lindo* que eu já vi na vida!

– Mais alguma coisa, Jason? – perguntou Myron.

– Vá treinar, Myron. Do jeito que você jogou ontem à noite, está precisando. Agora quero discutir os detalhes com a Esperanza.

– Vou atender na minha mesa – disse ela.

Myron novamente colocou Jason em espera.

– Bela jogada.

Esperanza deu de ombros:

– Um garoto lá do departamento de marketing dos Sox fez bobagem. Acontece.

– E você soube aproveitar muito bem.

Com uma expressão de enfado, ela disse:

– Meu peito trêmulo está inflado de orgulho.

– Deixa para lá. Vá atender sua ligação.

– Não, juro, meu objetivo na vida é ser igualzinha a você.

– Esquece. Você nunca vai ter uma bunda igual à minha.

– É, tem isso – disse Esperanza, e saiu.

Assim que se viu sozinho, Myron ergueu a foto da Brigada Raven e identificou os três membros que ainda andavam à solta: Gloria Katz, Susan Milano e, o mais conhecido de todos, o enigmático líder Cole Whiteman. Ninguém havia atraído a atenção e a fúria da imprensa mais do que ele. Myron era menino quando os Ravens sumiram do mapa, mas ainda se lembrava das histórias. Cole poderia muito bem se passar por um irmão de Win: louro, feições aristocráticas, família quatrocentona. Enquanto todos os demais na foto eram cabeludos e maltrapilhos, o líder se apresentava bem barbeado e com um corte de cabelo conservador; a única concessão à estética dos anos 1960 eram as costeletas enormes. Dificilmente o tipo físico que Hollywood esperaria de um radical de esquerda. Todavia, como Myron havia aprendido com Win, as aparências muitas vezes podiam enganar.

Ele largou a foto e ligou para o investigador Dimonte, que rosnou um alô ao atender.

– Então – disse Myron –, descobriu mais alguma coisa?

– Está achando o quê, Bolitar? Que agora somos parceiros?

– Eu sou o Starsky e você é o Hutch.

– Caramba, como eu tenho saudade daqueles dois... O carro bacana... A camaradagem com Fuzzy Bear...

– Huggy Bear – corrigiu Myron.

– O quê?

– O nome do cara era Huggy Bear, não *Fuzzy* Bear.

– É mesmo?

– O tempo urge, Rolly. Diz aí, descobriu alguma coisa?

– Você primeiro. Quais são as novidades?

Mais uma negociação. Myron contou a ele sobre as dívidas de Greg. Pressupondo que Rolly também tinha os registros telefônicos dele, contou ainda sobre a suspeita de chantagem. Mas não contou sobre o vídeo. Não seria correto, pelo menos não antes que ele conversasse com Emily. Dimonte fez algumas perguntas. Dando-se por satisfeito, falou:

– Muito bem. O que você quer saber?

– Vocês encontraram mais alguma coisa na casa do Greg?

– Nada – respondeu o investigador. – Nada *mesmo*. Lembra as tais roupas femininas ou os cremes, sei lá, que você disse ter encontrado no quarto dele?

– Lembro.

– Pois é. Também foram levadas. Nenhum sinal de roupa feminina por lá.

Isso significava, pensou Myron, que a tese da amante voltava a mostrar sua cara feia. Para proteger Greg, a amante volta à casa para limpar o sangue no porão e depois apaga os próprios rastros também, garantindo assim o sigilo da relação entre eles.

– E as testemunhas? – perguntou Myron. – Alguém no prédio de Liz Gorman viu alguma coisa?

– Não. Interrogamos a vizinhança inteira. Ninguém viu porra nenhuma. Todo mundo estava ocupado com uma merda qualquer. Ah, mais uma coisa: a imprensa já sabe do assassinato. Deram uma nota na edição de hoje.

– Você não passou a eles o nome de Liz, passou?

– Ficou maluco? Claro que não. Estão achando que foi apenas mais um caso de latrocínio. Mas escuta só: hoje cedo recebemos uma ligação anônima. Alguém sugerindo que a gente fizesse uma busca na casa do Greg.

– Está brincando.

– Sério. Uma voz feminina.

– Alguém está armando para cima dele, Rolly.

– Será, Sherlock? Uma mulher, ainda por cima. Mas o assassinato não chegou às manchetes dos jornais. Ficou num canto qualquer das últimas páginas, mais um homicidiozinho desse nosso esgoto urbano. Só recebeu um pouco mais de atenção porque aconteceu perto de um campus universitário.

– Você já deu uma olhada nessa conexão? – perguntou Myron.

– Que conexão?

– Essa proximidade com a Columbia. Metade dos movimentos radicais dos anos 1960 começou ali. Com certeza ainda tem alguns simpatizantes por lá. Talvez alguém tenha ajudado Liz Gorman.

Dimonte exalou um dramático suspiro.

– Bolitar, você acha que todo policial é um panaca?

– Não.

– Acha que foi o único a levantar essa bola?

– Bem – disse Myron –, as pessoas dizem que tenho certo talento.

– Não foi o que eu li na seção de esportes hoje.

Touché.

– Então, o que você descobriu?

– Ela alugou o apartamento de um certo Sidney Bowman, um radicalzinho de merda, comunista de carteirinha, fanático, maluco, que se diz professor universitário.

– Poxa, Rolly, você é tão tolerante...

– Pois é. É assim que eu fico quando passo muito tempo sem frequentar a União de Liberdades Civis. Mas voltando ao que interessa: o comunistazinho não quis abrir o bico. Falou apenas que ela alugou o apartamento dele e pagou em dinheiro vivo. Todos nós sabemos que ele está mentindo. Os federais deram uma prensa no cara, mas ele estava cercado de um bando desses viadinhos liberais que se fazem passar por advogados. Chamaram a gente de porcos nazistas e tudo o mais.

– E isso não foi um elogio, Rolly. Só para deixar bem claro.

– Valeu o toque. Mandei o Krinsky ficar na cola do cara, mas até agora ele não descobriu nada. Afinal de contas, esse Bowman não é nenhum retardado. Certamente sabe que está sendo vigiado.

– Que mais você sabe sobre ele?

– Divorciado. Sem filhos. Dá aulas sobre uma dessas merdas existencialistas que no mundo real não servem para nada. Segundo me disse Krinsky, passa a maior parte do tempo ajudando os sem-teto. Essa é a rotina do cara: ir para um abrigo ou para debaixo de uma ponte qualquer e ficar lá com os vagabas. Como eu disse, o cara não bate muito bem das bolas.

Win entrou na sala sem bater. Foi direto para o armário e abriu a porta que sustentava um espelho de tamanho natural. Mirando-se nele, ajeitou os cabelos com as mãos, meticulosamente, embora não houvesse um único fio fora do lugar. Em seguida afastou as pernas e estirou os braços para baixo como se estivesse segurando um taco de golfe. Sem tirar os olhos do espelho, ergueu o taco imaginário para fazer seu backswing, certificando-se de que o braço dianteiro permanecia rígido, e o punho, relaxado. Fazia isso o tempo todo, às vezes até na calçada, diante da vitrine de uma loja qualquer. Para Myron isso era o equivalente, no golfe, àqueles marombeiros que começam a contrair os músculos sempre que se veem refletidos em algum lugar. Irritante, muito irritante.

– Não descobriu mais nada, Rolly?

– Não. E você?

– Nada. A gente se fala mais tarde.

– Mal posso esperar, Hutch – disse Dimonte. – Sabe, o Krinsky é tão novo que mal se lembra do programa. Triste, não é?

– Ah, os jovens de hoje... – disse Myron. – Não têm nenhuma cultura.

Win ainda estudava sua tacada ao espelho quando Myron desligou.

– Conte-me tudo, não esconda nada – disse ele, e Myron lhe passou o relatório. Isso feito,Win falou: – Essa Fiona, a ex-coelhinha... Me parece uma candidata perfeita para o interrogatório Windsor Horne Lockwood III.

– Ahã – concordou Myron. – Mas, antes, por que você não me diz como foi seu interrogatório Windsor Horne Lockwood III com a Metralhadora?

Win franziu a testa para o espelho e ajustou a empunhadura.

– Nossa amiga se revelou um tanto hermética. Portanto, optei por outra abordagem.

– E que abordagem foi essa?

Win contou sobre a conversa que tivera. Myron simplesmente balançou a cabeça e disse:

– Então você seguiu ela?

– Segui.

– E?

– Não há muito que relatar. Depois do jogo ela foi para a casa do TC e passou a noite por lá. Nenhum telefonema digno de nota foi feito pela linha fixa da residência. Ou ela não ficou abalada com nosso entrevero ou realmente não sabe de nada.

– Ou sabia que estava sendo seguida – acrescentou Myron.

Win novamente franziu a testa. De duas, uma: ou havia refutado a sugestão de Myron, ou identificado algum problema em seu swing. Provavelmente a segunda. Desviando o olhar do espelho, ele notou a foto sobre a mesa de Myron.

– É a Brigada Raven? – perguntou.

– É. Um dos integrantes é a sua cara – disse Myron, apontando para Cole Whiteman.

Win avaliou a foto por um instante.

– Embora seja mesmo boa-pinta, não tem meu senso de estilo, muito menos as feições impactantes do meu rostinho perfeito.

– Sem falar na modéstia.

– Exato – arrematou Win.

Examinando a foto outra vez, Myron se lembrou do que Dimonte dissera sobre a rotina do professor Sidney Bowman. Só então pensou em algo, e sentiu um calafrio descer pela espinha. Mentalmente, foi distorcendo as feições de Cole, imaginando as interferências de uma cirurgia plástica e o envelhecimento natural de 20 anos, até chegar à imagem que tinha na lembrança. A semelhança, se não total, era grande o suficiente.

Para se disfarçar, Liz Gorman havia alterado sua característica física mais notável. Não seria razoável supor que Cole Whiteman tivesse feito o mesmo?

– Myron?

Ele ergueu a cabeça.

– Acho que sei onde encontrar Cole Whiteman.

capítulo 30

HECTOR NÃO GOSTOU DE VÊ-LO novamente no Parkview Diner.

– Já sabemos quem é o cúmplice de Sally – disse Myron. – O nome dele é Norman Lowenstein. Conhece?

Hector fez que não com a cabeça e continuou limpando o balcão.

– É um sem-teto. Fica zanzando aí na rua dos fundos e às vezes usa seu telefone público.

Hector interrompeu a limpeza por um segundo.

– O senhor acha que eu deixaria um sem-teto entrar na minha cozinha? – disse. – Além disso, não temos uma rua dos fundos. Pode olhar se quiser.

A resposta não surpreendeu Myron.

– Quando estive aqui no outro dia, ele estava sentado neste mesmo balcão. Barba por fazer. Cabelos pretos e compridos. Um casaco claro, todo puído.

Voltando a esfregar a fórmica, Hector falou:

– Acho que sei quem é. O sujeito de All Star preto?

– Ele mesmo.

– Volta e meia aparece por aqui. Mas não sei o nome dele.

– Já o viu conversando com Sally?

Hector deu de ombros.

– Pode ser. Quando ela estava servindo alguma coisa para ele. Mas não sei direito.

– Quando ele esteve aqui pela última vez?

– Sumiu depois daquele dia que o senhor veio – revelou Hector.

– Vocês nunca conversaram?

– Não.

– Você não sabe nada sobre ele?

– Não.

Myron anotou o número de seu telefone num pedaço de papel.

– Caso ele dê as caras novamente, por favor me ligue. A recompensa é de mil dólares.

Hector leu o papel.

– É seu número comercial? Na AT&T?

– Não. É pessoal.

– Ahã – disse Hector. – Liguei para a AT&T depois que você saiu daqui. Eles nunca ouviram falar daquela história de Y511 nem tiveram um funcionário chamado Bernie Worley. – Ele não parecia irritado, mas também não estava saltitando de alegria. Apenas encarava Myron com firmeza.

– Menti para você – confessou Myron. – Foi mal.

– Como você se chama de verdade? – perguntou Hector.

– Myron Bolitar. – Ele entregou um cartão, e Hector o examinou rapidamente.

– O senhor é agente de atletas?

– Sou.

– E que diabo um agente de atletas pode estar querendo com a Sally?

– É uma história comprida.

– O senhor não deveria ter mentido. Isso não é certo.

– Eu sei – disse Myron. – Não teria mentido se não fosse importante.

Hector guardou o cartão no bolso da camisa.

– Tenho clientes para atender – grunhiu, e se afastou.

Myron cogitou chamá-lo para se explicar melhor, mas por fim achou desnecessário. Win esperava por ele na calçada.

– E então?

– Cole Whiteman é um morador de rua que se apresenta como Norman Lowerstein.

Win parou um táxi conduzido por um oriental de turbante. Eles entraram no carro, e Myron informou o destino. O motorista simplesmente meneou a cabeça, roçando o teto com sua torre de pano. Nos alto-falantes, uma cítara arranhava o ambiente com suas unhas afiadas. Um martírio. Por outro lado, qualquer coisa menos Yanni.

– Ele não se parece em nada com o cara daquela foto – disse Myron. – Fez uma cirurgia plástica. Deixou o cabelo crescer e o pintou de preto.

O táxi parou no sinal. Ao lado dele, um TransAm azul, dos mais turbinados, balançava-se ao som de um hip-hop ensurdecedor. Os decibéis eram tantos que, se não deslocavam o eixo da Terra, pelo menos faziam tremer o táxi. O sinal abriu, e o TransAm chispou adiante.

– Fiquei pensando no modo que Liz Gorman encontrou para se disfarçar – prosseguiu Myron. – Ela pegou seu atributo mais evidente e virou pelo avesso. Cole era um ricaço engomadinho, filhinho de papai. Que avesso seria melhor do que se tornar um mendigo maltrapilho?

– Um *judeu* mendigo e maltrapilho – corrigiu Win.

– Certo. Então, quando Dimonte contou que o professor Bowman gostava de se misturar com os sem-teto, fiquei pensando...

– Rota! – rosnou o motorista.

– Como?

– Rota. Pela Henry Hudson ou pela Broadway?

– Henry Hudson – respondeu Win, e virou os olhos para Myron. – Continue.

– Minha tese é a seguinte: Cole Whiteman vinha suspeitando que Liz Gorman estava em algum tipo de apuro. Talvez ela tivesse deixado de retornar um telefonema ou faltado a um encontro, sei lá. O problema é que ele não podia ir até lá para ver pessoalmente o que tinha acontecido. Não teria sobrevivido a tantos anos de clandestinidade se não fosse um cara inteligente. Whiteman sabia que, caso a polícia pusesse as mãos em Liz, com certeza armaria alguma cilada para pegá-lo também.

– Portanto mandou você no lugar dele – concluiu Win.

Myron fez um gesto afirmativo com a cabeça.

– Ele ficava ali, nas imediações do restaurante, na esperança de ter alguma notícia da tal "Sally". Quando entreouviu minha conversa com Hector, achou que tinha ali uma boa oportunidade. Então contou essa história comprida, de que tinha conhecido Sally no telefone público do restaurante, de que os dois eram amantes. Achei estranho, mas não me dei o trabalho de questioná-lo. Depois me levou até o apartamento e ficou esperando na calçada, para ver o que iria acontecer. Viu quando a polícia chegou. Provavelmente viu até o corpo sendo retirado do prédio... De longe, na moita. E então confirmou suas suspeitas. De que Liz Gorman estava morta.

Win refletiu um instante.

– E agora você acha que o professor Bowman vem se comunicando com ele quando faz suas visitas aos sem-teto?

– Sim.

– E nosso próximo passo será encontrar Cole Whiteman?

– Sim.

– Entre os miseráveis piolhentos de um abrigo abandonado por Deus?

– Exatamente.

Martirizado, Win disse:

– Era só o que me faltava.

– Talvez a gente possa criar uma armadilha – sugeriu Myron. – Mas isso tomaria tempo demais.

– Que tipo de armadilha?

– Acho que foi ele quem me ligou ontem à noite. Se Liz Gorman tinha algum plano para extorquir Greg, é bem provável que ele, Whiteman, estivesse na jogada também.

– Mas o que você tem a ver com isso? – perguntou Win. – Mesmo que ele saiba de algum podre sobre o Greg, por que faria de você o alvo da extorsão?

Essa era uma pergunta que Myron também vinha se fazendo.

– Não tenho certeza – disse ele lentamente –, mas só me ocorre uma coisa: Whiteman me reconheceu quando nos vimos no restaurante, e logo deduziu que eu era próximo de Greg. Então, com o sumiço de Greg, decidiu partir para cima de mim.

O celular de Myron tocou, e ele atendeu. Era Dimonte:

– E aí, Starsky.

– Sou o Hutch – corrigiu Myron. – Starsky é você.

– Tanto faz – disse Dimonte. – Aposto que em dois tempos vou ter o desprazer de ver seu traseiro nesta delegacia.

– Por quê? Descobriu alguma coisa?

– Se a gente puder chamar de "alguma coisa" a foto de quem matou Liz Gorman saindo do prédio...

Myron quase deixou o telefone cair.

– *Verdade*?

– Verdadeira. E você nem imagina.

– O quê?

– Quem está na foto é uma mulher.

capítulo 31

– A PARADA É A SEGUINTE – disse Dimonte, abrindo caminho por um formigueiro de policiais, testemunhas e sabe-se lá o que mais. Win esperava do lado de fora. Não gostava de policiais, e sabia que dificilmente seria convidado por um deles para tomar um cafezinho. Melhor para todos que ele ficasse a certa distância dali. – Temos uma imagem parcial da meliante. Uma gravação. O problema é que... não dá para identificá-la direito. Achei que você pudesse reconhecê-la.

– Que tipo de gravação?

– Tem um depósito na Broadway, entre as ruas 110 e 111. Lado leste do quarteirão. – Dimonte se apressava um passo à frente de Myron. Aqui e ali, virava o rosto para ver se ele ainda o acompanhava. – Um depósito de eletrodomésticos.

Sabe como é. Os funcionários roubam como se fosse um direito constitucional deles. Por esse motivo, a empresa espalhou câmeras de segurança por toda parte. Gravam tudo. – Sem interromper a caminhada, e agora sem nenhum palito entre os dentes, ele balançou a cabeça, abriu um sorriso para Myron e observou: – O bom e velho Big Brother. De vez em quando alguém grava um crime em vez de um bando de policiais espancando um pobre coitado...

Eles entraram numa saleta de interrogatório com uma das paredes espelhada. Myron sabia tratar-se de um espelho de face única – ele e qualquer um com um mínimo de familiaridade com os seriados de TV saberiam disso. Mesmo supondo não haver ninguém do outro lado, o Sr. Maturidade não se conteve e botou a língua para fora. Krinsky estava ao lado de uma televisão. Pela segunda vez no mesmo dia, Myron assistiria a um vídeo. Esperava que o de agora fosse mais recatado.

– Como vai, Krinsky? – perguntou.

Krinsky mal se mexeu. Falante como sempre.

Myron se voltou para Dimonte.

– Ainda não entendo como a câmera de um depósito pode ter gravado a assassina.

– Um das câmeras fica no portão dos caminhões – explicou Dimonte. – Só para garantir que nada caia da carroceria quando eles estão saindo, se é que você me entende. Essa câmera pega um pedaço da calçada. Dá para ver os pedestres passando. – Recostando-se na parede, ele gesticulou para que Myron se acomodasse na cadeira. – Você vai ver.

Myron se sentou, e Krinsky apertou o play. De novo, uma imagem em preto e branco. De novo, nenhum som. Mas dessa vez a gravação havia sido feita do alto. Mostrava a metade dianteira de um caminhão e uma pequena parte da calçada. Os poucos pedestres que ali se viam não passavam de silhuetas distantes.

– Como isto veio parar nas suas mãos? – perguntou Myron.

– Isto o quê?

– Esta fita.

– Sempre procuro por esse tipo de coisa – disse Dimonte, e levantou as calças pelo cinto. – Nos estacionamentos, nos depósitos... Hoje em dia esses lugares sempre têm uma câmera de segurança.

– Belo trabalho, Rolly. Estou impressionado.

– Uau – ironizou o investigador. – Agora, sim, posso morrer feliz.

Não há quem resista a uma resposta engraçadinha. Myron voltou os olhos para a tela.

– Quanto tempo dura cada fita dessas? – perguntou.

– Doze horas – respondeu Dimonte. – São trocadas às nove da manhã e às nove da noite. São oito câmeras ao todo, e as fitas ficam guardadas por três semanas. Depois gravam por cima. – Ele apontou para a imagem na tela. – Aí vem ela. Krinsky.

Krinsky apertou um botão, e a imagem congelou.

– A mulher que acabou de aparecer. À direita. Indo na direção sul, ou seja, no sentido contrário ao da cena do crime.

Myron não viu mais que uma mancha. Não pôde distinguir o rosto, tampouco a altura ou o peso da tal mulher. Viu apenas que ela usava um casaco comprido com gola de babados. Os cabelos, no entanto, lhe pareceram familiares. Num tom de voz neutro, disse:

– É, estou vendo.

– Veja a mão direita – apontou Dimonte.

A mulher carregava algo escuro e alongado.

– Não dá para saber o que é.

– Mandei ampliar. Krinsky.

Krinsky entregou a Myron duas fotos grandes em preto e branco. A primeira mostrava uma ampliação do rosto da mulher, mas nem assim era possível distinguir as feições. A segunda mostrava o objeto que ela carregava consigo.

– Achamos que é um saco de lixo com algo dentro – disse Dimonte. – Um volume estranho, você não acha?

Myron novamente examinou a foto, depois falou:

– Você está achando que é um taco de beisebol, não está?

– Você não?

– Eu também – assentiu Myron.

– Na cozinha de Liz Gorman havia sacos de lixo iguaizinhos a este.

– E provavelmente em quase todas as cozinhas de Nova York – acrescentou Myron.

– É verdade. Mas dê uma olhada na data e na hora da gravação.

No canto superior esquerdo da tela, um relógio digital marcava: 02:12.32. A data era a do último domingo. Pouco antes, Liz Gorman havia se encontrado com Greg Downing no Chalé Suíço.

– A câmera também pegou quando ela vinha no outro sentido? – perguntou Myron.

– Sim, mas não está muito nítido. Krinsky.

Krinsky rebobinou a fita até o marcador passar para 01:41.12. Cerca de meia hora antes.

– Lá vem ela – disse Dimonte.

A imagem se resumia a um vulto rápido. Myron viu que se tratava da mesma mulher somente porque reconheceu o casaco com babados na gola. Ela agora não carregava nada.

– Deixa eu ver a outra parte de novo – pediu.

Dimonte apontou o queixo para Krinsky, e o assistente voltou a fita para o mesmo ponto de antes. Para Myron, o rosto da mulher permanecia obscuro, mas o jeito de andar... As pessoas geralmente tinham um jeito pessoal de caminhar. Myron sentiu o coração subir à garganta.

Dimonte o examinava através das pálpebras semicerradas.

– Sabe quem é ela, Bolitar?

– Não.

capítulo 32

ESPERANZA GOSTAVA de fazer listas.

Com o dossiê da Brigada Raven à sua frente, ela anotou os principais fatores em ordem cronológica:

1) A Brigada assalta um banco em Tucson.

2) Dali a alguns dias, pelo menos um dos Ravens (Liz Gorman) vai para Manhattan.

3) Pouco depois, Liz Gorman faz contato com um conhecido jogador de basquete.

Nada daquilo fazia sentido.

Ela abriu o dossiê e rapidamente examinou o histórico do grupo. Em 1975, os Ravens haviam sequestrado Hunt Flootworth, o filho de 22 anos de Cooper Flootworth, o gigante do mundo editorial. Por muitos anos, na San Francisco State University, Hunt havia sido colega de diversos integrantes da Brigada, entre eles Cole Whiteman e Liz Gorman. O renomado Cooper Flootworth, que não era de cruzar os braços e deixar que terceiros cuidassem de seus assuntos, contratara mercenários para resgatar o filho sequestrado e, durante a operação, um dos Ravens havia atirado à queima-roupa na cabeça do jovem Hunt. Ninguém sabia dizer qual deles. De todos os integrantes presentes, quatro haviam conseguido escapar.

Dali a pouco Big Cyndi irrompeu na sala. As vibrações derrubaram as canetas de Esperanza no chão.

– Desculpa – disse Cyndi.

– Bobagem.

– Timmy ligou para mim – falou ela em seguida. – A gente vai sair na sexta.

– O nome dele é *Timmy*? – retrucou Esperanza, mal acreditando no que acabara de ouvir.

– É. Não é fofo?

– Fofíssimo.

– Se precisar de mim – disse Cyndi –, estou na sala de reunião.

Esperanza retomou o dossiê e foi passando as páginas até encontrar algo sobre o assalto em Tucson, o primeiro do grupo após mais de cinco anos. A operação se dera pouco antes do final do expediente. A Polícia Federal suspeitava que um dos seguranças do banco estivesse de conluio com os assaltantes, mas até então sabia muito pouco além das tendências esquerdistas do homem. Cerca de 15 mil dólares em dinheiro haviam sido levados, mas os assaltantes tiveram tempo suficiente para explodir os cofres particulares dos correntistas. Uma cartada de risco. Para a polícia, os assaltantes sabiam que um dos cofres guardava dinheiro do tráfico de drogas. As câmeras do banco tinham registrado duas pessoas vestidas de preto com o rosto coberto por um gorro de esqui. Nenhuma impressão digital, nenhum fio de cabelo, nenhuma lasca de fibra, nada fora encontrado. Nada.

Esperanza releu as informações, mas não encontrou nada de especial. Tentou imaginar como teriam sido os últimos 20 anos para os Ravens sobreviventes, sempre em fuga, nunca se demorando no mesmo lugar, saindo do país para voltar semanas depois, confiando em velhos simpatizantes da causa sem jamais saber ao certo se essa confiança tinha fundamento. Em seguida, voltou às anotações:

Liz Gorman ——→ Assalto ao banco ——→ Chantagem

Ótimo, ela pensou, basta seguir as setas. Liz Gorman e os Ravens precisavam de dinheiro, então assaltaram o banco. O que explicava a primeira seta. Mas isso era mais ou menos óbvio. O problema se encontrava na segunda.

Assalto ao banco ——→ Chantagem

A leitura mais direta seria: o assalto levara Liz a fugir para a Costa Leste e a chantagear Greg Downing. Esperanza decidiu então listar as possibilidades.

1) Downing estava envolvido no assalto.

Ela ergueu a cabeça e pensou: a hipótese até que não era de todo descabida. Downing precisava do dinheiro para pagar suas dívidas de jogo; talvez fizesse algo ilegal. Mas isso ainda não respondia a pergunta, talvez a maior de todas naquela história: como eles tinham se conhecido? Como os caminhos de Liz Gorman e Greg Downing haviam se cruzado afinal?

Ali estava a chave de todo o mistério, ela pressentia.

Escreveu um número 2 e aguardou.

Que ligação poderia haver entre eles?

Esperanza deu asas à imaginação e, como nada lhe ocorria, decidiu experimentar o caminho inverso: começar pela chantagem e voltar no tempo. Para fazer sua chantagem, Liz Gorman decerto havia descoberto algo que pudesse incriminar Downing. Mas quando? Ela desenhou uma nova seta:

Assalto ao banco ◄——► Chantagem

Foi então que uma luzinha débil se acendeu nos confins de sua mente. O assalto. Algo que eles haviam descoberto na ocasião dera ensejo a todo o esquema de chantagem. Rapidamente ela folheou o dossiê, mesmo sabendo que a resposta não estava ali. Em seguida pegou o telefone e discou.

– Vocês têm uma lista das pessoas que alugavam cofres do banco?

– Em algum lugar, eu acho – disse o homem do outro lado da linha. – Por quê? Você está precisando?

– Estou.

Suspiro ruidoso. Depois:

– Tudo bem. Vou dar uma olhada. Mas diga ao Myron que ele me deve uma. Das grandes.

◆ ◆ ◆

Quando Emily abriu a porta, Myron falou:

– Está sozinha?

– Ué, estou – respondeu ela, mas com um sorriso irônico entre os lábios. – O que você tem em mente?

Myron por pouco não a atropelou. Sob o olhar estupefato de Emily, foi direto para o armário do hall de entrada e o abriu.

– Que diabo você está fazendo?

Myron não se deu o trabalho de responder. Empurrando freneticamente os cabides de um lado a outro, não demorou muito para encontrar o que procurava: o casaco comprido com babados na gola.

– Da próxima vez que for matar alguém – disse –, jogue fora as roupas que usou.

Emily recuou dois passos, levando a mão trêmula na direção da boca.

– Vai embora – rosnou ela entre dentes.

– Estou lhe dando uma chance de falar a verdade.

– Não interessa o que você está me dando. Saia já da minha casa.

Myron ergueu o casaco.

– Acha que sou o único que sabe? A polícia tem uma gravação em que você deixa a cena do crime. Usando este casaco.

Emily murchou de repente, dando a impressão de que havia recebido um soco no plexo solar.

Myron baixou o casaco e disse:

– Você plantou a arma do crime na sua antiga casa. Espalhou sangue no porão. – Marchando a passos largos, passou à sala de visitas e viu que a pilha de jornais ainda estava lá. Apontou para ela e prosseguiu: – Você comprou tudo isto aqui só para ver se alguma coisa fora noticiada. Tão logo soube que o corpo havia sido encontrado, fez uma ligação anônima para a polícia.

A essa altura os olhos de Emily pareciam vidrados e desprovidos de foco.

– Durante todo esse tempo fiquei me perguntando por que diabo Greg teria descido àquele porão, justo ao lugar onde os filhos brincavam, depois de ter cometido um assassinato. Mas aí é que está. Ele jamais desceria até lá. Se necessário, semanas poderiam rolar sem que o sangue fosse descoberto.

Emily fechava ambas as mãos. Balançando a cabeça, finalmente encontrou forças para dizer:

– Você não está entendendo.

– Então explica.

– Ele queria tirar meus filhos de mim.

– E você achou por bem armar uma cilada para acusá-lo de homicídio.

– Não.

– Agora não é um bom momento para mentir, Emily.

– Não estou mentindo, Myron. Não armei cilada nenhuma.

– Você plantou a arma do...

– Plantei – interrompeu ela. – Quanto a isso você está certo. Mas não armei cilada para incriminar ninguém. – Seus olhos se fecharam e reabriram como se seguindo algum tipo de meditação. – Não dá para incriminar um homem por um crime que ele realmente cometeu.

Myron enrijeceu. Emily o encarava com uma expressão pétrea. As mãos ainda eram duas bolotas de ferro.

– Você está dizendo que Greg matou aquela mulher?

– Claro. – Emily foi se aproximando aos poucos, sem pressa, contando os segundos do mesmo modo que um pugilista conta até oito após ser surpreendido por um gancho de esquerda. Por fim tomou o casaco das mãos dele e disse: – Eu mesma devo destruir isto, ou será que posso confiar em você?

– Melhor você se explicar primeiro.

– Que tal um café?

– Não – recusou Myron.

– Eu preciso de um café. Vem. Vamos conversar na cozinha.

De cabeça erguida, caminhando com a mesma cadência que Myron vira na gravação, ela saiu na direção da ampla cozinha de cerâmica branca, um exemplo de decoração moderna que faria inveja a muitos. Aos olhos de Myron, no entanto, o lugar mais lembrava o banheiro de algum restaurante metido a besta.

Emily buscou o pó e uma daquelas cafeteiras de êmbolo que as pessoas vinham usando nos últimos tempos.

– É do Starbucks. Sabor Kona Hawaiian.

Myron fez que não com a cabeça. Emily já havia recobrado a calma. E o controle também. O que para Myron estava bom. Ele sabia que, no controle, as pessoas falavam mais e pensavam menos.

– Ainda não sei direito como começar – disse Emily, vertendo a água quente sobre o pó. O aroma imediatamente se espalhou pela cozinha. Caso se tratasse de um comercial de TV, aquele seria o momento em que alguém exclamaria: "Ahhhh..." – E não me diga para começar do começo, senão eu grito.

Myron ergueu as mãos para mostrar que não diria nada parecido.

Emily pressionou o êmbolo, encontrou certa resistência, pressionou de novo.

– Ela veio falar comigo um dia. No supermercado, imagine só. Assim, do nada. Lá estava eu, na seção de congelados, quando essa mulher se aproxima para dizer que tinha descoberto algo capaz de destruir a vida do meu marido. Falou que ligaria para os jornais caso eu não pagasse o que ela estava pedindo.

– E você disse o quê?

– Perguntei se ela precisava de moedas para fazer suas ligações. – Emily riu, interrompeu o que vinha fazendo, endireitou o tronco. – Falei que ela fosse adiante e destruísse a vida do filho da puta. A mulher simplesmente balançou a cabeça e disse que entraria em contato.

– Só isso?

– Só.

– Quando isso aconteceu?

– Sei lá. Duas ou três semanas atrás.

– E quando ela entrou em contato com você?

Dos armários, Emily retirou uma caneca de café estampada com um personagem de desenho animado e a legenda: A MELHOR MÃE DO MUNDO.

– Estou fazendo o bastante para duas pessoas – informou.

– Não, obrigado.

– Tem certeza?

– Tenho – disse Myron. – E depois? O que aconteceu?

Emily curvou o tronco e examinou a cafeteira como se ali estivesse uma bola de cristal.

– Dias depois, Greg fez uma coisa comigo... – Ela se calou de repente. Depois, num tom de voz mais severo, medindo as palavras, emendou: – Foi como eu contei naquele dia em que você esteve aqui. Greg fez uma coisa terrível. Os detalhes não são importantes.

Myron ficou calado. Não viu motivo para mencionar a gravação e travar a conversa. Naquele momento, o importante era deixá-la falar.

– Então, quando a tal mulher me procurou de novo, dizendo que Greg estava disposto a pagar uma polpuda quantia pelo silêncio dela, falei que eu pagaria mais ainda para que ela desse com a língua nos dentes. Ela disse que isso custaria caro. Falei que pagaria o que fosse preciso. Tentei apelar para a sensibilidade dela como mulher. Cheguei ao ponto de contar tudo sobre minha situação, sobre as coisas que Greg vinha fazendo para me tirar a guarda das crianças. Ela até ficou sensibilizada, mas alegou que não estava em condições de fazer caridade. Caso eu quisesse a informação, teria que pagar por ela.

– E quanto ela pediu?

– Cem mil dólares.

Myron precisou refrear o assovio. Um caso óbvio de duplo assédio. A estratégia de Liz Gorman certamente era chantagear ambas as partes e continuar mamando nelas enquanto julgasse seguro. Ou talvez estivesse com pressa, sabendo que dali a pouco teria que sumir de novo. De qualquer modo, de seu ponto de vista, o mais lógico seria realmente assediar todas as pessoas interessadas: Greg, Clip e Emily. Cobrar para ficar calada. Cobrar para abrir o bico. Chantagistas são tão leais quanto políticos em ano de eleição.

– Você faz alguma ideia do que ela sabia sobre Greg? – perguntou Myron.

– Ela não quis dizer – respondeu Emily.

– Mas você estava realmente disposta a pagar os 100 mil?

– Estava.

– Mesmo sem saber para quê?

– Sim.

– Mas *como* você podia saber que essa maluca não estava apenas blefando? – perguntou Myron, espalmando as mãos.

– Quer a verdade? Eu não sabia. Mas estava prestes a perder meus filhos, caramba! Estava desesperada.

E com certeza, pensou Myron, Emily havia demonstrado esse desespero a Liz Gorman, que, por sua vez, decidira se aproveitar ao máximo da situação.

– Quer dizer que até agora você não sabe qual era o trunfo dela?

– Não faço a menor ideia.

– Acha que tem a ver com os problemas de Greg com o jogo?

Emily apertou as pálpebras, confusa.

– Problemas com o jogo?

– Você não sabia que Greg jogava?

– Sim, mas e daí?

– Não sabe quanto ele costumava jogar? – perguntou Myron.

– Mais ou menos – disse ela. – Uma viagenzinha para Atlantic City de vez em quando. Talvez umas 50 pratas num jogo de futebol.

– É isso que você acha?

Emily o encarou, tentando ler alguma coisa nos olhos dele.

– O que você está querendo dizer?

Myron olhou pela janela que dava para os fundos da casa. A piscina ainda se encontrava coberta, mas alguns dos tordos já haviam voltado de sua peregrinação anual rumo ao sul: agora se juntavam em torno de um alimentador, batendo as asinhas com a felicidade de um cão a abanar o rabo.

– Greg é um jogador compulsivo – revelou Myron. – Perdeu alguns milhões ao longo dos anos. Felder nunca roubou dele. O dinheiro foi perdido no jogo.

– Não pode ser – rebateu Emily. – Vivemos juntos por quase 10 anos. Eu teria percebido alguma coisa.

– Os jogadores aprendem a esconder seu vício. Mentem, inventam, roubam... Fazem de tudo para continuar jogando. É um vício.

Algo pareceu reluzir nos olhos de Emily.

– Então era esse o trunfo da chantagista? – perguntou ela. – Ela sabia do vício de Greg?

– Tudo indica que sim – disse Myron. – Mas não dá para afirmar.

– Mas quanto ao vício dele a coisa é certa, não é? Ele perdeu mesmo esse dinheiro todo?

– Perdeu.

A resposta teve para Emily o efeito de um sopro de esperança.

– Nesse caso... Nenhum juiz do mundo dará a ele a guarda das crianças. A minha vitória está garantida.

– É mais fácil um juiz dar a guarda a um jogador que a uma assassina – provocou Myron. – Ou a alguém que planta provas falsas por aí.

– Eu já lhe disse, Myron. A prova não é falsa.

– Ao menos é o que você diz – retrucou Myron. – Mas vamos voltar ao que aconteceu com a chantagista. Você estava dizendo que ela pediu 100 mil dólares.

Emily voltou para a cafeteira.

– Isso mesmo.

– E como você deveria fazer o pagamento?

– Ela me mandou ficar esperando perto de um telefone público no estacionamento de um supermercado na noite de sábado. Eu deveria chegar à meia-noite com o dinheiro em mãos. Meia-noite em ponto ela ligou e me passou um endereço na rua 111. Disse para eu ir até lá às duas da manhã.

– Então você foi para a rua 111 às duas da manhã com 100 mil dólares no bolso? – perguntou Myron, esforçando-se para disfarçar o ceticismo.

– Só consegui levantar 60 mil – corrigiu Emily.

– E a chantagista sabia disso?

– Não. Olha, sei que tudo isso parece loucura, mas você não faz ideia do meu desespero. Naquela altura eu teria feito qualquer coisa.

Myron compreendia. Sabia do que as mães eram capazes em nome dos filhos. "O amor é cego", dizia a sabedoria popular. Pois o amor maternal é mais cego ainda.

– Continue – disse ele.

– Quando dobrei a esquina, vi Greg sair do prédio – contou Emily. – Fiquei perplexa. Ele estava com o colarinho levantado, mas mesmo assim pude ver o rosto dele. – Ela olhou para Myron. – Fomos casados por muitos anos, mas nunca vi o Greg daquele jeito.

– De que jeito?

– Aterrorizado – respondeu ela. – Ele atravessou a Amsterdam Avenue praticamente correndo. Esperei até que ele virasse a esquina. Depois fui para o prédio e toquei a campainha do apartamento. Ninguém atendeu. Então fui tocando a campainha de outros apartamentos até que alguém me deixou entrar. Subi até o andar da mulher e por um tempo fiquei batendo à porta. Depois tentei a maçaneta. A porta estava destrancada. Então entrei. – Emily se calou nesse momento. Com a mão trêmula, levou a caneca à boca e bebeu do café. Só então prosseguiu: – Sei que você vai ficar horrorizado com o que vou dizer, mas o que vi ali não foi o corpo de uma pessoa morta. Vi apenas a última chance de manter meus filhos comigo.

– Foi então que você decidiu plantar a prova na casa do Greg?

Emily largou a caneca e olhou para Myron. Os olhos estavam secos.

– Foi – disse. – E você também estava certo quanto ao resto. Escolhi o porão porque sabia que ele jamais desceria ali. Quando chegasse em casa, Greg não veria o sangue. Eu ainda não sabia que ele havia fugido. Olha, sei que fui longe demais, mas não inventei nada. Greg realmente matou aquela mulher.

– Você não tem como saber.

– Saber o quê?

– É possível que ele a tenha encontrado morta, assim como você.

– Você só pode estar brincando – rosnou Emily. – *Claro* que Greg matou a mulher. O sangue no chão ainda estava fresco. Era ele quem tinha mais a perder. Era ele quem tinha um motivo para matar, além da oportunidade.

– Você também tinha um motivo.

– Que motivo eu poderia ter?

– Armar uma cilada para o seu ex-marido e ficar com a guarda das crianças.

– Isso é ridículo.

– Você tem alguma prova de que sua história é verdadeira? – perguntou Myron.

– Tenho o quê?

– Eu gostaria de ver algum tipo de prova.

– Como assim, prova? – rugiu ela. – Que tipo de prova? Você acha o quê? Que levei uma câmera e tirei fotos?

– Qualquer coisa que corrobore sua história.

– Por que diabo eu mataria aquela mulher, Myron? Eu precisava dela *viva*. Era a única chance que eu tinha para ficar com meus filhos.

– Mas digamos que essa mulher realmente soubesse de alguma coisa sobre o Greg – aventou Myron. – Algo concreto. Tipo... uma carta que ele escreveu, uma gravação em vídeo... – Ele esperou pela reação dela.

– Sim, e daí?

– E digamos também que ela tenha passado a perna em você e vendido para o Greg a informação que tinha. Você mesma disse que Greg chegou lá primeiro. Talvez ele tenha pagado à mulher o bastante para fazer com que ela desistisse do acordo que tinha com você. Aí você chega lá e descobre o que aconteceu. Percebe que sua grande chance de recuperar os filhos desceu pelo ralo. Então mata a mulher e tenta incriminar a pessoa que mais teria a ganhar com a morte dela: Greg.

Emily balançou a cabeça:

– Isso é loucura.

– Você odiava Greg o suficiente – prosseguiu Myron. – Ele jogou sujo com você, e você resolveu fazer o mesmo com ele.

– Não matei ninguém.

Myron novamente olhou pela janela. Os tordos não estavam mais lá, e o quintal parecia um lugar ermo, sem vida. Depois de alguns segundos, ele falou:

– Sei da gravação que fizeram de você e Maggie Mason.

Os olhos de Emily ficaram cheios de fúria por um breve instante. Os dedos se apertaram em torno da caneca; Myron chegou a recear que ela se preparasse para arremessá-la.

– Como foi que... – disse Emily, e de repente relaxou os dedos, bem como o resto do corpo. – Deixa pra lá. Não tem importância.

– Você deve ter ficado furiosa – disse Myron.

Ela negou com a cabeça, e dos lábios deixou escapar algo parecido com um risinho.

– Você não está entendendo, Myron.

– Não estou entendendo o quê?

– Eu não estava em busca de vingança. A única coisa que importava era que essa gravação podia tirar meus filhos de mim.

– Pois estou entendendo muito bem – rebateu Myron. – Você faria qualquer coisa para ficar com eles.

– Não matei aquela mulher.

Myron decidiu mudar de estratégia.

– O que está rolando entre você e Maggie? – perguntou. – Quero saber.

Emily bufou um risinho de ironia.

– Os homens e suas fantasias...

– Não se trata disso.

Emily deu um gole profundo no café.

– Você viu a fita do início ao fim? – perguntou. O tom era um misto de flerte e fúria. – Apertou o botão de câmera lenta algumas vezes? Reviu certas partes até se fartar? Baixou as calças para assistir?

– Não, não e não.

– O que você viu exatamente?

– Apenas o bastante para saber do que se tratava.

– Depois parou?

– Parei.

Encarando-o do outro lado da caneca, ela falou:

– Quer saber? Acredito no que está dizendo. Você sempre fez o tipo "certinho".

– Emily, estou tentando ajudar.

– A mim ou ao Greg?

– Ajudar a descobrir a verdade. Suponho que você queira a mesma coisa.

Ela deu de ombros com displicência.

– Então, quando você e Maggie... – Myron juntou as mãos para gesticular o que não sabia ou não conseguia dizer.

Emily riu do desconcerto dele.

– Aquela foi a primeira vez – disse. – Em todos os aspectos.

– Não cabe a mim julgar.

– Sua opinião não interessa. Você quer saber o que aconteceu, não quer? Pois bem. Foi a minha primeira vez. Aquela puta armou para cima de mim.

– Armou como?

– *Como*? Você quer o quê? Ouvir os detalhes? Que tomei não sei quantos drinques, que estava me sentindo sozinha, que ela começou a passar a mão na minha perna, é isso?

– Não, não é isso.

– Então vou lhe dar o resumo da ópera: Maggie me seduziu. Já tínhamos flertado algumas vezes no passado. Ela me convidou para beber alguma coisa no Glenpointe, e encarei aquilo como uma espécie de desafio pessoal. Sentia as duas coisas ao mesmo tempo, atração e repulsa, mas sabia que não chegaria às vias de fato. Então aceitei o convite. Mas depois... uma coisa foi levando à outra, e acabamos subindo para o quarto. Fim do resumo.

– Você está dizendo que Maggie sabia da gravação?

– Estou.

– Como você sabe? Ela disse alguma coisa?

– Não, não disse. Mas eu sei.

– Como?

– Myron, por favor. Não aguento mais esse seu interrogatório. Eu sei e pronto, ok? De que outro modo alguém poderia saber o dia certo e a hora certa para esconder uma câmera naquele quarto? Caí numa armadilha, é evidente.

De fato, pensou Myron.

– Mas por que ela faria uma coisa dessas? – perguntou.

Exasperada, Emily respondeu:

– Porra, Myron, aquela mulher é a puta do time. Por acaso ela não tentou levar você para a cama também? Ah, já sei. Ela tentou e você pulou fora, certo?

Emily saiu marchando para a sala de estar e se jogou num sofá.

– Busca uma aspirina para mim, vai? – disse. – No armarinho do banheiro.

Myron buscou os comprimidos e a água, depois voltou à sala.

– Preciso fazer uma última pergunta.

Emily suspirou.

– O quê?

– Soube que você fez certas acusações contra o Greg.

– Foi minha advogada.

– E elas têm algum fundo de verdade?

Emily botou os comprimidos na língua e bebeu a água.

– Algumas, sim.

– Greg realmente abusava sexualmente das crianças?

– Estou exausta, Myron. Será que a gente pode conversar sobre isso outra hora?

– Abusava ou não abusava?

Emily olhou fundo nos olhos de Myron, e ele sentiu uma lufada fria no coração.

– Greg queria tirar meus filhos de mim – ela foi dizendo aos poucos. – Tinha dinheiro, poder, prestígio... A gente precisava de alguma coisa.

Myron quebrou o contato visual. Saindo rumo à porta, disse:

– Não destrua aquele casaco.

– Você não tem o direito de me julgar.

– Neste exato momento – disse ele –, quero distância de você.

capítulo 33

AUDREY SE RECOSTAVA no carro dele.

– Esperanza disse que você estaria aqui.

Myron acenou com a cabeça.

– Caramba, você está um lixo – disse ela. – Que houve?

– Uma longa história.

– Que daqui a pouco você vai me contar com suculentos detalhes – acrescentou a repórter. – Mas primeiro eu: Fiona White realmente foi a Miss Setembro de 1992. Ou, nas palavras da própria biscate, a "Gata-fera de setembro".

– Está brincando.

– Não. Quer saber o que a excita? Caminhadas ao luar na praia e noites aconchegantes diante da lareira.

Myron sorriu, apesar de tudo.

– Quanta originalidade – disse.

– E o que a faz brochar: homens rasos que só pensam na aparência física e homens com pelos nas costas.

– Citaram os filmes prediletos dela?

– *A Lista de Schindler* – informou Audrey. – E *Um rally muito louco 2*.

Myron riu.

– Você só pode estar inventando tudo isso.

– Tudo, menos o fato de que ela foi a Gata-fera de setembro de 1992.

Myron balançou a cabeça.

– Greg Downing e a mulher do melhor amigo – suspirou ele.

De certo modo a notícia o deixou mais aliviado. Agora lhe pesava menos na consciência o imbróglio que 10 anos antes ele havia protagonizado com Emily. Myron sabia que não devia se consolar com uma coisa dessas, mas um homem encontra consolo como pode.

Apontando para a casa, Audrey disse:

– Então, o que rolou aí com a ex?

– Uma longa história.

– Você já disse isso. Não estou com pressa.

– Eu estou.

Ela ergueu a mão como um guarda de trânsito.

– Não é justo, Myron. Tenho sido uma boa menina. Tenho feito meu dever de casa direitinho, ainda não abri meu bico. Sem falar que você não me deu nem um presentinho de aniversário sequer. Por favor, não me faça tirar da cartola as ameaças de botar a boca no trombone outra vez.

Ela tinha razão. Myron lhe fez um breve relatório de atualização, deixando de fora duas partes: a gravação de Emily com Maggie (nenhum motivo para que aquilo viesse a público) e o fato de que Carla era na verdade a infame Liz Gorman (a história era cabeluda demais para que uma repórter resistisse ao impulso de publicá-la).

Audrey ouviu com atenção. Os cabelos de pajem haviam crescido razoavelmente na franja, e as mechas já começavam a roçar os olhos. Vez ou outra ela projetava o lábio inferior para afastá-las com um sopro. Myron não se lembrava de ter visto semelhante gesto em ninguém com mais de 11 anos de idade. Chegava a ser fofo.

– Você acreditou nela? – perguntou Audrey, novamente apontando para a casa de Emily.

– Sei lá – disse Myron. – A história dela até que faz certo sentido. Emily não tinha nenhum motivo para matar a mulher, a menos que quisesse incriminar o Greg, e isso me parece pouco provável.

Audrey inclinou a cabeça como se dissesse "pode ser que sim, pode ser que não".

– Que foi? – perguntou ele.

– Bem, você não acha que talvez estejamos examinando essa história pela perspectiva errada?

– Como assim?

– Partimos do pressuposto de que a tal chantagista tinha algum podre sobre Downing – cogitou Audrey. – Mas também é possível que esse podre fosse sobre Emily.

Myron não disse nada, apenas olhou novamente para a casa como se pudesse encontrar ali alguma resposta.

– Segundo Emily – prosseguiu Audrey –, a chantagista a procurou. Mas por quê? Ela e Greg já não estavam mais juntos.

– Carla não sabia disso – argumentou Myron. – Achava que Emily ainda era a mulher de Greg e por isso tentaria protegê-lo.

– É uma possibilidade – concedeu Audrey. – Mas não creio que seja a melhor.

– Você está sugerindo que a chantagem era para a própria Emily, e não para o Greg?

Audrey espalmou as mãos para o céu.

– Só estou dizendo que essa possibilidade também existe. Talvez a chantagista soubesse de alguma coisa sobre Emily, algo que Greg pudesse usar contra ela no processo de custódia.

Myron cruzou os braços e se recostou no carro.

– Mas e o Clip? – aventou. – Se a chantagista soubesse de alguma coisa sobre Emily, por que Clip ficaria interessado?

– Não sei – respondeu Audrey. – Talvez ela soubesse de algo sobre os dois.

– Sobre os dois?

– Claro. Algo que pudesse destruir a vida de ambos. Ou talvez Clip quisesse evitar que essa chantagem, fosse ela qual fosse, tirasse o foco de Greg do campeonato.

– Faz alguma ideia do que pode ser?

– Nenhuma – disse Audrey.

Myron deu asas à imaginação por alguns segundos, mas nada lhe ocorreu.

– Talvez tenhamos a oportunidade de descobrir hoje à noite – falou.

– Hoje à noite?

– É.

– Como?

– O chantagista ligou. Quer me vender a informação.

– Onde?

– Ainda não sei. Vai ligar de novo. As chamadas para o número de casa serão encaminhadas para o meu celular.

Como se por encomenda, o celular de Myron tocou, e ele o pescou do bolso. Era Win.

– A agenda do nosso caro professor estava pregada à porta da sala dele – falou. – Ainda dará aulas por mais uma hora. Depois disso, ficará à disposição dos alunos para que os pobres coitados possam choramingar sobre suas notas.

– Onde você está?

– No campus da Columbia – respondeu Win. – Aliás, as moças por aqui até que não são más. Para uma universidade de elite, é claro.

– Folgo em saber que você não perdeu seus poderes de observação.

– De fato – disse Win. – Você já terminou com nossa amiga?

Nossa amiga era Emily. Win não confiava nos celulares a ponto de mencionar nomes.

– Já – disse Myron.

– Ótimo. A que horas você vem então?

– Estou a caminho.

capítulo 34

Win ocupava um banco próximo ao portão da universidade na rua 116. Vestia calças cáqui Eddie Bauer, top-siders sem meia, camisa social azul e gravata de grife.

– Estou tentando me misturar – explicou.

– Como um judeu na Missa do Galo – observou Myron. – Bowman ainda está dando aula?

Win confirmou com a cabeça:

– Deve atravessar aquela porta daqui a 10 minutos.

– Como ele é? Você sabe?

Win passou-lhe o anuário do corpo docente.

– Página 210 – disse. – Então, como foi com a Emily?

Myron fez seu pequeno relato. Uma morena alta, embrulhada numa malha preta justíssima, passou por eles com os livros apertados ao peito. Julie Newmar em *Batman*. Win e Myron a seguiram com o olhar. Miau.

Terminado o relato, Win não crivou Myron de perguntas. Apenas disse:

– Tenho uma reunião no escritório. Você se importa?

Myron disse que não, e Win se foi. Com os olhos grudados no chão, Myron esperou uns 10 minutos até que os alunos começaram a deixar os diversos prédios do campus. Dali a pouco, o professor Sidney Bowman também saiu. Tinha o mesmo aspecto desleixado e a mesma barba acadêmica que exibia na foto do anuário. Já era calvo no alto da cabeça, mas os fios da frente eram ridiculamente longos. Usava calças jeans, botas Timberland e uma camisa de flanela vermelha.

Bowman ajeitou os óculos sobre o nariz e seguiu andando. Myron esperou que ele se afastasse um pouco antes de começar a segui-lo. Não tinha pressa. O bom professor de fato voltava para sua sala. Atravessou o gramado central e sumiu nas entranhas de outro prédio de tijolos. Myron encontrou um banco e se acomodou.

Uma hora se passou. Observando os alunos, Myron se sentia um ancião. Deveria ter trazido um jornal. Sem nada para ler, só lhe restava pensar. Freneticamente ele levantava novas possibilidades e as rechaçava logo em seguida. Sabia que estava deixando escapar algum detalhe, vislumbrava-o ao longe, mas, sempre que tentava pescá-lo, via-o novamente se dissipar.

De repente se deu conta de que ainda não havia conferido as mensagens na secretária eletrônica de Greg. Pegou o celular e discou o número. Após a gravação inicial, digitou 173, o código que Greg tinha programado na máquina. Havia apenas um recado, mas difícil de decifrar.

– Não vá fazer nenhuma merda – dizia a voz distorcida eletronicamente. – Já falei com o Bolitar. Ele está disposto a pagar. É isso o que você quer?

Fim do recado.

Myron permaneceu imóvel por alguns segundos, encarando uma parede de tijolos nus, isto é, sem a indefectível hera dos prédios universitários americanos. Que diabo aquilo poderia...

"Ele está disposto a pagar. É isso o que você quer?"

Myron apertou o asterisco para ouvir o recado uma segunda vez. E uma terceira também. Decerto teria ouvido uma quarta vez caso o professor Bowman não tivesse subitamente reaparecido à porta.

O professor agora conversava com dois alunos, e todos exibiam o fervor e a seriedade típica dos acadêmicos. Sem interromper o colóquio, certamente sobre algo de suma importância, o trio foi saindo do campus e descendo pela Amsterdam Avenue. Myron guardou o celular e partiu na esteira deles. Na altura da rua 112, o grupo se separou. Bowman atravessou a rua e seguiu rumo à Catedral de São João, o Divino.

A catedral era uma edificação de proporções enormes, curiosamente a maior do mundo em termos de metragem cúbica (para efeitos de estatística, a de São Pedro, em Roma, era considerada uma basílica, não uma catedral). Em muitos aspectos lembrava a cidade em que estava sediada: era deslumbrante, porém carecia de reparos. Colunas gigantescas e belíssimos vitrais conviviam lado a lado com placas do tipo OBRAS NO LOCAL (embora datasse de 1892, a construção ainda estava por terminar) e VIGILÂNCIA ELETRÔNICA PARA SUA PROTEÇÃO. Tapumes escondiam buracos na fachada de granito. À esquerda daquela pérola arquitetônica ficavam dois depósitos de alumínio que traziam à lembrança imagens da vinheta inicial de *Gomer Pyle*. À direita ficava o Jardim de Esculturas Infantis com sua Fonte da Paz, uma enorme escultura que inspirava diferentes estados mentais, nenhum deles associado à paz. Imagens de cabeças e membros decepados, pinças de lagostas, mãos se projetando da terra como se tentassem escapar do inferno, um homem retorcendo o pescoço de um cervo, tudo isso colaborava para criar uma atmosfera mais adequada a Dante ou Goya do que à tranquilidade do espírito.

Bowman agora contornava a catedral pela direita. Myron sabia que naquelas imediações também havia um abrigo para moradores de rua. Mantendo certa distância, ele continuou no encalço do professor. A certa altura, Bowman passou por um grupo de mendigos, todos vestindo camisetas de tecido sintético e calças que escorregavam traseiro abaixo; alguns acenaram para ele, outros o chamaram pelo nome. Bowman os cumprimentou de volta e sumiu do outro lado de uma porta. Myron cogitou o que fazer. Na verdade, não tinha escolha. Ainda que fosse obrigado a revelar sua real identidade, teria que entrar.

Passou pelos mendigos, cumprimentou-os com um sorriso, e eles sorriram de volta. A entrada do abrigo era uma porta preta de folhas duplas com uma cortina de chita. Não muito longe dali se viam duas placas; na primeira se lia: DEVAGAR, CRIANÇAS BRINCANDO e, na outra, ESCOLA DA CATEDRAL. Lado a lado, um abrigo de mendigos e uma escola infantil. Uma combinação inusitada, mas interessante. Só em Nova York.

Myron entrou. Homens e colchões puídos se espalhavam pelo lugar. O cheiro lembrava o de um bong depois de uma longa noite lisérgica. Ele fez o que pôde para evitar uma careta de nojo. Viu o professor conversando com alguns homens num dos cantos. Nenhum deles era Cole Whiteman/Norman Lowenstein. Myron esquadrinhou os rostos hirsutos, os olhos vazios.

Eles se reconheceram quase ao mesmo tempo. Encararam-se por um segundo apenas, mas foi o que bastou.

Do outro lado do cômodo, Cole Whiteman se virou e partiu em disparada. Desviando-se dos colchões, Myron irrompeu atrás dele. O professor imediatamente percebeu o alvoroço e saltou contra Myron, que, no entanto, sem interromper a corrida e com uma simples cotovelada, conseguiu derrubá-lo. Uma façanha, ainda que o professor cinquentão não devesse pesar mais do que 90 quilos.

Whiteman escapou por uma porta nos fundos do abrigo, batendo-a atrás de si. Myron cruzou-a pouco depois. Eles agora estavam na rua, mas dali a pouco Whiteman escalou uma escada de metal e sumiu no corpo traseiro da catedral. Myron fez o mesmo. O interior da nave não era lá muito diferente da fachada: joias da arte e da arquitetura se misturavam à decrepitude e ao mau gosto. No lugar dos bancos, por exemplo, enfileiravam-se diversas cadeiras dobráveis. Tapeçarias belíssimas decoravam as paredes sem nenhuma organização aparente. Escadas se apoiavam nas espessas colunas.

Myron viu Cole sair novamente por uma porta próxima. Partiu atrás dele, as passadas ecoando através da gigantesca abóbada. Eles estavam de volta à rua. Cole desceu por uma escada que levava aos subterrâneos da catedral e atravessou uma pesada porta corta-fogo. Uma placa informava: PROGRAMA A.C.T. O lugar parecia uma escola ou creche do subsolo. Os dois homens seguiram em disparada por um corredor margeado de escaninhos velhos e enferrujados. Cole dobrou à direita e sumiu do outro lado de uma porta de madeira.

Ao abrir essa porta, Myron se deparou com uma escadaria escura. Ouviu passos lá embaixo e foi descendo rapidamente os degraus, afastando-se cada vez mais da luz que vinha de cima. Ele agora se encontrava nas entranhas da catedral. As paredes de cimento eram úmidas ao toque. Myron tinha a impressão de que estava entrando numa catacumba ou cripta ou qualquer outra coisa igualmente funesta. Não sabia dizer se as catedrais americanas, como as europeias, também tinham criptas.

Descendo o último degrau, viu-se imerso numa escuridão quase total, a luz de cima não era mais que um vestígio distante. Perfeito. Ele seguiu caminhando pelo buraco negro em que se metera, aguçando os ouvidos feito um cão de caça. Não ouvia nada. Tateando ao redor, tentou encontrar algum interruptor. De novo, nada. O lugar estava gélido apesar do ar parado. Fedia a mofo. Myron não se sentia bem ali. Nem um pouco.

Ele foi seguindo vagarosamente adiante, com os braços estendidos como os do monstro de Frankenstein.

– Cole – chamou. – Quero apenas conversar.

As palavras ecoaram de um lado a outro até se dissiparem por completo.

Ele foi em frente. O lugar estava silencioso como... bem, como uma cripta. Myron havia atravessado uns dois metros quando os braços estendidos encontraram algo. Um volume de superfície fria e lisa. Como o mármore, ele pensou. Percebeu que se tratava de uma estátua e correu as mãos por ela. Identificou os braços, os ombros, as costas, uma asa. Decerto alguma decoração mortuária. Rapidamente ele se afastou.

Ficando o mais imóvel possível, novamente aguçou a audição. Mas o único ruído que percebia era o zunido dos próprios ouvidos, como se conchas marinhas os cobrissem. Cogitou voltar para cima, mas isso não seria possível. Cole agora sabia que sua identidade estava em perigo; certamente providenciaria outra e jamais seria visto outra vez. Aquela era a única chance de Myron.

Ele seguiu adiante, agora abrindo caminho apenas com os pés, que dali a pouco atingiram algo duro e intransponível. Mais uma estátua de mármore, ele deduziu, e a contornou. Pouco depois, deteve-se ao ouvir o ruído de algo ou alguém se arrastando pelo chão. Ratos? Não. Seguramente algo maior. Aflito, o coração retumbando no peito, ele ficou onde estava e esperou. A essa altura os olhos já haviam se ajustado razoavelmente à escuridão, e ele pôde distinguir algumas figuras altas e sombrias. Mais estátuas. Todas com a cabeça curvada. Myron imaginou a expressão de serenidade religiosa no rosto delas, oriunda da certeza de que os mortos tinham partido para um lugar bem mais aprazível do que aquele buraco escuro e bolorento.

Ele já ia dando outro passo quando dedos frios o agarraram pelo tornozelo.

Myron deu um grito.

Puxado pelas pernas, foi ao chão. Chutando, desvencilhou-se e foi se arrastando para trás até bater as costas contra o mármore da estátua mais próxima. Um homem riu grotescamente, e Myron sentiu os pelos da nuca se eriçarem. Outro homem riu. Depois mais outro. Como se um grupo de hienas o cercasse.

Ele tentou ficar de pé, mas, a meio caminho, foi subitamente atacado pelos homens. Não sabia dizer quantos pares de mãos o derrubavam de volta ao cimento frio do chão. Desferindo um murro às cegas, atingiu o rosto de alguém, que grunhiu de dor e caiu. O ataque se acirrou. Myron agora se achava estatelado no chão, debatendo-se cega e freneticamente em meio aos grunhidos e rosnados. A fedentina de suor e álcool era sufocante e inescapável. As mãos agora estavam por toda parte. Uma delas lhe surrupiou o relógio; outra, a carteira. Myron desferiu outro murro, atingindo costelas. Outro homem grunhiu e foi ao chão.

Alguém acendeu uma lanterna e apontou-a contra os olhos dele. A impressão era a de que uma locomotiva se aproximava para atropelá-lo.

– Chega – alguém disse. – Deixem ele em paz.

As mãos se afastaram como cobras escorregadias. Myron tentou se sentar.

– Antes que você faça alguma besteira – avisou o portador da lanterna –, dê uma olhada nisto aqui. – Ele iluminou o revólver que empunhava.

– Sessenta pratas? – disse outro. – Só isso? Merda! – E arremessou a carteira contra o peito de Myron.

– Mãos na cabeça.

Myron obedeceu. Alguém o agarrou e o imobilizou pelos antebraços, estirando os tendões dos ombros, e um outro homem o algemou.

– Agora saiam – ordenou o que parecia ser o chefe do bando.

Myron ouviu o tropel dos que se retiravam. O ar ficou subitamente mais respirável. Uma porta se abriu, mas, ofuscado pela lanterna, Myron não via nada. Seguiu-se um silêncio. Dali a pouco o homem da lanterna disse:

– Lamento por tudo isso, Myron. Daqui a algumas horas eles vão deixar você sair.

– Até quando você pretende continuar fugindo, Cole?

Cole Whiteman riu.

– Faz tanto tempo que estou nessa vida... Acho que já me acostumei.

– Não vim aqui prender você.

– Imagine o meu alívio – ironizou. – Então, como descobriu quem eu sou?

– Não faz diferença – disse Myron.

– Para mim, faz.

– Não tenho nenhum interesse em entregar você para a polícia. Só preciso de algumas informações. – Myron piscava contra o lume da lanterna.

– Como você se meteu nessa história? – perguntou Cole.

– Greg Downing desapareceu. Fui contratado para encontrá-lo.

– *Você?*

– Sim.

Cole Whiteman riu com gosto, e sua risada foi ecoando num crescendo até que, para alívio de Myron, sumiu ao longe.

– Qual foi a graça? – perguntou ele.

– Uma piada particular. – Cole ficou de pé. – Desculpe, mas agora preciso ir. – E desligou a lanterna.

Abandonado ao mesmo breu de antes, Myron ficou ali, ouvindo os passos de Cole rumo à porta. Antes que ele saísse, berrou:

– Você não quer saber quem matou Liz Gorman?

Os passos seguiram sem interrupção até que Myron ouviu o ruído de um interruptor. Uma lâmpada fraca se acendeu. Não mais que 40 watts. Embora não iluminasse muito, era bem melhor do que nada. Ainda piscando para afastar os pontinhos pretos deixados pela luz forte da lanterna, Myron avaliou seu entorno. Estátuas de mármore estavam por toda parte, enfileiradas ou empilhadas sem nenhuma lógica ou método, algumas tombadas. Não se tratava de uma cripta afinal, mas de um bizarro depósito de arte sacra.

Cole Whiteman voltou e se sentou no chão à frente de Myron. A barba grisalha ainda estava lá, farta em alguns pontos, totalmente ausente noutros. Os cabelos se projetavam em todas as direções possíveis. Baixando a arma, ele disse, quase a meia-voz:

– Quero saber como Liz morreu.

– Foi nocauteada com um taco de beisebol – disse Myron.

Cole fechou os olhos.

– Quem a matou?

– É isso que estou tentando descobrir. Nesta altura, Greg Downing é o principal suspeito.

Cole fez que não com a cabeça.

– Ele não teve tempo suficiente – falou.

Myron sentiu um aperto no estômago. Tentou umedecer os lábios com a língua, mas a boca estava seca demais.

– Você estava lá? – perguntou ele.

– Do outro lado da rua, atrás de uma lata de lixo. – Cole abriu um sorriso vazio. – Quer passar despercebido? Basta se fazer de mendigo. – Com a agilidade de um iogue, ele novamente ficou de pé. – Um taco de beisebol – disse. Beliscou a ponte do nariz, deu as costas para Myron e baixou a cabeça para chorar.

– Cole, me ajude a encontrar quem fez isso.

– E que motivos eu teria para confiar em você?

– Ou eu, ou a polícia – argumentou Myron. – Você é quem sabe.

Isso fez com que ele refletisse um pouco.

– A polícia não vai mexer um dedo. Acham que Liz era uma assassina.

– Então me ajude.

Cole voltou a se sentar, agora mais próximo.

– Não somos assassinos. Foi o governo que nos rotulou assim, e é assim que todo mundo nos vê agora. Mas não é verdade. Entende o que estou dizendo?

– Entendo – assentiu Myron.

Cole o encarou de um modo agressivo.

– Você está sendo condescendente comigo?

– Não.

– Não tolero condescendência. Se quiser que eu fique para conversarmos, nem pense em ser condescendente. Seja honesto comigo. E eu serei honesto com você.

– Ótimo – disse Myron. – Nesse caso, prefiro que você me poupe dessa balela de que "não somos assassinos, somos apenas defensores da liberdade". Hoje não estou com paciência para "Blowin' in the Wind".

– No seu entender, é disso que estou falando?

– Cole, você não está sendo perseguido por um governo de fanáticos. Você sequestrou e matou um homem. Pode dourar a pílula o quanto quiser, mas foi isso que você fez.

Cole quase sorriu.

– Você realmente acredita nisto.

– Calma aí, deixa eu adivinhar o que você vai falar – disse Myron, e olhou para o alto como se estivesse refletindo. – Sou mais uma vítima da lavagem cerebral do governo, certo? Tudo não passa de um complô da CIA para liquidar meia dúzia de universitários subversivos.

– Não – disse ele. – Mas não matamos Hunt.

– Quem matou, então?

Cole hesitou um pouco antes de responder; piscava para rebater o que pareciam ser lágrimas.

– Hunt se suicidou – revelou afinal, e voltou os olhos marejados para Myron, à espera de alguma reação.

Myron não disse nada.

– O sequestro foi apenas uma encenação – prosseguiu ele. – A ideia foi do próprio Hunt. Ele queria atingir o pai, então pensou: nada melhor que tirar o dinheiro do velho e depois fazê-lo passar por um grande idiota. Mas depois os filhos da puta nos cercaram, e Hunt optou por outra vingança. – Cole nova-

241

mente ameaçava chorar. – Ele saiu correndo com uma arma na mão, gritando: "Vá se foder, Mr. Flootworth!". E depois estourou os próprios miolos.

Myron permaneceu mudo.

– Pode examinar nossa história se quiser – disse Cole, quase em tom de súplica. – Éramos um bando de vagabundos inofensivos. Sempre que havia alguma passeata contra a guerra, lá íamos nós. Muita maconha na cabeça. Jamais cometemos qualquer tipo de violência. Nem sequer tínhamos uma arma, a não ser o Hunt. Ele era meu colega de quarto e meu melhor amigo. Jamais faria alguma coisa contra ele.

Myron não sabia exatamente no que acreditar; além disso, naquelas circunstâncias, não tinha tempo para se preocupar com a morte de um rapazote de 20 anos. Ficou ali, esperando que Cole prosseguisse com sua catarse, mas o homem continuava calado. Então decidiu retomar seu assunto:

– Você viu Greg Downing entrando no apartamento de Liz Gorman?

Cole lentamente fez que sim com a cabeça.

– Liz estava chantageando Greg?

– Não apenas ela – corrigiu ele. – A ideia foi minha.

– O que vocês sabiam a respeito dele?

– Nada de muito importante.

– Mas que talvez tenha provocado a morte de Liz.

– Pode ser – concedeu Cole. – Mas você não precisa saber dos detalhes. Confie em mim.

Myron não estava em condições de pressionar.

– Que mais você viu naquela noite? – perguntou.

Cole coçou um tufo de barba com a ânsia de um gato que se coça na árvore.

– Como eu disse, estava do outro lado da rua. Quem vive na clandestinidade costuma observar certas regras. Foram essas regras que nos mantiveram vivos e em liberdade nos últimos 20 anos. Uma delas é a seguinte: nunca permanecer juntos depois de cometer um crime. A polícia sempre procura por grupos, nunca por indivíduos. Desde que viemos para cá, eu e Liz sempre cuidamos para que nunca fôssemos vistos juntos. Falávamos apenas por telefone.

– E quem são Gloria Katz e Susan Milano? – perguntou Myron.

Cole abriu um sorriso triste. Percebendo os dentes que lhe faltavam, Myron cogitou se aquilo fazia parte do disfarce ou de algo mais sinistro.

– Outro dia falamos sobre elas – contou Cole.

– Tudo bem – disse Myron. – Então continua.

No rosto de Cole, as rugas pareciam mais profundas e sombrias sob a luz fraca que as iluminava. Sem nenhuma pressa ele foi dizendo:

– Liz já estava de malas prontas para ir embora. Íamos botar a mão no dinheiro e cair fora da cidade, tal como havíamos planejado. Eu só estava esperando pelo sinal dela.

– Que sinal?

– Depois que o dinheiro fosse coletado, ela piscaria a luz do apartamento três vezes, dizendo que dali a 10 minutos estaria na rua. Nos encontraríamos na rua 116 e tomaríamos a linha 1 do trem para sair da cidade. Mas não houve sinal nenhum. Na verdade, as luzes do apartamento nem sequer se apagaram. Fiquei com medo de subir para ver o que tinha acontecido, claro. Também temos regras sobre isto.

– Quem entregaria o dinheiro naquela noite?

– Três pessoas – disse Cole, erguendo os três dedos maiores. – Greg Downing... – Lá se foi o anular. – A mulher dele, cujo nome não me lembro agora...

– Emily.

– Certo, Emily. – Lá se foi o dedo médio. – E o velhote que é dono dos Dragons. – E lá se foi o indicador.

Myron arregalou os olhos.

– Espera aí. Clip Arnstein também era esperado naquela noite?

– Não só era esperado como de fato apareceu.

Sentindo o frio polar que lhe atravessava os ossos, Myron falou:

– Clip estava lá?

– Estava.

– E os outros dois?

– Todos os três apareceram. Mas esse não era o plano. O plano era que Liz se encontrasse com Downing num bar no centro da cidade. A transação seria feita lá.

– Um tal de Chalé Suíço?

– Exatamente.

– Mas Greg também foi ao apartamento?

– Mais tarde, sim. Porém Clip Arnstein chegou primeiro.

Myron imediatamente se lembrou da advertência que Win havia feito, dizendo que a admiração que ele, Myron, tinha por Clip o impedia de ver as coisas com objetividade.

– Quanto Clip iria pagar?

– Trinta mil dólares.

– A polícia encontrou apenas 10 mil no apartamento – disse Myron. – E todas as cédulas eram do assalto ao banco.

Cole deu de ombros:

– Ou o velho não pagou, ou o assassino levou o dinheiro. – Depois, pensando melhor, emendou: – Também é possível que Clip Arnstein tenha matado Liz. Mas ele me parece velho demais para uma coisa dessas, você não acha?

Myron não respondeu; disse apenas:

– Quanto tempo ele ficou no apartamento?

– Dez, 15 minutos.

– Quem entrou depois?

– Greg Downing. Eu lembro que ele carregava uma maleta. Deduzi que o dinheiro estava dentro. Entrou e saiu muito rápido... não deve ter ficado nem um minuto. E ainda carregava a maleta quando saiu. Foi aí que comecei a me preocupar.

– Greg teve tempo suficiente para matá-la – argumentou Myron. – Não demora muito para matar alguém com um taco de beisebol.

– Mas ele não estava carregando taco nenhum – retrucou Cole. – A maleta não era grande o bastante. E Liz tinha um taco no apartamento. Detestava armas, então tinha esse taco para se proteger.

Myron sabia que nenhum taco havia sido encontrado no apartamento de Liz Gorman. Isso significava que o assassino, ou assassina, havia usado o de Liz. Seria possível que Greg tivesse subido ao apartamento, encontrado o taco, matado Liz e fugido num intervalo tão curto?

Pouco provável.

– E Emily? – perguntou Myron.

– Foi a que subiu por último – revelou Cole.

– Quanto tempo ela ficou lá?

– Cinco minutos, mais ou menos.

Tempo suficiente para recolher provas e plantá-las depois.

– Você viu mais alguém subir?

– Claro – disse Cole. – Muitos alunos moram naquele prédio.

– Mas podemos afirmar que Liz já estava morta quando Greg chegou, não podemos?

– Sim.

– Então a pergunta é: quem entrou no prédio do momento em que Liz chegou do Chalé Suíço até a chegada de Greg?

Cole pensou um pouco, depois falou:

– Estudantes, quase todos. Tinha um sujeito realmente alto...

– Alto quanto?

– Sei lá. Muito alto.

– Eu tenho 1,95m. Mais alto do que eu?

– Acho que sim.

– Era negro?

– Não sei. Eu estava do outro lado da rua, e a luz era fraca. Eu não estava vigiando com tanta atenção assim. Talvez ele fosse negro, sim. Mas não acho que seja quem estamos procurando.

– Por que não?

– Fiquei diante do prédio até a manhã seguinte, e o sujeito não voltou para a rua. Com certeza mora lá, ou então passou a noite com alguém. Acho difícil que o assassino se demorasse tanto.

Realmente, pensou Myron. Ele tentou processar tudo o que acabara de ouvir com a frieza de um computador, mas os circuitos já estavam sobrecarregados.

– Quem mais você se lembra de ter visto? – perguntou. – Alguém chamou sua atenção?

Cole refletiu mais um pouco, os olhos correram sem rumo pelo ambiente.

– Teve uma mulher – disse afinal. – Ela entrou pouco antes de Greg subir. Pensando melhor, também saiu antes da chegada dele.

– Como era essa mulher?

– Não lembro.

– Morena, loura?

Cole balançou a cabeça.

– Só me lembro dela por causa do casaco comprido. De modo geral os universitários só vestem jaquetas de náilon ou algo assim. Me lembro de ter pensado que se tratava de uma adulta.

– Ela carregava alguma coisa? Ou então...

– Olha, Myron, sinto muito, mas preciso ir. – Cole ficou de pé e olhou Myron com uma expressão vazia e perdida. – Tomara que você encontre o filho da puta – disse. – Liz era uma boa pessoa. Nunca fez mal a ninguém. Nenhum de nós fez.

Antes que ele virasse as costas, Myron perguntou:

– Por que você me ligou ontem à noite? O que tinha para me vender?

Cole abriu um sorriso triste e foi se afastando. Antes de alcançar a porta, virou-se:

– Agora estou sozinho. Gloria Katz levou um tiro no primeiro ataque. Morreu três meses depois. Susan Milano morreu num acidente de carro em 1982. Liz e eu mantivemos a morte delas em segredo. Queríamos que a polícia continuasse procurando por quatro pessoas em vez de duas. Achávamos que isso facilitaria nossa fuga. Portanto é isso: dos quatro, agora só resta eu.

Ele exibia no rosto a expressão de um sobrevivente exausto que já começava a se perguntar se os mortos no naufrágio não haviam tido sorte melhor. Quase se arrastando, voltou para Myron e abriu as algemas.

– Pode ir – falou.

Myron ficou de pé e esfregou os pulsos.

– Obrigado.

Cole apenas meneou a cabeça.

– Não vou contar a ninguém sobre você.

– É, eu sei.

capítulo 35

MYRON CORREU DE VOLTA PARA O CARRO e discou o número de Clip. Informado pela secretária de que o Sr. Arnstein não se encontrava no escritório, pediu a ela que transferisse a ligação para Calvin Johnson e esperou na linha. Dali a pouco ouviu:

– Myron, e aí?

– Calvin, onde está o Clip?

– Deve voltar daqui a algumas horas. Certamente antes do jogo.

– Onde ele está agora?

– Não sei.

– Tente encontrá-lo – pediu Myron. – Depois me ligue.

– O que está acontecendo? – perguntou Calvin.

– Encontre o Clip e me ligue – disse apenas, e desligou.

Em seguida abriu a janela do carro e respirou fundo. Passava pouco das seis horas. Àquela altura a maioria dos jogadores já estaria se aquecendo no estádio. Ele seguiu pela Riverside Drive e atravessou a George Washington Bridge. Só então discou o número de Leon White. Uma mulher atendeu:

– Alô?

Alterando a voz, Myron falou:

– Sra. Fiona White?

– Sim, sou eu.

– Gostaria de fazer uma assinatura da *Popular Mechanics*? Temos uma oferta especial, mas é por pouco tempo.

– Não, obrigada. – E desligou.

Conclusão: Fiona White, a GatSet que costumava prometer noites de êxtase, estava em casa. Hora de fazer uma visitinha.

Myron tomou a Route 4 e saiu na Kindermack Road. Chegou dali a cinco minutos. A casa tinha o estilo de uma casa de fazenda, com tijolos pintados de laranja e janelas em forma de losango. Um estilo arquitetônico que estivera em voga por dois meses em 1977, tão duradouro quanto o terno jeans. Myron estacionou diante da garagem. O caminho de cimento que levava à porta era margeado por cerquinhas de ferro bambas, entremeadas por trepadeiras de plástico. Uma aula de sofisticação.

Ele tocou a campainha. Fiona White surgiu à porta usando uma blusa de estampa floral verde, desabotoada, e uma malha justa branca. Os cabelos descoloridos se prendiam num coque alto que já ameaçava desabar; mechas soltas caíam sobre os olhos e as orelhas. Surpresa, ela disse:

– Pois não?

– Olá, Fiona. Sou Myron Bolitar. Fomos apresentados outro dia na casa do TC.

A expressão de surpresa permaneceu onde estava.

– Leon não está.

– Eu queria falar com você.

Fiona suspirou e cruzou os braços sobre os peitos fartos.

– Sobre o quê?

– Posso entrar?

– Estou ocupada.

– Acho que seria melhor se pudéssemos conversar em particular.

– Já estamos – disse ela impassível. – O que você quer?

Myron deu de ombros e tirou da cartola seu sorriso mais charmoso, entretanto viu que não chegaria a lugar nenhum com ele. Então disse:

– Quero saber sobre você e Greg Downing.

Fiona baixou os braços, agora mais perplexa do que antes.

– *O quê?*

– Sei do e-mail que você mandou para ele. GatSet. Vocês iam se encontrar no último sábado para... – Myron abriu aspas com os dedos – "a melhor noite de êxtase imaginável".

Fiona ameaçou fechar a porta, porém Myron a deteve com um pé na fresta.

– Não tenho nada a lhe dizer – disse ela.

– Minha intenção não é causar problemas.

Ela empurrou a porta contra o pé de Myron.

– Vai embora.

– Estou tentando localizar o Greg.

– Não sei onde ele está.

– Vocês estavam tendo um caso?

– Não. Agora vá.

– Li o e-mail, Fiona.

– Pense o que quiser. Não vou falar com você.

– Tudo bem – disse Myron, recuando e espalmando as mãos. – Posso perguntar ao Leon.

– Faça como achar melhor – rugiu Fiona. – Não tive caso com ninguém. Não me encontrei com Greg no sábado. Não sei onde ele está. – E bateu a porta.

Aproveitamento zero, pensou Myron.

Voltando ao carro, ainda antes de abrir a porta, ele avistou o BMW preto com vidro escuro que vinha zunindo pela rua. O carro freou bruscamente a seu lado, e Leon saltou furioso da porta dianteira.

– Que diabo você está fazendo aqui? – gritou ele.

– Calma, Leon.

– Calma, nada! – Leon encarava Myron, quase o atropelando. – Está fazendo o que aqui, hã?

– Vim falar com você.

– Porra nenhuma – Os perdigotos molharam o rosto de Myron. – A gente já devia estar no estádio há muito tempo – disse Leon, empurrando-o com um safanão. Myron cambaleou para trás. – O que quer aqui? – Leon o empurrou novamente. – Perdeu alguma coisa?

– Não é o que você está pensando.

– Achou que ia encontrar minha mulher sozinha, não achou?

– Não é nada disso.

Leon ameaçou um terceiro empurrão, mas Myron já estava preparado. Antes de ser atingido, ele cravou a mão no antebraço de Leon e o torceu para trás, obrigando-o a se ajoelhar. Em seguida, utilizando o braço livre, imobilizou-o com uma gravata.

– Está calmo? – perguntou.

– Filho da puta – xingou Leon, gemendo.

– Estou vendo que não. – Myron pressionou ainda mais o antebraço dele, estirando os tendões do cotovelo para aumentar a dor, mas cuidando para que eles não se rompessem. – Greg sumiu de novo – disse. – Por isso estou na equipe. Fui contratado para encontrá-lo.

Ainda subjugado, de joelhos, Leon falou:

– E o que eu tenho a ver com isso?

– Vocês tiveram um desentendimento – disse Myron. – Quero saber por quê.

Leon tentou virar o rosto para falar:

– Me solta.

– Se você partir para a briga outra vez...

– Não vou fazer nada. Me solta, porra.

Myron esperou alguns segundos antes de aquiescer. Por fim, Leon se levantou e esfregou o braço torcido. Myron o encarou, e ele disse:

– Você veio aqui porque achou que Greg e Fiona estavam se pegando.

– E estavam?

Leon balançou a cabeça:

– Mas não foi por falta de tentativa.

– Como assim?

– Eu achava que Greg era meu melhor amigo. Que nada. Ele é só mais um desses marrentos do esporte, esses caras que se acham e se dão o direito de meter a mão no que veem pela frente.

– Incluindo Fiona.

– Ele bem que tentou. Mas Fiona não é dessas.

Myron não disse nada. Não lhe cabia dizer nada.

– Toda hora aparece alguém dando em cima da Fiona – prosseguiu Leon. – Por causa do jeitão dela. E também por causa dessa merda de racismo. Daí, quando vi você aqui... – Ele sacudiu os ombros e se calou.

– Você chegou a confrontar o Greg? – perguntou Myron.

– Sim – respondeu ele. – Algumas semanas atrás.

– O que você disse a ele?

Leon semicerrou as pálpebras, subitamente desconfiado.

– Que importância isso tem? – perguntou. – Está achando que tenho alguma culpa no cartório?

– Só estou tentando encontrar o Greg.

– Não tenho nada a ver com o sumiço dele.

– Não falei que você tinha. Só queria saber o que aconteceu depois que você foi falar com ele.

– O que você acha que aconteceu? – devolveu Leon. – O filho da puta negou tudo, claro. Jurou de pés juntos que jamais treparia com uma mulher casada, muito menos com a mulher do melhor amigo.

Myron mal acreditou no que ouviu.

– Mas você não acreditou nele – disse.

– O cara é um astro do basquete, Myron.

– Isso não faz dele um mentiroso.

– Não, mas faz dele outra coisa. Esses caras feito Greg, Michael Jordan, Shaquille O'Neal, TC... eles não são como a gente. Os filhos da puta têm o rei na barriga. Acham que são melhores que todo mundo, que o planeta inteiro tem a obrigação de fazer as vontades deles, sabe como é?

Myron fez que sim com a cabeça. Na faculdade, ele próprio tivera a chance de respirar o ar rarefeito do megaestrelato. Conhecia o vínculo tácito que os astros tinham entre si. Ele e Greg não haviam trocado nem meia dúzia de palavras quando Greg apareceu no hospital para visitá-lo, mas o vínculo estava lá. Os dois sabiam disso. O ar rarefeito do megaestrelato era compartilhado por pouquíssimos. Como o próprio TC dissera, o sucesso muitas vezes isolava as pessoas de um modo estranho e pouco saudável.

Era nisso que Myron pensava quando lhe sobreveio uma espécie de revelação. Ele deu um passo atrás.

Sempre achara que Greg recorreria ao melhor amigo na eventualidade de algum apuro. Mas, ao que tudo indicava, o caso não era bem esse. Se tivesse mesmo se deparado com um cadáver e entrado em pânico, ou se começasse a se sentir sufocado pela sucessão de problemas (as dívidas de jogo, a ameaça de exposição, o divórcio, o processo de custódia, a chantagem, a possibilidade de uma acusação de homicídio), a quem Greg recorreria?

Recorreria à pessoa mais capacitada para compreendê-lo.

A alguém que conhecesse de perto os problemas singulares do megaestrelato.

Àquele com quem havia compartilhado o ar rarefeito das alturas.

capítulo 36

MYRON FICOU SEM SABER o que fazer depois.

Na verdade, aquilo não passava de uma suspeita. Não havia prova nenhuma. Nada de concreto. Por outro lado, a hipótese responderia a muitas perguntas. Por que, por exemplo, Maggie havia ajudado na cilada armada para Emily? Até onde se sabia, ela não era particularmente próxima de Greg.

Mas era próxima de TC.

De novo, o vínculo entre os superastros. Greg receava perder a guarda dos filhos numa batalha judicial. Preocupação maior que essa talvez não exista. Quem ele procuraria em busca de ajuda?

TC.

Depois de ser interpelada por Win na véspera, de saber que Myron estava à procura de Greg, quem ela havia advertido?

TC.

Nenhuma prova, claro. Mas tudo apontava nessa direção.

Para Myron, as peças do quebra-cabeça começavam a se encaixar. Greg vinha enfrentando uma situação difícil, tanto mais para alguém com suas fraquezas mentais. O que teria passado por sua cabeça ao ver Liz Gorman morta no chão? Decerto teria intuído que seria o principal suspeito do crime. Como a própria Emily havia apontado, ele não só tinha motivos para matar Liz como também havia estado na cena do crime. Sabendo disso, e percebendo a oportunidade que se apresentava, Emily não pensara duas vezes antes de tentar incriminá-lo. Greg certamente havia antecipado os passos dela.

Então fez o quê?

Fugiu.

Deparar-se com o cadáver de Liz Gorman havia sido a gota d'água. Mas Greg também sabia que não conseguiria sair sozinho daquele buraco. Dessa vez a polícia viria atrás dele. Ele precisava de ajuda. Precisava de tempo e espaço.

A quem ele teria recorrido então?

À pessoa que melhor o compreendia. A alguém que conhecesse de perto os problemas singulares do megaestrelato. Que tivesse compartilhado com ele o ar rarefeito das alturas.

Myron parou diante do sinal vermelho. Ele estava quase lá, faltava muito pouco para deslindar aquele mistério. TC estava ajudando Greg a se esconder; disso ele tinha certeza. Mas, claro, TC era apenas parte da solução. Nada daquilo respondia à pergunta principal:

Quem havia matado Liz Gorman?

Myron deu marcha a ré no tempo e repassou mentalmente os fatos da noite do crime. Lembrou-se de que Clip havia sido o primeiro a chegar ao apartamento. Até então, ao menos para ele, Clip Arnstein figurava como o grande suspeito. Mesmo assim ainda restavam muitas lacunas naquela hipótese. Por exemplo, que motivo teria Clip para o homicídio? Tudo bem, Liz Gorman sabia de algo que talvez prejudicasse a equipe. Mas seria possível que Clip Arnstein, apenas por causa disso, chegasse ao extremo de matá-la com um taco de beisebol? As pessoas matavam por dinheiro e poder o tempo todo. E Clip? Mataria também?

Afora isso, outra questão ainda maior vinha fervilhando na cabeça de Myron. Por mais que ele pensasse, não encontrava uma resposta. Emily havia plantado o sangue e a arma do crime na casa de Greg. Isso era fato, e fazia sentido. Tudo bem, sabemos quem plantou as provas...

... mas quem teria ido lá para apagá-las?

Havia apenas três possibilidades lógicas: 1) Greg Downing; 2) alguém tentando proteger Downing; e 3) o assassino.

No entanto, dificilmente poderia ter sido Greg. Mesmo partindo da premissa pouco plausível de que ele voltara em casa depois de ter fugido, como ele havia encontrado o sangue? Que motivo teria tido para descer ao porão das crianças? Nenhum. A menos que soubesse do sangue plantado.

Myron sentiu um frio na espinha.

Era isso. A pessoa que havia limpado o sangue, fosse ela quem fosse, sabia de antemão o que Emily fizera. Não descera ao porão à toa. Claro que não. Emily, no entanto, teria sido a última pessoa a dizer qualquer coisa. Seria possível que alguém a tivesse flagrado com a boca na botija? De novo, a resposta era um retumbante não. Se fosse esse o caso, o taco também teria sido removido. E mais: o sangue teria sido removido imediatamente, isto é, *antes* de ser encontrado por Myron e Win. O timing da limpeza era crucial: ela havia sido feita após a visita deles. Isso significava que eles foram a fonte do vazamento.

Pois bem. A quem eles haviam contado?

Os dedos novamente apontavam para Clip.

Myron tomou a Route 3 e entrou no complexo esportivo de Meadowlands. O estádio o sobrelevava como uma imensa nave espacial em seu campo de pouso. Clip Arnstein. Teria ele matado Liz Gorman e depois limpado o sangue na casa de Greg? Myron ainda considerava essa possibilidade, mas não gostava dela. Como Clip teria entrado na casa? Não havia nenhum sinal de arrombamento. Teria ele manipulado a fechadura? Dificilmente. Dispunha de uma chave? Pouco provável. Teria contratado um profissional? Pouco provável também. Por medo de que a notícia se espalhasse, Clip nem sequer havia contratado um investigador particular para fazer algo tão simples quanto examinar os extratos de cartão de crédito de Greg. A quem ele confiaria a tarefa de limpar o sangue da pessoa que matara?

Havia também outra questão que ainda martelava os miolos de Myron: as roupas femininas encontradas no quarto. Elas também haviam sido removidas. Que motivos teria Clip, ou qualquer outra pessoa, para apagar os vestígios de uma namorada secreta?

As diferentes hipóteses rodopiavam na cabeça de Myron feito patinhos de borracha num redemoinho. Novamente ele se concentrou na namorada secreta. Seria ela Fiona White? A moça se fechara em copas, mas, para Myron, dificilmente seria ela a tal namorada. Como Fiona conseguiria se relacionar com Greg sem que um marido tão obsessivamente ciumento quanto Leon acabasse descobrindo? Talvez sua história com Greg não tivesse passado de um casinho descartável, uma noitada num quarto de motel ou algo assim, mas, aos olhos de Myron, nem isso parecia provável. Quanto mais ele pensava no assunto, mais acreditava que o convite para "a melhor noite de êxtase imaginável" não passava de uma investida barata, sem lugar num relacionamento de maior intimidade.

O mais lógico era que Greg estivesse mesmo sendo sincero ao dizer que jamais dormiria com a mulher de outro homem. O que, para Myron, só viria a reabrir as velhas feridas do passado.

No rádio do carro, a música deu lugar a um comercial: um homem muito cool e uma mulher igualmente cool saboreavam uma cerveja canadense com demasiada alegria; falavam em voz baixa e gargalhavam por qualquer bobagem dita pelo outro. Myron desligou-o.

Ele ainda tinha mais perguntas do que respostas. Mas ao pegar o celular para conferir a secretária eletrônica de Greg, seus dedos começaram a tremer. Algo lhe apertava o peito, dificultando a respiração. Nada a ver com a ansiedade pré-jogo. Longe disso.

capítulo 37

MYRON PASSOU DIRETO pela secretária de Clip.

– Ele não está aí! – berrou ela.

Ignorando-a, ele abriu a porta da sala. As luzes estavam apagadas e o lugar, vazio.

– Onde ele está? – perguntou à secretária, uma bruxa que decerto trabalhava para Clip desde a pré-história. Plantando as mãos na cintura, ela bufou:

– Não faço a menor ideia!

Calvin Johnson emergiu à porta da sala vizinha. Myron se aproximou, e ele o deixou entrar. Só então Myron disse:

– Onde está o Clip?

– Também não sei – respondeu Calvin. – Liguei para ele em casa, mas ninguém atendeu.

– Ele tem telefone no carro?

– Não.

Balançando a cabeça, Myron começou a perambular pela sala.

– Ele mentiu para mim – rosnou. – O filho da puta mentiu.

– Mentiu como?

– Ele esteve com a chantagista.

Calvin ergueu uma das sobrancelhas. Foi para sua cadeira e se sentou.

– Do que você está falando?

– Na noite em que ela foi assassinada – disse Myron. – Clip foi até o apartamento dela.

– Mas a instrução era para que ele a procurasse na segunda – disse Calvin.

– Você ouviu ela dizendo isso?

Calvin coçou o queixo. Sua testa ampla refletia as luzes do teto. O rosto era o lago plácido de sempre.

– Não – respondeu ele com calma. – Foi o Clip quem me contou.

– Ele mentiu para você.

– Mas por quê?

– Porque está escondendo algo.

– Você sabe o quê?

– Não – disse Myron. – Mas hoje à noite vou descobrir.

– Como?

– O chantagista ainda está disposto a fazer negócio – revelou Myron. – Agora comigo.

– Achei que fosse uma chantagista. E que estivesse morta.

– Ela tinha um comparsa.

– Entendo – disse Calvin, lentamente meneando a cabeça. – E vocês vão se encontrar hoje à noite?

– Sim. Mas ainda não sei a que horas, nem onde. Ele vai ligar.

– Entendo – repetiu Calvin. Fechando o punho, tossiu e falou: – Se for alguma bomba... Quer dizer, algo que possa afetar o resultado da votação de amanhã...

– Vou fazer a coisa certa, Calvin.

– Claro. Não quis sugerir o contrário.

Myron ficou de pé.

– Me avise quando ele chegar aqui.

– Certo.

◆ ◆ ◆

Myron entrou no vestiário. TC cumpria seu ritual pré-jogo: esparramava-se numa cadeira com fones nos ouvidos, olhando fixamente para o nada. Fez que não notou sua chegada. Leon também estava lá, e também fez de tudo para evitar o olhar de Myron. O que já era de esperar.

Audrey se aproximou.

– Então, como foi seu...

Myron balançou a cabeça para silenciá-la, e ela aquiesceu.

– Tudo bem com você? – perguntou.

– Tudo.

– Acha que eles podem ouvir a gente?

– Prefiro não arriscar.

Audrey olhou para a esquerda, depois para a direita.

– Descobriu algum fato novo?

– Muitos – disse Myron. – Hoje à noite você vai ter sua história. Uma bela história.

Os olhos da repórter brilharam.

– Já sabe onde ele está?

Myron fez que sim com a cabeça. Nesse instante a porta do vestiário se entreabriu, e Calvin espiou pela fresta. Entrando mais um pouco, disse algo ao técnico assistente e saiu. Myron notou que ele dobrou para a direita no corredor, rumo à saída, e não para a esquerda, de volta à sua sala.

Pouco depois o celular de Myron tocou. Myron e Audrey se entreolharam. Afastando-se para um canto, ele atendeu a ligação.

– Alô.

Uma voz distorcida eletronicamente disse:

– Conseguiu o dinheiro?

– Seu timing não poderia ser pior – retrucou Myron.

– Responda minha pergunta.

Leon vestia o short do uniforme. TC permanecia na cadeira, sacudindo a cabeça ao ritmo da música.

– Consegui – respondeu Myron. – Acontece que daqui a pouco tenho um jogo.

– Esqueça o jogo. Sabe onde fica o Overpeck Park?

– O de Leonia? Sim, eu sei.

– Quando sair da Route 95, vire à direita; ande uns 500 metros e vire à direita outra vez. Vai encontrar uma rua sem saída. Estacione o carro ali e procure pela luz de uma lanterna. Depois se aproxime com as mãos para o alto.

– Não vai rolar uma senha também? – perguntou Myron. – Me amarro numa senha.

– Quinze minutos. Não se atrase. E, para seu governo, seu parceiro super-herói está no escritório da Park Avenue. Um companheiro meu está de olho nele. Se o camarada sair de lá na próxima hora, nosso negócio está cancelado.

Myron desligou o telefone. As coisas começavam a se precipitar. Dali a 15 minutos, o mistério chegaria ao fim. De um modo ou de outro.

– Deu para você ouvir? – perguntou ele.

– Quase tudo – disse Audrey.

– Daqui a pouco vai rolar uma parada muito sinistra – avisou Myron. – Preciso de uma repórter isenta para registrar tudo. Quer vir comigo?

Audrey sorriu e disse:

– A pergunta foi retórica, não foi?

– Mas vai ter de ficar deitada no banco de trás – acrescentou Myron. – Não posso correr o risco de que alguém veja você.

– Tudo bem. Vai me fazer lembrar dos tempos de escola.

Myron foi caminhando rumo à porta. Os nervos estavam à flor da pele, mas ele fazia o possível para aparentar naturalidade ao sair. Leon atava os cadarços dos tênis. TC permanecia imóvel, mas agora os seguia com o olhar.

capítulo 38

A CHUVA ESCURECIA O ASFALTO enquanto os carros invadiam o estacionamento do estádio. Myron saiu pelo portão que dava para a New Jersey Turnpike, seguiu por ela na direção norte e, após os últimos guichês de pedágio, dobrou à direita para entrar na Route 95.

– Então, o que está rolando? – perguntou Audrey, no banco de trás.

– Este cara que estou indo encontrar... – disse Myron. – Foi ele quem matou Liz Gorman.

– Quem é Liz Gorman?

– A chantagista assassinada.

– Achei que o nome dela fosse Carla.

– Carla era um codinome.

– Espera aí... Liz Gorman não era uma ativista da década de 1960?

Myron confirmou com a cabeça.

– É uma história comprida. Agora não dá para entrar em detalhes. Basta dizer que este cara que estamos indo encontrar fazia parte do esquema de chantagem. Algo deu errado, e Liz acabou morta.

– Você tem provas disso tudo? – perguntou Audrey.

– Na verdade, não. Por isso preciso de você. Está com o seu gravador aí?

– Estou.

– Pode me emprestar?

– Claro.

Audrey pescou o gravador da bolsa e o entregou a Myron, que disse:

– Vou tentar fazer ele soltar a língua.

– Como?

– Pisando nos calos certos.

– Acha que ele vai cair nessa? – perguntou Audrey, cética.

– Acho. Se eu acertar nos calos. – Myron pegou o telefone do carro. – Tenho dois telefones: este aqui e o celular que está no meu bolso. Vou ligar para o telefone do carro e deixar o celular ligado para que você possa escutar a conversa. Quero que você registre tudo. Caso alguma coisa aconteça, ligue para o Win. Ele vai saber o que fazer.

– Certo – disse Audrey.

O limpador de para-brisa desenhava sombras no rosto dela. A rodovia rebrilhava com a chuva que agora caía mais forte. Myron tomou a saída seguinte e dali a uns 500 metros avistou a placa do Overpeck Park.

– Abaixe-se – disse ele.

Audrey sumiu de vista. Dobrando à direita, Myron se deparou com uma segunda placa, informando que o parque estava fechado. Ele a ignorou e seguiu adiante. Embora não distinguisse muita coisa em razão do breu, sabia que à sua esquerda havia uma mata e, mais à frente, cocheiras de cavalos. Novamente ele virou à direita. Os faróis do carro agora dançavam sobre uma área de piquenique, iluminando mesas, bancos, lixeiras, um balanço e um escorregador. Ele alcançou a rua sem saída e estacionou o carro. Apagou os faróis, desligou o motor e ligou para o telefone do carro com o celular, atendendo no viva-voz para que Audrey pudesse ouvir. Depois esperou.

Vários minutos se passaram sem que nada acontecesse. A chuva açoitava a lataria do carro com pingos que pareciam pedras. Audrey permanecia imóvel no banco de trás. Com as mãos plantadas ao volante, Myron podia ouvir o próprio coração ribombando no peito.

Sem nenhuma advertência, um lume rasgou a escuridão como uma foice. Myron sombreou os olhos com a mão e semicerrou as pálpebras para enxergar melhor. Lentamente abriu a porta do carro. O vento forte fazia com que a chuva castigasse seu rosto. Enfim ele desceu.

Em meio ao temporal, uma voz masculina falou:

– Mãos para o alto.

Myron obedeceu.

– Abra o casaco. Sei que tem uma arma num coldre de ombro. Tire ela com dois dedos e jogue no banco do carro.

Mantendo uma das mãos erguida, Myron desabotoou o casaco. Àquela altura já estava encharcado, com os cabelos grudados à testa. Ele tirou a arma e largou-a no banco.

– Feche a porta.

Novamente, Myron obedeceu.

– Trouxe o dinheiro?

– Primeiro quero saber o que você trouxe – disse Myron.

– Não.

– Poxa, seja razoável. Nem sei ainda o que estou comprando.

Uma breve hesitação.

– Aproxime-se.

Myron foi caminhando para a luz, ignorando o simbolismo do que fazia.

– Seja lá o que você estiver vendendo – disse ele –, como vou saber que não guardou cópias?

– Vai ter que confiar em mim – respondeu o homem.

– Quem mais está a par disso tudo?

– Ninguém. Sou o único que ainda está vivo.

Myron apressou o passo, enfrentando o vento com as mãos ainda erguidas. As roupas estavam ensopadas.

– Como posso saber que você não vai abrir o bico depois?

– De novo, vai ter que confiar em mim. Seu dinheiro vai comprar meu silêncio.

– Até que alguém faça uma oferta melhor.

– Não. Depois disso vou sumir do mapa. E você nunca mais vai ouvir falar de mim. – A luz da lanterna piscou. – Pare onde está.

A uns três metros de Myron estava um homem com o rosto coberto por um gorro de esqui; com uma das mãos ele empunhava a lanterna e com a outra carregava uma caixa. Erguendo a caixa, ele disse:

– Aqui está.

– O que é isto?

– Primeiro a grana.

– Esta caixa pode muito bem estar vazia.

– Ótimo. Então volte para o carro e vá embora – disse o mascarado, e deu as costas para Myron.

– Espere. Vou pegar o dinheiro.

O homem novamente se voltou para Myron.

– Não tente nenhuma gracinha – advertiu.

Myron saiu andando rumo ao carro. Não tinha dado nem 20 passos quando ouviu os disparos. Três vezes. Não se assustou com os ruídos. Lentamente se virou. O mascarado se esparramava no chão. Audrey vinha correndo na direção do corpo inerte, empunhando a arma de Myron.

– Ele ia matar você – berrava. – Tive que atirar. – Assim que alcançou o corpo, ela recolheu a caixa que o mascarado havia deixado cair.

Myron correu ao encontro dela.

– Abra – ordenou.

Audrey hesitou um pouco. Um trovão rebentou ao longe, mas nenhum raio caiu.

– Você estava certa – disse Myron.

– Sobre o quê? – devolveu Audrey.

– Eu estava vendo a coisa pelo ângulo errado.

– Do que você está falando?

Myron deu mais um passo na direção dela.

– Quando me perguntei quem sabia sobre o sangue no porão – ele foi dizendo –, só me lembrei de Clip e Calvin. Esqueci que tinha contado a você também. Quando me perguntei por que a amante de Greg precisava manter sua identidade em segredo, pensei em Fiona White e Liz Gorman. De novo me esqueci de você. Sei o quanto é difícil para uma mulher se fazer respeitar como repórter no mundo dos esportes. Sua carreira seria arruinada caso alguém descobrisse que você tinha um caso com um dos jogadores que cobria. Você precisava manter tudo em sigilo.

Audrey olhou para ele, empalidecida e encharcada.

– Você é a única que se encaixa, Audrey. Você sabia sobre o sangue no porão. Não podia deixar que uma relação com Greg viesse a público. Tinha uma chave da casa dele, podia entrar quando quisesse. E era a única que tinha um motivo para limpar o sangue e protegê-lo. Afinal, você matou para protegê-lo. Que mal faria limpar um pouco de sangue?

Varrendo do rosto os cabelos molhados e piscando contra a chuva, ela disse afinal:

– Você não pode estar falando sério...

– Naquela noite – interrompeu Myron –, depois da festa do TC, quando você disse que já tinha sacado o motivo da minha contratação... Eu devia ter percebido logo ali. Claro, minha contratação foi mesmo inusitada. Mas, para ligar uma coisa a outra, só alguém com um algum tipo de vínculo pessoal com Greg, alguém que realmente soubesse que ele havia fugido e por quê. Você era a namorada secreta, Audrey. E também não sabe onde Greg está. Cooperou comigo não porque quisesse o furo, mas porque queria encontrar o Greg. É apaixonada por ele.

– Isso é ridículo – disse ela.

– A polícia vai fazer uma varredura na casa, Audrey. Eles vão encontrar fios de cabelo.

– Isso não prova nada – argumentou Audrey. – Entrevistei o Greg algumas vezes...

– No quarto dele? No banheiro? No chuveiro? – Myron balançou a cabeça. – E quando souberem de você, também vão fazer uma varredura no apartamento de Liz. Também vão encontrar alguma prova por lá. Um fio de cabelo, qualquer coisa assim. – Ele deu mais um passo na direção dela. Audrey ergueu a arma com a mão trêmula.

– "Acautela-te contra os idos de março" – disse Myron.

– O quê?

– Foi você que me corrigiu. Os idos são o dia 15 do mês. Seu aniversário foi no dia 17. Dezessete de março. Ou 17 do 3: 173. O código que Greg colocou na secretária eletrônica dele.

Ela apontou a arma para o peito de Myron.

– Desligue o gravador – disse. – E o telefone também.

Myron levou a mão ao bolso e fez o que ela pediu.

Lágrimas e chuva escorriam pelo rosto de Audrey.

– Por que diabo você não ficou na sua? – disse ela aos prantos, e apontou para o corpo estirado sobre a grama molhada. – Você ouviu o que ele disse. Todos os chantagistas estão mortos. Eu poderia ter destruído esta caixa, e essa história terminaria aqui. Eu não teria que matar você. Ficaria livre desse peso de uma vez por todas.

– E Liz Gorman? – quis saber Myron.

Audrey bufou com escárnio.

– Aquela mulher não passava de uma chantagistazinha sem nenhum escrú-pulo – disse. – Não dava para confiar nela. Falei isso com o Greg. O que a im-pediria de fazer cópias de tudo e continuar sugando ele para o resto da vida? Cheguei ao ponto de ir ao apartamento dela naquela noite, fazendo me passar por uma ex-namorada com contas a acertar. Disse que queria comprar uma cópia, e ela topou na hora. Você entende? Pagar o que ela estava pedindo não adiantaria de nada. Só havia um jeito de silenciar aquela cachorra.

– Matando-a.

– Liz Gorman era uma criminosa, Myron. Roubou um banco, caramba. Greg e eu... nós éramos perfeitos juntos. Aquilo que você disse sobre minha carreira, você tem razão. Eu precisava manter minha história com Greg em segredo. Mas estava prestes a ser transferida para outra área. Para o beisebol. Cobrir os Mets ou os Yankees. Depois disso, tudo poderia vir às claras. As coisas iam tão bem, Myron, mas depois apareceu essa vagabunda e... – Ela engoliu em seco e balan-çou a cabeça com veemência. – Eu tinha que pensar no nosso futuro – disse. – Não só no meu ou no do Greg. Mas no do nosso filho também.

Myron fechou os olhos, compungido.

– Você está grávida – falou baixinho.

– Entende agora? – O entusiasmo parecia ter voltado à tona, mas não sem uma pitada de amargura. – Ela queria destruir o Greg. Destruir a gente. Que escolha eu tinha? Não sou nenhuma assassina, mas ali... era eu ou ela. Sei o que você está pensando, Myron. Sobre Greg ter fugido sem falar nada comigo. Fazia mais de seis meses que estávamos juntos. Sei que ele me ama. Ele estava precisando de um tempo, só isso.

Myron também engoliu em seco antes de dizer:

– Acabou, Audrey.

Ela fez que não com a cabeça e segurou a arma com ambas as mãos.

– Lamento, Myron. Eu não queria fazer isso. Quase preferiria morrer no seu lugar.

– Não importa – disse Myron, e deu mais um passo adiante. – São de festim.

Audrey semicerrou as pálpebras, confusa. O mascarado se reergueu como Bela Lugosi num filme antigo de Drácula. Retirou o gorro e mostrou o distintivo.

– Polícia – disse Dimonte.

Win e Krinsky surgiram de repente, saídos do outro lado de uma colina. Audrey escancarava a boca sem acreditar no que via. Win havia feito a ligação, fazendo-se passar pelo chantagista, e Myron havia aumentado o volume do celular de modo que Audrey pudesse ouvir a conversa. O resto havia sido fácil.

Dimonte e Krinsky detiveram Audrey. Myron acompanhou a cena sem dizer uma palavra, nem sequer sentia na pele o açoite da chuva. Esperou Audrey ser levada para o camburão e voltou com Win para o carro.

– Meu "parceiro super-herói"? – espetou.

Win deu de ombros.

capítulo 39

Esperanza ainda estava na agência quando o fax apitou. Ela atravessou a sala e esperou a máquina cuspir o papel. O fac-símile do FBI estava endereçado a ela.

Ref.: FIRST CITY NATIONAL BANK – TUCSON, ARIZONA
Assunto: Locatários de cofres.

Ela passara o dia inteiro à espera daquela transmissão.

A teoria de Esperanza para o esquema de chantagem era mais ou menos esta: os membros da Brigada Raven haviam assaltado o banco e arrombado os cofres particulares. As pessoas guardavam todo tipo de coisa nesses cofres: dinheiro, joias, documentos importantes. Era isso que dava sentido ao timing. Em poucas palavras, num dos cofres eles haviam encontrado algo constrangedor para Greg Downing e depois arquitetado o plano de chantagem.

Os nomes estavam listados em ordem alfabética. Esperanza os lia à medida que saíam da máquina. A primeira página terminava na letra L. Nenhum nome conhecido. A segunda terminava na letra T. Nenhum nome conhecido. Na terceira, ao alcançar a letra W, Esperanza sentiu o próprio coração subir à garganta. Receando gritar, tapou a boca.

◆ ◆ ◆

Várias horas se passaram até que a confusão fosse resolvida. A polícia tomou depoimentos e cada um se explicou como pôde. Myron contou a Dimonte a história quase toda, deixando de fora a gravação de Emily com Maggie. De novo, aquilo não era da conta de ninguém. Também omitiu seu encontro com Cole Whiteman. De certa maneira se sentia em dívida com ele. Quanto a Audrey, ela se recusava a dizer o que quer que fosse na ausência de um advogado.

– Você sabe onde Downing está? – Dimonte perguntou a Myron.

– Acho que sim.

– Mas não vai me dizer.

Myron negou com a cabeça.

– Greg não é assunto seu – disse.

– É verdade – concordou o investigador. – Agora vai. Dá o fora daqui.

Myron e Win deixaram a delegacia no centro de Manhattan. Grandes prédios da administração municipal se espalhavam pela vizinhança: a burocracia moderna na sua forma mais extrema e intimidante. Apesar da hora, as pessoas precisavam fazer filas para atravessar as portas.

– Foi um bom plano – disse Win.

– Audrey está grávida.

– Eu soube.

– O bebê vai nascer na prisão.

– A culpa não é sua.

– Ela não viu outra saída – disse Myron.

– Viu uma chantagista no caminho dos sonhos dela – emendou Win. – Não sei se eu teria agido de outra forma.

– Uma pessoa não mata outra para contornar os reveses da vida – argumentou Myron.

Win não contestou, embora não concordasse inteiramente. Já no carro ele falou:

– Então, em que pé estamos agora?

– Clip Arnstein – disse Myron. – Ele precisa explicar umas coisinhas.

– Quer que eu vá junto?

– Não. Quero falar com ele sozinho.

capítulo 40

QUANDO MYRON ENFIM CHEGOU ao estádio, o jogo já havia acabado. Carros congestionavam as saídas, dificultando a passagem de quem entrava. Costurando-os com cuidado, Myron foi para o estacionamento reservado aos jogadores, mostrou sua identidade ao guarda e entrou.

Corria para a sala de Clip quando alguém chamou seu nome. Sem se virar, continuou correndo até alcançar a porta. Que estava trancada.

– *Yo*, Myron. – Era o gandula responsável pelas toalhas.

Myron não lembrava o nome dele.

– Que foi?

– Deixaram isto aqui para você. – O garoto lhe entregou um envelope pardo.

– Quem deixou?

– Seu tio.

– Meu tio?

– Foi isso que o cara disse.

Myron avaliou o envelope. Seu nome estava rabiscado no papel com gigantescas letras de forma. Abrindo-o, encontrou uma carta e uma fita cassete. Guardou a fita no bolso e leu a carta:

> *Myron,*
>
> *Eu deveria ter dado isto a você na catedral. Sinto muito por não tê-lo feito, mas estava emocionado demais com a morte de Liz Gorman. Queria que você concentrasse sua atenção na procura do assassino, não no conteúdo desta fita. Receava que ela pudesse distraí-lo. Espero apenas que você esteja focado o bastante para encontrar o canalha que matou Liz. Ela merece que a justiça seja feita.*
>
> *Também queria dizer que estou pensando em me entregar. Agora que Liz se foi, não vejo motivo para continuar me escondendo. Conversei com alguns advogados, velhos amigos meus. Eles já estão à procura dos mercenários que o pai de Hunt contratou. Acham que um deles poderá corroborar minha história. Vamos ver.*
>
> *Não ouça esta fita sozinho, Myron. Ouça com algum amigo.*
>
> *Cole.*

Myron dobrou a carta. Não sabia ao certo o que pensar. Olhou de um lado a outro pelo corredor, mas não viu nenhum sinal de Clip. Em seguida correu para o portão de saída dos jogadores. Quase todos já haviam deixado o estádio. TC entre eles, claro. Sempre o último a chegar e o primeiro a sair. Voltando ao carro, Myron deu partida no motor, colocou a fita no som e esperou.

◆ ◆ ◆

Esperanza ligou para o telefone do carro de Myron. Nenhuma resposta. Tentou o celular. Mesma coisa. Myron sempre andava com o celular. Se não estava atendendo era porque não queria. Rapidamente ela ligou para o celular de Win, que atendeu no segundo toque.

– Sabe onde o Myron está? – perguntou Esperanza.

– Foi para o estádio.

– Vá atrás dele, Win.

– Por quê? Algum problema?

– Os Ravens arrombaram os cofres particulares do banco. Foi num deles que encontraram a informação para chantagear Downing.

– O quê, exatamente?

– Não sei – disse ela. – Mas tenho uma lista das pessoas que alugavam os cofres.

– E?

– Um deles estava alugado para o Sr. e a Sra. B. Wesson.

Silêncio.

– Tem certeza de que se trata do mesmo B. Wesson que machucou o Myron?

– Já conferi – disse ela. – O B é mesmo de Burt. Nos documentos ele está listado como técnico de basquete de uma escola secundária. Trinta e três anos. É ele, Win. É o mesmo Burt Wesson.

capítulo 41

NADA.

Myron aumentou o volume, mas só ouviu estática. Baixou o volume novamente e dali a pouco ouviu ruídos abafados, sem fazer ideia do que podiam ser. Depois, silêncio.

Dois minutos se passaram até que finalmente ele ouviu vozes. Aguçou os ouvidos, mas não distinguiu muita coisa. Pouco depois as vozes foram ficando mais altas e claras. Encostando o ouvido contra uma das caixas de som, subitamente ele ouviu, com absoluta clareza, uma voz ríspida dizer:

– *Você está com o dinheiro?*

Uma mão imaginária fechou os dedos sobre o coração dele e o apertou. Fazia 10 anos que ele não ouvia aquela voz, mesmo assim a reconheceu de pronto. Era Burt Wesson. Que diabo...?

Em seguida, como se atropelado por uma betoneira, ouviu uma segunda voz:

– *Só a metade. Mil dólares agora. E outros mil depois que ele estiver fora do circuito...*

Myron estremeceu, subitamente assaltado por uma fúria que até então não conhecia. Os punhos se fecharam. Lágrimas abriram caminho através dos olhos. Até aquele momento ele ainda não compreendia por que o chantagista o havia procurado para vender algum podre sobre Greg. Lembrou-se então da risada de Cole Whiteman e do risinho irônico de Marty Felder ao saberem que ele havia sido contratado para encontrar Greg Downing. Lembrou-se também da mensagem deixada na secretária de Greg: "Ele está disposto a pagar. É isso o que você quer?". E, sobretudo, lembrou-se do rosto compungido de Greg tantos anos antes no hospital. Não fora nenhum tipo de vínculo que levara seu rival a visitá-lo naquele dia.

Fora a culpa.

– *Não precisa arrebentar com ele, Burt. Só quero que o Bolitar fique fora de alguns jogos...*

Algo nos confins do coração de Myron se partiu como um graveto seco. Quase inconscientemente, ele engatou a ré.

– *Olha, realmente preciso dessa grana. Não dá para você arrumar mais uns 500? Daqui a pouco eles vão me cortar. É a última bateria de testes, e não tenho nenhum emprego em vista...*

Myron tirou o carro da vaga e acelerou adiante. O ponteiro do velocímetro foi subindo à medida que o rosto dele se crispava num irreconhecível esgar de fúria. Lágrimas silenciosas rolavam rumo ao queixo. Os olhos apontavam para a frente, mas talvez não vissem nada.

Chegando à saída da Jones Road, ele secou os olhos com a manga da camisa e seguiu para a casa de TC, parando diante do portão.

O segurança espiou para fora de sua guarita. Myron acenou para que ele se aproximasse do carro e, tão logo o viu de corpo inteiro, sacou a arma.

– Qualquer passo em falso e mando bala – disse.

O segurança ergueu os braços. Myron saiu do carro, abriu o portão e ordenou que o homem entrasse no carro. Em seguida arrancou a mil por hora rumo à casa, freando a poucos metros da porta. Ato contínuo, saltou e arrombou a porta com uma saraivada de chutes. Foi direto para a sala de estar.

A televisão estava ligada. TC virou a cabeça, assustado.

– Que porra é essa agora?

Myron arremeteu na direção dele, agarrou-o pelo punho e torceu seu braço contra as costas.

– Onde ele está? – Foi só o que disse.

– Não sei do que você...

Myron aumentou a pressão na chave de braço.

– Você não quer uma fratura agora, quer? Onde ele está, TC?

– Mas de que porra você está...

Myron silenciou-o com mais um puxão. Berrando de dor, TC dobrou o tronco para aliviar a pressão.

– É a última vez que vou perguntar – disse Myron. – Onde está o Greg?

– Estou aqui.

Myron largou TC e se virou na direção da voz. Greg Downing se encontrava à porta da sala. Sem hesitar, e liberando um grito das profundezas da garganta, Myron partiu para cima dele.

Greg ainda teve tempo de erguer as mãos num gesto de paz (que teve o efeito de um balde d'água sobre um vulcão em erupção), mas foi ao chão com um murro no rosto. Myron caiu de joelhos sobre as costelas dele, ouviu algo se quebrar. Então desferiu um seguindo murro.

– Para! – berrou TC. – Você vai matar o cara!

Myron mal ouviu.

Já se preparava para um terceiro golpe quando TC saltou sobre ele. Ambos rolaram na direção da parede, e Myron reagiu com uma cotovelada no plexo solar de TC, que agora esbugalhava os olhos enquanto procurava pelo ar dos pulmões. Myron ficou de pé. Vendo que Greg se arrastava para o sofá, deu um salto e o puxou por uma das pernas.

– Você trepou com a minha mulher! – berrou Greg. – Acha que não sei? Você trepou com a minha mulher!

As palavras assustaram Myron, mas não o detiveram. Através das lágrimas ele desferiu mais um murro, fazendo com que o sangue transbordasse da boca de Greg. Ergueu o punho novamente, mas dedos de ferro o impediram de seguir adiante.

– Chega! – disse Win.

Myron ergueu o rosto, ao mesmo tempo confuso e enfurecido.

– O quê?

– Já está de bom tamanho.

– Mas foi como você mesmo disse – suplicou Myron. – Wesson fez de propósito. A mando do Greg.

– Eu sei – disse Win. – Mas agora chega.

– Como assim, "chega"? No meu lugar, você...

– Provavelmente eu o mataria – Win terminou por ele. Baixou o rosto e, com uma centelha nos olhos, emendou: – Mas você, não.

Myron engoliu em seco. Win por fim o deixou livre, e ele se afastou de Downing. Greg se reergueu, tossindo sangue.

– Segui Emily naquela noite – foi dizendo com dificuldade. – Vi vocês juntos... Só queria me vingar. Não queria que você se machucasse tanto.

Myron precisou respirar fundo. A adrenalina logo perderia o efeito, mas ainda corria nas veias dele.

– Você estava aqui desde o início? – perguntou.

Greg levou a mão ao rosto e estremeceu de dor. Só então respondeu:

– Estava. Fiquei com medo que pensassem que matei aquela mulher. Além disso, estava até o pescoço com todo tipo de problemas: dívidas, o processo de custódia, uma namorada grávida... – Ele ergueu o rosto. – Estava precisando de um tempo.

– Você ama a Audrey?

– Você já sabe? – perguntou Greg.

– Já.

– Amo. Sou louco por aquela mulher.

– Então ligue para ela – disse Myron. – Na cadeia.

– O quê?

Myron não elaborou. Cuspira aquela informação na esperança de tirar disso algum tipo de prazer perverso, mas não encontrara prazer nenhum. Pelo contrário, agora lhe doía ainda mais a parcela de culpa que ele sabia ter em tudo aquilo.

Deu as costas para todos e foi embora.

◆ ◆ ◆

Clip Arnstein estava sozinho quando Myron o encontrou naquele mesmo camarote corporativo no qual tudo havia começado. Olhava para a quadra vazia, de costas para Myron. Não se mexeu quando ele pigarreou.

– Você já sabia desde o início – disse Myron.

Clip permaneceu calado.

– Você foi ao apartamento de Liz Gorman naquela noite – prosseguiu Myron. – Ela colocou a fita para você ouvir, não foi?

Clip cruzou as mãos atrás dos quadris e fez que sim com a cabeça.

– Foi por isso que você me contratou. Nada disso foi por coincidência. Você queria que eu descobrisse a minha verdade.

– Eu não sabia o que dizer a você. – Clip enfim se virou para encarar Myron. Os olhos estavam vidrados, perdidos. No rosto, nenhuma cor. – Aquilo não foi uma encenação... a emoção que senti na coletiva de imprensa... – Ele baixou a cabeça, recobrou a calma, ergueu-a novamente. – Você e eu perdemos o contato depois do seu acidente. Pensei em telefonar um milhão de vezes, mas eu sabia. Sabia que você queria sossego. As contusões nunca se apagam da alma dos grandes atletas, Myron. Ficam impressas ali. Para sempre. Eu sabia que esse seria o seu caso.

Myron abriu a boca para dizer algo, mas não conseguiu articular nada. Sentia-se vulnerável, exposto.

Clip se aproximou.

– Achei que essa seria uma boa maneira de você descobrir a verdade. – Também esperava que tudo isso tivesse o efeito de uma catarse. Não uma catarse completa. Como eu disse, os grandes nunca se esquecem.

Por um tempo razoavelmente longo, ambos permaneceram mudos, olhando para o nada. Até que Myron disse:

– No outro dia, você mandou o Walsh me botar para jogar.

– Mandei.

– Sabia que eu não estava em condições.

Clip lentamente meneou a cabeça.

Myron sentiu as lágrimas que brotavam nos olhos; piscou para fazê-las rolar.

Clip projetou o maxilar para a frente. Tremia ligeiramente no rosto, mas o corpo era uma rocha.

– Minha intenção era ajudar você – falou –, mas, quando o contratei, não foi só por altruísmo. Sabia, por exemplo, que você nunca tinha abandonado o espírito de equipe. Você sempre admirou este aspecto do basquete, Myron. Fazer parte de um time.

– E daí?

– Meu plano incluía fazer você experimentar de novo o gostinho de fazer parte de um time. De verdade. Para não se voltar contra nós depois.

Myron entendeu.

– Achou que, depois que eu me envolvesse com os outros jogadores, não botaria a boca no trombone quando descobrisse a verdade.

– Mas essa não é a sua natureza – disse Clip.

– Acontece que tudo virá a público. Não há como evitar.

– Eu sei.

– É possível que você perca o time.

Clip sorriu e deu de ombros.

– Há coisas piores na vida – disse. – Do mesmo modo, como você agora sabe, há coisas piores do que nunca mais voltar a jogar.

– Sempre soube disso – rebateu Myron. – Mas talvez precisasse mesmo de um lembrete.

capítulo 42

NO APARTAMENTO DE JESSICA, ao lado dela no sofá, Myron contou toda a história. Jess abraçava os próprios joelhos, balançando o corpo com uma expressão de tristeza no olhar.

– Ela era minha amiga – disse.

– Eu sei.

– Fico me perguntando...

– O quê?

– O que eu teria feito numa situação semelhante. Para proteger você.

– Não teria matado ninguém.

– Não. Acho que não.

Myron olhou para a namorada. Notou que ela estava à beira das lágrimas.

– Acho que aprendi alguma coisa com tudo isso – falou.

Jessica esperou que ele elaborasse.

– Win e Esperanza não queriam que eu voltasse a jogar. Mas você não fez nada para me impedir. De início achei que você não me conhecia tão bem quanto eles. Mas agora sei que esse não é bem o caso. Você viu o que eles não puderam ver.

Jessica esquadrinhou o rosto dele com um olhar penetrante. Largou os joelhos e recolocou os pés no chão.

– A gente nunca conversou abertamente sobre isso antes – disse.

Myron concordou, e ela prosseguiu:

– A verdade é que você nunca viveu o luto pelo fim da sua carreira. Nunca demonstrou fraqueza. Guardou tudo numa gaveta interna e seguiu em frente, atropelando o que encontrava pelo caminho, sufocado pelo desespero. Não deu um tempo. Foi logo juntando o que restou e abraçou contra o peito, temendo que seu mundo fosse tão frágil quanto esse seu joelho. Imediatamente foi estudar direito. Começou a ajudar o Win. Se agarrou a tudo o que podia, freneticamente.

– Você inclusive – disse Myron.

– Eu inclusive. Não só porque me amava. Mas também porque tinha medo de perder mais do que já tinha perdido.

– Eu realmente amava você. Ainda amo.

– Eu sei. Não estou tentando culpar você de nada. Fui uma idiota. A culpa foi sobretudo minha, admito. Mas, naquela época, nosso amor beirava o desespero. Você canalizava sua dor para uma necessidade de posse. Quase me sufocava. Não quero dar uma de terapeuta de botequim, mas você precisava vivenciar seu luto. Deixá-lo se extinguir por conta própria, não suprimi-lo. Mas você se recusava a olhá-lo de frente.

– E você achou que essa minha volta ao basquete faria com que eu olhasse para as coisas de frente.

– Achei.

– Não sei se deu muito certo.

– Pode ser – disse ela. – Mas pelo menos ajudou você a se desapegar um pouco.

– Por isso você achou que já podíamos morar juntos?

Jessica engoliu em seco.

– Se você quiser... Se achar que já está pronto...

Myron ergueu os olhos, depois falou:

– Vou precisar de mais espaço no armário.

– Fechado – sussurrou ela. – Tudo o que você quiser.

Jessica se aninhou nele. Myron passou o braço sobre os ombros dela e a puxou contra o peito. Já se sentia inteiramente em casa.

◆ ◆ ◆

O calor era escaldante naquela manhã em Tucson, Arizona. Um homem muito alto abriu a porta de casa.

– Você é Burt Wesson?

O grandalhão fez que sim com a cabeça.

– Posso ajudar em alguma coisa? – disse.

Win abriu um sorriso.

– Acho que sim.

Agradecimentos

O autor gostaria de agradecer às seguintes pessoas por sua ajuda: Dra. Anne Armstrong-Coben; James Bradbeer, Jr., da Lilly Pulitzer; Dr. David Gold; Maggie Griffin; Jacob Hoye; Lindsay Koehler; David Pepe, da Pro Agents, Inc.; Peter Roisman, da Advantage International; e, é claro, Dave Bolt. Quaisquer erros – factuais ou outros – são de total responsabilidade deles. O autor se exime de culpa.

CONHEÇA OS LIVROS DE HARLAN COBEN

Até o fim
A grande ilusão
Não fale com estranhos
Que falta você me faz
O inocente
Fique comigo
Desaparecido para sempre
Cilada
Confie em mim
Seis anos depois
Não conte a ninguém
Apenas um olhar

Coleção Myron Bolitar
Quebra de confiança
Jogada mortal
Sem deixar rastros
O preço da vitória
Um passo em falso
Detalhe final
O medo mais profundo
A promessa
Quando ela se foi
Alta tensão
Volta para casa

Para saber mais sobre os títulos e autores da Editora Arqueiro,
visite o nosso site e siga as nossas redes sociais.
Além de informações sobre os próximos lançamentos,
você terá acesso a conteúdos exclusivos
e poderá participar de promoções e sorteios.

editoraarqueiro.com.br